微型计算机控制技术

主 编 戴 永

副主编 黄辉先 欧青立 胡俊达 袁松贵

湘潭大学出版社

前　言

　　微型计算机控制是集控制工程、微型计算机技术、电子技术、传感与检测技术、通信技术等多门学科于一体的综合型学科,具有很强的理论性和实践性。针对高等院校工科类专业培养应用型、复合型、创新型人才的工作目标,众多高等院校开设了专业微型计算机控制技术的必修或选修课。此外,各行各业的工程技术人员也希望能掌握这一既可开发新型智能产品,又能改造和提升旧产业的高技术。在湘潭大学的倡议下,湘潭大学、湖南科技大学、湖南工程学院、长沙理工大学等共同编著了本教材。

　　本教材是编著者们多年的教学和科研成果的总结,体现了微型计算机控制领域的最新研究动态。选材方面考虑到了内容的基础性、系统性、实用性、工程性和先进性。材料编排上注重理论基础与实际应用相结合,符合教学规律与人的思考习惯,突显由浅入深、由易到难、由一般到重点的教学理念。

　　全书共9章,可分成微型计算机控制系统的基础知识、经典技术、现代技术及设计实例等板块。第1章为绪论,介绍微型计算机控制系统的特征、组成与发展;第2章为微型计算机控制理论基础,介绍连续与离散系统数学基础等;第3章为接口与通道配置技术,介绍面向微型计算机控制系统的接口与过程通道软硬件技术基础;第4章为数据采集与处理技术,介绍模拟数据、开关数据的采集与前置、后期处理技术,典型数据采集系统等;第5章为数字控制器的设计,介绍数字PID、最少拍等控制技术及大林算法等的应用;第6章为顺序与数字程序控制技术,介绍两种控制的一般原理及实现方法、重要执行部件;第7章为智能控制基础,介绍模糊、神经网络、遗传算法等控制基础;第8章为总线技术,介绍工业控制用并行、串行及现场总线;第9章为微型计算机控制系统设计,通过实例,介绍微型计算机控制系统设计的基本要求、一般步骤、可靠性技术等。每章末尾附有习题。鉴于目前及今后智能卡在工业生产过程及人们的生活中将发挥越来越重要的作用,而很多专业又无法将其列入课堂教学内容,本书增加了关于智能卡基本原理与应用实验的附录。

　　本书由戴永教授任主编,黄辉先教授、欧青立教授、胡俊达教授、袁松贵副教授任副主编。第1、7章由戴永、文其知编著;第2、5章由黄辉先编著;第3章由袁松贵编著;第4、6章由陈敏、欧青立编著;第8、9章由胡慧、黄峰、胡俊达编著;附录由胡洪波编著。

本书可作为高等院校控制类、电气类、电子类、通信类、计算机类、机电类、检测类等专业的微型计算机控制技术教材及非控制类、非电气类专业的研究生教材,也可供从事微型计算机控制工作的工程技术人员参考或作为培训教材。全书教学时数为48或64学时。

在编写过程中,刘任任教授、周少武教授等专家学者提出了宝贵意见,同时参考了许多学者的论著,引用了参考文献的部分内容,谨表衷心感谢。

由于微型计算机控制技术发展迅速及编者理论水平和实践经验有限,书中肯定会有不妥甚至错误之处,敬请读者提出批评和改进意见。

编　者

2009 年 2 月于湘潭大学

目　录

第1章 绪 论

　　计算机控制技术是计算机应用理论与技术和自动控制理论与技术交叉而成的新兴学科,相关学科包括电子、通信、机电工程、自动检测、网络工程等。计算机应用理论与技术的发展拓宽了计算机的应用范围;自动控制理论与技术的发展提升了计算机在控制领域的应用水平;计算机控制理论与技术的发展,保障了控制系统的质量,推动着自动控制技术向新的高度跨越。从家庭用的普通智能电器到人类飞天的宇宙飞船,从农业、林业、牧业等的现代化进程到蓬勃发展的冶炼、交通、建筑、矿业、石油、化工等,无不是计算机控制技术的推动,可以说计算机控制技术是现代社会发展的重要技术支撑,计算机控制技术发达程度决定着现代社会生产力的发展水平。

　　计算机控制技术经历了如下的发展阶段:

　　(1) 局限决策型:又称启蒙型。由人通过与计算机不连通的检测设备或生产过程的状态显示装置在生产过程中获取现场信息,把获取的信息经计算机输入设备送入计算机处理、决策,产生新的控制量,由计算机输出设备交给人。人在计算机提供的数据指导下,对设计和生产过程进行调节。

　　(2) 单向参与型:有两种形式的单向参与,一是计算机只负责数据采集、处理,客观显示测量结果,由人根据测量结果进行决策、调节,或给出决策数据由人去执行,即人们通常所说的操作指导;二是由人通过与计算机不连通的检测设备或生产过程的状态显示装置在生产过程中获取现场信息,将信息交计算机处理、决策,并由计算机控制执行机构进行调节。本阶段的代表性成果有 DPS 及计算机开环控制系统。

　　(3) 紧密联通型:又可称为双向参与型。计算机与生产过程通过信息检测通道和控制信息输出通道联成一个整体,计算机不但要控制信息检测通道从生产过程获取有关信息,还要通过控制信息输出通道将自己计算出的决策信息变成生产过程能接受的执行信号,进而调节控制对象。本阶段的代表性成果有 DDC 系统、SCC 系统等,尤其是 DDC 系统在计算机控制技术的发展中起着基石作用。

　　(4) 智能算法型:计算机控制系统发展到紧密联通型,其硬件的体系结构趋于稳定,控制算法基本来自模拟控制方法的离散应用。尽管由模拟控制方法推进到计算机离散控制,解决了一部分模拟控制方法难以解决的问题,但对于一些难度较大的模拟控制系统问题,如非线性、不确定性、时变性等,仅仅靠将传统模拟方法进行计算机离散实现已存在较大局限性。为使计算机能完成更复杂、难度更大的控制任务,在控制系统硬件的体系结构基本稳定的情况下,开展了新型决策理论的研究,涌现出以模糊控制算法为代表的一批智能控制算法。

　　(5) 网络互联型:随着总线和网络技术的迅猛发展,单计算机控制系统之间建立互联机制。这一机制的建立,使计算机控制技术发展到一个崭新的历史时期,出现的重要成果有集散控制系统、现场总线控制系统、基于互联网的管控一体集成控制系统等。

局限决策型阶段的起始时间可以认定为第一台计算机的发明时间,即计算机自问世起,它就注定要担当起发展自动控制技术的重担;单向参与型阶段的起始时间可追溯到 20 世纪 50 年代;紧密联通型阶段的起始时间为 20 世纪 60 年代初期;智能算法型阶段的起始时间为 20 世纪 60 年代后期;网络互联型阶段的起始时间为 20 世纪 70 年代中期。

1.1 控制系统基础

微型计算机控制技术是计算机技术对模拟控制技术的重大变革与发展,表现为信息传输通道的更新,驱动量产生方法的进步,且对象及控制性质不会因此发生变化,追求的是对同一个对象产生更好的控制效果。因此,微型计算机控制技术与模拟控制技术有着共同的控制系统基础。

1.1.1 控制系统基本概念

1. 常用概念术语

为完成特定动作,由机械、电气、电子等零部件有机组成的装置或设备,称之为**对象**。被控制的运行状态,称之为**过程**。过程分为**自然过程**和**人为过程**。自然过程指一种自然的逐渐进行的运转或发展,其特征是在运转或发展状态中以相对固定的方法相继发生一系列的渐进变化,并最后导致一个特定的结果或状态。人为过程是指按照人的意愿连续进行的运行状态,这种运行状态由一系列被控制的动作和一直进行到某一特定结果或状态的有规则的运动构成。**过程特征**表现为以相对固定的方式导致一个特定结果或状态。为完成相应任务,一些元件、部件等按一定规则的组合称之为**系统**。系统是动态现象的抽象,不同的领域有不同的组合内容。对系统输出量产生相反作用的信号称之为**扰动**,扰动分为**内扰**和**外扰**两大类,内扰产生在系统内部,外扰来自系统外部,和输入量叠加在一起进入系统。通过消除扰动因素影响保持被控量按预期要求变化的过程称之为**控制过程**。不需要人直接参与,而使被控量自动地按预定的规律变化的控制过程称之为**自动控制**。被控系统的输入量或给定量称之为**控制量**,用 $r(t)$ 表示。被控系统的输出量称之为**被控量** $y(t)$,如被控电机的转速,温控系统的温度等。与被控量成比例的反馈信号称之为**反馈量**,用 $y_{CF}(t)$ 表示。控制量与反馈量之间的差值称之为**偏差量**,用 $e(t)$ 表示,$e(t) = r(t) - y_{CF}(t)$。

2. 常用系统术语

开环控制系统 被控量只能受控于控制量,而对控制量不能反施任何影响的系统。

闭环控制系统 利用负反馈,将被控量影响控制量作用的系统,又叫反馈控制系统。

随动系统 是一种反馈系统,随着 $r(t)$ 的变化,被控量在前一 $r(t)$ 对应的位置进行变化,其特性如图 1-1 所示。随动系统多出现于机械位移、速度、加速度等对象的控制,所以常称之为位置控制系统。

稳定系统 又称自动调整系统,是一种反馈系统,当 $r(\infty)$ 为常量时,也要求被控量保持在常量上,如图 1-2 所示。常见的稳定系统有恒温、电压、电流、频率、压力等控制系统。

过程控制系统 以变化过程作为控制对象的控制系统,在控制过程中,给定量按照预先制定的规律,在程序运行中变化,所以又叫**程序控制**。这类系统多见于温度、压力、流量等控制系统。

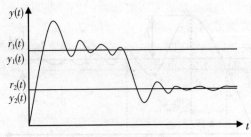

图 1-1 随动系统特性示意图

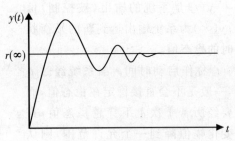

图 1-2 稳定系统特性示意图

1.1.2 控制系统工作特性

1. 控制系统的一般结构及其工作特性

图 1-3 所示为闭环控制系统的抽象结构图。虚线框内结构是系统的控制装置。控制装置包括比较、校正或控制器、执行及反馈四个环节。比较环节的计算控制量 $r(t)$ 与反馈量 $y_{CF}(t)$ 的偏差量 $e(t)$；校正环节依据 $e(t)$ 产生控制执行环节的驱动量 $u(t)$；执行环节输出操作量调整被控对象，使被控量朝着 $r(t)$ 逼近；是否达到逼近要求，由反馈环节对被控量 $y(t)$ 进行检测产生反馈量 $y_{CF}(t)$。检测的内容包含扰动成分的影响，控制装置的重要任务就是在消除随反馈量进入控制装置的扰动信号的过程中，使 $y(t)$ 达到或逼近 $r(t)$。模拟控制系统四个环节的电路及功能均由模拟方法完成，即电路由模拟器件组成，信号是连续信号，驱动量 $u(t)$ 由连续性数学模型计算。一种模拟算法对应一套模拟电路实现。比较环节与校正环节共同构成系统控制装置中的控制器。

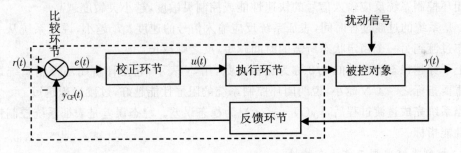

图 1-3 闭环控制系统抽象结构图

实际控制系统除存在内外扰动外，还有系统自身存在的逻辑死区、响应惯性等影响系统的控制效果。因此，当输入信号作用到系统之后，在系统的输出端并不能马上得到响应，而只有当偏差信号大到一定程度时，系统才有输出。输出结果根据各环节的品质状况及系统所处环境有多种多样。系统工作状态过渡过程的测试是通过系统响应特定输入信号（或叫试验信号）来进行的。阶跃信号是常用的测试信号，如图 1-4 所示。在图 1-4 所示信号阶跃输入作用下，系统进入稳态的过渡过程，其工作特性如图 1-5 所示。

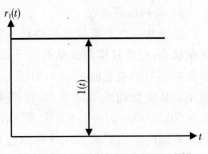

图 1-4 单位阶跃输入信号

$y(t)$ 是系统的输出（被控制）信号；$y(\infty)$ 为系统输出达到新的平衡状态时的稳态值。

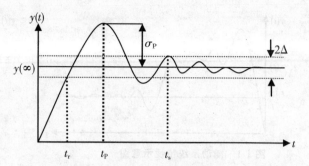

t_r 称作启动时间。当系统经过 t_r 后，一般是不会直接稳定在稳态值，而是要经历若干次上下穿越稳态值，直至变化幅值降到一个允许范围，则认为系统过渡到了稳定工作状态。系统在稳定工作状态有 $|y(t) - y(\infty)| \leqslant$

图 1-5　单位阶跃信号作用下闭环控制系统的过渡过程

$\triangle y(\infty)$，$\triangle$ 为给定微量，一般取 $\triangle = 0.02$ 或 0.05。在过渡过程中 $y(t)$ 穿过 $y(\infty)$，出现 $y(t) > |y(\infty)|$，表示系统出现了超调现象。在 $0 \sim t_r$ 不算超调。用 σ_P 表示超调的严重程度，σ_P 越小，系统的阻尼性能越好，过渡过程越平稳。

$$\sigma_P = \frac{|y_{\max}(t) - y(\infty)|}{y(\infty)}$$

式中 $y_{\max}(t) = \sup|y(t)|$，$0 \leqslant t < \infty$。有时也直接用

$$\sigma_P = |y_{\max}(t) - y(\infty)|$$

超调现象严重的系统，不仅使组成系统的各个相关元件处于恶劣的工作条件下，而且过渡过程在长时间内不能结束，致使系统的误差不能很快地减小到允许范围之内。

t_P 是超调时间，从 $t = 0$ 到 $y(t)$ 上升至 $y_{\max}(t)$ 的时间，$y_{\max}(t)$ 通常处在第一个峰值。t_P 表征闭环控制系统反应输入信号的快速性能或控制灵敏度，越小灵敏度越高。

t_s 是系统的过渡过程时间，表征系统反应输入信号的速度。t_s 越小，说明系统从一个稳定状态过渡到另一个稳定状态所需的时间越短，反之则越长。

上下穿越稳态值次数的 1/2 称为振荡次数，用 N 表示，它是评价闭环控制系统过渡过程的重要指标之一。N 越小，说明闭环控制系统的阻尼性能越好，过渡过程越短。

当系统完成过渡过程后，$|y(t) - y(\infty)|$ 为稳态误差。稳态误差是表征系统控制精度的一项性能指标。

2. 控制系统典型工作状态特性

在阶跃输入的情况下，不同的系统品质及系统运行环境，会使系统出现不同的状态响应过程，以下介绍典型状态响应及其过渡过程曲线。

1）单调逐渐逼近

系统从一个平衡状态平稳转入另外一个平衡状态，过渡过程曲线单调上升，逐渐逼近被控制信号的稳态值 $y(\infty)$，如图 1-6 曲线①所示。从特性曲线可以看出，这类系统 $\sigma_P = 0$，$N = 0$，$y(t) = y(\infty)$。要实现这种特性，必须对系统的结构形式和元件参数进行严格要求。某种意义上讲这是一种理想的系统响应状态。

2）等幅振荡

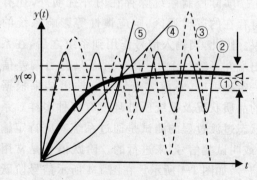

图 1-6　系统典型工作状态特性曲线

　　由于系统自身的固有特性,导致系统自振荡,这种自振荡表现出来的特性为等幅振荡波形,如图 1-6 曲线②所示。这类系统的动态参数特点是 $N \to \infty$,振荡幅值虽然大于 2Δ,但收敛于某值。如果自振荡的幅值能限制在某一允许的范围内,那么这类系统在工程实际中还是可用的。

　　3）振荡发散

　　在过渡过程中,$y(t)$ 多次穿越稳态值,随着穿越次数的增加,振荡幅值越来越大,如图 1-6 曲线③所示。过渡过程无收敛点,动态参数表现为 $N \to \infty$,$\sigma_P \to \infty$。在此种工作状态下控制系统无平衡状态,显然这类系统在实际中是不能使用的,因为它不满足闭环控制系统工作时必须稳定的基本条件。

　　4）单调发散

　　控制系统在过渡过程中 $y(t)$ 随着时间的推移而发散,特性曲线如图 1-6 曲线④、⑤所示。发散轨迹有多种多样,图中画出的是按直线和指数单调发散的两种情况。系统处于单调发散时,无稳定状态,$\sigma_P \to \infty$,$N=0$,无确定 $y(t)$ 值。这种系统是无法使用的故障系统。

　　5）欠阻尼振荡

　　工作正常的二阶闭环控制系统(运动方程可用二阶微分方程描述的系统)的过渡过程特性一般呈现欠阻尼振荡规律,过渡过程的工作特性如图 1-5 曲线所示。动态参数的特点为振荡波形的峰值按指数规律下降,$y_{max}(t)$ 出现在第一个峰值,N 值很小,t_s 过后 $| y(t) - y(\infty) | \leq \Delta y(\infty)$。

　　阻尼系统的过渡过程分为三种工作状态,即欠阻尼、临界阻尼和过阻尼。过阻尼工作状态相似于单调逐渐逼近或一阶系统工作状态,启动速度变慢。临界阻尼工作状态使系统处于等幅振荡状态。关于二阶系统的阻尼特性讨论请读者参阅相关论著。

1.2　微型计算机控制系统体系结构与特征

　　从模拟控制系统过渡到微型计算机控制系统,虽然对象不会因此发生变化,信号传输的路径结构也不会有大的变化,但数据获取、传输、处理等的装置、设备、方法发生了重大变化,信号形式、驱动量的产生方法、控制系统的组成观念等也发生了重大变化,导致微型计算机控制系统的体系结构与模拟控制系统的体系结构有重大区别,并在许多方面表现出完全不同的特征。

1.2.1　微型计算机控制系统体系结构

　　1. 微型计算机控制系统一般结构

　　微型计算机控制系统体系由数字硬件、模拟硬件、系统软件、应用软件四大系统组成。数字硬件既是系统软件、应用软件等的载体,又是产生和发挥软件功能的主体。图 1-7 是微型计算机闭环控制系统的体系结构抽象图。与图 1-3 所示的控制系统抽象结构比较,信号传输的路径结构没有发生变化,控制装置即大虚线框外以右的内容相同。不同的地方是控制装置的四个环节均有重大变化:(1) 控制器和比较环节由微型计算机取代,这是划时代的进步;(2) 执行环节在模拟控制系统中只有执行机构,而在微型计算机控制系统中于执行机构前增加 D/A 转换环节;(3) 反馈环节在模拟控制系统中只有检测装置,而在微型计算机控制系统中于检测装置后设置 A/D 转换环节。由于微型计算机处理的是离散信息,因此微型计算机控制系统中控制装置内的时间变量均采用人们公认的离散时间变量符号 k。

为方便叙述,通常以工业生产过程中需调节的参数作为被控对象(也可以是非工业生产过程,如家庭的温度、湿度测控等),将 A/D 转换器和检测装置构成的信息传送路径称为模拟输入过程通道或前向模拟通道;将 D/A 转换器与执行机构形成的信息传送路径称为模拟输出过程通道或后向模拟通道;微型计算机接收人提供 $R(k)$ 的信息路径及微型计算机向人传递信息的路径合称为人机交互通道。

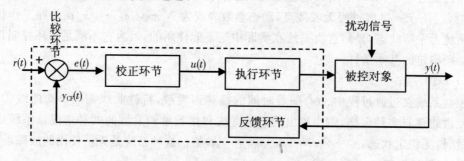

图 1-7　微型计算机闭环控制系统体系结构抽象图

图 1-7 表明微型计算机闭环控制系统在工作过程中,由检测装置将被控对象的模拟参数送至 A/D 转换环节,微型计算机把从 A/D 转换环节获得的数据 $Y_{\mathrm{CF}}(k)$ 与给定值 $R(k)$ 比较,然后对其偏差 $E(k)$ 按某种控制算法进行计算,得出新的驱动量 $U(k)$,经 D/A 转换后驱动执行机构调节被控对象。整个过程可归纳为三个步骤,即数据采集、数据处理与决策、控制输出。当被控对象处于动态时,如果不能及时获得信息,及时作出决策,及时输出调节量,就有可能失去控制效果和意义。

微型计算机闭环控制系统抽象的体系结构可衍生出多种微型计算机控制系统的体系结构。剪去由 A/D 转换器和检测装置构成的信息反馈路径,系统成为微型计算机开环控制系统;取消 D/A 转换器和执行机构,系统成为微型计算机数据采集系统;不设置 A/D、D/A 转换器,系统成为纯开关量或闭环或开环或采集的微型计算机控制系统,相应的信息路径称为开关量输入、输出过程通道;$R(k)$ 不由人提供,而由另外一台计算机根据被控对象的状态产生,系统成为计算机监督控制型微型计算机控制系统;利用微型计算机的总线通信技术,可以将多台单计算机的微型计算机控制系统组成多微型计算机控制系统、分布式微型计算机控制系统;利用微型计算机的互联网通信技术,可以构建管控一体的网络微型计算机控制系统;微型计算机控制系统的硬件系统基本不变,引入新型决策理论可形成新一代微型计算机控制系统等等。

2. 微型计算机控制系统硬件组成

图 1-8 所示是基于微型计算机闭环控制系统抽象体系结构的典型微型计算机控制系统硬件结构示意图,它包括工业生产过程、模拟输入输出过程通道,开关量输入输出通道、人机交互通道、微型计算机系统与外设、控制台及各类接口等。

1) 工业生产过程

工业生产过程是指在生产现场把原材料变成成品或半成品,或通过原材料获得某些所需参数的工序实现。参与工序实现的内容包括工艺规则、技术范畴、参与设备、人员数量与作用、结果指标、质量检验、安全保证等。被控对象来源于工业生产过程。在工业生产过程中，被控对象可以是一个，也可以是多个。如数控钻床的被控对象主要是钻头的定位，而炼钢过程的被控对象包括炉温、配料计量、加料传送等。被控对象的信息通过在生产现场的适当位置安设相应的传感器获得。

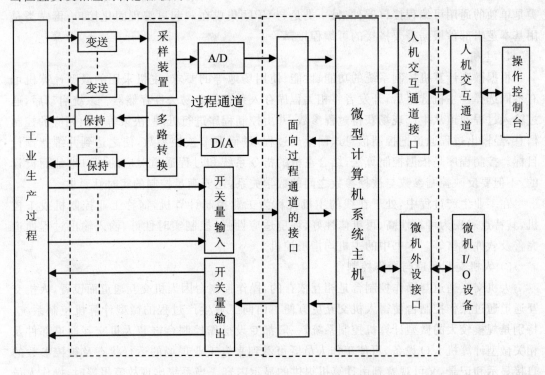

图 1-8　微型计算机控制系统硬件典型结构图

　　2）过程通道

　　主机与工业生产过程之间需要传递三类信息，即互传数据，主机向工业生产过程发布控制信息，主机从工业生产过程接收状态信息。互传数据有模拟、开关量两种数据形式，而控制、状态信息均为开关量。因此，过程通道包括模拟过程输入、输出通道，开关量过程输入、输出通道。过程通道处于工业生产过程与主机接口之间，担负着生产过程与主机交换信息的任务。当被控对象为模拟对象时，由变送器将被控对象的能量存在形式转变为采样装置所能接收的电能形式，然后由采样装置规范成 A/D 转换器所能接收的电量，最后由 A/D 转换器变成微型计算机能够接收的数据送接口。如果被控参数是非电物理量，则变送器为传感器；如果被控参数为电量，则变送器或为放大器，或为衰减器。工业生产过程的被控参数以连续变化的非电物理量居多。如果执行机构需要连续的模拟量操纵，则微型计算机输出的数字控制量必须进行 D/A 转换；当用一个 D/A 转换器为多个控制点提供控制信号时要设置保持器。当工业生产过程有数字数据信号或数字状态信号要送主机时，可通过开关输入过程通道传送；主机有数字数据信号或数字控制信号等要送工业生产过程时，可通过开关输出过程通道传送。

　　3）接口

　　在微型计算机控制系统中一般存在三类不同功能的接口，第一类介于主机与过程通道之间，用于主机与过程通道交换数字信息；第二类介于主机与交互通道之间，用于主机与交互通道交换数字信息；第三类介于主机与微型计算机 I/O 设备之间，用于主机与微型计算机 I/O 设备交换数字信息，在多微型计算机互联的微型计算机控制系统中，多微型计算机可互按 I/O 设备管理。接口种类主要分为并行、串行两大类。接口电路可分为三大类，一类是单独的通用可编程接口器件，另一类是与 CPU 集成在一起可编程固化接口，再一类是用基本逻辑部件根据需要搭接的可编程接口。

4）主机

根据微型计算机控制系统的功能、性能、使用场地等的要求，主机采用的微型计算机可有不同选择。主机选定后，开发者将相关程序存入系统的非易失性存储器。系统启动后，通过输入过程通道从生产现场获得过程参数，并由控制程序进行处理、决策等得出相应的控制信息，经输出过程通道把控制信息送回生产过程，进而调节被控参数，使之达到并维持预计目标。控制程序是依据控制算法，结合主机的指令系统和过程通道对应的端口地址而设计的，不但要反映控制参数与被控参数之间的数学关系，还要满足控制的实时性要求。

在工业生产过程中，处于在线的主机又称为工业控制计算机，简称工业控制机或工控机，其特点表现为可靠性高、可维修性好、环境适应性强、控制实时性好、输入输出过程通道完善及软件丰富等。本书中的主机均指工控机。

5）人机交互通道与操作控制台

人机交互通道与操作控制台是相互依存的，操作控制台因人机交互通道而设置，人机交互通道通过操作控制台使得人机交互更方便。面向工业生产过程的微型计算机控制系统，特别是规模较大的微型计算机控制系统，一般都专设操作控制台嵌装人机交互通道部件及相关微型计算机 I/O 设备，可使工作人员既可看到来自工业现场的运行状态及被控参数的直接显示和记录，又可观察到由计算机提供的显示内容。当系统出现故障报警时，操作人员可在控制台上及时获得信息，及时进行处理，如根据操作台提供的故障信息对现场设备进行快速处理、检修，或在控制台对计算机程序、控制参数、试验参数等进行修改和调整等。就一般而言，操作控制台应具有以下功能：

① 操作。操作装置或设备是人向微型计算机控制系统提供操作信息的重要通道。在操作台除了微型计算机键盘外，还应配有相应的可直接操作控制系统的开关、按钮、扳键等，遇到紧急情况可在操作台直接强制处理，或在操作台可对系统相关部分进行直接操作、实验。

② 显示。显示装置或设备是计算机向人提供控制系统信息的重要通道。显示范围应尽量涵盖工业生产过程中各重要环节、过程通道各关键部位、辅助及供电设备等。显示装置根据具体情况选用，如希望有图文显示，可配置 CRT、LCD、LED、等离子屏幕显示器等；如只需显示参数，可配置 LED、LCD 数码管显示器等；如果希望脱机分析数据，可配置打印机、记录仪等；如需及时显示状态或报警，可配置相应的指示灯及发声器。

③ 数据保存。如果微型计算机控制系统的数据量大，控制台可增设光盘刻录机、磁带机、U 盘口、移动硬盘口等用于扩展存储容量的设备。

④ 远程信息交换。随着计算机网络技术的普及，对微型计算机控制系统实行联网管理的技术渐趋成熟，因此，操作控制台应设置远程信息交换口，随时可使本系统加入到大规模集散系统中。

3. 微型计算机控制系统软件

软件是微型计算机控制系统中的"思想"体系,包含两大类,一类是系统软件,一类是应用软件。

系统软件根据参与控制的微型计算机类型及在系统中的层次不同而不同。如果工业控制微型计算机为单片机,其系统软件最小结构为监控程序,此外,根据情况可增加系统诊断软件、系统加密软件以及系统的其他管理软件,鉴于这类微型计算机系统容量的局限性,系统程序不宜过大;如果工业控制微型计算机采用 PC 机,则 PC 机的系统软件资源只要是对控制系统有利的均可使用,如 BIOS、WINDOWS、EDIT、相关算法语言的编译或解释器等。工业控制微型计算机以上层次的微型计算机一般通过串行通信或网络通信与下层微型计算机交换信息,它们的系统软件无特殊之处。

应用软件是根据被控对象及系统功能要求来设置的,种类繁多。从程序的功能看,应用程序可分为监测软件、控制算法程序、控制执行软件、人-机联系程序、外设管理服务程序等类别。应用程序的设计涉及对被控对象、生产工艺、生产设备、控制要求、控制工具、控制规律等的深入理解,首先,以工业生产过程中的环节关系、被控对象的变化规律、控制量的计算模型以及控制要求等为依据,综合各种因素和参数确定控制算法与控制功能,然后,根据控制算法和控制功能编写相应的应用软件。应用软件的设计一定要满足系统实时性要求。

为了加快系统的开发速度,应尽可能地选用已有的成熟的功能软件模块及软件技术,特别是应用软件要充分使用系统软件中的功能模块。另外,在不影响系统实时性要求及系统结构的前提下,应尽可能以软件实现硬件功能,以降低系统硬件成本开销和缩小系统体积。只有软件和硬件相互配合,相互促进,才能充分发挥计算机的优势。

1.2.2 微型计算机控制系统特征

体系结构的创新使微型计算机控制系统在结构、信号形式、功能、工作过程、工作方式等方面,与模拟控制系统相比有着明显的特征。

1. 结构特征

模拟控制系统的控制器通过以运算放大器为基本运算电路的模拟电路计算执行量值,决策执行方式。通常一套决策方案或一种计算方法对应一组专用生成电路,改变决策方案和计算方法就必须改变生成电路。将控制器用微型计算机来代替,便构成了微型计算机控制系统,其结构特征主要表现为系统控制器由微型计算机担当,系统参数分析和驱动量值计算等均由微型计算机运行程序完成。改变决策算法只要改变软件即可,一般不需大量修改系统硬件。模拟控制系统的信息传递通道均由模拟电路组成,而微型计算机控制系统的前、后向过程通道有模拟、数字硬件兼容结构,也有全数字硬件结构,但无全模拟硬件结构。

2. 信号特征

模拟控制系统中所有环节的工作信号全为模拟信号,而微型计算机控制系统中主机的工作信号全为数字信号,前、后向模拟过程通道模拟、数字信号兼有,前、后向开关量过程通道是全数字信号,但无全模拟信号。

3. 功能特征

由于模拟控制系统的生产过程信息获取、驱动量生成、调节执行等均由模拟电路完成,系统功能单一,对于不同的控制对象几乎无应变能力。而微型计算机控制系统借助微型计算机的丰富资源在功能种类与实现强度的推进方面有重大突破。

（1）以软件代替硬件。软件是区别模拟控制系统和微型计算机控制系统的重要标志，其独特作用是可以代替模拟控制系统中的驱动量产生的电路或控制器，并且改变控制对象。微型计算机及其相应的过程通道硬件只需少量变化，甚至不需任何变化，只需重新设计一套新控制软件；另外还可以用软件来代替逻辑部件的功能实现，从而降低系统成本，减小设备体积。

（2）数据保存。模拟控制系统中任何时间的信息只供一次性使用，而微型计算机控制系统利用微型计算机强大的数据存储能力，可使一些重要数据得到保护、反复使用。这一优势使得人们在研制微型计算机控制系统中，可以从容应对突发问题；在分析解决问题时可以大量减少盲目性，从而提高了系统的研发效率，缩短研发周期。数据保存方式分脱机、联机两类。脱机保存方式有 U 盘、移动硬盘、磁带、光盘、纸质打印、纸质绘图等；联机保存方式有固定硬盘、EEPROM、RAM 休眠等，工作特点是系统断电不会丢失数据。

（3）显示设备、方法与内容。模拟控制系统主要通过各类模拟仪表及指示灯显示系统有关数据及状态，微型计算机控制系统的显示功能与显示设备技术同步发展，即只要是可以和微型计算机接口的显示设备，都可以作为微型计算机控制系统的显示设备，如各类数字显示器、数码管、点阵模块；各种类型打印机、绘图仪等。显示模式涉及字符、图形、图像、虚拟设备面板等。显示方式有静态、动态、二维、三维等。显示内容涵盖给定值、当前值、历史值、修改值、状态值、系统工作波形、系统工作轨迹仿真图等。人们通过显示内容可以及时了解系统的工作状态、被控对象的变化情况、控制算法的控制效果等。

（4）多系统互联。不同模拟控制系统之间是无法进行信息交流，更谈不上资源共享。通过微型计算机总线联通技术、互联网联通技术等，可实现多套微型计算机控制系统联网管理，资源共享，优势互补；可构成分级分布式集散控制系统，以满足生产规模不断扩大，生产工艺日趋复杂，可靠性更高，灵活性更好，操作更简易的大系统综合控制的要求；实现生产进行过程的最优化和生产规划、组织、决策、管理的最优化的有机结合。

4. 时限特征

模拟控制系统各环节的控制信号是由模拟电路产生，信号与信号之间的同步多以延时为主要技术手段。微型计算机控制系统中数据采集、数据处理与决策、控制量输出都是通过程序来实现的，程序运行时间长短直接影响控制效果，尤其被控对象处于动态状态时，如果不能及时获得信息，及时作出决策，及时调整输出，就有可能失去控制效果和意义。因此，微型计算机控制系统的工作过程与模拟控制系统相比存在明显的时段特征，即对三个步骤都有实时性要求。

所谓"实时"，是指在规定的时间内完成规定的任务。实时又有及时、即时、适时的意思。就微型计算机控制系统而言，要求微型计算机能够在规定的时间内以足够快的速度进行数据采集、分析处理、对被控对象作出相应的控制操作，否则就会失去控制机会，微型计算机在控制系统中也就没有任何存在的实际意义。不同的对象实时时间是不相同的，如炼钢的炉温控制，由于时间惯性很大，输出延迟几秒仍然是实时的；而轧钢机的拖动电机控制，一般需在几毫秒或更短的时间内完成对电流的调节，否则电流失控将造成事故。

（1）实时数据采集。检测装置将被控对象（温度、湿度、粘度、压力、流量、速度、位移等）的信息转换成相应的模拟电信号，送到 A/D 环节输入端，微型计算机按规定的时间启动A/D 转换进行对被控对象采样，并在规定的时间内完成采样，以数字信号形式将采样结果存入存储器。

（2）实时决策运算。采样数据反映被控对象的状态信息,微型计算机必须在规定的时间内完成对它的前置处理（如有效性检查、数字滤波等）,然后进行数据分析,判断被控参数是否偏离预定值,是否达到或超过安全极限值,如果被控参数处于可调范围,则按选定的控制算法程序进行控制量值计算。总之是按预定控制规律进行运算作出控制决策。

（3）实时控制输出。实时控制输出有两个方面的内容,一是被控对象参数处于可调节范围,微型计算机将决策结果（新的控制量值）及时送至执行机构调整被控对象的被控参数;二是在决策环节分析出被控对象参数达到或超过安全极限值,这时候应在最短的时间内启动报警装置,即进行实时报警。

系统的实时报警除了来自被控对象的辨析结果外,系统设备出现异常情况,微型计算机也应能及时发出声光报警信号,并自动地或由人工进行必要的处理。

数据采样、运算决策、输出控制三个阶段占用时间之和满足实时性要求,则该系统具有实时性。而系统是否满足实时性,最终体现在控制结果的正确性。运算决策在三个阶段中占用时间最长,因此,要缩短决策的时延,应从合理选择控制算法、优化控制程序、选用运算速度较高的微型计算机等方面加以解决。此外,在微型计算机硬件方面应具备实时时钟和优先级中断信息处理电路;在软件方面应具备完善时钟管理、中断处理程序。实时时钟和优先级中断系统是保证微型计算机控制系统实时性的必要条件。

5. 控制器工作方式特征

控制器在控制系统中的工作方式有在线、离线两种。在线工作方式是指控制器在控制系统中直接参与控制或交换信息,离线工作方式是指控制器在控制系统中不直接参与控制或交换信息,而是通过其他媒介传送信息。模拟控制系统中的控制器只能在线工作,微型计算机控制系统中的控制器即微型计算机则有两种工作方式与通道、被控对象结合组成微型计算机控制系统,一种是在线工作方式,另一种是离线工作方式。

微型计算机在线工作方式:又称"联机"工作方式。微型计算机在控制系统中直接参与控制或交换信息,而不通过其他中间记录介质,如 U 盘、光盘、磁带等。

微型计算机离线工作方式:又称"脱机"工作方式。微型计算机不直接参与对被控对象的控制,或不直接与被控对象交换信息,而仅是将有关控制信息记录或打印出来,再由人来联系,按照微型计算机提供的信息完成相应的控制操作。

离线工作方式无实时性可谈。要使系统具有实时性,微型计算机必须按在线方式工作。但在线不一定就具有实时性。比如微型计算机水温测试系统与微型计算机水温测试控制系统,前者微型计算机可以在线也可以离线,后者微型计算机必须在线。对于前者,微型计算机在线也不一定要具有实时性,因为微型计算机仅采集水温,不调节水温,从而对采集时间不需进行严格要求;微型计算机离线工作时,微型计算机根据其他水温记录装置提供的数据进行分析,得出控制参数,然后由人依据微型计算机提供的控制参数来实施调节水温。对于后者,由于存在自动控制目标,微型计算机必须对水温的变化作精确采集,及时调节,因此微型计算机不但要在线,而且微型计算机水温测试控制系统一定要具有实时性,否则达不到控制目标。

1.3　微型计算机控制系统分类

　　微型计算机控制技术发展至今，出现了多种结构、功能各异、时代特征明显的微型计算机控制系统。综合发展阶段、结构特点、决策理论等各方面因素，本节按经典、新型两大类介绍典型微型计算机控制系统。

1.3.1　经典微型计算机控制系统

　　1. 数据采集与处理系统

　　这类系统仅对现场信息进行采集、加工、处理、保存、显示，基本结构如图 1-9 所示，是单向参与型之一。由图可知，此系统的微型计算机不根据数据采集与处理结果对现场施加影响，即对现场对象无控制作用，但对于有控制作用的系统，这一结构是必不可少的，所以又可称之为准控制系统。典型的数据采集与处理系统有气象测试预报系统、地震监测警示系统、数字仪器仪表系统、场所监测系统等。数据采集与处理系统应具备的基本功能包括分时检测或采样，数据或状态显示，故障声光报警，现场资料自动分类、分时保存，采样数据的整理、统计、决策、索引、规范打印等。

图 1-9　数据采集与处理系统基本结构

　　2. 操作指导控制系统

　　如果数据采集与处理系统的现场为生产过程，则微型计算机控制输入过程通道进行采样，并依据采样数据计算控制用驱动量，工作人员根据主机提供的驱动量对生产过程进行相应的控制操作，即在微型计算机的指导下对生产过程实施控制。操作指导控制系统的基本结构如图 1-10 所示，主机不直接控制

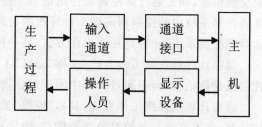

图 1-10　操作指导控制系统基本结构

生产过程，属微型计算机单向参与型工作机制。对该系统的重点要求是数据采集应具备实时性；要设置完备的报警机制，以防止生产过程中相关参数过限；显示格式要规范，数据要准确，界面要友好，总之要有利于指导生产过程。此系统已很少用于生产现场，但由于微型计算机不直接对生产过程施加影响，常被人们用于实验新的决策理论，调试新的控制程序及微型计算机控制系统初步实验等。

　　3. 直接式数字控制系统

　　微型计算机根据决策算法计算出的驱动量直接用于调节生产过程中的被控参数称之为直接数字控制（Direct Digital Control）系统，简称 DDC 系统，

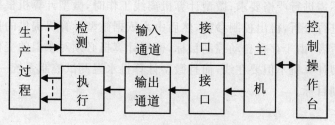

图 1-11　DDC 系统基本结构

一般为在线实时闭环控制系统,基本结构如图 1-11 所示。计算机既控制输入过程通道从生产过程获取信息,又将自己的决策数据通过输出过程通道直接控制生产过程,属双向参与型。

DDC 系统是工业生产中应用最广泛的一种微型计算机控制系统,也是当今微型计算机控制技术发展的基础。

4. 监督式计算机控制系统

对于给定量需要根据生产过程状况自动调整的控制系统,利用人工去修改是不现实的。有鉴于此,将 DDC 系统的给定值用另外一台计算机提供,提供量由该计算机根据对工业生产过程所采集的数据进行处理、分析和决策而产生。这种微型计算机控制系统称为监督式计算机控制(Supervisory Computer Control)系统,简称 SCC 系统,其结构如图 1-12 所示。由图可知,这类系统为两级微型计算机控制系统,第一级为 DDC 系统,第二级为 SCC 系统。SCC 级微机承担高级控制与管理任务,要求数据处理功能强,存储容量大等,一般采用较高档微型计算机。一台 SCC 微型计算机可监督控制多台 DDC 系统,这类系统具有较高的运行性能和可靠性。

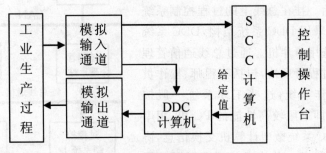

图 1-12　SCC 系统基本结构

1.3.2　新型微型计算机控制系统

1. 基于智能控制算法的微型计算机控制系统

经典微型计算机控制系统采用的控制算法一般来自经典模拟控制算法的离散应用,如 PID 控制算法、最小拍控制算法、纯滞后补偿控制算法及自适用控制算法等,而这些经典算法对于解决日益凸显的非线性问题、不确定性问题及时变性问题等已很难获得较好的实用效果,由此产生的智能控制算法为解决这类复杂问题开辟了新途径。智能控制是自动控制和人工智能相结合的学科,即具有模仿人的学习、推理等功能;能适应不断变化的环境;能处理多种信息以减少不确定性;能以安全和可靠的方式进行规划、产生和执行动作,获取系统总体上最优或次优的性能指标。智能控制技术有三大基本内容:模糊控制技术,神经网络控制技术,遗传控制技术。在硬件上智能控制系统与传统的微型计算机控制系统结构无重大区别;在软件上,智能控制系统的驱动量由智能控制算法产生。随着大规模集成电路技术的发展及各种智能控制算法的规范,多样化智能微控制器也孕育而生,如模糊微控制器(FMC)、神经网络芯片等。微型计算机智能控制系统的命名一般借用智能控制算法的名称。图 1-13 为模糊控制系统

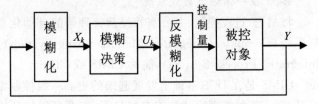

图 1-13　一般模糊控制系统基本结构图

的一般结构图。图中模糊化、模糊决策、反模糊化三个环节构成系统的控制器即模糊控制器,模糊决策是本质内容。被控参数经反馈通道返回控制器输入端,不能直接作为模糊决策的依据,必须先进行模糊化处理,形成模糊变量 X_k,方可用于模糊决策。模糊决策产生的模糊控制量 U_k 也不能直接用于操作被控对象,必须进行反模糊化形成精确的控制量才能作用于被控对象。模糊控制器三个环节一般来说可以用软件来实现。

2. 集散式微型计算机控制系统

集散式微型计算机控制系统(Distributed Control System,DCS)是基于微型计算机总线通信技术的多系统分层分散控制、集中管理微型计算机控制系统,已成为大工业现场普遍使用的生产过程控制、子系统管理的方案。DCS 也称为分级分布式控制系统,简称集散系统,它是计算机、自动化、通信、网络和显示等多种技术相结合的产物。这类系统的设计原则为分散控制、集中操作、分级管理、分而自治和综合协调。图 1-14 为 DCS 系统基本结构图。系统由两种通信机制联络而成。第一种是总线通信,多为串行总线通信。挂在总线上的过程控制系统直面控制对象,常采用 DDC 系统结构,DDC 系统的微型计算机多选用单片机。通过总线通信管理过程控制系统的过程管理站,包括工程师、操作员及现场监控等工作系统,这些工作系统一般按SCC 级要求设计,即采用较高性能的 PC 机,用串行通信方式与 DDC 系统微型计算机交换信息,协调各 DDC 系统的任务。总线通信域通过网间联络站进入任务管理局域网,任务管理站包括各种高层工作系统,如生产管理系统、任务管理系统、

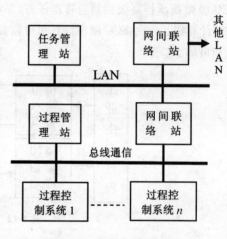

图 1-14 DCS 结构图

资产管理系统、人员管理系统及经营管理系统等等。该局域网又通过网间联络站和其他局域网或互联网联通。

3. 现场总线微型计算机控制系统

现场总线微型计算机控制系统(Fieldbus Control Sistem,FCS)是 DCS 的换代产品,与传统的 DCS 相比,具有数字化的信息传播、分散的系统结构、方便的互操作性、开放的互联网络及多种传输媒介、拓扑结构等特点。FCS 的核心是现场总线,具体表现于适用工业控制领域的网络通信与管理协议。该协议实现智能现场设备与自动化系统之间的数字式、全分散、双向传输、多分支结构的网络通信。它是自动控制、电子检测与计算机网络的交叉应用技术,代表着工业控制体系结构的发展方向。

4. 管控一体综合集成系统

将制造、过程控制、办公室和经营管理等的自动化系统进行集成,即构成计算机集成制造系统(Computer Integrated Manufacturing System)或计算机集成过程系统(Computer Integrated Process System),简称 CIMS 或 CIPS。

CIMS 是在 DCS 基础上发展起来的更高一级控制系统。CIMS 把孤立的工厂自动变为子系统,在新的管理模式与工艺指导下,综合运用信息技术和自动化技术,并通过软件支持,构成一个完整的系统,对生产过程的物质流、管理过程的信息流和决策过程的决策流进行有

效的控制和协调,以满足新的竞争模式下市场对生产和管理过程提出的高质量、高速度、高灵活性和低成本的要求。

CIMS 代表着工业控制系统的未来,它的研究开发不是以某个区域或某项活动为对象,而是以企业的全部活动为对象。从市场预测、接受订货、原料供应、生产计划、作业排序、过程控制、产品销售,到用户反馈、新产品开发、经营管理,整个形成一个动态反馈系统,具有自判断、自组织、自学习的能力。由此可见,CIMS 不仅对生产技术进行变革,也对生产组织和生产方式进行变革,因而它不是单纯地对现行生产模式进行计算机化及自动化,而是必须按照新的生产组织原理,对现行生产模式进行全面改造。

除上述四种常见新型系统外,还有嵌入式微型计算机控制系统、虚拟控制系统、开放式控制系统等,请参阅有关资料。

1.4 微型计算机控制技术的发展

微型计算机控制技术的发展与以电子元件、部件、设备为龙头的装置技术,微型计算机技术,决策理论及微型计算机控制系统结构等四个主要方面的发展有关。装置技术是发展的基础,微型计算机技术是发展的保障,决策理论是发展的动力,微型计算机控制系统结构是发展的方向。

1. 装置技术的发展

随着专用功能电路的标准化与集成电路设计、制作技术的发展,标准模块电路的种类越来越多,功能越来越强,如多路模拟开关已由早期的单端多通道输入结构,进步到差分多通道输入结构;A/D 转换器由原来的单一模拟输入电压范围($1\sim5$ V)进步到双极多范围模拟输入电压(例在同一输入端可输入$-5\sim+5$ V、$-10\sim+10$ V 等);串行技术的应用使各类专用功能模块芯片的体积越来越小(按并行技术需约 28 个引脚的 A/D 转换器,采用串行技术只需 8 个引脚);超大规模集成电路(VLSI)技术已使 32 位微处理器应用于工业生产过程控制等等。多功能、小体积器件的涌现表明,功能单调、体积大、能耗高的器件将被淘汰,而微功耗、小体积、智能化的器件是人们推崇的新内容。在部件和设备方面,为使监控功能更趋完善,操作更为便捷,各类彩色显示分辨率更高,将促进交互图形、复合窗口及触摸屏幕等人机接口技术的快速发展;为减小装置、设备体积,而使板上元件数量更少,硬件的可靠性大大提高,将促进专用集成电路(ASIC)和表面安装技术(SMI)在硬件上的使用。

2. 微型计算机技术的发展

微型计算机技术的发展主要指微型计算机的系统结构、软件技术、应用技术等的发展。系统结构的发展是 CPU 的单元划分、流水设计、各总线位长、RAM 存储结构、ROM 存储结构、中断结构与控制、定时/计数器配置与控制、DMA 通道设置与控制、I/O 接口设置与管理、I/O 设备的配置与接口及联网机制等技术的进步。软件技术的发展以 BIOS 结构、操作系统、程序优化技术、以软件代替硬件技术、数据结构技术、控制系统用算法语言、面向对象技术等的创新为标志。应用技术的发展是指微型计算机在控制领域的应用范围的扩展,解决问题的能力增强,资源共享水平的提高等。

事实表明微型计算机技术的发展是远超前微型计算机控制技术的,为微型计算机控制技术的发展提供了强有力的技术和资源保障。

3. 决策理论的发展

顺序控制、插补控制、PID控制、最小拍控制、纯滞后控制等一批传统控制方法和理论将进一步得到改善、充实。具有重要意义的滤波技术、能控能观性技术、极大值原理、动态规划、稳定性技术等仍是人们研究的重要内容。但是，应当看到，这些传统的理论和技术，其分析、综合和设计都是建立在严格和精确的数学模型基础之上的，而在科学技术和生产力水平高速发展的今天，人们对大规模、复杂和不确定性系统实现自动控制的要求不断提高，传统的基于精确数学模型的控制理论的局限性日益明显。因此，在解决模型不确定性、高度非线性、分布式采样和执行、动态突变、多时间标度、复杂的信息模式等被控对象的控制问题上，智能控制技术有其特殊优势，而将成为人们研究的热门内容，解决问题的新选手段。

4. 微型计算机控制系统结构的发展

（1）用可编程控制器代替DDC级微型计算机。工业用可编程控制器（PLC）是采用微型计算机芯片，根据工业生产特点而发展起来的一种控制器，结构紧凑、功能可编程实现、使用简单、速度快、可靠性高、价格低。具有智能I/O模块的PLC，可以将顺序控制和过程控制结合在一起，实现对生产过程的控制。可以预见，进一步完善和系列化的PLC将作为下一代的DDC系统的通用控制器，大量应用于工业生产自动化系统中。

（2）新一代CIMS。老一代CIMS是以DCS为基础发展而来的，内部有着严格的层次结构。一般而言，下层系统要主动和上层系统联系是很难实现的。在现场总线技术和网络技术的支持下，这一瓶颈将被突破，即同挂于通信总线或局域网线上的设备，在技术上有着同等的地位，可以互通信息，共享资源，但又可以顺利实现上级管理下级，操作员系统、工程师系统可以管理过程控制系统。而且整个系统被置身于互联网内，可以在更广泛的范围内进行信息交流，为经营管理层做决断提供了视野更广阔的信息平台。

（3）用智能控制芯片作为控制器。随着智能控制算法规范化研究深入进行，智能控制算法的标准、非标准硬化器件将进入微型计算机控制系统，促进缩短开发微型计算机智能控制系统的周期，提高微型计算机智能控制系统的可靠性，缩小系统体积，降低系统功耗和成本，加大智能算法推广、普及力度。

习 题

1.1 什么叫微型计算机控制系统？微型计算机在微型计算机控制系统中起哪些作用？

1.2 与模拟控制系统相比微型计算机控制系统的硬件结构特征表现在哪些方面？

1.3 与模拟控制系统相比微型计算机控制系统的功能特征表现在哪些方面？

1.4 与模拟控制系统相比微型计算机控制系统的时限特征表现在哪些方面？

1.5 与模拟控制系统相比微型计算机控制系统的工作方式特征表现在哪些方面？

1.6 微型计算机闭环控制系统和微型计算机开环控制系统有何异同之处？

1.7 根据图1-7说明微型计算机闭环、开环控制系统及数据采集系统在结构上的相互关系。

1.8 微型计算机控制系统硬件结构一般由哪几部分组成？各部分相互关系如何？

1.9 微型计算机控制系统的软件组成情况如何？软件、硬件的基本关系应如何处理？

1.10 数据采集与处理系统的基本功能有哪些？属于哪类系统？

1.11 微型计算机 DDC 系统由哪几部分构成？试述其基本工作原理。

1.12 SCC 系统的结构如何？试述 SCC 系统与 DDC 系统的关系。

1.13 DCS 系统的结构如何？试述 DCS 系统工作原理及发展方向。

1.14 智能控制包括哪些基本内容？智能控制系统与一般微型计算机控制系统的异同点如何？

1.15 为什么说管控一体综合集成系统(CIMS)是微型计算机控制技术的重要发展方向？

第2章 微型计算机控制理论基础

经典控制系统理论的基本内容主要包括信号流图表达方式,控制系统的过渡过程分析,控制系统的稳定性分析,控制系统的误差分析,用于控制系统分析和设计的根轨迹法、频率响应法等。现代控制系统是基于现代控制理论的控制系统,现代控制理论的内容主要包括控制系统的状态空间表达式结构,定常系统状态方程的求解,传递函数矩阵,线性时变系统,离散-时变系统的状态空间表达式结构,离散-时间状态方程的求解等。计算机控制系统是计算机技术与经典、现代自动控制系统技术相结合,将连续信号转变为离散信号进行处理,实现控制而产生的新技术领域,其理论以连续系统数学为背景,离散系统数学为核心。

2.1 连续系统数学基础

2.1.1 拉普拉斯变换

1. 拉普拉斯变换的定义

拉普拉斯变换是用来分析和设计控制系统最常用的数学工具之一。

用 $f(t)$ 表示时间 t 的函数,而且当 $t < 0$ 时 , $f(t) = 0$,以 $F(s)$ 表示 $f(t)$ 的拉普拉斯变换,记之为

$$F(s) = L[f(t)] = \int_0^\infty e^{-st} \, dt[f(t)] = \int_0^\infty f(t)e^{-st} \, dt \qquad (2.1)$$

其中,s 是复变量,$L[\cdot]$ 表示对方括号中的时域函数进行拉普拉斯变换,变换结果是以 s 为变量的函数 $F(s)$, $\int_0^\infty e^{-st} \, dt$ 是拉普拉斯积分。$f(t)$ 是 $F(s)$ 的原函数,$F(s)$ 是 $f(t)$ 的象函数。

2. 拉普拉斯变换的性质

拉普拉斯变换存在一些非常有用的性质,利用这些性质可以大大简化计算。

1) 线性性质

若 $f_1(t)$,$f_2(t)$,$f(t)$ 的拉普拉斯变换分别为 $F_1(s)$,$F_2(s)$,$F(s)$,α 为常数,则有

$$L[f_1(t) \pm f_2(t)] = F_1(s) \pm F_2(s) \qquad (2.2)$$
$$L[\alpha f(t)] = \alpha F(s) \qquad (2.3)$$

2) 平移性质

若 $f(t)$ 的拉普拉斯变换为 $F(s)$,则有 $f(t-\tau)$ 的拉普拉斯变换为

$$L[f(t-\tau)] = e^{-\tau s}F(s)$$

证明 图 2-1 为平移性质曲线示意图。

由于 $0 < t < \tau$, $f(t-\tau) = 0$,故当 $t \geqslant \tau$ 时有

$$L[f(t-\tau)] = \int_0^\infty f(t-\tau)e^{-st}\,dt$$

令 $u = t - \tau$,即 $t = u + \tau$, $dt = d(u + \tau) = du$,于是

$$L[f(t-\tau)] = \int_{-\tau}^\infty f(u)e^{-(u+\tau)s}\,du$$

$$= \int_{-\tau}^0 f(u)e^{-(u+\tau)s}\,du + \int_0^\infty f(u)e^{-(u+\tau)s}\,du$$

$$= 0 + e^{-\tau s}\int_0^\infty f(u)e^{-us}\,du$$

$$= e^{-\tau s}F(s)$$

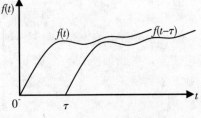

图 2-1 平移性质曲线示意图

3) 相似性质(比例变换)

若 $f(t)$ 的拉普拉斯变换为 $F(s)$,则有 $f\left(\dfrac{t}{a}\right)$ 的拉普拉斯变换为

$$L\left[f\left(\frac{t}{a}\right)\right] = aF(as) \qquad (2.4)$$

证明 $\displaystyle\int_0^\infty f\left(\frac{t}{a}\right)e^{-st}\,dt = a\int_0^\infty f\left(\frac{t}{a}\right)e^{-as\left(\frac{t}{a}\right)}\,d\left(\frac{t}{a}\right)$

令 $\tau = \dfrac{t}{a}$, $\sigma = as$

则 $\displaystyle\int_0^\infty f\left(\frac{t}{a}\right)e^{-st}\,dt = a\int_0^\infty f(\tau)\,e^{-\sigma\tau}\,d\tau = aF(\sigma) = aF(as)$

即 $f\left(\dfrac{t}{a}\right)$ 的拉普拉斯变换为 $aF(as)$ 。

4) 微分性质(原函数导数的象函数)

若 $f(t)$ 的拉普拉斯变换为 $F(s)$,则有 $\dfrac{df(t)}{dt}$ 的拉普拉斯变换为

$$L\left[\frac{df(t)}{dt}\right] = sF(s) - f(0) \qquad (2.5)$$

其中, $f(0)$ 为 $f(t)$ 在 $t = 0$ 时的值,一般控制系统中 $f(0) = 0$ 。

证明 $\displaystyle\int_0^\infty \frac{df(t)}{dt}e^{-st}\,dt = \int_0^\infty e^{-st}\,df(t)$

$$= e^{-st}f(t)\Big|_0^\infty - \int_0^\infty f(t)e^{-st}(-s)\,dt$$

$$= -f(0) - \int_0^\infty f(t)e^{-st}(-s)\,dt$$

$$= -f(0) + s\int_0^\infty f(t)e^{-st}\,dt = sF(s) - f(0)$$

同样,对于 $f(t)$ 的 n 阶导数,可以得到

$$L\left[\frac{d^n}{dt^n}f(t)\right] = s^nF(s) - s^{n-1}f(0) - \cdots - sf^{(n-2)}(0) - f^{(n-1)}(0)$$

5) 积分性质(原函数积分的象函数)

若 $f(t)$ 的拉普拉斯变换为 $F(s)$,则有 $\displaystyle\int f(t)\,dt$ 的拉普拉斯变换为

$$L\left[\int f(t)\,\mathrm{d}t\right] = \frac{F(s)}{s} + \frac{\int f(t)\mathrm{d}t\Big|_{t=0}}{s} \qquad (2.6)$$

一般当 $t=0$，$f(t)=0$，故 $L\left[\int f(t)\mathrm{d}t\right] = \frac{F(s)}{s}$。

证明

$$\int_0^\infty \left[\int f(t)\mathrm{d}t\right] \mathrm{e}^{-st}\,\mathrm{d}t = \int_0^\infty \left[\int f(t)\mathrm{d}t\right] \mathrm{d}\left(\frac{\mathrm{e}^{-st}}{-s}\right)$$

$$= \left[\int f(t)\mathrm{d}t\right]\frac{\mathrm{e}^{-st}}{-s}\Big|_0^\infty - \int_0^\infty \frac{\mathrm{e}^{-st}}{-s}\,\mathrm{d}\left[\int f(t)\mathrm{d}t\right]$$

$$= \frac{\int f(t)\mathrm{d}t\Big|_{t=0}}{s} + \frac{1}{s}\int_0^\infty f(t)\mathrm{e}^{-st}\,\mathrm{d}t$$

$$= \frac{\int f(t)\mathrm{d}t\Big|_{t=0}}{s} + \frac{1}{s}F(s)$$

6）初值定理

如果 $f(t)$ 和 $\mathrm{d}f(t)/\mathrm{d}t$ 不但可以进行拉普拉斯变换，而且 $\lim\limits_{s\to\infty} sF(s)$ 存在，则有

$$f(0) = \lim_{s\to\infty} sF(s) \qquad (2.7)$$

证明　由拉普拉斯变换的微分性质可知

$$\int_0^\infty \frac{\mathrm{d}f(t)}{\mathrm{d}t}\mathrm{e}^{-st}\,\mathrm{d}t = sF(s) - f(0)$$

对于 $0 \le t < \infty$ 的时间间隔，当 s 趋近于无穷大时，e^{-st} 趋近于零，即

$$\lim_{s\to\infty}\int_0^\infty \frac{\mathrm{d}f(t)}{\mathrm{d}t}\mathrm{e}^{-st}\,\mathrm{d}t = 0 = \lim_{s\to\infty}\lceil sF(s) - f(0)\rceil$$

因此有 $f(0) = \lim\limits_{s\to\infty} sF(s)$，定理得证。

7）终值定理

如果 $f(t)$ 和 $\mathrm{d}f(t)/\mathrm{d}t$ 可以进行拉普拉斯变换，而且 $\lim\limits_{t\to\infty} f(t)$ 存在，并且除在原点处有唯一的极点外，$sF(s)$ 在包含 $\mathrm{j}\omega$ 轴右半 s 平面内是解析的，则有

$$f(\infty) = \lim_{t\to\infty} f(t) = \lim_{s\to 0} sF(s) \qquad (2.8)$$

由拉普拉斯变换的微分性质可知

$$\int_0^\infty \frac{\mathrm{d}f(t)}{\mathrm{d}t}\mathrm{e}^{-st}\,\mathrm{d}t = sF(s) - f(0)$$

当 $s \to 0$ 时，$\lim\limits_{s\to 0}\mathrm{e}^{-st} = 1$，于是有

$$\lim_{s\to 0}\int_0^\infty \frac{\mathrm{d}f(t)}{\mathrm{d}t}\mathrm{e}^{-st}\,\mathrm{d}t = \int_0^\infty \frac{\mathrm{d}f(t)}{\mathrm{d}t}\mathrm{d}t = f(\infty) - f(0) = \lim_{s\to 0} sF(s) - f(0)$$

亦即 $f(\infty) = \lim\limits_{s\to 0} sF(s)$，定理得证。

3. 拉普拉斯反变换

由复变函数表达式推导成为时间函数表达式的数学运算叫做拉普拉斯反变换，拉普拉斯反变换的符号是 L^{-1}，记作

$$L^{-1}\lceil F(s)\rceil = f(t) \qquad (2.9)$$

具体的拉普拉斯反变换计算公式为

$$f(t) = \frac{1}{2\pi j} \int_{c-j\infty}^{c+j\infty} F(s) e^{st} ds \qquad (t > 0) \tag{2.10}$$

2.1.2　传递函数与方块图

1．传递函数

传递函数是描述线性定常系统或线性元件的输入-输出关系的一种最常用的数学模型。传递函数全面地反映了线性定常系统或线性元件的内在固有特性,是分析和研究线性系统输入输出特性的描述对象之一。

线性定常系统或线性元件在零初始条件下输出信号 $y(t)$ 的拉普拉斯变换式 $Y(s)$ 与其输入信号 $x(t)$ 的拉普拉斯变换式 $X(s)$ 之比,称为该系统或元件的传递函数,用 $G(s)$ 表示,即

$$G(s) = \frac{Y(s)}{X(s)} \quad 或 \quad Y(s) = G(s)X(s) \tag{2.11}$$

传递函数的定义适用于输入输出信号呈线性关系的元件或系统,既适用于开环系统,也适用于闭环系统。传递函数的形式完全取决于系统或元件自身的结构与参数,而与外加的输入信号形式无关。

传递函数有如下基本性质:

(1) 系统或元件的传递函数是描述其动态特性的一种关系式,它和系统或元件的运动方程式一一对应。

(2) 传递函数表征系统或元件本身的特性,而与输入信号无关。

(3) 传递函数不能反映系统或元件的物理结构,即不同物理性质的系统或元件可以具有相同的传递函数。

(4) 传递函数是复变量 s 的有理分式,$Y(s)$、$X(s)$ 均为多项式,每一项的系数都是实数。

2．方块图

方块图是系统中每个元件的功能和信号流向的图解表示,它表明系统中各元件或各环节间的相互关系,信号流动情况。

方块图输出信号的拉普拉斯变换式等于其输入信号的拉普拉斯变换式与方块内传递函数的乘积。信号通过方块的流向以箭头来表示,使输入信号的箭头指向方块,输出信号的箭头背向方块。方块图中只包含与系统动态性能有关的信息,并

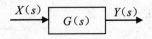

图 2-2　传递函数方块图

不包含与系统物理结构有关的一切信息。因此,许多物理结构上完全不同的系统,可以用相同的方块图来表示;一套方块图也可用不同的物理结构实现。传递函数的方块图如图 2-2 所示。

3．典型系统的方块图与传递函数

(1) 开环控制系统一般包含控制、执行与对象三个环节,方块图结构见图 2-3。每个环节对应一个传递函数,系统输出和输入之间的传递函数由图可直接写出

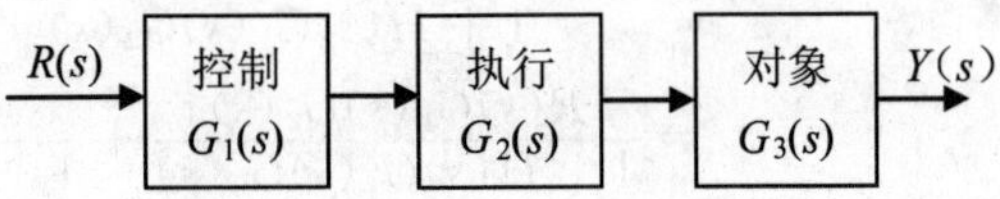

图 2-3　开环控制系统方块图

$$G(s) = \frac{Y(s)}{R(s)} = G_1(s)G_2(s)G_3(s) \tag{2.12}$$

其中输入量 $R(s)$ 为给定控制量。

（2）闭环控制系统方块图与传递函数闭环控制系统的抽象结构由执行（含对象）、反馈及偏差计算（$\otimes$ 符号表示）等环节构成，方块图结构如图 2-4 所示。执行环节的输入取决于控制量与反馈量的差值，被控量不但与控制量有关，还与其反馈量有关，从而为实现系统自动调节提供了条件。以下是通过闭环控制系统方块图推导闭环控制系统传递函数的过程。

$$B(s) = G(s)H(s)E(s)$$

$\dfrac{B(s)}{E(s)} = H(s)G(s)$ 称为系统中的开环传递函数。

$$\begin{aligned} Y(s) &= G(s)E(s) = G(s)\big[R(s) - B(s)\big] \\ &= G(s)\big[R(s) - G(s)H(s)E(s)\big] \\ &= G(s)\big[R(s) - H(s)Y(s)\big] \end{aligned}$$

$$Y(s)\big[1 + G(s)H(s)\big] = G(s)R(s)$$

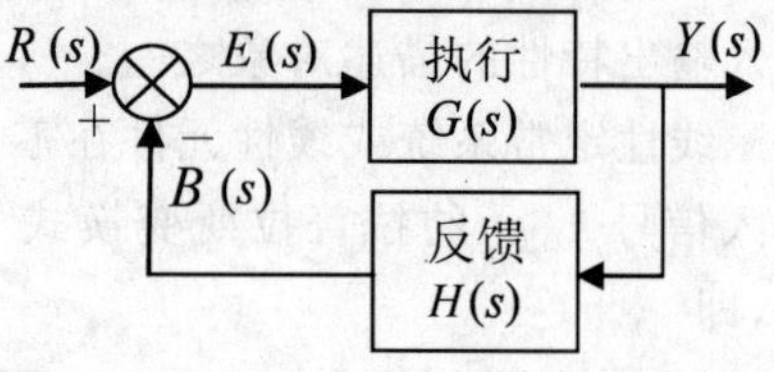

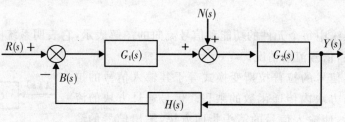

图 2-4　闭环控制系统方块图

闭环控制系统的传递函数为

$$\Phi(s) = \frac{Y(s)}{R(s)} = \frac{G(s)}{1 + H(s)G(s)} \tag{2.13}$$

（3）含扰动量的闭环控制系统方块图与传递函数。控制系统的工作过程就是不断消除来自系统内外扰动因素，使系统朝着实现预期目标的方向运行。因此，任何系统都是在受到不同程度扰动因素影响的状态下工作的，一个完整的、实用的控制系统设计方案必定考虑到了扰动因素的影响。图 2-5 是含有扰动因素的闭环控制系统抽象结构方块图。图中以扰动因素 $N(s)$ 出现在闭环控制系统的执行环节为例。具体表示方法是将执行环节分成两个分环节，扰动因素叠加在第一个分环节的输出上而进入第二个分环节。引入扰动因素后的闭环控制系统的传递函数推导过程为

图 2-5　含扰动量的闭环控制系统方块图

$$\begin{aligned} Y(s) &= \big\{\big[R(s) - Y(s) \cdot H(s)\big]G_1(s) + N(s)\big\}G_2(s) \\ &= R(s)G_1(s)G_2(s) - Y(s)H(s)G_1(s)G_2(s) + N(s)G_2(s) \end{aligned}$$

$$\begin{aligned} Y(s) &= \frac{R(s)G_1(s)G_2(s) + N(s)G_2(s)}{1 + H(s)G_1(s)G_2(s)} \\ &= \frac{R(s)G_1(s)G_2(s)}{1 + H(s)G_1(s)G_2(s)} + \frac{N(s)G_2(s)}{1 + H(s)G_1(s)G_2(s)} \end{aligned} \tag{2.14}$$

当 $|H(s)G_1(s)G_2(s)| \gg 1$ 及 $|H(s)G_1(s)| \gg 1$，扰动项 $\to 0$，扰动被抑制，此时控制系统的传递函数

$$G(s) = \frac{Y(s)}{R(s)} = \frac{1}{H(s)}$$

此式从理论上说明在 $|H(s)G_1(s)G_2(s)| \gg 1$ 时，闭环控制系统的传递函数只与 $H(s)$

成反比关系,而 $G_1(s)$、$G_2(s)$ 的变化不影响闭环传递函数,这是闭环传递函数的优点之一。该表达式还表明当 $H(s)=1$ 时,系统的输入量和输出量趋于相等。

在控制系统中每个环节的功能和信号流向均可用方块图方式表达,但一定的系统,从不同的角度观察,方块图不是唯一的。

例 2.1　R、C 低通网络如图 2-6(a)所示。分析输出对输入的传递函数。

解　在输入电流 i 作用下,

$$U_i = U_R + U_C = iR + \frac{1}{C}\int i\mathrm{d}t$$

将 U_i 进行拉普拉斯变换,

$$L[U_i] = L[U_R + U_C] = L\left[iR + \frac{1}{C}\int i\mathrm{d}t\right]$$

$$U_i(s) = I(s) \cdot R + \frac{1}{Cs}I(s) = I(s)\left(R + \frac{1}{Cs}\right)$$

$$G(s) = \frac{U_i(s)}{I(s)} = R + \frac{1}{Cs}$$

传递函数为阻抗属性,方块图如图 2-6(b)所示。讨论 U_i 作用下 U_C 的输出有

$$
\begin{aligned}
U_C(s) &= I(s) \cdot \frac{1}{Cs}\\
&= \frac{U_i(s) - U_C(s)}{R} \cdot \frac{1}{Cs}\\
&= \frac{U_i(s)}{RCs} - \frac{U_C(s)}{RCs}
\end{aligned}
$$

$$U_C(s)\left(1 + \frac{1}{RCs}\right) = \frac{U_i(s)}{RCs}$$

$$G(s) = \frac{U_C(s)}{U_i(s)} = \frac{\dfrac{1}{RCs}}{1 + \dfrac{1}{RCs}} = \frac{1}{RCs + 1}$$

传递函数为比例属性,相应的方块图结构如图 2-6(c)所示。

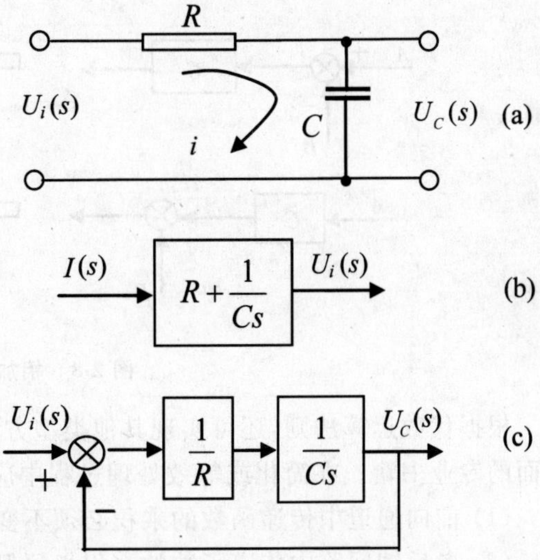

4. 方块图等效法则

1) 分支点移动规则

图 2-6　RC 电路方块图

根据分支点移动前后分支信号保持不变的"等效"原则,可将分支点顺着信号流通方向或逆着信号流通方向移动,如图 2-7 所示。

图 2-7(a)表明将分支从某一函数方块后面移到其前面时,必须在分出支路中串入具有相同传递函数的函数方块。若将分支点从某一函数方块前面移到其后时,则必须在分出支路中串入具有相同传递函数的倒数的函数方块,见图 2-7(b)。

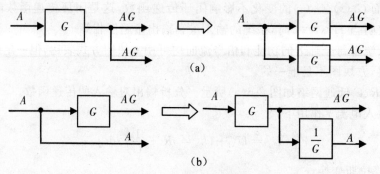

图 2-7　分支点移动规则

2) 相加点移动规则

根据保持相加点移动前后的函数方块输出不变的等效原则,可以将相加点顺着或逆着信号传递方向移动,图 2-8(a)所示为相加点从某一函数方块之前移至其后时,必须在移动的相加支路中串入具有相同传递函数的函数方块。若相加点从某一函数方块之后移至其前时,必须在移动的相加支路中串入具有相同传递函数的倒数的函数方块,如图 2-8(b)所示。

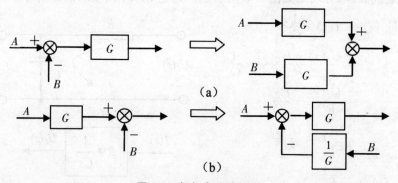

图 2-8　相加点移动规则

根据代数运算法则,还可实现其他类型方块图的简化或等效,相关内容请参阅自动控制方面的专业书籍。在简化或等效处理过程中应注意以下两条原则:

(1) 前向通道中传递函数的乘积必须不变。

(2) 各反馈回路中传递函数的乘积必须保持不变。

例 2.2　设某系统执行机构的控制量由 $u(t) = K_P e(t) + \dfrac{K_P}{T_I} \int e(t)\mathrm{d}t + K_P T_d \dfrac{\mathrm{d}e(t)}{\mathrm{d}t}$ 决定,试求该控制量的传递函数,并画出其方块图。

解　将 $u(t)$ 进行拉普拉斯变换有

$$U(s) = K_P E(s) + \frac{K_P}{T_I s} E(s) + K_P T_d \cdot s E(s)$$

由此得传递函数

$$G(s) = \frac{U(s)}{E(s)} = K_P + \frac{K_P}{T_I s} + K_P T_d s$$

对应于传递函数的方块图如图 2-9 所示。

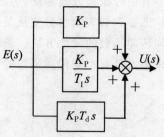

图 2-9　例 2.2 方块图

2.1.3　线性定常系统的脉冲响应

控制系统分析的第一步是推导建立系统的数学模型,一旦获得系统的数学模型,就可以采用不同的方法分析系统的性能。系统的性能分析包括三方面的内容,即稳定性、快速性以及准确性。

线性定常系统的稳定性分析是对系统稳定与不稳定进行判断,有代数判定法(劳斯判据、霍尔维兹判据等),极点判定法等。对系统的分析,稳定是前提,是必要的。一个线性定常系统只有在稳定的条件下,才能讨论快速性、准确性等其他性能指标。

系统的快速性性能是指线性定常系统在给定的输入信号作用下输出响应的快速与平稳性能。常用的指标有上升时间、延迟时间、峰值时间、调节时间、最大超调量及振荡次数。其中调节时间和最大超调量是最常用的两个性能指标。

准确性是系统的稳态性能指标,由稳态误差来衡量,是指在标准的输入信号作用下,系统的输出响应经过了过渡过程进入稳定状态后,其实际输出值与希望的输出值之差值。

线性定常系统的脉冲响应是指线性定常系统在稳定的前提下,在输入端加入理想单位脉冲信号得到的输出响应。假定系统的传递函数为

$$G(s) = \frac{Y(s)}{X(s)}$$

则系统的输出像函数为 $Y(s) = G(s)X(s)$。若系统的输入为理想单位脉冲激励信号,即 $X(s) = L[\delta(t)] = 1$,其中 $\delta(t)$ 为理想单位脉冲信号,则系统的输出像函数为 $Y(s) = G(s)X(s) = G(s)$,记 $g(t)$ 为单位脉冲响应函数,则有

$$g(t) = L^{-1}[G(s)]$$

可见,线性定常系统的脉冲响应 $g(t)$ 是在初始条件等于零的情况下线性系统对单位脉冲输入信号的响应,在数学上可以表示为对线性系统传递函数的反拉氏变换。

例 2.3　假设某二阶系统的传递函数为

$$G(s) = \frac{12}{(s+2)(s+8)}$$

试求系统的脉冲响应函数。

解　$g(t) = L^{-1}[G(s)] = L^{-1}\left[\dfrac{12}{(s+2)(s+8)}\right] = L^{-1}\left[\dfrac{2}{s+2} - \dfrac{2}{s+8}\right] = 2e^{-2t} - 2e^{-8t}$

2.2　离散系统数学基础

离散系统亦称采样控制系统,是一种动态系统。在这种系统中,有一个或多个变量仅在离散的瞬时变化,这些瞬时时刻以 kT 或 $t_k(k = 0,1,2,\cdots)$ 表示。在这些瞬时,可以对某些物理量进行测量或控制等,两个离散瞬时的时间间隔非常短暂,一般说来,较短的时间间隔有利于真实地反映现场信号的变化趋势,并且离散瞬时之间的数据也可以采用简单的插值法来近似。

离散系统与连续系统的区别在于离散系统的信号或数据是采样形式。

2.2.1　离散时间信号与采样信号的表示

1. 采样过程及数学描述

在采样控制过程中总存在将连续信号变为断续信号的过程,即采样过程。实现这个采

样过程的装置称为采样装置,采样装置可以简单地看作是一个采样开关,采样开关隔一段时间闭合一次、断开一次,如图 2-10(a)所示。

采样过程可以视为信号调制过程,即连续信号经过采样开关后变为断续信号,如图 2-10(b)所示。

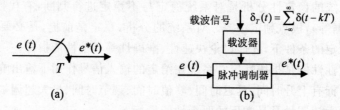

图 2-10 采样开关

采样开关按照相同的间隔时间闭合断开一次所实现的采样过程称为均匀采样过程,相反,采样开关闭合断开时间是随机的则称为随机采样过程。

为了简化分析,对采样过程作如下三点假设:

(1) 采样开关的动作是瞬间完成的;

(2) 采样开关闭合的时间 τ 远小于采样周期 T;

(3) 采样为等周期采样。

引进单位脉冲序列函数 $\delta_T(t)$,定义为

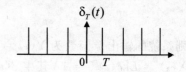

图 2-11 单位脉冲序列

$$\delta_T(t) = \sum_{k=0}^{\infty} \delta(t - kT)$$

其图形描述如图 2-11 所示。

2.2.2 差分与差商

1. 差分的概念

差分是计算数学的基本概念之一,是自变量按等差数列改变时所对应的函数(离散函数)在离散节点上的值之差。设函数 $y = f(x)$ 在等距节点 $x_k = x_0 + kh (k = 0, 1, 2, 3, \cdots)$ 上的值为 $y_k = f(x_k)(k = 0, 1, 2, 3, \cdots)$,函数 $f(x)$ 在自变量两个离散值处函数值的差

$$\Delta y_k = y_{k+1} - y_k = f(x_{k+1}) - f(x_k) \tag{2.15}$$

称之为 $f(x)$ 在 x_k 处的一阶前向差分。或

$$\Delta y_k = y_k - y_{k-1} = f(x_k) - f(x_{k-1}) \tag{2.16}$$

称之为 $f(x)$ 在 x_k 处的一阶后向差分。

按照类似的方法可以定义二阶前向差分

$$\Delta^2 y_k = \Delta(\Delta y_k) = \Delta y_{k+1} - \Delta y_k = y_{k+2} - y_{k+1} - (y_{k+1} - y_k)$$
$$= y_{k+2} - 2y_{k+1} + y_k = f(x_{k+2}) - 2f(x_{k+1}) + f(x_k) \tag{2.17}$$

及二阶后向差分

$$\Delta^2 y_k = \Delta(\Delta y_k) = \Delta y_k - \Delta y_{k-1} = y_k - y_{k-1} - (y_{k-1} - y_{k-2})$$
$$= y_k - 2y_{k-1} + y_{k-2} = f(x_k) - 2f(x_{k-1}) + f(x_{k-2}) \tag{2.18}$$

n 阶前向、后向差分定义公式可类推。

2. 差商的概念

称比值

$$f[x_0, x_1] = \frac{f(x_1) - f(x_0)}{x_1 - x_0} \tag{2.19}$$

为 $f(x)$ 关于节点 x_0, x_1 的一阶差商。称比值

$$f[x_0, x_1, x_2] = \frac{f[x_1, x_2] - f[x_0, x_1]}{x_2 - x_0} \tag{2.20}$$

为 $f(x)$ 关于节点 x_0, x_1, x_2 的二阶差商。一般地,设 $f(x)$ 的 $n-1$ 阶差商已经定义,称比值

$$f[x_0, x_1, x_2, \cdots, x_n] = \frac{f[x_1, x_2, \cdots, x_n] - f[x_0, x_1, \cdots, x_{n-1}]}{x_n - x_0} \tag{2.21}$$

为 $f(x)$ 关于节点 $x_0, x_1, x_2, \cdots, x_n$ 的 n 阶差商。

显然,一阶差商具有对称性,也就是说差商与节点的次序无关。同样二阶差商也具有对称性,一般地,n 阶差商也具有对称性,即差商与节点的次序无关。

利用差商的定义,差商的计算可以递推进行,列差商表如表 2-1 所示。

表 2-1 差 商 表

x_i	$f(x_i)$	一阶差商	二阶差商	三阶差商
x_0	$f(x_0)$			
x_1	$f(x_1)$	$f(x_0, x_1)$		
x_2	$f(x_2)$	$f(x_1, x_2)$	$f(x_0, x_1, x_2)$	
x_3	$f(x_3)$	$f(x_2, x_3)$	$f(x_1, x_2, x_3)$	$f(x_0, x_1, x_2, x_3)$

若要计算四阶差商,则增加一个节点,再计算一个斜行。如此下去,可求出各阶差商的值。

2.2.3 Z 变换

Z 变换是应用于线性定常离散系统的重要数学工具,它的作用等同于线性定常连续系统的拉普拉斯变换数学工具。离散信号是对连续信号进行采样而得到的离散脉冲序列。由于采样方式的不同,得到的采样离散信号差异很大,目前所用到的采样形式有:

(1) 周期采样。这是一种最普通的采样方式,其采样瞬时是等间隔的,即 $t_k = kT (k = 0, 1, 2, \cdots)$。

(2) 多阶采样。在控制系统中,根据被测参数的动态变化快慢的不同,实行对不同变化速率的采样信号进行不同周期的采样的一种采样方式。

(3) 随机采样。根据控制系统特殊需要而随机地进行采样的一种采样方式,各采样点之间的时间间隔是不同的。

不同的采样方式得到不同的离散时间信号序列,而其中应用最广的是周期采样,得到的离散时间信号序列是等周期的信号序列。求离散时间信号即序列 $f(k)$ 的 Z 变换,其最基本方法是几何级数求和法。然而,对于较为复杂的信号 $f(k)$,采用级数求和法就显得麻烦和困难。与连续时间信号的拉普拉斯变换相似,也可由 Z 变换的定义推出一些基本性质。这些基本性质反映了序列与其 Z 变换之间存在的一些关系,利用这些性质不仅可方便地求序列 Z 变换的像函数,而且可由像函数求得原序列。因此本节将讨论一些基本性质或定理,以熟悉和掌握 Z 变换的方法。

1. Z 变换的定义

对于时间序列信号

$$x^*(t) = \sum_{k=0}^{\infty} x(t)\delta(t-kT) \tag{2.22}$$

或

$$x^*(t) = \sum_{k=0}^{\infty} x(kT)\delta(t-kT) \tag{2.23}$$

对以上两式两边取拉普拉斯变换,得

$$X^*(s) = L[x^*(t)] = \int_0^\infty \sum_{k=0}^{\infty} x(t)\delta(t-kT)e^{-st}\,\mathrm{d}t$$

$$= \sum_{k=0}^{\infty} \int_0^\infty x(t)\delta(t-kT)e^{-st}\,\mathrm{d}t = \sum_{k=0}^{\infty} \int_0^\infty x(kT)\delta(t-kT)e^{-st}\,\mathrm{d}t$$

$$= \sum_{k=0}^{\infty} x(kT)e^{-ksT} \int_0^\infty \delta(t-kT)e^{-s(t-kT)}\,\mathrm{d}t$$

$$= \sum_{k=0}^{\infty} x(kT)e^{-ksT} \int_{-kT}^\infty \delta(\tau)e^{-s\tau}\,\mathrm{d}\tau = \sum_{k=0}^{\infty} x(kT)e^{-ksT}$$

令 $z = e^{sT}$ 或 $s = \dfrac{1}{T}\ln z$,则有

$$X(z) = X^*(s) = X^*\left(\frac{1}{T}\ln z\right) = \sum_{k=0}^{\infty} x(kT)z^{-k} \tag{2.24}$$

$X(z)$ 就叫做 $x^*(t)$ 的 Z 变换,并且以 $Z[x^*(t)]$ 表示 $x^*(t)$ 的 Z 变换。

在 Z 变换中,我们只考虑采样瞬时的信号值,因此,$x(t)$ 的 Z 变换与 $x^*(t)$ 的 Z 变换具有相同的结果,即

$$Z[x(t)] = Z[x^*(t)] = X(z) = \sum_{k=0}^{\infty} x(kT)z^{-k} \tag{2.25}$$

值得注意的是,在许多情况下,为了书写简便,人们往往省略采样周期 T ,而把离散信号 $x(kT)$ 直接写成简便形式 $x(k)$ 。

2. Z 变换的性质

1) 线性性质

设连续时间函数 $f_1(t)$,$f_2(t)$ 的 Z 变换分别为 $F_1(z)$,$F_2(z)$,并且 a_1,a_2 为常数,则有

$$Z[a_1 f_1(t) \pm a_2 f_2(t)] = a_1 F_1(z) \pm a_2 F_2(z) \tag{2.26}$$

证明 根据 Z 变换的定义,有

$$Z[a_1 f_1(t) \pm a_2 f_2(t)] = \sum_{k=0}^{\infty} [a_1 f_1(kT) \pm a_2 f_2(kT)]z^{-k}$$

$$= a_1 \sum_{k=0}^{\infty} f_1(kT)z^{-k} \pm a_2 \sum_{k=0}^{\infty} f_2(kT)z^{-k}$$

$$= a_1 Z[f_1(t)] \pm a_2 Z[f_2(t)]$$

$$= a_1 F_1(z) \pm a_2 F_2(z)$$

Z 变换是一种线性运算。

2) 滞后性质

设连续时间函数 $f(t)$ 在 $t < 0$ 时为 0,且其 Z 变换为 $F(z)$,$f(t)$ 在时间上产生 n 个采

样周期的滞后，如图 2-12 所示，其表达式为 $f(t-nT)$，则有

$$Z[f(t-nT)] = z^{-n}F(z) \tag{2.27}$$

证明　根据 Z 变换的定义，有

$$Z[f(t-nT)] = \sum_{k=0}^{\infty} f(kT-nT)z^{-k} = z^{-n}\sum_{k=0}^{\infty} f[(k-n)T]z^{-(k-n)}$$

令 $m = k-n$，且 $t < 0$ 时 $f(t) = 0$，于是有

$$Z[f(t-nT)] = z^{-n}\sum_{m=-n}^{\infty} f[mT]z^{-m} = z^{-n}\sum_{m=0}^{\infty} f[mT]z^{-m} = z^{-n}F(z)$$

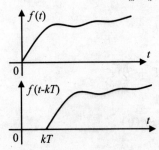

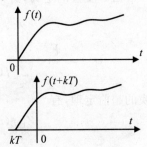

图 2-12　信号的滞后　　　　　　　　　　图 2-13　信号的超前

3）超前性质

设连续时间函数 $f(t)$ 在 $t < 0$ 时为 0，且其 Z 变换为 $F(z)$，$f(t)$ 在时间上产生 n 个采样周期的超前，如图 2-13 所示，其表达式为 $f(t+nT)$，则有

$$Z[f(t+nT)] = z^n\left[F(z) - \sum_{m=0}^{k-1} f(mT)z^{-m}\right] \tag{2.28}$$

证明　根据 Z 变换的定义，有

$$Z[f(t+nT)] = \sum_{k=0}^{\infty} f(kT+nT)z^{-k} = z^n\sum_{k=0}^{\infty} f[(k+n)T]z^{-(k+n)}$$

令 $m = k+n$，于是有

$$Z[f(t+nT)] = z^n\sum_{m=n}^{\infty} f[mT]z^{-m} = z^n\left[\sum_{m=0}^{\infty} f[mT]z^{-m} - \sum_{m=0}^{n-1} f[mT]z^{-m}\right]$$

$$= z^n\left[F(z) - \sum_{m=0}^{n-1} f[mT]z^{-m}\right]$$

当利用 Z 变换法求解差分方程时，经常利用超前性质或滞后性质。

4）复数位移定理

设连续时间函数 $f(t)$ 的 Z 变换为 $F(z)$，则

$$Z[f(t)\mathrm{e}^{\pm at}] = F(z\mathrm{e}^{\mp aT}) \tag{2.29}$$

证明　根据 Z 变换的定义，有

$$Z[f(t)\mathrm{e}^{\pm at}] = \sum_{k=0}^{\infty} f(kT)\mathrm{e}^{\pm akT}z^{-k} = \sum_{k=0}^{\infty} f(kT)(z\mathrm{e}^{\mp aT})^{-k} = F(z\mathrm{e}^{\mp aT})$$

5）初值定理

设连续时间函数 $f(t)$ 的 Z 变换为 $F(z)$，且 $\lim\limits_{z\to\infty}F(z)$ 存在，则

$$f(0) = \lim_{z\to\infty}F(z) \tag{2.30}$$

证明 根据 Z 变换的定义，有

$$\lim_{z \to \infty} F(z) = \lim_{z \to \infty} \sum_{k=0}^{\infty} f(kT) z^{-k} = \lim_{z \to \infty} [f(0) + f(T) z^{-1} + f(2T) z^{-2} + \cdots] = f(0)$$

6）终值定理

设 $f(t)$ 的 Z 变换为 $F(z)$，且 $F(z)$ 在圆心位于 Z 平面原点的单位圆上没有二重极点或高阶极点，并且在单位圆外没有极点，则 $f(t)$ 的终值为

$$f(\infty) = \lim_{n \to \infty} f(nT) = \lim_{t \to \infty} f(t) = \lim_{z \to 1} [(z-1) F(z)] \tag{2.31}$$

证明 根据 Z 变换的定义，有

$$Z[f(t)] = \sum_{k=0}^{\infty} f(kT) z^{-k}$$

$$Z[f(t+T)] = \sum_{k=0}^{\infty} f(kT+T) z^{-k}$$

根据 Z 变换的超前定理，有

$$Z[f(t+T)] = zF(z) - zf(0)$$

于是有

$$zF(z) - zf(0) - F(z) = Z[f(t+T)] - Z[f(t)]$$

$$= \sum_{k=0}^{\infty} f(kT+T) z^{-k} - \sum_{k=0}^{\infty} f(kT) z^{-k} = \sum_{k=0}^{\infty} [f(kT+T) - f(kT)] z^{-k}$$

$$= [f(T) - f(0)] + [f(2T) - f(T)] z^{-1} + [f(3T) - f(2T)] z^{-2} + \cdots$$

$$\lim_{z \to 1} [(z-1) F(z)]$$

$$= \lim_{z \to 1} \{ zf(0) + [f(T) - f(0)] + [f(2T) - f(T)] z^{-1} +$$

$$[f(3T) - f(2T)] z^{-2} + \cdots \}$$

$$= f(0) + [f(T) - f(0)] + [f(2T) - f(T)] + [f(3T) - f(2T)] + \cdots$$

$$+ \{ [f(k+1)T] - f(kT) \} + \cdots$$

若 $x(kT)(k = 0,1,2,3,\cdots)$ 都是有限值，则

$$\lim_{z \to 1} [(z-1) F(z)] = \lim_{k \to \infty} f[(k+1)T] = \lim_{t \to \infty} f(t) = f(\infty)$$

7）卷积定理

设函数 $f_1^*(t)$，$f_2^*(t)$ 的 Z 变换分别为 $F_1(z)$，$F_2(z)$，且 $t < 0$ 时，$f_1(t) = f_2(t) = 0$，则

$$Z[f_1(t) * f_2(t)] = Z\left[\sum_{k=0}^{\infty} f_1(kT) f_2^*(t-kT) \right] = Z\left[\sum_{k=0}^{\infty} f_2(kT) f_1^*(t-kT) \right]$$

$$= F_1(z) F_2(z) = F_2(z) F_1(z) \tag{2.32}$$

其收敛域为 $F_1(z)$，$F_2(z)$ 收敛域的公共部分。

证明

$$Z[f_1(k) * f_2(k)] = \sum_{k=-\infty}^{\infty} [f_1(k) * f_2(k)] z^{-k}$$

$$= \sum_{k=-\infty}^{\infty} \left[\sum_{n=-\infty}^{\infty} f_1(k-n) f_2(n) \right] z^{-k}$$

交换求和次序，得

$$Z[f_1(k) * f_2(k)] = \sum_{n=-\infty}^{\infty} f_2(n) \sum_{k=-\infty}^{\infty} f_1(k-n) z^{-k}$$

$$= \sum_{n=-\infty}^{\infty} f_2(n) z^{-n} F_1(z)$$

$$= F_1(z) F_2(z)$$

式中利用了 Z 变换移位性。显然收敛域应为 $F_1(z)$ 和 $F_2(z)$ 收敛域的重叠部分。

例 2.4 求 $f(k) = a^k U(k) * a^k U(k)$ 的 Z 变换 $F(z)$（a 为正实数，$U(k)$ 为单阶跃函数的采样）。

解 因为 $Z[a^k U(k)] = \dfrac{z}{z-a}$，（$|z| > a$）

根据卷积定理，得

$$F(z) = \frac{z}{z-a} \cdot \frac{z}{z-a} = \left(\frac{z}{z-a} \right)^2, \quad (|z| > a)$$

3. Z 反变换的定义

从 Z 变换函数求出原来的采样函数的过程称为 Z 反变换，用符号 $Z^{-1}[F(z)]$ 表示，记为

$$f^*(t) = Z^{-1}[F(z)] \tag{2.33}$$

从 Z 变换的定义可知，连续时间函数 $f(t)$ 的 Z 变换函数 $F(z)$ 仅仅包含了连续时间函数在各个采样时刻上的数值。因此，从原理上讲，通过 Z 反变换得到的也仅仅是连续时间函数在采样时刻的数值，而在非采样时刻上却不可能得到有关连续时间函数的信息。

因此，Z 反变换仅能求出连续时间函数在采样时刻的数值 $f(kT)$（$k = 0,1,2,3,\cdots$），或者说一个 Z 变换函数 $F(z)$ 可以与无穷多个连续函数对应（只要这些函数 $f(t)$ 在采样时刻上的函数值相等）。

4. Z 反变换的求法

通常情况下，一个时间连续函数的 Z 变换都是关于复变量 z 的有理分式函数，求 $F(z)$ 的 Z 反变换有三种方法，即幂级数法、部分分式展开法和反演积分法。

1）幂级数法

幂级数法又称长除法，是利用有理分式 $F(z)$ 的分子直接除以分母而得到的一个无穷幂级数的展开式，即

$$F(z) = \sum_{k=0}^{\infty} f(kT) z^{-k} = f(0) z^0 + f(T) z^{-1} + \cdots + f(kT) z^{-k} + \cdots \tag{2.34}$$

它是一个关于 z^{-1} 升幂形式的幂级数，根据 z^{-k} 的系数就可以得出时间序列 $f(kT)$（$k = 0,1,2,3,\cdots$）的值。然而这种方法不容易得出 $f(kT)$ 的一般表达式，亦即得不出收敛表达式。

例 2.5 求 $F(z) = \dfrac{2z(z-1)}{(z-2)(z-4)}$ 的 Z 反变换，写出前 5 项。

解 将原式进行整理得

$$F(z) = \frac{2z^2 - 2z}{z^2 - 6z + 8} = 2z^0 + 10z^{-1} + 44z^{-2} + 184z^{-3} + 752z^{-4} + \cdots$$

于是得到 Z 的反变换式为

$$f^*(t) = Z^{-1}[F(z)] = 2\delta(t) + 10\delta(t-T) + 44\delta(t-2T) + 184\delta(t-3T) +$$

$$752\delta(t - 4T) + \cdots$$

2) 部分分式法

部分分式法是将关于复变量 z 的有理分式函数 $F(z)$ 分解成最简单的分式形式,然后通过查 Z 变换对照表而求得各个简单因子的反 Z 变换,从而求得 $F(z)$ 的反 Z 变换表示式。

设 $F(z)$ 为两个 z 的有理式之比,且分母有一对共轭复根 $-\alpha \pm j\beta$,p 阶重根 $-\lambda_{11}$ 和 q 个单根 $\lambda_1, \lambda_2, \cdots, \lambda_q$,则 $F(z)$ 的表达式可表示为

$$F(z) = \frac{N(z)}{(z+\alpha+j\beta)(z+\alpha-j\beta)(z+\lambda_{11})^p(z+\lambda_1)\cdots(z+\lambda_q)} \tag{2.35}$$

式中 $N(z)$ 为 z 的有理式,按部分分式展开如下:

$$F(z) = \frac{c_\alpha z + c_\beta}{(z+\alpha+j\beta)(z+\alpha-j\beta)} + \frac{c_{11}}{(z+\lambda_{11})^p} + \cdots +$$

$$\frac{c_{1p}}{(z+\lambda_{11})} + \frac{c_1}{(z+\lambda_1)} + \cdots + \frac{c_q}{(z+\lambda_q)}$$

式中,$c_\alpha, c_\beta, c_{11}, \cdots, c_{1p}, c_1, \cdots, c_q$ 为待定系数。

(1) 共轭复根对应系数的确定

将式(2.34)两边同时乘以 $(z+\alpha+j\beta)(z+\alpha-j\beta)$,且将共轭复根中任一根 $z = -\alpha+j\beta$ 代入,得

$$F(z)(z+\alpha+j\beta)(z+\alpha-j\beta)\big|_{z=-\alpha+j\beta} = (c_\alpha z + c_\beta)\big|_{z=-\alpha+j\beta} \tag{2.36}$$

根据等式两边实部与虚部对应相等,得到两个代数方程,可分别求出 c_α, c_β。

(2) 重根对应系数的确定

$$c_{1i} = \frac{1}{(i-1)!} \frac{d^{i-1}}{dz^{i-1}} \left[F(z)(z+\lambda_{11})^p \right]\big|_{z=-\lambda_{11}}, \quad (i=1,2,\cdots,p) \tag{2.37}$$

(3) 单根对应系数的确定

$$c_i = \left[F(z)(z+\lambda_i) \right]\big|_{z=-\lambda_i}, \quad (i=1,2,\cdots,q) \tag{2.38}$$

一般先将 $F(z)/z$ 展开成部分分式,然后将部分分式中的每一项乘上因子 z 后与 Z 变换表对照,得到 $F(z)$ 的 Z 反变换式。

例 2.6 设 $F(z) = \dfrac{2z(z-1)}{(z-2)(z-4)}$,试用部分分式法求 $f(kT)$。

解 首先将 $F(z)/z$ 展开成部分分式,即

$$\frac{F(z)}{z} = \frac{2(z-1)}{(z-2)(z-4)} = \frac{-1}{z-2} + \frac{3}{z-4}$$

将部分分式中的每一项乘上因子 z 后,得

$$F(z) = \frac{-z}{z-2} + \frac{3z}{z-4}$$

查 Z 变换对照表可得

$$Z^{-1}\left[\frac{-z}{z-2}\right] = -2^k, \qquad Z^{-1}\left[\frac{3z}{z-4}\right] = 3 \times 4^k$$

最后可得

$$f(kT) = Z[F(z)] = -2^k + 3 \times 4^k, \qquad k = 0,1,2,3,\cdots$$

3) 反演积分法

反演积分法又称留数法,当 $F(z)$ 包含有共轭复根或重根时,用留数法是比较方便的。

根据 Z 变换的定义,即

$$F(z) = \sum_{k=0}^{\infty} f(kT)z^{-k} = f(0) + f(T)z^{-1} + f(2T)z^{-2} + \cdots + f(kT)z^{-k} + \cdots$$

用 z^{k-1} 同乘上式两边,得

$$F(z)z^{k-1} = f(0)z^{k-1} + f(T)z^{k-2} + f(2T)z^{k-3} + \cdots + f(kT)z^{-1} + f[(k+1)T]z^{-2} + \cdots$$

设曲线 Γ 是包围原点的逆时钟封闭曲线,且包围了 $F(z)z^{k-1}$ 的所有极点,则沿曲线 Γ 逆时钟方向对上式两边积分得

$$\oint_{\Gamma} F(z)z^{k-1}\mathrm{d}z = \oint_{\Gamma} f(0)z^{k-1}\mathrm{d}z + \oint_{\Gamma} f(T)z^{k-2}\mathrm{d}z + \cdots + \oint_{\Gamma} f(kT)z^{-1}\mathrm{d}z +$$

$$\oint_{\Gamma} f[(k+1)T]z^{-2}\mathrm{d}z + \cdots$$

注意到 $f(kT)$ 是一个具体的数值,且

$$\oint_{\Gamma} \frac{\mathrm{d}z}{(z-a)^k} = \begin{cases} 0, & k \neq 1 \\ 2\pi\mathrm{j}, & k = 1 \end{cases}$$

在上式中,$a = 0$,所以有

$$\oint_{\Gamma} F(z)z^{k-1}\mathrm{d}z = f(kT)\oint_{\Gamma} z^{-1}\mathrm{d}z = 2\pi\mathrm{j}f(kT)$$

离散函数的 Z 反变换可表示为

$$f(kT) = Z^{-1}[F(z)] = \frac{1}{2\pi\mathrm{j}}\oint_{\Gamma} F(z)z^{k-1}\mathrm{d}z \tag{2.39}$$

式中,积分曲线 Γ 是包围原点的逆时钟封闭曲线,它包围了 $F(z)z^{k-1}$ 的所有极点。

可根据 $F(z)$ 所具有根的分布情况分别计算其相应的留数。

(1) $F(z)$ 具有 q 个单根 $\lambda_1, \lambda_2, \cdots, \lambda_q$。根据复变函数的留数定理有

$$f(kT) = \sum_{i=1}^{q} \mathrm{Res}\big[F(z)z^{k-1}\big]\big|_{z=-\lambda_i} = \sum_{i=1}^{q} \big[(z+\lambda_i)F(z)z^{k-1}\big]\big|_{z=-\lambda_i} \tag{2.40}$$

(2) $F(z)$ 具有 p 重根 λ_{11}。根据复变函数的留数定理有

$$f(kT) = \frac{1}{(p-1)!}\frac{\mathrm{d}^{p-1}}{\mathrm{d}z^{p-1}}\big[(z+\lambda_{11})^p F(z)z^{k-1}\big]\big|_{z=-\lambda_{11}} \tag{2.41}$$

(3) $F(z)$ 具有 q 个单根 $\lambda_1, \lambda_2, \cdots, \lambda_q$ 及 p 重根 λ_{11}。根据复变函数的留数定理有

$$f(kT) = \sum_{i=1}^{q} \big[(z+\lambda_i)F(z)z^{k-1}\big]\big|_{z=-\lambda_i} + \frac{1}{(p-1)!}\frac{\mathrm{d}^{p-1}}{\mathrm{d}z^{p-1}}\big[(z+\lambda_{11})^p F(z)z^{k-1}\big]\big|_{z=-\lambda_{11}}$$

$$\tag{2.42}$$

例 2.7 求 $F(z) = \dfrac{z^2 + 2z}{(z+1)(z-2)^2}$ 的 Z 反变换。

解 由 $F(z)$ 的分母可知,存在单根 $z = -1$ 及二重根 $z = 2$,根据公式(2.41)得

$$f(kT) = \big[(z+1)F(z)z^{k-1}\big]\big|_{z=-1} + \frac{1}{(2-1)!}\frac{\mathrm{d}^{2-1}}{\mathrm{d}z^{2-1}}\big[(z-2)^2 F(z)z^{k-1}\big]\big|_{z=2}$$

$$= \left[\frac{z^{k+1} + 2z^k}{(z-2)^2}\right]\Big|_{z=-1} + \frac{\mathrm{d}}{\mathrm{d}z}\left[\frac{z^{k+1} + 2z^k}{z+1}\right]\Big|_{z=2}$$

$$= \frac{1}{9}(-1)^k + \frac{\big[(k+1)z^k + 2kz^{k-1}\big](z+1) - (z^{k+1} + 2z^k)}{(z+1)^2}\Big|_{z=2}$$

$$= \frac{1}{9}(-1)^k + \frac{6k-1}{9}2^k = \frac{1}{9}\big[(-1)^k + (6k-1)2^k\big] \qquad (k \geq 0)$$

以上三种求 Z 反变换的方法可根据实际情况分别选用。

5. 利用 Z 变换求解差分方程

对于一个 k 阶差分方程,在外加输入和初始条件已知的情况下,采用迭代法不难求出在任一时刻的输出值,而且迭代法很适合于微型计算机求解,但是不容易得出输出在采样时刻的一般表达式。用 Z 变换求解差分方程,在方法上十分类似于用拉普拉斯变换求解线性微分方程。利用 Z 变换的方法可以将差分方程变换成以 z 为变量的代数方程,并容易获得解的一般项的表达式。为了方便起见,以下将 $c(kT)$ 简写为 $c(k)$。

根据 Z 变换的超前定理,有

$$Z[c(n+k)] = z^n\Big[C(z) - \sum_{m=0}^{n-1} c(m)z^{-m}\Big] \qquad (2.43)$$

利用式(2.43)可以将差分方程化为代数方程。

例 2.8　用 Z 变换求解三阶差分方程

$$c(k+3) + 6c(k+2) + 11c(k+1) + 6c(k) = 0$$
$$c(2) = 0, \quad c(1) = 1, \quad c(0) = 0$$

解　对上面差分方程两边进行 Z 变换,并利用 Z 变换的超前定理有

$$z^3C(z) - z^3c(0) - z^2c(1) - zc(2) + 6\big[z^2C(z) - z^2c(0) - zc(1)\big] +$$
$$11\big[zC(z) - zc(0)\big] + 6C(z) = 0$$

将初始条件代入并化简得

$$z^3C(z) + 6z^2C(z) + 11zC(z) + 6C(z) = z^2c(1) + 6z^1c(1)$$

从而得到输出表达式

$$C(z) = \frac{z^2 + 6z^1}{z^3 + 6z^2 + 11z + 6} = \frac{z(z+6)}{(z+3)(z+2)(z+1)}$$

采用部分分式法

$$\frac{C(z)}{z} = \frac{k_1}{z+1} + \frac{k_2}{z+2} + \frac{k_3}{z+3} = \frac{(z+6)}{(z+1)(z+2)(z+3)}$$

其中

$$k_1 = \lim_{z \to -1}(z+1)\frac{C(z)}{z} = \lim_{z \to -1}\frac{(z+6)}{(z+2)(z+3)} = \frac{5}{2}$$

$$k_2 = \lim_{z \to -2}(z+2)\frac{C(z)}{z} = \lim_{z \to -2}\frac{(z+6)}{(z+1)(z+3)} = -4$$

$$k_3 = \lim_{z \to -3}(z+3)\frac{C(z)}{z} = \lim_{z \to -3}\frac{(z+6)}{(z+1)(z+2)} = \frac{3}{2}$$

于是有

$$C(z) = \frac{5}{2}\frac{z}{z+1} - \frac{4z}{z+2} + \frac{3}{2}\frac{z}{z+3}$$

对上式两边取 Z 反变换,即查阅 Z 反变换对照表,有

$$C(k) = \frac{5}{2}(-1)^k - 4(-2)^k + \frac{3}{2}(-3)^k, \qquad (k = 0,1,2,3,\cdots)$$

2.2.4　离散系统传递函数

1. 脉冲传递函数的定义

和线性定常连续系统一样,线性定常离散时间系统也可以用传递函数来描述。对图

2-14 所描述线性系统(或环节)的输出信号与输入信号 Z 变换之间的关系,可以由脉冲传递函数表示。由图 2-14 可知,在理想脉冲的作用下,输出的拉普拉斯变换为

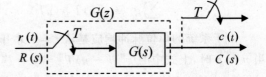

$$C(s) = G(s) \sum_{k=0}^{\infty} r(kT) e^{-kTs} \quad (2.44)$$

如果把 Z 变换的作用仅仅理解为求解线性常系数差分方程,显然是不够的。Z 变

图 2-14 线性系统输出信号与输入信号 Z 变换的关系

换更为重要的意义在于导出线性离散系统的脉冲传递函数,给线性离散系统的分析和校正带来极大的方便。

如图 2-15 所示,在零初始条件下,线性系统(或环节)输出脉冲序列的 Z 变换与输入脉冲序列的 Z 变换之比,称为系统(或环节)的脉冲传递函数(或 z 传递函数),即 $G(z) = \dfrac{C(z)}{R(z)}$。

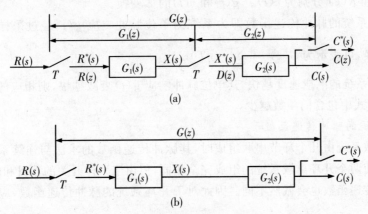

图 2-15 两种采样系统方框图

由上式可以求得采样系统的离散输出信号

$$c^*(t) = Z^{-1}[C(z)] = Z^{-1}[G(z)R(z)]$$

然而对大多数实际系统来说,其输出往往是连续信号 $c(t)$,而不是采样信号 $c^*(t)$,如图 2-15(b)所示。此时可以在系统输出端虚设一个理想采样开关,如图 2-15(b)中的虚线所示,它与输入采样开关同步工作,并具有相同的采样周期。如果系统的实际输出 $c(t)$ 比较平滑,且采样频率较高,则可用 $c^*(t)$ 近似描述 $c(t)$。必须指出,虚设的采样开关实际上是不存在的,它只是表明了脉冲传递函数所能描述的输出连续函数 $c(t)$ 在采样时刻上的离散值 $c^*(t)$。

下面根据采样系统的单位脉冲响应来推导脉冲传递函数,以便读者理解它的物理意义。

由线性连续系统的理论可知,当线性部分的输入信号为单位脉冲信号 $\delta(t)$ 时,其输出信号称为单位脉冲响应,以 $g(t)$ 表示。当输入信号为如下的脉冲序列时,

$$r^*(t) = \sum_{n=0}^{\infty} r(nT)\delta(t - nT)$$

根据叠加原理,输出信号为一系列脉冲响应之和,即

$$c(t) = r(0)g(t) + r(T)g(t - T) + \cdots + r(nT)g(t - nT)$$

在 $t = kT$ 时刻,输出的脉冲值为

$$c(kT) = r(0)g(kT) + r(T)g[(k-1)T] + \cdots + r(nT)g[(k-n)T] + \cdots$$

$$= \sum_{n=0}^{k} g[(k-n)T]r(nT)$$

由于系统的单位脉冲响应是从 $t=0$ 才开始出现的信号,当 $t<0$ 时,$g(t)=0$。因此,当 $n>k$ 时,上式中的 $g[(k-n)T]=0$。换句话说,kT 时刻以后的输入脉冲,如 $r[(k+1)T]$,$r[(k+2)T]$,$\cdots$,不会对 kT 时刻的输出信号产生影响。因此,上式中求和的上限可以扩展为 ∞,于是可得

$$c(kT) = \sum_{n=0}^{\infty} g[(k-n)T]r(nT)$$

根据卷积定理,可得上式的 Z 变换为

$$C(z) = G(z)R(z)$$

$C(z)$、$G(z)$ 和 $R(z)$ 分别为 $c(t)$、$g(t)$ 和 $r(t)$ 的 Z 变换。

由此可见,系统的脉冲传递函数即为系统的单位脉冲响应 $g(t)$ 经过采样后离散信号 $g^*(t)$ 的 Z 变换,可表示为 $G(z) = \sum_{n=0}^{\infty} g(nT)z^{-n}$。

上式表明,系统的响应速度越快,其单位脉冲响应 $g(t)$ 衰减越快,则相应的脉冲传递函数 $G(z)$ 的展开式中包含的项数越少。

2. 开环系统的脉冲传递函数

当开环离散系统由几个环节串联组成时,其脉冲传递函数的求法与连续系统的情况不完全相同。即使两个开环离散系统的组成完全相同,但由于采样开关的数目和位置不同,求出的开环脉冲传递函数也会截然不同。因此对于开环系统的脉冲传递函数,应注意以下两种不同的情况。

1) 串联环节之间有采样开关

设开环离散系统如图 2-15(a)所示,在两个串联连续环节 $G_1(s)$ 和 $G_2(s)$ 之间,有理想采样开关隔开。根据脉冲传递函数定义,可得

$$D(z) = G_1(z)R(z)$$

$$C(z) = G_2(z)D(z)$$

其中 $G_1(z)$ 和 $G_2(z)$ 分别为 $G_1(s)$ 和 $G_2(s)$ 的脉冲传递函数。于是有

$$C(z) = G_1(z)G_2(z)R(z)$$

因此,开环系统脉冲传递函数

$$G(z) = \frac{C(z)}{R(z)} = G_1(z)G_2(z) \tag{2.45}$$

上式表明,有理想采样开关隔开的两个连续环节串联的脉冲传递函数,等于这两个环节各自的脉冲传递函数之积。这一结论,可以推广到类似的 n 个环节相串联时的情况。

2) 串联环节之间无采样开关

设开环离散系统如图 2-15(b)所示,在两个串联连续环节之间 $G_1(s)$ 和 $G_2(s)$ 之间,没有理想采样开关。显然,系统连续信号的拉氏变换为

$$C(s) = G_1(s)G_2(s)R^*(s)$$

其中,$R^*(s)$ 为输入采样信号的拉氏变换,即

$$R^*(s) = \sum_{n=0}^{\infty} r(nT) e^{-nsT}$$

把输出 $C(s)$ 离散化,并根据采样拉氏变换的性质(此处不加证明地给出结论)得

$$[G(s)R^*(s)]^* = G^*(s)R^*(s)$$

其中:$G(s)$ ——连续函数的拉氏变换;

$R^*(s)$ ——采样函数的拉氏变换。

则有

$$C^*(s) = [G_1(s)G_2(s)R^*(s)]^* = [G_1(s)G_2(s)]^* R^*(s)$$
$$= G_1 G_2^*(s) R^*(s) \tag{2.46}$$

其中

$$G_1 G_2^*(s) = [G_1(s)G_2(s)]^* = \frac{1}{T} \sum_{-\infty}^{+\infty} G_1(s + jn\omega_s) G_2(s + jn\omega_s)$$

一般来说,$G_1 G_2^*(s) \neq G_1^*(s) G_2^*(s)$。

对式(2.44)取 Z 变换,得到

$$C(z) = G_1 G_2(z) R(z)$$

其中,$G_1 G_2(z)$ 定义为 $G_1(s)$ 和 $G_2(s)$ 乘积的 Z 变换。于是开环系统脉冲传递函数

$$G(z) = \frac{C(z)}{R(z)} = G_1 G_2(z) \tag{2.47}$$

上式表明,没有理想采样开关隔开的两个线性连续环节串联时的脉冲传递函数,等于这两个环节传递函数乘积后的相应 Z 变换。这一结论同样可推广到类似的 n 个环节相串联时的情况。

对比式(2.45)和(2.47)可知,Z 变换无串联性。

3. 闭环系统的脉冲传递函数

在连续系统中,闭环传递函数与相应的开环传递函数之间有着确定的关系,所以可以用一种典型的结构图来描述一个闭环系统。而在离散系统中,由于采样开关在系统中所设置的位置不同,结构形式就不一样,所以没有唯一的典型结构图,因而系统的闭环脉冲传递函数就没有一般的计算公式,只能根据系统的具体结构而具体地求取。

一般地,闭环脉冲传递函数是闭环离散控制系统输出信号的 Z 变换与输入信号的 Z 变换之比,即

$$\Phi(z) = \frac{C(z)}{R(z)}$$

在求取闭环脉冲传递函数时,要先根据系统的结构列出各个变量之间的关系,然后再消去中间变量,得到输入量 Z 变换与输出量 Z 变换之间的关系,从而得到脉冲传递函数的表达式。典型的闭环离散系统及其输出的 Z 变换函数如表 2-2 所示。

例 2.9 设系统如图 2-16 所示,求系统的开环脉冲传递函数。

解 设 $G_1(s) = \dfrac{1}{s}$,$G_2(s) = \dfrac{10}{s+10}$,则图 2-16(a)所示系统的脉冲传递函数为

$$\frac{C(z)}{R(z)} = G(z) = G_1 G_2(z) = Z\left[\frac{10}{s(s+10)}\right]$$
$$= Z\left[\frac{1}{s} - \frac{1}{s+10}\right] = \frac{z}{z-1} - \frac{z}{z-e^{-10T}} = \frac{z(1-e^{-10T})}{(z-1)(z-e^{-10T})}$$

图 2-16(b)所示系统的脉冲传递函数为

$$\frac{C(z)}{R(z)} = G(z) = G_1(z)G_2(z)$$

$$= Z\left[\frac{1}{s}\right] \cdot Z\left[\frac{10}{s+10}\right] = \frac{10z^2}{(z-1)(z-e^{-10T})}$$

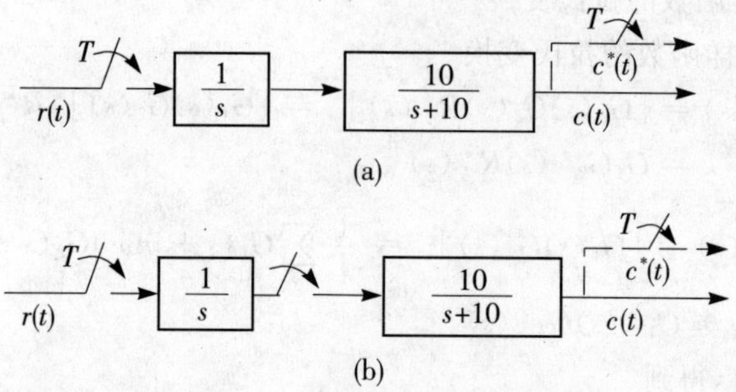

(a)

(b)

图 2-16 采样控制系统实例

比较图 2-16(a)、(b)所示两系统的结果可以看出

$$G_1(z) \cdot G_2(z) \neq G_1 G_2(z)$$

两者的极点相同,由 $G_1(z)$ 和 $G_2(z)$ 的极点决定,但两者的零点不同。

表 2-2 典型闭环离散系统及其输出 Z 变换函数

序号	采样控制系统结构图	$C(z)$ 的计算表达式
1	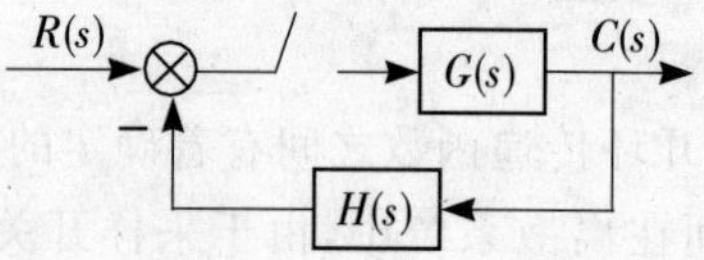	$\dfrac{G(z)R(z)}{1+GH(z)}$
2	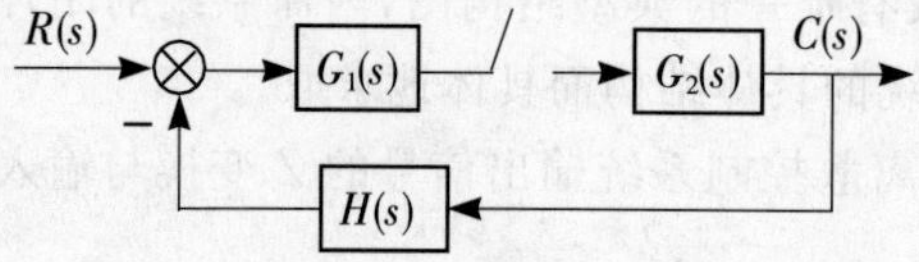	$\dfrac{RG_1(z)G_2(z)}{1+G_2HG_1(z)}$
3	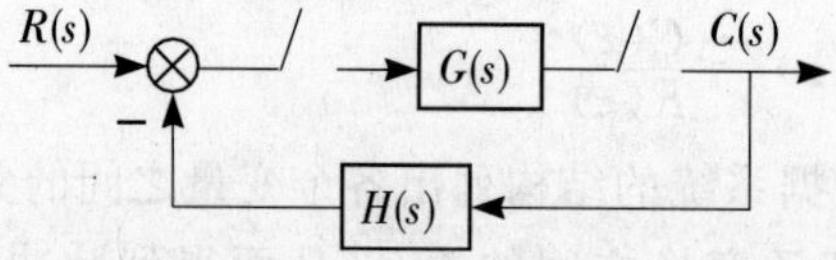	$\dfrac{G(z)R(z)}{1+G(z)H(z)}$
4	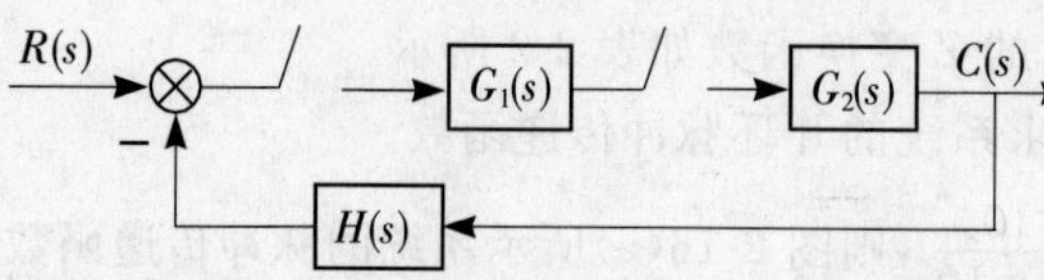	$\dfrac{G_1(z)G_2(z)R(z)}{1+G_1(z)G_2H(z)}$
5	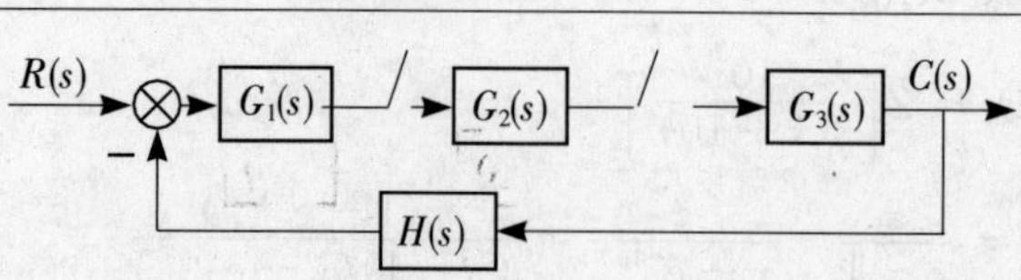	$\dfrac{RG_1(z)G_2(z)G_3(z)}{1+G_2(z)G_1G_3H(z)}$

续表 2-2

序号	采样控制系统结构图	$C(z)$的计算表达式
6		$\dfrac{RG(z)}{1+HG(z)}$
7		$\dfrac{R(z)G(z)}{1+G(z)H(z)}$
8		$\dfrac{G_1(z)G_2(z)R(z)}{1+G_1(z)G_2(z)H(z)}$

例 2.10　求图 2-17 所示采样系统的输出 $C(z)$ 的表达式。

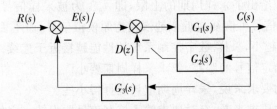

图 2-17　采样控制系统实例

解　　　　　　　　$E(z) = R(z) - C(z)G_3(z)$

而　　　　　　　　$D(z) = E(z)G_1G_2(z) - D(z)G_1G_2(z)$

因此　　　　　　　$D(z) = \dfrac{G_1G_2(z)}{1+G_1G_2(z)}E(z)$

$$C(z) = E(z)G_1(z) - D(z)G_1(z) = \dfrac{G_1(z)}{1+G_1G_2(z)}E(z)$$

所以　　　$C(z) = \dfrac{G_1(z)R(z)}{1+G_1G_2(z)} - \dfrac{G_1(z)}{1+G_1G_2(z)}C(z)G_3(z)$

即　　　　　　$C(z) = \dfrac{G_1(z)R(z)}{1+G_1G_2(z)+G_1(z)G_3(z)}$

2.3　采样周期的一般选择方法

2.3.1　香农(Shannon)采样定理

　　把连续信号变换成脉冲序列的过程称为采样过程。数字控制系统将连续信号经过 A/D 转换器采样及保持,变为离散的数字信号,其后由 D/A 转换器恢复为连续的信号,信号经历了两种形式的变换。在信号的转换过程中,存在着在采样过程中信息能否被完整地保存下来的问题,在信号的恢复过程中,存在信息能否不失真的完全恢复的问题,香农采样定理从理论上解决了这一问题。

设连续信号 $f(t)$ 的频带为有限宽度,且信号的最高角频率为 ω_{max}(或最高频率 $f_{max} = \frac{\omega_{max}}{2\pi}$),如果以采样角频率 ω_s 对信号 $f(t)$ 采样得到离散信号 $f^*(t)$,则连续信号 $f(t)$ 可以由 $f^*(t)$ 无失真地复现出来的条件是 $\omega_s \geq 2\omega_{max}$,或 $T_s \leq \pi/\omega_{max} = 1/(2f_{max})$。这就是香农定理。其中,采样周期 $T_s = 2\pi/\omega_s$。

香农采样定理说明了为了使得连续信号经采样保持后能不失真地复现出来,应满足对最高频率范围内的任一连续信号在一个周期内的采样不少于两次。

2.3.2　采样周期的选择

采样控制系统中,设采样周期为 T_s,采样速率为 $1/T_s$,采样角频率为 $\omega_s = 2\pi/T_s$,因采样控制系统的性能与采样周期的选择有密切关系,故采样周期 T_s 是设计者要精心选择的重要参数。但在实际应用中却存在许多问题,如被控对象的性质、给定值的变化频率、执行机构的类型等各具特色,控制系统的结构各异,要求的性能指标也各不相同,其中最主要的问题是连续信号的最高频率难以确定,因此要从理论上推导出各类系统采样周期的统一公式是十分困难的。采样周期的选择受多方面因素的影响,主要考虑的因素分析如下:

(1)香农采样定理给出了采样周期的上限,即 ω_{max} 为被采样信号的上限角频率。若满足香农采样定理,采样信号可恢复或近似地恢复为原模拟信号,而不丢失主要信息。在这个限制范围内,采样周期越小,采样-数字控制系统的性能越接近于连续-时间控制系统。

(2)闭环系统对给定信号的跟踪,要求采样周期要小。

(3)从抑制扰动的要求来说,采样周期应该选择得小些。

(4)从执行元件的要求来看,有时要求输入控制信号要保持一定的宽度。

(5)从计算机精度考虑,采样周期不宜过短。

(6)从系统成本上考虑,希望采样周期越长越好。

综合上述各因素,选择采样周期,应在满足控制系统的性能要求的条件下,尽可能地选择低的采样速率。这里介绍几种选择采样周期的经验。

1. 以复现连续信号精度要求选择采样周期

零阶保持器的复现信号误差为 $e_{zoh} \leq T \cdot \max_t |f(t)|$。

当信号为正弦信号时 $e_{zoh} = 0.5\omega T$。设 N 为一个周期内对信号的采样次数,则有 $N = \omega_s/\omega$,而 $T = 2\pi/\omega_s$,故有 $e_{zoh} = \pi/N$。可见保持器的复现信号的误差与采样频率或采样次数有关,N 越大,采样保持误差越小。如果要求采样保持误差小于千分之五,可以计算出一个信号周期内采样次数必须大于或等于 629 次。

2. 根据被控参数的性质选择采样周期

在实际工程应用中,当被控对象的数学模型不明确时,可以根据系统被控对象的被控参数的变化规律来选择采样周期。例如,对于以温度为被控参数的温度控制系统,因为被控对象热惯性较大,被控参数变化较为缓慢,可以选择较大的采样周期;而对于类似于交直流调速系统、隧洞系统等要求动态响应速度较快、抗干扰能力强的系统,则应选择较小的采样周期。表 2-3 给出了不同的被控参数的采样周期选择的经验参考值。

表 2-3　采样周期选择的经验参考值

被控量	流量	液位	压力	温度	位置	电流环	速度环
采样周期	1～5 s	6～8 s	3～10 s	10～20 s	10～50 ms	1～5 ms	5～20 s

　　当然,表 2-3 给出的是采样周期的经验参考值,具体操作时还需要进行适当调整。要根据所设计的系统的具体情况,在指定的参考值范围内,选择几种采样周期运行,采用试凑的方法,根据观察记录的相应曲线,反复修改,多次试凑,选择性能较好的一个作为最后的采样周期,以达到指定的性能指标。

　　对于多个参数的较为复杂的被控对象,其采样周期的选择可以采取多种周期采样。即根据表 2-3 给出的经验值,根据被采样的信号参数不同分别选择相适应的采样周期进行采样,这种采样周期的选择得到的效果比选择单一周期采样效果好。

　　3. 根据输出信号呈现的形式选择采样周期

　　在工业控制中,大量的受控对象都具有低通性质。图 2-18 根据被控对象的输出响应形式给出了选择采样周期的经验。

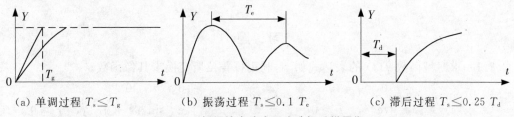

(a) 单调过程 $T_s \leqslant T_g$　　　　(b) 振荡过程 $T_s \leqslant 0.1 \, T_e$　　　　(c) 滞后过程 $T_s \leqslant 0.25 \, T_d$

图 2-18　根据输出响应形式选择采样周期

　　图 2-18(a)、(b)、(c)给出了三种输出动态响应过程的采样周期的选择,当然也只是给出了一个范围,具体操作时还需要视具体实际情况进行调整。

　　4. 根据被控对象的时间常数选择采样周期

　　设被控对象由多个环节组成,其传递函数可以表示为

$$G(s) = \frac{N(s)}{s^m(T_1 s + 1)(T_2 s + 1) \cdots [(s + \alpha_1)^2 + \beta_1{}^2][(s + \alpha_2)^2 + \beta_2{}^2] \cdots}$$

式中包含了惯性环节及振荡环节,系统的时域响应包含的分量有 $e^{-t/T_1}, e^{-t/T_2}, \cdots,$ $e^{-\alpha_1 t}\sin\beta_1 t, e^{-\alpha_2 t}\sin\beta_2 t, \cdots,$ 其中 $T_1, T_2, \cdots, \frac{1}{\alpha_1}, \frac{1}{\alpha_2}, \cdots$ 表示系统的时间常数,$\beta_1, \beta_2, \cdots$ 表示系统振荡环节的固有频率,其对应的振荡周期为 $\tau_1 = 2\pi/\beta_1, \tau_2 = 2\pi/\beta_2, \cdots$。由采样定理可知,采样周期不超过环节中最小时间常数的 1/2,即

$$T_s \leqslant 0.5 \cdot \min\{T_1, T_2, \cdots, \frac{1}{\alpha_1}, \frac{1}{\alpha_2}, \cdots, \tau_1, \tau_2, \cdots\}$$

而实际应用时通常选择采样周期为其最大采样周期的 1/2,即有

$$T_s = 0.5 T_{smax} = 0.25 \cdot \min\{T_1, T_2, \cdots, \frac{1}{\alpha_1}, \frac{1}{\alpha_2}, \cdots, \tau_1, \tau_2, \cdots\}$$

　　5. 以相角稳定裕度选择采样周期

　　实际上,ωT_s 表示的是指定频率处的相角,由零阶保持器引起的相角裕度约减少 $\Delta\gamma =$

$\omega_{c}T_{s}/2$，它与采样周期 T_{s} 成正比，采样周期越大，相角稳定裕度减少越多，系统的品质越差。若采样周期 T_{s} 太大，会使原来稳定的离散系统变为不稳定系统。若允许的相角裕度减少量为 $5°\sim15°$，则

$$\frac{\omega_{c}T_{s}}{2}=(5°\sim15°)=(5°\sim15°)\frac{\pi}{180°}(\text{弧度})$$

故采样周期为 $T_{s}=(0.17\sim0.5)\dfrac{1}{\omega_{c}}$，其中，$\omega_{c}$ 为系统的闭环截止频率。

6. 以控制算法选择采样周期

使用 PI 算法和使用 PID 算法在选择采样周期时存在明显的差异。

对 PI 控制器，采样周期与积分时间 T_{i} 有关，典型的经验公式是

$$\frac{T_{s}}{T_{i}}=0.1\sim0.3$$

对于 PID 控制器，积分时间 T_{i} 及微分时间 T_{d} 与采样周期的选择都有关，典型的经验公式是

$$\frac{NT_{s}}{T_{d}}=0.2\sim0.6$$

式中，N 是微分增益系数，$N=3\sim20$，通常取 $N=10$。

习　题

2.1　求时域函数 $f(t)$ 的表达式如下，利用拉普拉斯变换求其像函数。

(1) $f(t)=\begin{cases}0,& t<0\\ te^{-3t},& t\geq0\end{cases}$　　　　(2) $f(t)=\begin{cases}0,& t<0\\ e^{-3t}\sin(\omega t+\pi/3),& t\geq0\end{cases}$

2.2　已知函数 $f(t)$ 的像函数如下，试用部分分式展开法求其拉普拉斯反变换。

(1) $F(s)=\dfrac{s^{2}+3s+5}{(s+1)^{2}(s+2)}$　　　　(2) $F(s)=\dfrac{s^{2}+3s+5}{(s+1)(s^{2}+4s+8)}$

2.3　利用拉普拉斯变换解下列微分方程：

(1) $x''+6x'+18x=0$　　　　$x(0)=1,x'(0)=-1$

(2) $x''+5x'+6x=4\sin4t$　　　　$x'(0)=0,x(0)=1$

2.4　设系统的微分方程式如下：

$$0.04\ddot{c}(t)+0.24\dot{c}(t)+c(t)=r(t)$$

试求系统的单位脉冲响应和单位阶跃响应。

2.5　控制系统的结构框图如图 2-19 所示，试计算 $\dfrac{C(s)}{R_{1}(s)},\dfrac{C(s)}{R_{2}(s)}$。

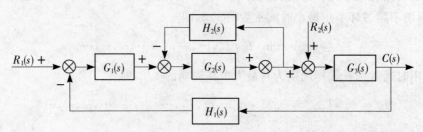

图 2-19　系统结构框图

2.6　若某系统在阶跃输入 $r(t)=1(t)$ 时,零初始条件下的输出响应 $c(t)=1-\mathrm{e}^{-2t}+\mathrm{e}^{-t}$,试求系统的传递函数和单位脉冲响应。

2.7　设系统传递函数为

$$\frac{C(s)}{R(s)}=\frac{2}{s^2+3s+2}$$

且初始条件 $c(0)=-1,\dot{c}(0)=0$。试求阶跃输入 $r(t)=1(t)$ 时,系统的输出响应 $c(t)$。

2.8　求下列函数的 Z 变换

(1) $G(s)=\dfrac{1}{s(s+1)}$ 　　(2) $G(s)=\dfrac{s+2}{s(s+1)^2}$ 　　(3) $f(t)=t^2\mathrm{e}^{-5t}$

2.9　求下列 $F(z)$ 的 Z 反变换

(1) $F(z)=\dfrac{10}{(1-0.5z^{-1})(1-0.25z^{-1})},|z|>0.5$

(2) $F(z)=\dfrac{10z}{(z+1)(z+4)},|z|>0.5$

2.10　求图示采样控制系统的脉冲传递函数

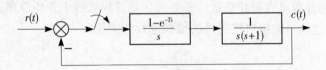

图 2-20　采样控制系统结构图

2.11　设二阶差分方程描述的离散控制系统为

$$c(k+2)+7c(k+1)+12c(k)=32$$,且 $y(0)=1,y(1)=-1$

试求解系统的差分方程。

第3章　接口与过程通道配置技术

在微型计算机控制系统中,用于主机与生产过程之间进行信息交换的装置有接口和过程通道,两者既相互区别又互相交融。接口技术处理的内容为纯粹的数字信息,虽然在微型计算机控制系统中有它必须遵循的一般规则,但是总的来说还是微型计算机系统的一种普遍性技术。过程通道配置是实现生产过程微型计算机控制的专门技术,处理的信息种类繁多,主要包括强、弱模拟信号,强、弱开关量信号,非电与电类物理信号等。通道中信号形式可以全是数字信号,也可以模拟、数字信号兼有。不管过程通道从现场获取的是什么类型的信号,经过程通道送入接口的信息总是表现为数字状态,从接口送出到过程通道的信息也是数字状态。接口和过程通道相互交融的重要特征是过程通道中各环节在逻辑和时序上的协调工作,是主机通过接口或接口按主机的授权进行相关控制。

3.1　概　述

当今微型计算机控制技术已涉及工业领域的方方面面,被测控对象的种类越来越多。如何高质量完成主机与生产过程之间的信息传递,从而保障整个系统高质量运转,接口与过程通道的高质量配置起着关键作用。

过程通道的基本任务是信号获取、转换及传递,接口的基本任务是数字信号传递。区别于一般微型计算机系统接口的重要标志是计算机控制系统中的接口电路除了基本任务外还担负控制过程通道各环节协调工作的任务。

要使微型计算机安全、可靠、高效地对工业生产过程实施控制,微型计算机必须获得工业生产现场的第一手资料即生产过程相关信息。现场的信息种类有电和非电两大类,电类信息主要有电流、电压、频率、周期、功率等,工程上按量值分档对待,如电压信号有微弱、弱、强三个基本档次;非电类信息包括磁、光、温度、湿度、粘度、流量、速度、压力、应力等。这些信息的量值既是计算机的决策依据又是被调节对象。

一般来说,微型计算机无法直接接收和处理生产过程的实际信息,这些实际信息由输入过程通道获取、转换,传递给接口,再由接口送入微型计算机;微型计算机传送到生产过程的控制信息通过接口进入输出过程通道,由输出过程通道转换为生产过程所能接受的信号形式。

(1) 输入过程通道的信号获取环节是通过采用不同的传感器将不同的被调节对象转换为对应关系明确的规范电信号,对于非电的物理量表现出能量形式的转换。

(2) 输入过程通道的信号转换环节将获取的规范电信号转换为微型计算机可以直接处理的数字信号,如果获取的是模拟信号则进行模/数转换,如果获取的是开关信号则进行数制转换或规范。

（3）输入过程通道的信号传递环节把转换环节送来的数字信息送往接口，传递的方式有无条件、查询、中断、DMA 等。

（4）输出过程通道从接口获取主机送来的控制量数字信号或开关控制信号，获取的方式同样有无条件、查询、中断、DMA 等。

（5）输出过程通道的转换环节将控制量数字信号进行数/模转换，或将开关控制信号进行必要的功率转换。

（6）输出过程通道的传递环节将转换的信息送入工业生产过程，传递方式有直接、分时、查询、中断等。

由第 1 章可以知道微型计算机控制系统有三类接口，本章讨论的接口内容为面向过程通道进行信息交互的接口技术。面向过程通道的接口电路的结构、编程方法等与过程通道的功能、结构、信息传递方式密切相关。

（1）根据主机获取、发送信息的要求及过程通道传送、接收信息的状态，接口电路传递数据的方式分为无条件、查询、中断等。

（2）为适应过程通道转换环节的技术变化，面向过程通道的接口电路同样也应具备数据格式转换、数制转换、实时中断管理等接口的一般功能。

（3）面向过程通道的接口电路的明显特征是它必须深入过程通道内部对过程通道中各子环节，如多路转换、可编程放大、采样/保持、A/D 转换、D/A 转换等进行关系上、功能上、时间上等的有序控制。

以上相关情况表明，过程通道已不单纯是主机通过接口连接的类似一般外部设备的装置，而是接口与过程通道两者融合的主机与生产过程之间进行信息传输的渠道。

微型计算机和生产过程中的相关设备即控制对象（产生或调节被控参量的执行机构）是可以互相独立工作的装置或设备。微型计算机是以电子元器件为主的电子设备，而控制对象种类繁多，常见的有机械设备、机电设备、电子设备、化工设备等。微型计算机与控制对象通过接口和过程通道构成微型计算机控制系统时，微型计算机与控制对象之间可以是一对一、一对多，也可以是多对多，作为微型计算机控制技术的基础，本章仅讨论前两种对应关系。

微型计算机的工作速度高，比较而言控制对象的工作速度非常低，当微型计算机控制系统运行时，两者之间要进行频繁的数据交换。微型计算机系统是弱电设备，而控制对象多为强电设备。微型计算机处理的信息全是数字信号，被控对象的工作信号及被控参量的信号形式有模拟的、数字的、电的、非电的等，而且信号的变化范围、传送速率各不相同。接口与过程通道的设计质量直接关系到微型计算机与生产过程之间信息的传送效率、质量，微型计算机适应各种控制对象的能力，整个微型计算机控制系统的性能、成本、控制效果及安全等，因此，设计过程通道与面向过程通道的接口时必须注意和解决如下基本问题：

（1）输入输出信号形式的转换，尤其是不同能量形式的信号转换；

（2）微型计算机与控制对象两个异步工作的系统实现同步和通信联络；

（3）高速的微型计算机与低速的控制对象实现速度匹配；

（4）数据格式转换、数制转换、A/D 转换、D/A 转换、电平转换、功率转换等；

（5）微弱信号放大、滤波、整型，强电信号幅度衰减、滤波、整型，信号幅度规范；

（6）数据通道与子环节工作控制的端口分配；

（7）接口电路中的端口触发、时序及负载驱动能力。

研制接口和过程通道电路使用的器件有三大类，一类是利用基本的小规模集成电路功能器件（如一片多组的运算放大器等）、逻辑器件（如各类 TTL 器件）、分立元件等，当控制内容单一，过程通道和接口比较简单时采用此类器件设计可避免浪费；第二类是通用器件，如通用的各类并行、串行 I/O 接口器件，中断管理、定时/计数、键盘/显示等接口器件；第三类是专用器件，主要有 A/D 转换器、D/A 转换器、集成多路转换电子开关、可编程放大器等等。

随着大规模集成电路技术的发展，成熟的过程通道与接口电路可以制作成非标准的集成电路芯片，因而可大大缩小系统体积，提高过程通道与接口电路工作的可靠性。将某些部分制作成标准的集成电路，可大幅度简化过程通道与接口电路的设计，缩短微型计算机控制系统的开发周期。

3.2　面向过程通道的接口技术

介于微型计算机系统主机与过程通道之间的接口技术除解决主机与过程通道之间的一般性数据传送与连接方式的问题外，端口控制信号还必须深入过程通道内部，控制过程通道中各环节协调工作。接口电路的工作原理和使用方法包括硬件和软件两方面。

3.2.1　接口的基本结构、任务和功能

1. 接口的基本结构

图 3-1 为面向过程通道的接口电路的基本结构及其在微型计算机控制系统中的一般连接方式。接口电路包含三个大的功能模块，即接口控制逻辑、数据传送端口和无数据端口。接口电路上联主机的系统总线，下联过程通道。上联部分类同一般接口电路结构，而与过程通道相联的接口结构是和过程通道的数据性质、格式及交换速度等有关的。

根据一般过程通道结构和信息传送原理，接口电路中端口分为两大类，一类用于数据及控制、状态信号传送，这类端口的信息可来源于工业生产过程，也可通过过程通道送往工业生产过程；另一类为无数据端口，仅借助于端口地址和读/写指令产生的控制信号向过程通道中控制逻辑发出相应的子环节操纵信号，使进入过程通道中的信息有序地在端口和工业生产过程之间传递。

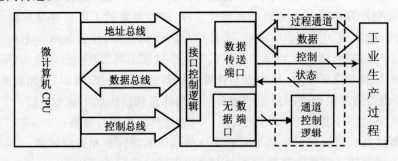

图 3-1　接口基本结构及其在微控系统中的连接

2. 接口电路的基本任务

在实际控制系统中，输入通道实质上是"信息检测-变换-送入接口"的通道，输出通道实

际上是"信息接收-变换-输出"的通道。两类信息渠道和微型计算机系统有机地构成微型计算机控制系统。在系统中,接口电路的基本任务是:

(1) 控制信息的传递路径。即根据控制的任务在众多的信息源中进行选择,以确定该信息传送的路径和目的地。

(2) 控制信息传送的顺序。微型计算机控制的过程就是执行程序的过程,为确保进程正确无误,接口电路应根据控制程序的要求,适时地发出一组有序的选通信号。

为保证基本任务完成,接口电路应解决以下问题:

(1) 触发方式。选通信号的主要作用就是严格遵循系统工作时序要求,适时对通道或生产过程中某个或某些特定部件发出开启或关闭(触发)信号,涉及的是同步触发和异步触发问题。所谓同步触发是指系统的多个相关部件或功能模块在同一选通信号作用下完成要求的操作;异步触发则指各相关部件或功能模块不需在同一信号控制下完成自己的操作。触发方式和触发时机必须遵循系统的工作逻辑、时序要求。

(2) 时序。控制逻辑的结构有组合控制逻辑与时序控制逻辑两种类型。不管哪种类型都要严格遵守规定的操作步骤,每一个操作步骤又都是在一组有序的控制信号驱动下实现的。设计接口电路,首先要根据系统运行的要求画出时序图,然后根据时序图来确定逻辑电路结构。

(3) 负载能力。控制逻辑一旦确定,系统能否可靠运行与所带负载是否匹配密切相关。

3. 接口的功能

作为主机与过程通道之间的信息传递渠道,与一般接口电路相同,接口应具备寻址、输入输出、数据转换、联接、中断管理、复位及可编程等基本功能。

4. 端口及其编址方法

1) 端口

一个 I/O 接口一般包括若干个端口,通常可分为数据端口、状态端口以及控制端口,而每个端口都有一个端口地址号,所以一个接口电路一般占用多个端口地址。为了节省端口地址号,通常一址双用或多用,如状态端口和控制端口共用一个端口地址号,在操作中通过读或写来区分,即 CPU 从该端口地址中读出的信息为状态信息,而写入的信息为控制信息。

2) 端口编址

有通道端口与存储器统一编址和通道端口独立编址两种方式,工作原理及优缺点同一般端口的编址相同。

3.2.2 接口的数据传送方式

各种生产过程通道的工作速度差异很大,为了适应不同过程通道的数据处理,CPU 通过接口与过程通道常采用直接、查询、中断等方式进行数据传送,一般不需采用 DMA 方式传送。

(1) 直接传送方式。直接传送方式又称为无条件传送方式。若微型计算机能够确定某个过程通道已经准备就绪,则微型计算机在程序控制下与过程通道之间就可直接传送数据。这种数据传送方式一般用于 CPU 与简单过程通道之间交换数据,且要求过程通道总是处于准备好状态。

(2) 查询传送方式。查询传送需要软硬件密切配合,在实际控制系统中是用得最多的方式之一。使用时需在过程通道中专门设置允许接口与过程通道进行信息交换的标志端子,系统通过软件查询标志端子的状态,并根据状态决定是否传送数据。

（3）中断传送方式。以上两种传送方式对于具有多个外设且实时性要求较强的微型计算机控制系统是不适合的。利用中断方式进行数据传送,可以提高 CPU 的效率,同时也能对过程通道的请求作出实时处理。特别是当外设出现故障,不立即进行处理有可能造成严重后果时,利用这种传送方式,可及时处理,从而避免不必要的损失。

3.2.3 接口扩展

接口扩展是微型计算机控制系统设计的重要内容,尤其在多过程通道的微型计算机控制系统中,接口扩展不可忽视。面向过程通道的接口扩展包括端口扩展、端口负载能力扩展及功能扩展等。软、硬件协调应用可获得较好的扩展效果。

1. 端口扩展

1）地址线选扩展

当被控对象比较简单,过程通道内容单调,而微型计算机系统 ABUS 有较多的空置地址线时,可以采用地址线选法扩展端口。

2）地址译码扩展

k 位 2 进制地址经译码可产生 2^k 个端口地址信号。端口扩展设计中常用的译码电路有 74LS139（2-4 译码器）、74LS138（3-8 译码器）等。为方便使用器件,通常将 2^k 个端口控制地址信号分组管理,一个译码器件所能产生的端口控制信号为一组。参与译码的地址信号分为组地址信号和组内地址信号。组地址信号用于选择译码器件或进行译码控制,组内地址信号作为译码器件的译码输入信号。一般采用高位地址作组选地址,低位地址作组内地址。例如用 74LS138 来进行地址译码,则 3 个地址信号输入可译码出 8 个地址控制信号输出,从而可以提供 8 个端口地址,但对于大系统因需选通的部件较多,这时可用多片译码器电路联合起来使用,以扩展地址信号输出数目。如图 3-2 所示为采用 4 片 74LS138 译码器,5 根地址信号输入线 $A_0 \sim A_4$ 译码输出 32 个端口控制信号,从而可以选通 32 个 I/O 端口。

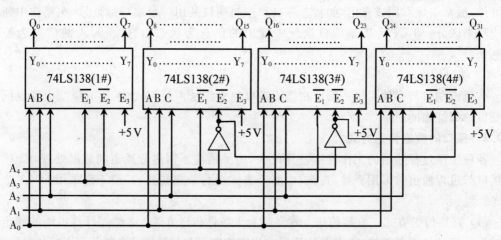

图 3-2　采用多片地址译码芯片 74LS138 的地址译码器扩展

图 3-2 中:$A_4 A_3 = 00$ 时,1♯74LS138 被允许译码;$A_4 A_3 = 01$ 时,2♯74LS138 被允许译码;$A_4 A_3 = 10$ 时,3♯74LS138 被允许译码;$A_4 A_3 = 11$ 时,4♯74LS138 被允许译码。因此,接口的 32 个 I/O 端口地址分配码为:0000H～001FH。

3）混合扩展

地址线选、地址译码用于同一个系统的接口扩展称为混合扩展。线选方式可以简化电路，译码方式可以大幅增加端口数量，综合两者的优势，融两种扩展方式于一体也是经常使用的接口扩展方式。

2. 端口负载能力扩展

端口工作涉及到 DBUS、ABUS 和 CBUS，端口负载能力扩展实质是三总线的负载能力增强问题。常用的单向负载能力扩展器件有 74LS244、74LS240、74LS06、74LS07 等，主要用于 ABUS 和 CBUS 负载能力扩展；常用的双向负载能力扩展器件有 74LS245 等，主要用于 DBUS 负载能力扩展。

3. 端口的功能扩展

端口的功能扩展是为了提高端口地址码的使用效率。通常一个端口地址码与相应的读或写控制信号配合完成一个固定方向的数据传送控制。实际上端口地址码具有多种功能，归纳如下：

（1）单向数据传送选通；

（2）双向数据传送选通；

（3）非数据传送单点控制信号；

（4）非数据传送双点、多点控制信号；

（5）数据传送选通与非数据传送控制功能兼顾。

3.2.4 接口实例

过程通道中有并行工作方式专用器件，也有串行工作方式专用器件，因此，接口电路既有并行类型，也有串行类型。并行接口是基础，本小节介绍并行接口实例。

1. 8255A 在微型计算机控制系统中的接口实现

8255A 是 Intel 公司生产的通用可编程并行接口芯片，在微型计算机控制系统中被广泛用于主机与过程通道之间扩展接口。

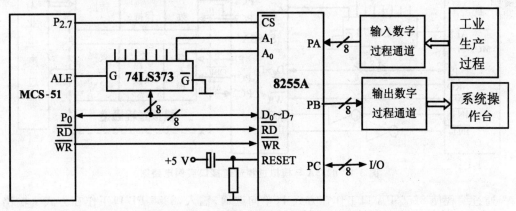

图 3-3 8255A 与数字过程通道接口实例电路图

例 3.1 设图 3-3 中 PA 口通过输入数字过程通道联接工业生产过程的一组状态点，PB 口通过输出数字过程通道联接系统控制台的一组生产过程状态指示灯，将 MCS-51 计算机工作寄存器 R_7 的内容送指示灯，将生产过程的相应状态读入工作寄存器 R_2，试编写其操作程序。

解　输入、输出数字过程通道主要由开关信号电平变换电路组成。PA 口、PB 口输出直接与数字过程通道中开关信号电平变换电路相连,并由输入过程通道与工业生产现场相应的状态电路相连,输出过程通道与系统操作台指示灯相连,工业生产现场状态和控制台指示电路总是处于准备好状态,因此,可采用直接传送方式。为实现直接传送方式使 8255A 的 PA 口为方式 0 输入,PB 口为方式 0 输出。PC 口的输入/输出方式没有要求,可任意设定。将 8255A 的 4 个端口视为 1 组端口,$P_{2.7}$ 连接 $\overline{CS}$ 为线选组地址,$A_1 A_0$ 的组合用于选择组内端口地址,即 PA 口、PB 口及控制端口地址分别对应 ♯7FFCH 、♯7FFDH 和 ♯7FFFH。

参考程序如下:

```
INIT8255:
    MOV     DPTR,♯7FFFH  ;控制口地址送数据指针
    MOV     A,♯90H       ;PA 输入,PB 输出,PC 任意,控制字可为 1001×00×B
    MOVX    @DPTR,A      ;方式控制字写入 8255A 控制口,PA 输入,PB 输出
    MOV     DPTR,♯7FFDH  ;PB 口地址送数据指针
    MOV     A,R7
    MOVX    @DPTR,A      ;将 R7 的内容输出到 PB 口
    MOV     DPTR,♯7FFCH  ;PA 口地址送数据指针
    MOVX    A,@DPTR      ;读 PA 口开关的状态
    MOV     R2,A
    RET
```

当需要对工业生产过程中的模拟量进行测控时,以 8255 作为并行接口,MCS-51 单片机作为主机的微型计算机控制系统的常见结构如图 3-4 所示。

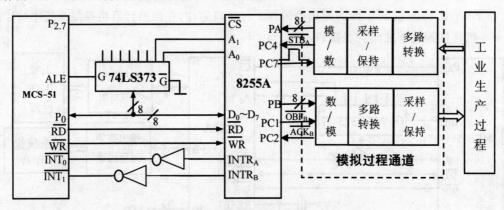

图 3-4　8255A 与模拟过程通道接口实例电路图

通过编程使 8255-PA 口工作在方式 1(单向选通)输入,8255-PB 口工作在方式 1 输出,允许中断。在程序控制下,PC7 输出一个正脉冲启动模拟过程输入通道进行模拟/数字转换,此次模拟/数字转换完毕,输入过程通道通过 PC4 向 8255-PA 口发出选通信号,将模拟/数字转换结果打入 PA 口,同时通过 INTRₐ 向主机发出中断请求。主机响应后将 PA 口数据读入采样数据存储区,判断采样次数是否满,未满则重复向 PC7 发正脉冲及其以后的工作过程;满了则进入系统决策,将决策结果通过 PB 口送模拟过程输出通道。如果只有一个

被控对象,模拟输出过程通道设置数字/模拟转换环节便可,若为多对象,而又不想增加数字/模拟转换器,则须增加多路转换和采样/保持两个环节。PB 口按单向选通输出时,PC1 为选通信号,PC2 作为模拟输出过程通道的回答信号。8255 接到回答信号后,通过 $INTR_B$ 向主机发出中断请求,表示所送数据已接收,可送下一个数据了。

2. 多组数据输入输出接口

例 3.2 设以 MCS-51 系列机为主机的微型计算机控制系统中,过程通道需 8 路 8 位数据的输入,4 路 8 位数据的输出,4 个通道环节可编程控制信号。试采用 74LS244 作为输入数据端口、74LS273 作为输出数据端口、可编程控制信号为无数据端口设计接口电路。

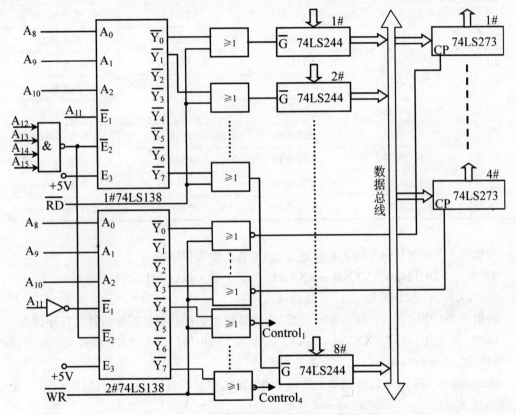

图 3-5 多路数据输入输出接口逻辑

解 接口电路逻辑如图 3-5 所示,8 个输入端口由一片 3-8 译码器 74LS138 进行端口地址译码,4 个输出端口与 4 个可编程控制信号合由一片 74LS138 进行端口地址译码。高位地址线 $A_{15}A_{14}A_{13}A_{12}A_{11}$ = 11110 时选通 1#74LS138 译码器,即选通输入端口。若 $A_{10}A_9A_8$ = 000,则其译码输出 $\overline{Y_0}$ 为低电平,将来自 1#74LS244 的数据读入主机总线,其余类推。当 $A_{15}A_{14}A_{13}A_{12}A_{11}$ = 11111 时选通 2#74LS138 译码器,即选通 4 个输出端口,并提供 4 个编程控制信号。各端口的地址分配如表 3-1 所示。

表 3-1 多路输入输出接口地址选通表

序号	译码器	所选通的端口器件	端口地址	输入输出性质
1	1#74LS138	1#74LS244	0F000H	数据输入

续表 3-1

2	1♯74LS138	2♯74LS244	0F100H	数据输入
3	1♯74LS138	3♯74LS244	0F200H	数据输入
4	1♯74LS138	4♯74LS244	0F300H	数据输入
5	1♯74LS138	5♯74LS244	0F400H	数据输入
6	1♯74LS138	6♯74LS244	0F500H	数据输入
7	1♯74LS138	7♯74LS244	0F600H	数据输入
8	1♯74LS138	8♯74LS244	0F700H	数据输入
9	2♯74LS138	1♯74LS273	0F800H	数据输出
10	2♯74LS138	2♯74LS273	0F900H	数据输出
11	2♯74LS138	3♯74LS273	0FA00H	数据输出
12	2♯74LS138	4♯74LS273	0FB00H	数据输出
13	2♯74LS138	在通道内	0FC00H	无数据,Control$_1$
14	2♯74LS138	在通道内	0FD00H	无数据,Control$_2$
15	2♯74LS138	在通道内	0FE00H	无数据,Control$_3$
16	2♯74LS138	在通道内	0FF00H	无数据,Control$_4$

根据表 3-1 中的任一个输入端口地址,通道数据输入程序段为

```
MOV     DPTR,♯XXXXH ；XXXXH 为某个输入接口 74LS244 的地址
MOVX    A ,@DPTR        ；数据读入
```

根据表 3-1 中的任一个输出端口地址,向通道输出数据及提供控制信号的程序段为

```
MOV     DPTR,♯XXXXH ；XXXXH 为某个输出接口 74LS2273 的地址
MOVX    @DPTR,A        ；数据输出
```

输出数据时,A 内为需要输出的实际数据;提供控制信号时,A 内为伪数据,即不要专门给 A 赋值。

3.3　模拟输入过程通道配置

生产过程中的被控模拟量由模拟输入过程通道变成微型计算机可以接收、处理的数字信息,经接口进入微型计算机作为决策依据。模拟输入过程通道是微型计算机参与生产过程模拟量控制的必备信息传输装置,其配置技术涉及学科广,逻辑性强,要求高,是微型计算机控制系统的基本组成部分。

3.3.1　通道基本结构

模拟量输入过程通道的任务是对生产过程模拟量进行检测、变换、放大、采样和模/数转换,使其变为微型计算机可以接受的数字信号,典型的模拟量输入过程通道的环节配置结构如图 3-6 所示。基本环节包括传感器、信号调理、多路转换开关、放大器、采样保持、A/D 转

换和控制逻辑等。

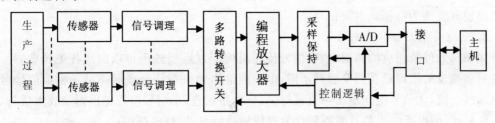

图 3-6　典型模拟输入通道结构图

传感器拾取生产过程的相关物理信息,主要表现为将非电物理量转换为电信号。放大电路包括微弱信号放大电路和规范型放大处理电路。微弱信号放大电路是前置型放大电路,当拾取信号为微弱信号时,一般难以用一个放大环节就让其成为可进行 A/D 转换的电信号,而需要进行初步的前置放大、滤波、整形等调理过程处理后送入规范型放大处理电路。规范型放大处理电路是对进入 A/D 转换器的信号进行规范处理的放大器,经该放大器处理输出的信号幅度被规范在 A/D 转换器允许的幅度范围内。当输入信号幅度超出 A/D 转换器允许的幅度范围时,该放大器起衰减器作用;如果未达到基本幅度则起放大作用。如果前置放大器可以将测量信号放大到 A/D 转换器允许的幅度范围内,则可取消规范型放大处理环节。多路转换开关将多路模拟信号按要求分时切换输出。采样/保持环节是为保障 A/D转换质量而设置的,在模/数转换期间对采样信号进行保持。A/D 转换即模/数转换,将模拟信号转换为计算机可以接受的数字量,可以是二进制数字量,也可以是十进制数字量,或其他数制数字量。控制逻辑实现通道各环节在逻辑和时序上的协调。

在典型环节配置结构的基础上可产生多种衍变结构。图 3-7(a)为每一通道设置单独的放大器、采样/保持器及 A/D 转换器的模拟量输入过程通道的结构图,特点是速度快、成本高;图 3-7(b)为各过程通道单设放大器、采样/保持器,共享 A/D 转换器的模拟量输入过程通道的结构图,特点是速度和成本居中。典型结构的成本最低而工作速度最慢。因此,选择输入过程通道结构时,应注重被控对象参数的变化率情况及系统成本标准。

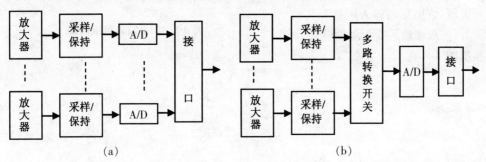

图 3-7　通道衍变结构图

3.3.2　信号的拾取方式

模拟输入过程通道中,首先要将外界非电参量,如温度、湿度、流量、应力、压力、速度、位移等物理量转换为电量,这个环节可采用敏感元件、传感器或测量仪器来实现。

1. 通过敏感元件拾取被测信号

一般来说,敏感元件可以随用户要求和使用环境特点做成各种探头。敏感元件将测到的物理量变换为电流、电压或 R.L.C 参量的变化。对 R.L.C 参量型敏感元件,要设计相应的电路使其变换为电压或电流信号。

2. 通过传感器拾取被测信号

用敏感元件及相应的测量电路、信号传递机构配以适当外形可以制成各类传感器。尽管传感器测量的物理量及测量原理不同,但一般输出为模拟信号或频率量。模拟信号可以是电压或电流,大信号电压输出可直接与 A/D 电路相连,小信号电压输出则经放大后与 A/D 电路相连,而电流输出信号则需转化为电压信号后与 A/D 电路相连。

3. 通过测量仪表拾取被测信号

目前,应用在现场的调节测量仪表已经系列化,一般采用标准化输出信号,如果电压信号为 $0 \sim 5$ V、± 5 V、$0 \sim 10$ V、± 2.5 V 等范围,那么电流信号则在 $4 \sim 20$ mA、$0 \sim 10$ mA 等范围,经适当处理后(如 I/V 变换、滤波)可直接与 A/D 电路相连。

3.3.3 通道放大技术

信号放大电路将传感器的微弱电信号放大到 A/D 转换电路需要的信号范围。微弱电信号放大一般采用测量放大器,而幅度规范型信号放大主要采用可编程放大器。

1. 微弱信号放大器原理

对经传感器变换后得到的微弱模拟信号进入前置处理环节,前置处理的重要手段是将微弱模拟信号放大处理。由于通用运算放大器具有较大的失调电压和温度漂移,一般不能用作微弱信号的放大器。在模拟输入过程通道中一般采用测量放大器来完成信号放大任务。

测量放大器具有高输入阻抗、低失调电压、低温度漂移系数和稳定的放大倍数、低输出阻抗的特点。经典的测量放大器是由三个运算放大器组成(图 3-8),其中第一级是两个对称的同相放大器,它能提高输入阻抗和共模抑制能力,将双端输入变为单端输入。

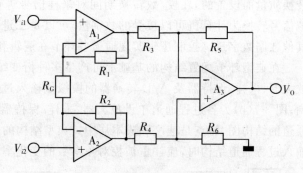

图 3-8 测量放大器结构图

根据图 3-8 有

$$\frac{V_{A_1} - V_{A_3\ominus}}{R_3} = \frac{V_{A_3\ominus} - V_o}{R_5} \tag{3.1}$$

$$\frac{V_{A_2} - V_{A_3\oplus}}{R_4} = \frac{V_{A_3\oplus}}{R_6} \tag{3.2}$$

由于 $V_{A_3\ominus} = V_{A_3\oplus}$,并取 $\dfrac{R_5}{R_3} = \dfrac{R_6}{R_4}$

$$V_o = \frac{-R_5}{R_3}(V_{A_2} - V_{A_1}) \tag{3.3}$$

而

$$V_{A_2} = V_{i2}K_2 = V_{i2}(1 + \frac{R_1}{R_G} + \frac{R_2}{R_G}) \tag{3.4}$$

$$V_{A_1} = V_{i1}K_1 = V_{i1}(1 + \frac{R_1}{R_G} + \frac{R_2}{R_G}) \tag{3.5}$$

于是

$$K = \frac{V_\text{o}}{V_\text{i2} - V_\text{i1}} = \frac{-\dfrac{R_5}{R_3}(V_{A_2} - V_{A_1})}{V_\text{i2} - V_\text{i1}} = -\frac{\dfrac{R_5}{R_3}\left(1 + \dfrac{R_1}{R_\text{G}} + \dfrac{R_2}{R_\text{G}}\right)(V_\text{i2} - V_\text{i1})}{V_\text{i2} - V_\text{i1}}$$

所以

$$K = -\frac{R_5}{R_3}\left(1 + \frac{R_1}{R_\text{G}} + \frac{R_2}{R_\text{G}}\right) \tag{3.6}$$

又取 $R_1 = R_2, R_3 = R_5$,则有

$$K = -\left(1 + \frac{2R_1}{R_\text{G}}\right) = -\left(1 + \frac{2R_2}{R_\text{G}}\right) \tag{3.7}$$

即测量放大器的放大倍数由式(3.7)给出,该式表明仅需调整 R_G 就可方便、有效地调整 K,而由于电路对称,调整 R_G 不会降低共模抑制比。

AD620 是与该原理对应的器件。引脚结构见图 3-9,应用电路连接示意见图 3-10。

AD620 具有体积小、功耗低、精度高、噪声低和输入偏置电流低的特点。其最大输入偏置电流为 20 nA,表明输入阻抗高。外联可调 R_G 可实现 1～1 000 范围的放大倍数调节。工作电压范围为 ±2.3～±18 V,最大电源电流为 1.3 mA,最大输入失调电压为 125 μV,频带宽度为 120 kHz($K = 100$ 时)。

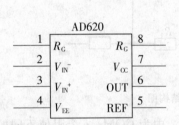

图 3-9　AD620 引脚图

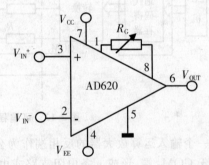

图 3-10　AD620 典型应用电路连接示意图

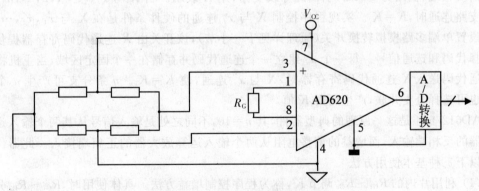

图 3-11　AD620 电桥测量电路图

图 3-11 是 AD620 用于电桥测量的连接电路。根据测量电桥可提供的信息幅度范围,按照 A/D 转换器的输入电压要求,调整 R_G 获得适当的 K 值,以使得系统采用一级放大器就能满足 A/D 转换的要求。如果测量电桥离放大器较远,则应给测量信号传输线加屏蔽网,防止外电场对传输信号的干扰。若测量电桥提供的信号过于微弱,无法一级放大而达到

A/D 转换的幅度要求时,可分多级放大。总之应避免信号进入放大器的非线性区工作。

除 AD620 之外,同类原理器件有 AD626、LH0036、LH0038、LM363 及较早前出现的 AD521/AD522、INA102 等等。

2. 可编程放大器原理

在多通道或多参数的模拟输入过程通道中,多个过程通道或多个参数共用一个测量放大器,由于各过程通道或各参数送入放大器的信号大小不同,但都要放大至 A/D 转换器要求的输入电压范围,因而对不同过程通道的信号,测量放大器的增益是不同的。解决这类问题的方法是采用可编程放大器或程控增益放大器。可编程放大器实现的理论依据是式(3.7),即改变 R_G 可以有效地改变增益值。可编程放大器原理电路见图 3-12 所示。

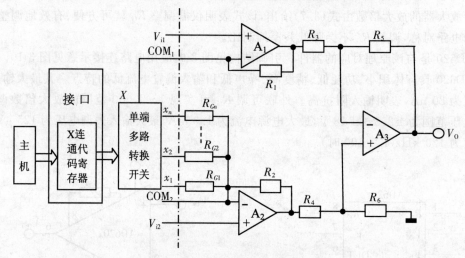

图 3-12 可编程放大器的原理结构图

以一个输入运算放大器的反相端作为公共端,图 3-12 中为 COM_2,n 个阻值不同的 R_G 均连接于 COM_2 端,形成 n 条电阻支路或电阻网络,记为 x_1,x_2,…,x_n。另一个输入运算放大器的反相端(例图为 COM_1)引出纯导线支路,用 X 表示。当 X 与 $x_i(i \in \{1,2,\cdots,n\})$ 条电阻支路连通时,$K=K_i$。实现程序控制 X 与 x_i 连通的硬件条件是在 X 与 x_1,x_2,…,x_n 之间设置单端多路模拟转换开关(原理详见下一小节),该开关由 X 连通代码寄存器提供分支选择代码和选通信号。每一个 x_i 建立一个连通代码并存储在一个固定区域,当主机将 x_i 的连通代码送入 X 连通代码寄存器时,X 与 x_i 连通,使 $K=K_i$。n 条分支可产生 n 个 K 值。也可选择分支并联,产生所需 K 值。

AD612/614 是这一原理的典型器件,其 $n=10$,不同之处是输入信号从其两个输入运算放大器的反相端输入,而增益的调整电阻从两个输入运算放大器的正相端接入。此器件可实现以下三种基本使用方法

(1) 利用片内的 $R_{G1} \sim R_{Gn}$ 调节 K,称为程序控制增益方法。具体使用时,$R_{G1} \sim R_{G8}$ 分别对应 $K_i=2^1 \sim 2^8$;将 R_{G8}、R_{G9} 并联,即将 x_8、x_9 两端合为一端,则 $K=2^9$;将 x_8、x_9、x_{10} 三端合为一端,则 $K=2^{10}$;当不接入 R_G 时,$K=1$。

(2) 利用 R_G 的两个外置连接端子,建立外置 $R_{G1} \sim R_{Gn}$(按要求的增益)电阻网络,程控调节原理与效果和内置电阻网络的调节原理与效果完全相同。

(3) 在 R_G 的两个外置连接端子之间接入可变电阻器也可实现增益调整。

　　类似的器件有 PGA100 及 PGA200/201、PGA102 等。新一代产品多采用内置控制逻辑,即将单端多路模拟转换逻辑等控制电路集成至器件内,典型器件有 LH0084 等(详细内容请参阅相关手册资料)。

　　也可以通过外置电阻网络将测量放大器改造成可编程放大器,或觉得已有可编程放大器产生的各种 K 值不能满足需要,也可以通过外置电阻网络改造相应的可编程放大器。

　　需要在恶劣环境下远距离可靠传送微弱电信号时,可采用小信号双线变送器。小信号双线变送器将现场的微弱信号转化为 $4\sim20$ mA 的标准电流输出,然后通过一对双绞线传送信号,这对双绞线能实现信号和电源一起传送。常用的小信号双线变送器有 B-B 公司生产的 XTR101,它是一种低漂移双线变送器,不仅可以放大电信号,而且还能完成电参量的变换,即可把微弱的电压信号变换为 $4\sim20$ mA 电流,环路电压为 $11.6\sim40$ V。

　　测量放大器必须对输入偏流提供一条返回通路,而且大的共模电压会损坏输入电路,因此在输入电路和输出电路要求彼此隔离时应采用隔离放大器。常用的器件有 AD 公司生产的 Model 277 变压器耦合隔离放大器和 B-B 公司生产的一种小型廉价的光耦合隔离放大器 ISO100(读者可查阅相关资料)。

3.3.4　模拟多路切换技术

　　模拟多路切换器又称模拟多路开关。在分时或多选一检测时,利用模拟多路开关可将多个模拟输入信号依次地或随机地连接到公用放大器、A/D 转换器及其他后续电路的输入端。为了提高过程参数的监测精度,对模拟多路切换器提出了较高的要求,例如接通电阻要很小、开路电阻很大、切换速度要快、寿命长、工作可靠等。

　　1. 模拟多路切换器的类型

　　模拟多路切换器有两类:一类是机械触点式,如干簧继电器、水银继电器和机械振子式继电器。另一类是电子式开关,如晶体管、场效应管及集成电路开关等。

　　干簧继电器是较理想的触点式开关,优点是接触电阻小、断开时阻抗高,工作寿命较长,工作频率可达 400 Hz;缺点是由于剩磁的影响,有时会有触点吸合不放的现象。干簧继电器适合于小信号中速度的采样单元使用。

　　电子式模拟多路切换器开关速度高,工作频率在 1 000 点/s 以上,体积小、寿命长。缺点是导通电阻较大,驱动部分和开关元件部分不独立,影响小信号的测量精度。

　　2. 模拟多路切换器的连接方式

　　模拟多路切换器与后续电路的连接方式通常有三种,以连接共用放大器为例。

　　1) 单端连接法

　　将所有输入信号源一端接至同一个信号地,然后将信号地与模拟地相连。图 3-13(a)为单端接法示意图。这种接法抑制共模干扰能力较弱,适合于高电平信号场合。

　　2) 差动连接法

　　模拟量双端输入、双端输出接到放大器上,如图 3-13(b)所示。这种接法的共模干扰抑制能力强,一般用于低电平输入、现场干扰较严重、信号源和多路开关距离较远的场合,或者输入信号有各自独立的参考电压场合。

　　3) 伪差动连接法

　　和单端接法不同点是模拟地和信号地接成一点,而且应该是所有信号的真正地,也是各个输入信号唯一参考地,如图 3-13(c)所示。这种方法可抑制信号源和多路开关所具有的共模干扰,适合于信号源距离较近的场合。

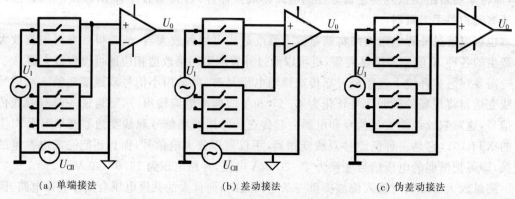

(a) 单端接法　　　　　　　　(b) 差动接法　　　　　　　　(c) 伪差动接法

图 3-13　多路开关的连接方式

3. 集成多路模拟转换器

常用的 CMOS 集成多路转换器有单端和差分两种类型,一般情况下,它们分别用于单端接法和差动接法场合。

1) 单端集成多路模拟转换器

单端集成多路模拟转换器是指一组多通道选一输出,常见的有 8 通道选 1 和 16 通道选 1。图 3-14 是一组 8 通道选 1 输出的单端集成多路模拟转换器原理示意图,基本结构包括 8 路模拟电子开关、开关选择逻辑及电平转换电路。x_1,$x_2,\cdots,x_8$ 到 X 的映射关系由式(3.8)确定。

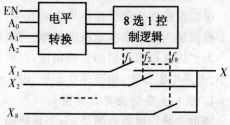

图 3-14　8 选 1 模拟转换器原理电路图

$$X = \begin{cases} x_i, & f_i(A_0, A_1, A_2, EN) = 1, EN = 1 \\ Z, & EN = 0 \end{cases} \tag{3.8}$$

$i \in \{1,2,\cdots,8\}$,Z 表示高阻抗或不接通,f_i 为模拟开关的连通控制信号,$f_i = 1$,对应的模拟开关连通,$X = x_i$,如果信息只能 $x_i \to X$,称为单向多路模拟开关,X、x_i 可以互通,称为双向多路模拟开关。$f_i = 0$,第 i 路模拟开关断开。$f_i(A_0, A_1, A_2, EN)$ 是 EN 控制下的 $A_0 A_1 A_2$ 的 3-8 译码函数。

典型 8 通道芯片有 CD4051、AD7501、MAX354、DG407 等。典型 16 通道芯片有 CC4067、AD7506、MAX396 等。

2) 差动集成多路模拟转换器

为实现多路差动信号的切换传输,在单通道多路模拟转换器的基础上增加 1 组与原有电子开关数量、性能等完全相同的电子开关,输入、输出完全独立,但两组电子开关同序位的开关共用控制信号。差动 4 通道模拟多路转换器原理如图 3-15 所示。差动 4 通道模拟多路转换器控制逻辑见表 3-2。

差动集成多路转换器有 4 通道、8 通道两种。基于图 3-15 原理的差动 4 通道器件有 MAX355、AD7502、MAX384、MAX399 等。典型 8 通道差动多路转换器有 AD7507、MAX397、MAX359、DG409 等。

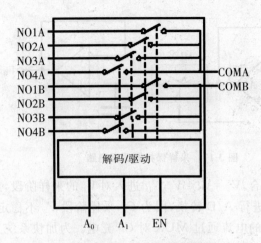

图 3-15　差动 4 通道转换器原理图

表 3-2　差动 4 通道控制逻辑

A_0	A_1	EN	S-ON
×	×	0	NONE
0	0	1	1
0	1	1	2
1	0	1	3
1	1	1	4

转换器的通道控制逻辑电平有些是 TTL、CMOS 兼容,有些只适用 CMOS,在设计电路时要注意。采用多片集成多路转换器可实现更多通道的选择控制,采用单端集成多路转换器也可实现差分输入方式。

3.3.5　采样保持技术

1. 孔径误差

模/数转换器完成一次完整的转换过程所需的时间称为转换时间,对变化快的模拟信号来说,转换期间将引起转换误差,这个误差叫孔径误差(图 3-16)。

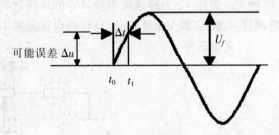

图 3-16　孔径误差

设模拟信号为 $u = U_m \sin\omega t$,最大变化率为 $\dfrac{du}{dt}\Big|_{max} = \omega U_m = 2\pi f U_m$,即在 $t = 0$ 时 u 的变化率最大。从 $t=0$ 开始采样,采样的孔径时间为 $\triangle t$,则采样的最大误差为

$$\Delta u_{max} = U_m 2\pi f \Delta t \tag{3.9}$$

为满足模/数转换精度要求,在 $\triangle t$ 时间内,信号变化最大幅度应小于模/数转换器的量化误差 ΔE ,一般取 $\Delta E = \dfrac{1}{2}$ LSB ,即应使 $\Delta u_{max} \leq \Delta E$,从而

$$f_{max} \leq \frac{\Delta E}{2\pi U_m \Delta t} \tag{3.10}$$

对于 ADS1211 的 12 位 A/D 转换器,转换时间为 $100\ \mu s$,基准电压为 10.24 V,其量化误差为 $\Delta E = \dfrac{1}{2}$ LSB $= \dfrac{1}{2} \times \dfrac{10.24}{2^{12}} = 1.25$ mV,当 $U_m = 5$ V,则要求输入信号的最高变化频率 $f_{max} \leq 0.5$ Hz 。

式(3.10)表明,当转换时间越长时,不影响转换精度所允许的信号最高频率就越低,这就大大限制了模/数转换器的工作频率范围。

为了在满足转换精度的条件下提高信号允许的工作频率,需在模/数转换前加入采样保持器。

2. 采样保持原理分析

采样保持器又叫采样保持放大器（SHE），原理如图 3-17 所示。它由模拟开关 K、保持电容 C_H 和运算放大器组成。其工作原理如下：

运算放大器 A_1、A_2 按跟随器连接，即 $V_1 = V_i$，$V_o = V_2 =$

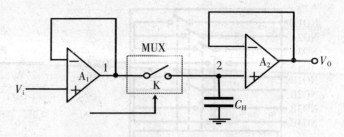

图 3-17　采样保持器原理电路

V_{CH}。当控制信号 V_c 为高电平时，开关 K 闭合，$V_2 = V_1 = V_i$，C_H 进入对 V_i 的采样阶段，虽然此时仍然有 $V_o = V_2$，但不能对此时的 V_o 进行 A/D 转换，因为 C_H 采样阶段 V_o 不稳定，会出现较大的孔径偏差。采样阶段，A_1 输出的电流通过 MUX 对 C_H 充电。为加快系统工作速度，减少转换误差，要求此阶段的充电时间常数越小越好，使 V_{CH} 迅速达到 V_i。图 3-17 电路结构中，A_1 输出电阻小，输出电流大，K 的连通电阻极小，为实现这一目标创造了坚实基础。当控制信号为低电平时，K 断开，C_H 进入保持阶段。在此阶段，要求 V_o 基本稳定在 K 断开时的 V_{CH}，时间越长越好。K 断开，A_{2+} 的输入电阻极大，如果电容 C_H 的漏电流极小，则 V_{CH} 也即 V_o 下降速度很慢，C_H 的保持效果在一定的时间段内可接近理想状态。在此时间段对 V_o 也即 V_{CH} 进行 A/D 转换也就是对 K 断开前一瞬间的 V_i 进行量化。

3. 典型器件

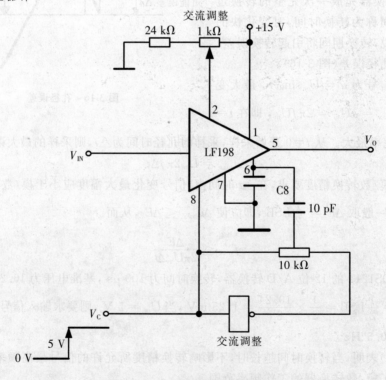

图 3-18　LF198 原理图及典型接法

常用的采样保持器有多种，图 3-18 为 LF198 采样保持器的原理及典型接线图。LF198 具有采样速度高，保持电压下降速度慢及精度高等特点。采用的电源电压为 ±5～±18 V，最大输入模拟电压等于电源电压。LF198 的模拟开关采用脉冲控制,逻辑控制输入端用于控制采样或保持,可与各种类型的控制信号和逻辑电平兼容。保持电容 C_H 的选择要折中考虑保持步长、采样时间、输出电压下降率等参数,当 $C_H = 0.01 \ \mu F$ 时,信号达到 0.01% 的采样时间为 6 μs,保持电压下降为 3 mV/s。

选择采样保持器时主要考虑的因素有:输入信号范围、输入信号变化率、多路转换器的切换速度、采集时间等。若输入模拟信号变化缓慢、模/数转换速度相对很快,可以不用采样保持器。

3.3.6 模/数转换技术

微型计算机控制系统在过程数据采集中,通常采用低、中速的大规模集成模/数转换器。不同系列器件采用的转换方法不同,常见的有计数比较式、逐次逼近式、双斜率积分式等。计数比较式器件简单、价格便宜,但转换速度慢,实际应用很少。逐次逼近式转换器兼顾速度和精度,在 16 位以下 A/D 转换器中得到广泛应用。双斜率积分式转换精度高,在仪器仪表中应用非常广泛,在速度要求较低的微型计算机控制系统中也可使用。此外根据 A/D 转换器与 CPU 数据交换方式可分为并行式 A/D 转换器和串行式 A/D 转换器。

1. 逐次逼近式 A/D 转换

逐次逼近式 A/D 转换器主要有逐次逼近寄存器 SAR、数/模转换器、比较器、时序及控制逻辑等部分组成。工作时逐次把设定在 SAR 中的数字量进行数/模转换,转换的电压跟要被转换的模拟电压进行比较。比较从 SAR 中的最高位开始,逐位确定数码是 1 还是 0。(详细原理请参阅相关资料)

逐次逼近式 A/D 转换器有单片集成与混合集成两种集成电路,转换速度为几个微秒到一百多个微秒之间,分辨率有 8 位、10 位、12 位、14 位和 16 位几种。

1) 8 位逐次逼近式 A/D 转换器及接口

8 位逐次逼近式 A/D 转换器主要有单通道式和多通道式两种。典型的单通道 8 位逐次逼近式 A/D 转换器有 ADC0801~ADC0805,片内有三态数据输出锁存器,转换时间约为 100 μs,单电源供电。典型的多通道 8 位逐次逼近式 A/D 转换器有 ADC0808/0809(8 通道)、ADC0816(16 通道)等。

ADC0808/0809 的结构原理如图 3-19 所示。芯片的主要部分是一个 8 位逐次逼近式 A/D 转换器,为了实现 8 路模拟量的分时采集,片内设置了 8 路模拟多路转换器及相应的通道地址锁存及译码电路,转换后的数据送入三态输出数据锁存器。ADC0808/0809 的不可调误差为 $\pm \frac{1}{2}$LSB,输出引脚电平与 TTL 电路兼容,当模拟输入电压范围为 0~5 V 时,可使用单一的 +5 V 电源,基准电压可以有多种接法,一般不需要调零和增益校准,需要外部提供时钟,典型时钟频率为 640 kHz。

$D_0 \sim D_7$ 是转换后的二进制数输出端,它们受输出允许信号 OE 的控制,高电平有效,即 OE 为低电平,$D_0 \sim D_7$ 呈高阻状态,OE 为高电平输出转换结果。

A、B、C 是三个采样地址输入端,通过 A、B、C 的组合选择模拟输入通路 $IN_0 \sim IN_7$。

ALE 是地址选通信号,该信号上升沿把地址状态选通送入地址锁存器,同时也可作为开始转换的启动信号,但要求有一定的脉宽,典型值为 100 μs,最大值为 200 μs。START 为启动转换脉冲输入端,其上跳沿复位转换器,下降沿启动转换,信号宽度应大于 100 μs。

EOC 为转换结束信号,它从 START 信号上升沿开始,经过 1~8 个时钟周期后变为低电平,这一过程表示正在进行转换,每位转换需要 8 个时钟周期,全部转换完需要 64 个时钟周期,转换结束时 EOC 变高,该信号可作为中断请求信号,若将 EOC 与 START 相连,则可实现自动连续转换。CLK 为时钟输入端,最大时钟为 1 280 kHz。

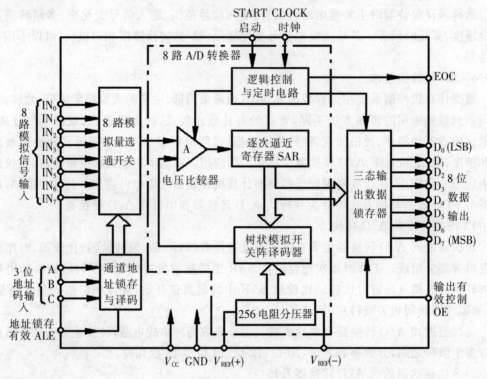

图 3-19　ADC0808/0809 结构框图

REF(＋)和 REF(－)为基准电压输入端,它决定输入模拟电压的最大值。基准电压可直接由 V_{CC} 提供,也可使用其他高精度基准电源。

图 3-20 为 ADC0809 与 89S51 的接口电路。其中 89S51 P0 口与 ADC0809 数据输出端相连,通道地址由 $P_{2.0}P_{2.1}P_{2.2}$ 选择,ADC0809 时钟由 89S51 的 ALE 提供,组地址由 $P_{2.7}$ 线选,8 个模拟量输入通道占用的地址区为 78FFH~7FFFH,均是无数据写端口。读时仅有 $P_{2.7}$ 起作用,即占用端口地址 7FFFH,是有数据端口。

图 3-20 的工作过程为:当向地址为 78FFH 的 I/O 端口写入伪数据时,$P_{2.0}P_{2.1}P_{2.2}=000$ 选择 IN_0,并启动 ADC0809 开始转换,10 μs 后 EOC 降为低电平,当转换结束后,EOC 升为高电平,之后可从 7FFFH 端口读取转换数据。89S51 可以采用两种方式获得 A/D 转换结束信息,第一种方式是查询方式,即启动转换后查询 EOC 状态。当 EOC 由低变高后,

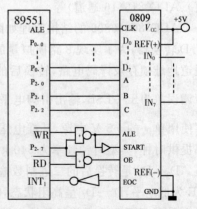

图 3-20　ADC0809 与 89S51 的接口电路

89S51 即可读取结果。图 3-20 为中断方式,当转换结束后,EOC 信号向 89S51 申请中断,89S51 接受中断后便读取转换结果,采用这种方式的转换程序如下:

```
        ORG     2000H
        SETB    IT1              ;置 INT₁ 为边沿触发
        SETB    EA               ;开放总中断
        SETB    EX1              ;开放外部中断 0
        MOV     DPTR,#78FFH      ;设置 ADC 的 A/D 口地址
        MOV     R0,#50H          ;设置存数缓冲区指针
        MOVX    @DPTR,A          ;启动 A/D 转换
        ……
```

中断服务子程序

```
        ORG     0013H
        AJMP    RDD
        ORG     1000H
RDD:    MOVX    A,@DPTR          ;读转换结果
        MOV     @R0,A            ;存数到缓冲区
        INC     R0               ;修改缓冲区指针
        INC     DPH              ;修改通道号(通道号加 1)
REP:    MOV     A,R0
        CJNE    A,#58H,REP1      ;完成 8 通道采样吗?
        MOV     DPH,#78H         ;返回主程序
        RETI
REP1:   MOVX    @DPTR,A          ;启动下一路转换
        RETI                     ;返回主程序
```

2) 12 位逐次逼近式 A/D 转换器及接口

在数据采集和控制系统中,8 位 A/D 转换器有时不能满足精度要求,往往要求采用 8 位以上的 A/D 转换器。通常情况下 12 位精度比较适中,而且 8～16 位的 A/D 转换器与 12 位 A/D 转换器的接口电路也具有很大程度的相似性,因此下面介绍 12 位 A/D 转换器的接口。

12 位逐次逼近式 A/D 转换器也有单通道和多通道的集成芯片,能够转换的输入信号范围和采用的工作电源也各有不同,比较常见的 12 位逐次逼近式 A/D 转换器有 AD574、AD1674、ADC1211、ADC80、MAX197 等。AD574A 是美国模拟器件公司生产的 12 位逐次逼近式 A/D 转换器,它是一种内部由双极性电路组成的集成芯片,无需外部器件就可独立完成 A/D 转换功能,内部设有三态输出锁存器,非线性误差小于 $\pm\frac{1}{2}$LSB,一次转换时间为 25 μs,供电电压为 $\pm$15 V 和 $+$5 V,逻辑电平与 TTL 兼容。

AD574A 的输入模拟电压量程有 0～$+$10 V,0～$+$20 V,$\pm$5 V 以及 $\pm$10 V 四种,输入回路与参考电源的外部接法如图 3-21 所示。

AD574A 的逻辑控制输入信号有 CE、$\overline{CS}$、R/$\overline{C}$、12/$\overline{8}$、A_0,用以控制 AD574A 的启动、输

出。控制逻辑的真值表如表 3-3 所示。

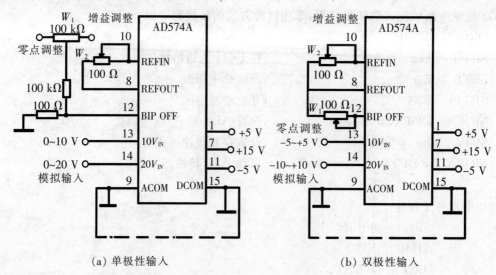

（a）单极性输入　　　　　　　　　　（b）双极性输入

图 3-21　AD574A 输入电路与参考电源外部接法

表 3-3　AD574A 控制真值表

CE	$\overline{CS}$	R/$\overline{C}$	12/$\overline{8}$	A_0	工 作 状 态
0	×	×	×	×	禁止
×	1	×	×	×	禁止
1	0	0	×	0	启动 12 位转换
1	0	0	×	1	启动 8 位转换
1	0	1	接 1 脚（+5 V）	×	12 位并行输出有效
1	0	1	接 15 脚（0 V）	0	高 8 位并行输出有效
1	0	1	接 15 脚（0 V）	1	低 4 位加上尾上 4 个 0 有效

当 CE＝1，$\overline{CS}$＝0 同时满足时，AD574A 才能控制。当 AD574A 处于控制状态，R/$\overline{C}$＝0 启动 A/D 转换，R/$\overline{C}$＝1 时进行数据读出。12/$\overline{8}$ 和 A_0 用来控制转换字长和数据格式。A_0＝0，按 12 位 A/D 转换方式工作；A_0＝1，则按 8 位 A/D 转换方式工作。12/$\overline{8}$＝1，对应为 12 位并行输出；12/$\overline{8}$＝0 时则为双字节输出方式，其中 A_0＝0 输出高 8 位，A_0＝1 输出低 4 位并以 0 补足尾随的 4 位。注意 12/$\overline{8}$ 与 TTL 不兼容，只能直接连接到＋5 V 或 0 V 上；A_0 在数据输出期间不能变。

STS 为 AD574A 的工作状态指示端，STS＝1 时表示转换器正处于转换状态；STS 返回到 0 时表示 A/D 转换结束，该信号可作为 CPU 的中断或查询信号。

AD574A 与 89S51 的典型接口电路如图 3-22 所示。在该接口电路中，AD574A 采用双极性输入、12 位转换、数据以字节方式输出。表 3-4 为该接口电路的 I/O 地址及控制方式。

AD574A 的输出数据格式与输入极性有关，使用时要注意其用法。单极性输入时，输入信号范围为 0～10 V(或 0～20 V),输出编码为 000H～FFFH;双极性输入时,输入信号范围为－5～＋5 V(或－10～＋10 V),数据采用偏移码形式。

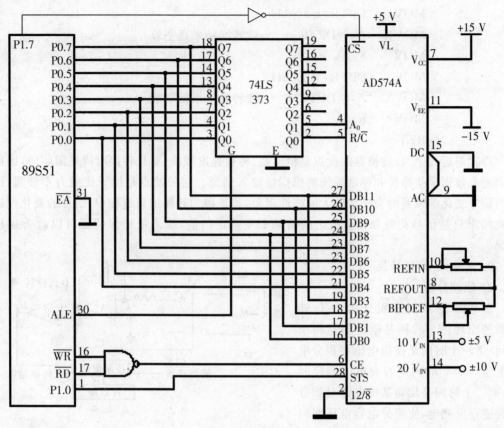

图 3-22　AD574A 与 89S51 的接口电路

表 3-4　AD574A 的 I/O 地址与控制方式

工作方式	I/O 地址	控制方式
启动方式	8000H	I/O 写
读转换结果高字节	8001H	I/O 读
读转换结果低字节	8003H	I/O 读

数据格式为:

D_{11}	D_{10}	D_9	D_8	D_7	D_6	D_5	D_4	高字节
D_3	D_2	D_1	D_0	0	0	0	0	低字节

基于图 3-22 接口电路的转换子程序如下(查询方式):

```
MOV     DPTR,#8000H ;启动 A/D 转换 I/O 地址
MOV     A,#00H
```

```
            MOVX    @DPTR,A
STATE:      JB      P1.0,STATE
            MOV     DPTR,#8001H
            MOVX    A,@DPTR        ;读转换结果高字节
            MOV     R₂,A
            MOV     DPTR,#8003H
            MOVX    A,@DPTR        ;读转换结果低字节
            MOV     R₃,A
            RET
```

逐次逼近式 A/D 转换器的优点是精度高、转换速度较快,而且转换时间是固定的,因而特别适合数据采集系统和控制系统的模拟量输入通道。它的缺点是抗干扰能力不够强,而且当信号变化率较高时会产生较大的线性误差,这是因为转换加权过程中,信号的变化使得转换结果只是信号初值和结束值之间的某个不确定的值,加入采样保持器可以改善这种情况。

2. 积分式 A/D 转换

1) 原理分析

图 3-23 是双斜率积分式 A/D 转换器的原理图。转换基础是测量两个时间:第一个时间是模拟电压在积分电容电压为 0 V 时向电容充电的固定时间,第二个时间是反向基准电源对积分电容进行反充电,使积分电容电压回归到 0 V 需要的时间。模拟输入电压与回归时间值成正比。

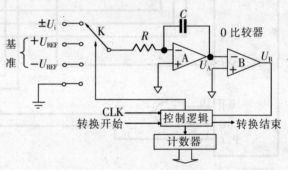

图 3-23　双斜率积分式 A/D 转换器原理框图

根据转换基础,先将电子开关 K 接地,使 $U_A = U_C = 0$ 后,再将 K 连至 U_i,转换器进入第一个时间段 T_b,在此时间段内有

$$|U_C| = U_C(0) + \frac{1}{C}\int_{t_0}^{t_1} i_1(t)\,dt \qquad (3.11)$$

由于 $U_C(0) = 0$,而 $i(t) = \frac{|U_i|}{R}$,故有

$$|U_C(t_1)| = \frac{|U_i|}{RC}t_1 \qquad (3.12)$$

其中 $U_C = U_A$,$|U_C|$ 与 $|U_i|$ 互取反向值。第一次积分过程是 $|U_C|$ 线性上升的过程。

在 t_1 时刻,将 K 连至与 U_i 极性相反的基准电源,进入第二个时间段 T_a,在此时间段内有

$$|U_C| = |U_C(t_1)| + \frac{1}{C}\int_{t_1}^{t_2} |i_2(t)|\,dt \qquad (3.13)$$

$$|U_C| = |U_C(t_1)| + \frac{1}{RC}\int_{t_1}^{t_2} |U_{REF}|\,dt$$

$$= |U_C(t_1)| + \frac{|U_{REF}|}{RC}(t_2 - t_1) \qquad (3.14)$$

其中 $|U_c(t_1)|$ 与 $|U_{REF}|$ 互取反向,所以,第二次积分过程是 $|U_c|$ 从 $|U_c(t_1)|$ 线性下降的过程,而且不论 $|U_c(t_1)|$ 多大,下降的斜率相同。第二时间段结束,有 $U_c=0$,代入式(3.14)整理得

$$T_a = \frac{|U_c(t_1)| \cdot RC}{|U_{REF}|} \tag{3.15}$$

其中 $T_a = t_2 - t_1$,该式说明 T_a 与 $|U_c(t_1)|$ 成正比,将式(3.12)代入式(3.15),整理得

$$|U_i| = |U_{REF}| \frac{T_a}{t_1} \tag{3.16}$$

设 t_1 固定为 MT_{CLK},T_{CLK} 为计数时钟周期,M 为 T_b 内统一的时钟计数数目,则

$$|U_i| = |U_{REF}| \frac{T_a / T_{CLK}}{M} \tag{3.17}$$

令 $T_a / T_{CLK} = N$,M 取为 2^n,于是

$$N = \frac{2^n}{|U_{REF}|} |U_i| \tag{3.18}$$

式(3.18)的物理意义是第一时间段 T_b 内 2^n 个 T_{CLK} 使计数器清 0,第二时间段的计数值是输入电压与基准电压的比值,这一电路原理说明,给定基准电压,不同的 U_i 可产生不同的 n 位计数值。转换特性如图 3-24 所示,$\alpha = 1,2$。回归到 0 V 由控制逻辑发出"转换结束"信号,主机从计数器获得 U_i 的转换值。

双斜式积分式 A/D 转换器有单积分、双积分和四重积分等类型。单积分结果简单,它只有一个固定时间积分过程,因而精度低。双重积分即为前述的双斜率积分。四重积分由两个双斜率积分过程组成,即首先在断开模拟输入电压(内部 $U_i=0$)情况下进行双斜率积分,将积分器、比较器的失调电压转化为数字量。然后对模拟输入电压进行第二次双斜率积分,第二次转换结果扣除失调量,便为实际转换结果。因此可克服失调对转换精度的影响。

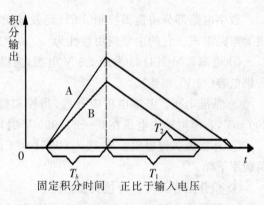

图 3-24　双斜率积分式 A/D 转换器转换过程

双斜率积分式 A/D 转换器的优点是消除干扰和电源噪声的能力强、精度高,缺点是转换速度较慢。因此,在信号变化缓慢、模拟量输入速率要求较低、转换精度要求高,且现场干扰较严重的情况下,可以采用这种 A/D 转换器。

2) 双积分式 A/D 转换器及接口

双积分式 A/D 转换器转换时间较长,一般大于 40 ms,转换结果采用 BCD 码、七段码和二进制码的形式输出。常见的 BCD 码输出的双积分 A/D 转换器有 MC14433($3\frac{1}{2}$ 位)、ICL7135($4\frac{1}{2}$ 位)等。这类双积分 A/D 转换器具有自校零、自动极性、单参考电压等功能,采用动态扫描 BCD 码输出。

MC14433 是廉价型 $3\frac{1}{2}$ 位 A/D 转换器,转换速度约 1～10 次/秒,结构框图如图 3-25

所示。主要外接元件是时钟振荡电阻 R_c、外接失调补偿电容 C_0 和外接积分阻容元件 R_1C_1。模拟电路部分包括基准电压、模拟电压输入部分,输入电压量程有 ±199.9 mV 或 ±1.999 V 两种。

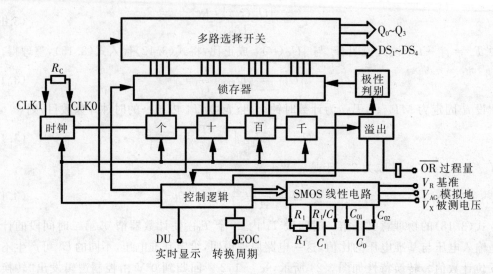

图 3-25 MC14433 结构框图

数字电路部分由逻辑控制、BCD 码及输出锁存器、多路开关、时钟及极性判别、溢出检测等电路组成。它的主要应用特性为

① 电源。MC14433 采用 ±5 V 电源,为提高抗干扰性能,正负电源都应接 0.047 μF 的去耦电容(与 V_{ss} 相连)。

② 基准电压。基准电压应外接,当模拟输入电压在 0～±199.9 mV 时,基准电压为 200 mV,若模拟输入电压在 0～±1.999 V 时,基准电压为 2 V。

③ 外接振荡器电阻。R_c 接入 CLK1 和 CLK0 端,R_c 的典型值为 470 kΩ,R_c 增大则振荡频率下降。

④ 积分阻容元件。外接典型值为

量程为 2 V 时： $C_1 = 0.1 \mu F$ $R_1 = 470$ kΩ

量程为 200 mV 时： $C_1 = 0.1 \mu F$ $R_1 = 27$ kΩ

⑤ 失调补偿电容 C_0。典型值为 0.1 μF。

⑥ 转换标志输出。转换标志有转换周期结束和过程量两个标志。转换结束标志 (EOC) 在转换结束时,输出一个宽度为 1/2 的时钟周期的正脉冲,过程量标志 $\overline{OR}$ 在 $|V_x| > V_R$ 时输出低电平。

⑦ 转换更新控制。更换转换结果输出 DU 为输入控制信号,当 DU 与 EOC 连接时,每次 A/D 转换结果被更新。

⑧ 转换结果输出。转换结果以 BCD 码形式按千、百、十、个位由 $Q_0 \sim Q_3$ 输出,相应的选通信号由 $DS_1 \sim DS_4$ 提供,每个选通脉冲宽度为 18 个时钟周期,相邻选通脉冲之间间隔 2 个时钟脉冲。选通脉冲时序如图 3-26 所示。

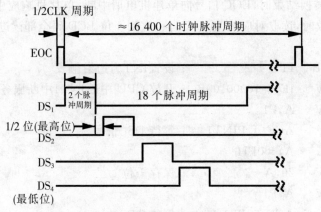

图 3-26　MC14433 选通脉冲时序

当 DS_2、DS_3、DS_4 选通时，$Q_3 \sim Q_0$ 分时输出三位完整的 BCD 码百、十、个位数。DS_1 选通期间，输出 $Q_3 \sim Q_0$，除表示千位数 0 或 1 外，还表示转换结果的正负极性、输入信号欠量程还是过量程，其规定如表 3-5 所示。

表 3-5　DS_1 选通时 $Q_3 \sim Q_0$ 表示的输出结果

DS_4	Q_3	Q_2	Q_1	Q_0	输出结果状态
1	1	$\times$	$\times$	0	千位数为 0
1	0	$\times$	$\times$	0	千位数为 1
1	$\times$	1	$\times$	0	输出结果为正值
1	$\times$	0	$\times$	0	输出结果为负值
1	0	$\times$	$\times$	1	输入信号过量程
1	1	$\times$	$\times$	1	输入信号欠量程

图 3-27 为采用 89S51-P1 口实现其数据交换的接口电路，数据交换方法说明如下：

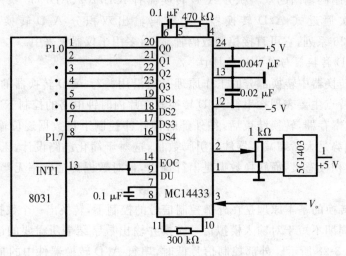

图 3-27　MC14433 与 89S51 直接连接的接口电路

当 MC14433 转换结束时，EOC 信号向单片机申请中断，单片机响应中断后查询 $DS_1 \sim$ DS_4 信号，信号有效时，读取对应的 $Q_0 \sim Q_3$ 值，直到 4 位 BCD 码全部读进为止。程序如下初始化程序：

```
            SETB    IT1              ;设置INT为边沿触发
            MOV     IE,#10000100B    ;开放 CPU 中断INT1中断服务程序：
PINT1：     MOV     A,P1
            JNB     ACC.4,PINT1      ;等待 DS₁ 信号
            ANL     A,#0FH
            MOV     20,A             ;保存千位
PL1：       MOV     A,P1
            JNB     ACC.5,PL1        ;等待 DS₂
            ANL     A,#OFH
            MOV     21H,A            ;保存百位
PL2：       MOV     A,P1
            JNB     ACC.6,PL2        ;等待 DS₃
            ANL     A,#0FH
            MOV     22H,A            ;保存十位
PL3：       MOV     A,P1
            JNB     ACC.7,PL3        ;等待 DS₄
            ANL     A,#OFH
            MOV     23H,A            ;保存个位
            RETI                     ;中断返回
```

值得注意的是：当 EOC 与 DU 相连时，MC14433 是连续转换工作，每次转换结束后更换转换结果并再次启动 A/D 转换，因此，在多通道输入共用 MC14433 时，要保证转换结果的完整性，应在更换通道第二次转换结束后再读取转换数据，这样可得到可靠数据。

常用的二进制码输出的双斜积分 A/D 转换器有 ICL7109、AD7550 系列，它与 CPU 的接口类似于逐次逼近式 A/D 转换器。七段码输出双积分 A/D 转换器有 ICL7106/ICL7107/ICL7126 系列，它可直接控制数码管显示，多用于仪器仪表中。

3. 串行 A/D 转换器与单片机的接口

串行 A/D 转换器中转换部分的工作原理一般沿用并行 A/D 转换器的转换原理，如逐次逼近法等，其特点主要表现在串行 A/D 转换器在片内时钟电路的控制下进行模/数转换，将结果存入移位寄存器，转换结束后，在外部时钟脉冲控制下将数据逐位输出。串行 A/D 转换器的突出优势是大量缩减了器件的引脚数目，这对于简化电路设计，压缩系统体积，降低设备成本具有积极意义，而转换数据是串行输出，且对数据传输速率无严格要求，有利于推进远程测控。

串行 A/D 转换的基本原理是在外部控制信号的控制下，转换出一个数据就输出一个数据，控制信号的周期不短于对输入模拟信号转换并输出数字结果所需要的最少时间。控制信号的结构如图 3-28 所示。外部控制信号低时，串行 A/D 转换器件中的采样保持器处于采样状态，串行数据输出端子可提供数据输出；外部控制信号发出正矩形脉冲信号，其正跳

沿 START 启动 A/D 转换;正脉冲宽度($T_{A/D}(T_H)$)内采样保持器进入模拟信息保持状态,转换电路进行 A/D 转换;外部控制信号下跳,可作为 EOC 或 OE 信号,即转换工作完成,采样保持器再度进入采样状态,转换器停止转换,输出端子提供本次转换结果。这一时间(T_{Dout}(或 T_S))持续到下一个控制转换脉冲的到来。这一转换原理中,$T_{A/D}(T_H)$ 应保证 A/D 转换所需时间,$T_{Dout}(T_S)$ 应保证 1 帧数据(引导位、符号位及数据位等)所有位全部输出。控制信号各部分发挥作用必须有外部时钟信号的配合。

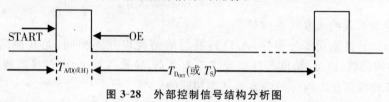

图 3-28　外部控制信号结构分析图

MAX176 是 MAXIM 公司生产的先转换后输出的串行 A/D 转换器,MAX176 的管脚如图 3-29 所示。它是采用逐次逼近方式的 12 位 A/D 转换器,片内带采样保持器,采样保持时间为 $0.4~\mu s$,最长转换时间为 $3.5~\mu s$。CNVT 应取 $T_{A/D} \geq 4~\mu s$。数据为 13 位,第一位总是为"1",作为前导位,接下来是转换结果的符号位,再接下来是 11 位数据位。所以,应有 $T_{Dout} \geq 13T_{CLK}$,图 3-30 是 MAX176 操作时序波形图。转换结果以补码形式输出,CLK 第 13 个下降沿来时表示一个完整的转换过程结束,采样保持器又回到采样模式。

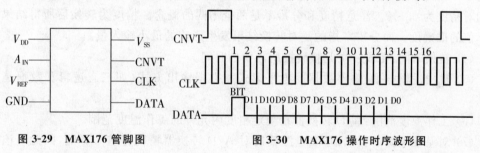

图 3-29　MAX176 管脚图　　　　　　图 3-30　MAX176 操作时序波形图

串行 A/D 转换器绝大多数采用同步传送方式(例如 SPI、I²C 串行总线),利用 89S51 单片机串行通信的方式 0(移位寄存器方式)很方便与串行 A/D 转换器输出实现通信,这种方式下波特率为 CPU 时钟的 1/12。89S51 的串行口与 MAX176 接线方式如图 3-31 所示。操作时序如图 3-32 所示。开始转换前,$P_{3.5}$ 输出低电平,清除 REN(接收控制标志)和 RI(接收中断标志)。$P_{3.5}$ 由低变高启动 A/D 转换,转换结束后,$P_{3.5}$ 由高变低,MAX176 输出结果,程序将 REN 置为 1,89S51 便可连续接收两个字节,接收到的数据格式与 MAX176 的关系如图 3-33 所示。

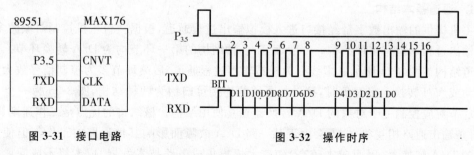

图 3-31　接口电路　　　　　　　　图 3-32　操作时序

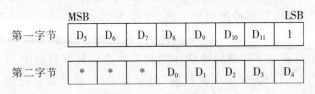

图 3-33　MAX176 数据模式

4. A/D 转换器的主要技术指标

虽然 A/D 转换原理多种多样, A/D 转换器的结构也互不相同, 尤其根据实际需要对 A/D 转换器的位数、速度、精度等性能要求千差万别, 导致各种 A/D 转换器独具特色, 但衡量所有 A/D 转换器技术指标的内容是基本相同的。

(1) 分辨率: 分辨率越高, 转换时对输入模拟信号变化的反应就越灵敏, 分辨率通常用数字量的位数来表示, 如 8 位、10 位、12 位、16 位等。

(2) 量程: A/D 转换器能转换的模拟电压的范围。

(3) 精度: 分为绝对精度和相对精度。常用数字量的位数作为度量绝对精度的单位, 如精度最低为 LSB 的 $\pm\frac{1}{2}$ 位, 即 $\pm\frac{1}{2}$ LSB。如果满量程为 10 V, 10 位 A/D 转换器的绝对精度为 4.88 mV。若表示为绝对精度与满量程的百分比则为相对精度, 如 10 位 A/D 转换器的相对精度为 0.1%。注意精度和分辨率是两个不同的概念。精度为转换后所得结果相对实际值的准确度。而分辨率指的是对转换结果发生影响的最小输入量。

(4) 转换时间: 完成一次完整转换所需要的时间。

(5) 输出逻辑电平: 输出数据的电平形式和数据输出方式(如三态逻辑和数据是否锁存)。

(6) 工作温度范围: A/D 转换器在规定精度内允许的工作温度范围。

(7) 对基准电源的要求: 基准电源精度对 A/D 转换器精度有重大影响, 因此应该加以考虑。

3.4　模拟输出过程通道配置

由微型计算机决策算法产生的新的驱动量表现为数字形式, 而生产过程中的设备一般是靠模拟量驱动, 因此, 模拟量输出过程通道的配置是研制模拟对象微型计算机控制系统的重要工作, 其性能直接关系到执行环节的执行效果。

3.4.1　通道基本结构

主机提供的输出数字量经接口进入模拟输出过程通道, 根据一台主机控制对象的多少, 模拟输出过程通道有多种结构。一般而言, 各种结构的第一环节均为 D/A 转换环节。单对象通道结构如图 3-34 所示。虚线框为模拟输出过程通道, 后续环节多为控制信号放大或功率驱动或 V/I 转换。多对象时, 接口与通道的连接可归纳为两种结构, 图 3-35 为一个 D/A 转换环节对应控制一个对象的 D/A 转换器独立使用结构。该结构的优点是工作速度快、可靠, 每条输出通路相互独立, 不会由于某一路 D/A 故障而影响其他通路的工作。但使用了较多的 D/A 转换器, 因而成本较高, 随着大规模集成电路技术发展, 成本将不成问题。图

3-36 是多个对象共享一个 D/A 转换环节的结构,需增加多路模拟转换开关,并在主机控制下分时工作。虽然节省了 D/A 转换器,但因为分时工作,D/A 转换环节后需增加模拟多路开关、保持环节。该结构适用于通道数量多且工作速率要求不高的场合。由于需要多路转换器,且要求保持器的保持时间与采样时间之比很大,因而其可靠性较差。

模拟多路开关、保持器、放大器原理与输入过程通道的基本相同,功率驱动在其他章节介绍,本节重点讨论 D/A 转换。

图 3-34　单对象模拟输出通道一般结构

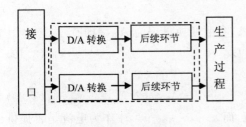

图 3-35　多对象 D/A 转换器独立使用结构

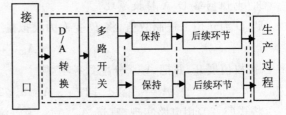

图 3-36　多对象 D/A 转换器共享使用结构

3.4.2　D/A 转换原理

1. D/A 转换电路一般结构

D/A 转换电路一般结构见图 3-37,主要由基准量(REF)、二进制位切换开关(K)、产生二进制位权电流的精密电阻网络以及将电流转换为电压的运算放大器等组成。输入数据控制切换开关、是否提供 0 电平或 REF。由模拟电子开关联通的 0 或 REF 量进入电阻网络,变成与数据量对应的模拟电流,即 D/I 转换;经运算放大器将模拟电流变成模拟电压,即 I/V 转换。

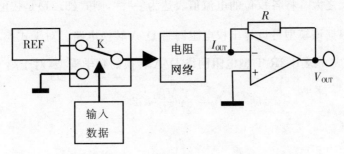

图 3-37　D/A 转换电路一般结构

权电阻网络 D/A 转换与 R-2R T 形电阻网络 D/A 转换是两种基本的转换方法。由于权电阻网络 D/A 转换方法采用的电阻参数种类较多(N 位二进制数据必须制作 N 个互为 2 整倍阻值参数的电阻),给 D/A 转换器的制作带来不便,突出的困难是当位数越多时,阻值差别也越大,电阻的精度越难以保障。因此,集成电路 D/A 转换器多采用 R-2R T 形电阻网络进行 D/A 转换。

2. D/A 转换器的性能指标

在选用 D/A 转换器时，应考虑的主要技术指标是分辨率、精度、输出电平和稳定时间。D/A 转换器与 A/D 转换器的分辨率、精度的含义是基本相同的。

D/A 转换器输出电平的类别有电压输出型和电流输出型两种，不同型号的 D/A 转换器件的输出电平相差较大。电流输出型的输出，低的为 20 mA，高的可达 3 A。

稳定时间指的是 D/A 转换器在输入代码作满度值的变化时（例如从 00H 变到 FFH），其模拟输出达到稳定（一般达到离终值 $\pm\frac{1}{2}$LSB 相当的模拟量范围内）所需的时间，一般为几十纳秒到几微秒。电流输出型的 D/A 转换器的稳定时间短，电压输出型 D/A 转换器的稳定时间主要取决于运算放大器的过渡过程。

3. 电阻网络 D/A 转换原理

设 D 为 n 位 2 进制数值，将 D 变换为模拟量 A，参照变换量记为 A_{REF}，即有

$$A = A_{REF} \cdot D \tag{3.19}$$

将 D 按权值展开，并把 A_{REF} 分配到各项，则

$$A = A_{REF}a_{n-1}2^{n-1} + A_{REF}a_{n-2}2^{n-2} + \cdots + A_{REF}a_0 2^0 \tag{3.20}$$

将式（3.20）用电路实现，宜选 A、A_{REF} 为电流，而 $a_{n-1},a_{n-2},\cdots,a_0$ 作为电流是否提供的控制信号，于是

$$I_\Sigma = \frac{V_{REF}}{R}a_{n-1}2^{n-1} + \frac{V_{REF}}{R}a_{n-2}2^{n-2} + \cdots + \frac{V_{REF}}{R}a_0 2^0 \tag{3.21}$$

其中 $I_{REF} = \frac{V_{REF}}{R}$，$V_{REF}$ 为产生 I_{REF} 的参照电压，R 为基本的限流电阻，物理意义上 I_Σ 是各项对应分支上的电流之和，对 I_Σ 的贡献量由 $\frac{V_{REF}}{R}2^i$（$i \in \{0,1,2,\cdots,n-1\}$）决定，显然权值越大对 I_Σ 的贡献越大，分支电路上电流的大小通过对 I_{REF} 进行按权值分配实现，权值大的分流值小，反之大。将各权位的电流值表达为 $\frac{V_{REF}}{2^{-i}R}$，则式（3.21）是权电阻网络 D/A 转换的数学模型，根据该模型可设计出权电阻网络 D/A 转换电路。对于式（3.21）右侧各项乘上因子 $\frac{1}{2^n}$，便构成 n 级 R-2R T 型电阻网络 D/A 转换的数学模型，对于第 i 项，

$$I_i = \frac{1}{2^n}\frac{V_{REF}}{R}a_i 2^i \tag{3.22}$$

或者

$$I_i = \frac{V_{REF}}{2^{n-i}R}a_i \tag{3.23}$$

该式表明权位越小，I_{REF} 被分流次数越多，对 I 的贡献越小。按 n 级 T 型电阻网络 D/A 转换的数学模型设计的 D/A 转换电路如图 3-38 所示。该电路的连接特点：（1）各 T 型节点，如 a、b、c 等的 3 条支路等效电阻均为 $2R$；（2）I_Σ 是 n 位支路电流叠加输出电流。由图 3-38 可知 V_{REF} 提供的最大电流为 $\frac{V_{REF}}{R}$。a_i 使对应支路的电子开关连于 I_{out1} 时，该支路对 I_Σ 的电流贡献是 $\frac{1}{2^{n-i}} \cdot \frac{V_{REF}}{R}$。因此，对于 n 级 R-2R T 型电阻网络 D/A 转换，

$$I_\Sigma = \frac{V_{\mathrm{REF}}}{2 \cdot R}a_{n-1} + \frac{V_{\mathrm{REF}}}{2^2 \cdot R}a_{n-2} + \cdots + \frac{V_{\mathrm{REF}}}{2^n \cdot R}a_0 \tag{3.24}$$

或者

$$I_\Sigma = \frac{V_{\mathrm{REF}}}{2^n \cdot R}\sum_{i=0}^{n-1} a_i 2^i \tag{3.25}$$

将 I_Σ 经反相放大器转换成对应的模拟电压 V_{out}，当 $V_{\mathrm{REF}} > 0$，

$$V_{\mathrm{out}} = -R_f \frac{V_{\mathrm{REF}}}{2^n \cdot R}D \tag{3.26}$$

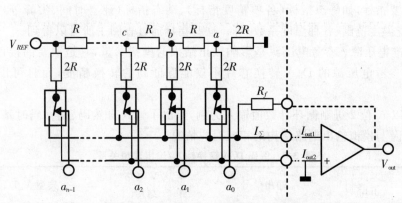

图 3-38　T 形电阻 D/A 转换电路一般结构

　　T 形电阻 D/A 转换器的优点是转换速度比较快,在动态过程中由开关切换引起的尖峰干扰脉冲很小,电阻网络的精度也易于得到保证,因此,D/A 转换器一般都使用 T 形电阻 D/A 转换原理的电路。

3.4.3　D/A 转换器及接口设计

　　1. D/A 转换器件的选择原则

　　D/A 转换器不是简单的信号形式变化,优良的 D/A 转换环节要较好地满足三方面的要求。首先要满足主机输出的数制、数位及数据格式等要求;其次是后续环节对模拟信号形式、极性及幅度范围等的要求;再者是对器件本身的接口控制逻辑、性能指标的要求。因此,选择 D/A 转换器件应把握如下关键问题

　　(1) 输入特性。数位要匹配,即根据主机提供的数据宽度选择可以接受该宽度或可满足分辨率要求的 D/A 转换器;数制对接要保障,主机提供的数制多为自然二进制,有时也有反码、偏移、补码等码制,遇到偏移、补码等码制时必须外接适当的偏置电路。数据格式要互相适用,数据格式主要是并行和串行两种,目前多用并行,但串行格式以占用硬件资源少为突出优势越来越被人们重视,与并行格式相比速度有待提高,随着 IC 技术的不断前进,速度问题将得到解决。

　　(2) 输出特性。一般的 D/A 转换器采用电流输出。对于输出特性具有电流源性质的 D/A 转换器,用输出电压允许范围来表示由输出电路(包括简单电阻或运算放大器)造成输出电压的可变动范围,只要输出端电压在输出电压允许范围,输出电流与输入数字间就保持正确的转换关系,而与输出电压的大小无关。对于输出特性为非电流源特性的 D/A 转换器,无输出电压允许范围指标时,电流输出端保持公共端电流虚地,否则将破坏其转换关系。

　　(3) 锁存特性及转换控制。D/A 转换器对输入数字量是否具有锁存功能,将直接影响

与 CPU 的接口设计。若无锁存功能,通过 CPU 数据总线传送数字量时,必须外加锁存器。数据锁存器的增设方法归纳起来有三种① 多寄存器并联,主要针对 D/A 转换器数据宽度或分辨率位数超出外部数据总线宽度的情况;② 多寄存器串联,有时需对 D/A 转换器的转换、输出进行外部控制,用多寄存器串联,对每一级分别设置控制逻辑,从而实现 D/A 转换的多级控制机制及多路 D/A 转换器的同步输出;③ 多寄存器并联、串行结合,数据宽度匹配与多级控制机制同时实现。

在选用 D/A 转换器时,一定要了解其内部含输入锁存器及控制机理的情况,D/A 转换器性能的重要指标,如静态指标(各项精度指标)、动态指标(建立时间、尖峰等)、环境指标(使用的环境温度范围、各种温度系数)等。这些指标通过查阅手册可以得到。

(4) 基准电压源。参考电压源是影响输出结果的模拟参量,它是重要的接口电路。对于内部带有参考电压源的 D/A 转换芯片不仅能保证高的转换精度,而且可以简化接口电路。

表 3-6 以 K 位 2 进制循环计数值输入为例,给出了输入自然码、偏移码时基准电压、输出信号变化及与模拟输出电路结构的相互对应情况。

表 3-6 例码 D/A 转换输入/输出理想关系

	基准电压	输出信号	I/V 电路结构	典型 V_D
自然码	正		单极性模拟输出电路	$-V_{max}\_D_{max}$; 0 V_0
	负		单极性模拟输出电路	$+V_{max}\_D_{max}$; 0 V_0
偏移码	正		双极性模拟输出电路	$+V_{max}\_D_{max}$ 0 V_1$+(D_{max}-1)/2$ $-V_{max}\_0$
	负		双极性模拟输出电路	$-V_{max}\_D_{max}$ 0 V_1$+(D_{max}-1)/2$ $+V_{max}\_0$

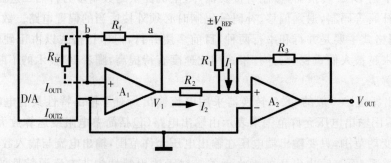

图 3-39 I/V 转换的一般电路结构图

图 3-39 是 I/V 转换的一般电路结构,从 V_1 端子获得的信号为单极性 D/A 转换输出电

压信号。令 $R_2 = R$，当取 $R_1 = R_3 = 2R$ 时，从 V_{out} 获得的信号为双极性 D/A 转换输出电压信号，或主机提供的自然码转变为偏移码，原理如下

$$V_{out} = -\left(\frac{V_{REF}}{R_1}R_3 + \frac{V_1}{R_2}R_3\right) \tag{3.27}$$

将 $V_1 = -\dfrac{D}{2^n-1}V_{REF}$ 代入式(3.27)，经整理得

$$V_{out} = V_{REF}\left(\frac{2D}{2^n-1} - 1\right) \tag{3.28}$$

$$V_{out} = \begin{cases} -V_{REF}, & D = 0 \\ 0, & D = \dfrac{2^n-1}{2} \\ V_{REF}, & D = 2^n-1 \end{cases} \tag{3.29}$$

改变基准电压 V_{REF} 的极性可改变 V_{out} 的工作象限。在电路上，为实现偏移码的 D/A 转换，需调整偏置电路使 A_2 的反向输入端出现偏置电压 $\dfrac{|V_{REF}|}{2}$。

2. D/A 转换器及其接口设计

1) 8 位 D/A 转换器及接口设计

DAC0832 是典型的 8 位 D/A 转换器，内部结构见图 3-40。D/I 转换采用 R-2R T 型电阻解码网络；内置两级串行联接数据缓冲器，各带组合控制逻辑，可形成双缓冲、单缓冲及直通数据输入三种工作方式；内设 I/V 转换放大器反馈电阻。

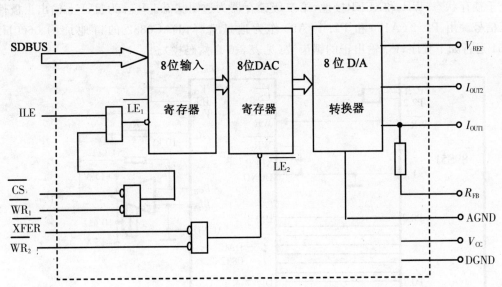

图 3-40　DAC0832 的功能框图

DAC0832 的主要特征为：输入电平与 TTL 兼容，基准电压 V_{REF} 工作范围为 $+10\sim-10$ V，电流稳定时间为 1 μs，功耗为 20 mW，电源电压 V_{cc} 范围为 $+5\sim+15$ V。

使用 DAC0832 时，应注意 $\overline{WR}$ 选通脉冲的宽度一般小于 500 ns，寄存器保持数据的时间不应小于 90 ns，否则锁存数据会出错。输入寄存器由三个输入选通信号组合产生 $\overline{LE_1}$ 控制，DAC 寄存器由 2 个输入选通信号组合产生 $\overline{LE_2}$ 控制。$\overline{LE} = 0$ 时，寄存器锁存，反之为直

通。$\overline{LE_x}$($x=1,2$)对应多种输入选通信号的组合有效,表 3-7 给出输入选通信号例状态的组合与各工作方式的关系。其他组合状态可类推。

表 3-7　DAC0832 的工作方式与控制信号例状态组合的对应关系

工作方式	ILE	$\overline{WR_1}$	$\overline{CS}$	$\overline{WR_2}$	$\overline{XFER}$	注　释
双缓冲	1	⎍	0	⎍	0	$\overline{WR_1}$、$\overline{WR_2}$ 各占用一个控制端口,数据分时递进,尤其适用多模拟信号同时输出
单缓冲	1	⎍	0	0	0	输入寄存器锁存,DAC 寄存器透明
	1	0	0	⎍	0	输入寄存器透明,DAC 寄存器锁存
	1	⎍	0	⎍	0	$\overline{WR_1}$、$\overline{WR_2}$ 接在一起同时控制,输入寄存器、DAC 寄存器同时锁存
直　通	1	0	0	0	0	输入寄存器、DAC 寄存器同时透明

DAC0832 有两个输出端 I_{OUT1} 和 I_{OUT2},采用电流输出形式,当输入数据为 FFH 时,I_{OUT1} 电流最大。I_{OUT1} 和 I_{OUT2} 电流之和为一个常数。为使输出电流线性地转换成电压,要在输出端接上运算放大器。R_{fb} 是片内反馈电阻,它为外部运算放大器提供适当的反馈电阻,当 R_{fb} 和 R-2R 电阻网络不能满足量程精度时,由外接电阻 R 和电位器 R_W 调节。运算放大器应具有调零功能,当输入为全零时,电压输出尽可能为零。

DAC0832 与单片机 89S51 的接口见图 3-41。DAC0832 工作于单缓冲方式,输入寄存器处于锁存状态,$\overline{WR_2}$ 和 $\overline{XFER}$ 接地,第二级锁存器为透明状态。V_{REF} 为负,V_{out} 输出正极性电压信号。由 P2.2(A10)和 P2.1(A9)作为地址选择,DAC0832 的口地址为 0600H。89S51 运行如下程序,V_{out} 输出正的锯齿波(见表 3-6 自然码栏)。

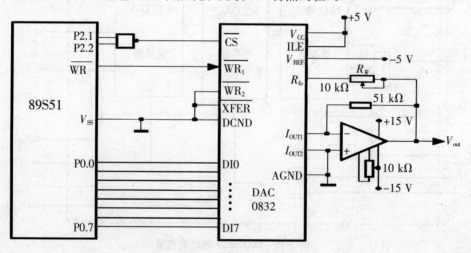

图 3-41　DAC0832 与 89S51 的接口

```
        MOV    DPTR,#0600H  ;0832 的口地址
        MOV    A,#00H
LOOP:   MOVX   @DPTR,A      ;输出到 0832
        INC    A
```

　　　　AJMP　　LOOP

2）12 位 D/A 转换器及其接口设计

　　以主机对外数据总线宽度是 8 位为例，12 位 D/A 转换器的分辨率大于 8 位，要使 12 位数据同步进入 D/A 转换器必须采取具有并联机制的数位匹配方法。数据同步刷新是 D/A 转换的基本要求，否则会出现中间量，给控制对象造成危害。

　　超数据总线宽度的位匹配实用方法有两种，一种是只设一级寄存器，由 8 位、4 位两个寄存器并联，为达到并联寄存器同时刷新，需给其中一个寄存器前加设预置寄存器。因此，须提供两个数据输出端口，一个用于预置，一个用于刷新。对于 IC 芯片中仅有 D/I 转换网络的器件，此为低成本数位匹配方案，典型 D/A 器件有高精度、低价格的 AD7521。另一种是并联、串联结合，即用一个 8 位寄存器和一个 4 位寄存器并联作为输入寄存器，一个 12 位寄存器作为 D/A 寄存器与输入寄存器串联，共需占用 3 个端口进行控制，其中 2 个数据端口用于填写两个寄存器，1 个为无数据端口，用于将两个并联寄存器内数据同时送入 12 位 D/A 寄存器。该方法可实现高分辨率多路模拟信号同时输出，如 DAC1230、AD7522（10 位）等的属此类结构。

　　AD7521 为内部无锁存器的 12 位 D/A 转换器，其中 R-2R 电阻网络数字输入与 TTL 兼容。转换时间为 500 ns。图 3-42 是 AD7521 与 89S51 的接口电路。12 位数据的高 4 位由 4 位寄存器锁存，低 8 位由 8 位寄存器锁存，由 $P_{2.7}$ 线选同时刷新。低 8 位增设预置寄存器，由 $P_{2.6}$ 线选预置。

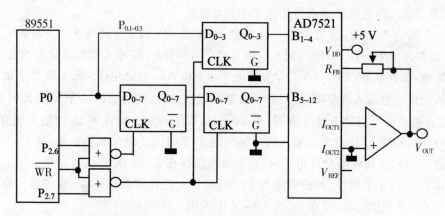

图 3-42　AD7521 与 89S51 的接口电路

执行以下程序段，可实现 12 位数据的 D/A 转换。

```
MOV     DPTR,♯0BFFFH    ;设置低 8 位预置寄存器地址
MOV     A,♯LDATA        ;取低 8 位数据
MOVX    @DPTR,A         ;送低 8 位数据至预置寄存器
MOV     DPTR,♯07FFFH    ;设置高 4 位、低 8 位同时刷新地址
MOV     A,♯HDATA        ;取高 4 位数据
MOVX    @DPTR,A         ;DAC12 位数据被同时刷新
        ……
```

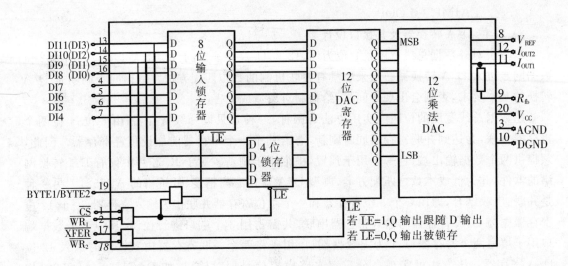

图 3-43 DAC1230 结构框图

为简化系统电路设计,工程中多采用锁存器内置的 D/A 转换器。为适应高分辨率、多方式输入控制的要求,各内置寄存器按并联、串联相结合的方式互联。DAC1230 是典型锁存器内置的 12 位 D/A 转换器,内部结构见图 3-43。由图可知,所含 8 位寄存器和 4 位寄存器并联构成 12 位输入寄存器;整长 12 位 DAC 寄存器与输入寄存器串联形成两级缓冲寄存器结构;寄存器工作的控制逻辑占用 3 个端口地址。

$\overline{LE}=1$ 寄存器直通,反之锁存。首先使 BYTE1/$\overline{BYTE2}$ 为高电平,$\overline{CS}$ 和 $\overline{WR_1}$ 为低电平,高 8 位数据(DI4~DI11)输入到 8 位输入锁存器,同时 4 位输入锁存器也将改变,但该值是无效数值,接着令 BYTE1/$\overline{BYTE2}$ 为低电平,$\overline{CS}$ 和 $\overline{WR_1}$ 为低电平,低 4 位数字量(DI0~DI3)输入到低 4 位输入锁存器,同时高 8 位数字量被锁存,随后当 $\overline{CS}$ 和 $\overline{WR_1}$ 变高电平时,低4 位数据也被锁存。完成上述步骤后,令 $\overline{XFER}$ 和 $\overline{WR_2}$ 同时为低电平,8 位输入锁存器和 4 位输入锁存器的共 12 位数字量输出同时输入到 12 位 DAC 寄存器输出端,使 D/A 转换器刷新输出,当 $\overline{XFER}$ 和 $\overline{WR_2}$ 变高电平时,数字量被锁存在 12 位 DAC 寄存器中。

DAC1230 的主要特性为:分辨率为 12 位;输出电流稳定时间 1 μs;参考电压在 -10~$+10$ V 之间;单工作电源,可在 $+5$~$+15$ V 中选用。

DAC1230 与 89S51 的接口电路如图 3-44 所示,在图 3-44 中的地址及控制逻辑如表 3-8 所示。

表 3-8 图 3-44 的控制逻辑

地址	控制方式	功能
8001H	I/O 写	输入 DI4~DI11
8000H	I/O 写	输入 DI0~DI3
8002H	I/O 写	DAC 刷新输出

接口程序如下:

```
MOV     DPTR,#8001H
MOV     A,#DATAH        ;DAC 数据高 8 位
MOVX    @DPTR,A
MOV     DPTR,#8000H
MOV     A,#DATAL        ;DAC 数字低四,DB3~0 全 0。
MOVX    @DPTR,A
MOV     DPTR,#8002H     ;无数据端口
MOVX    @DPTR,A         ;刷新输出(与 A 中值无关)
```

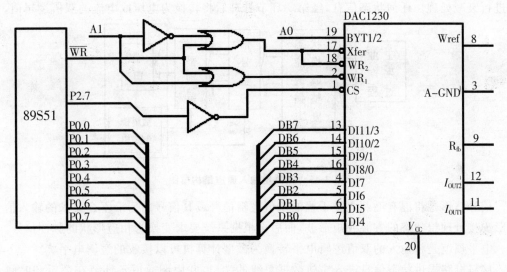

图 3-44　DAC1230 与 89S51 的接口电路

3.5　开关量输入过程通道配置

生产过程中提供给主机的开关量可分为两大类信息,一类是反映现场被控对象的相关状态信息,如逻辑电平、位置移动、阈值鉴别、范围限定、等级区分等等;另一类是无需进行A/D 转换,可以经开关量输入过程通道直接送入主机的数字量,称之为数据开关量,如装箱物件的计数值、电机转速、物流统计等。开关量输入过程通道传递工业生产过程的开关量信号到微型计算机的接口。工业生产过程中状态信息反映的内容有电类的、非电类的;有机械的也有电动的;有自然的也有加工的;有逻辑的也有非逻辑的;有量的也有质的等,不管原始内容如何,只要是须提供给主机的状态值,通过开关量输入过程通道加工、处理后都将规范于微型计算机接口可接受的双值开关量或逻辑电平。因此,开关量输入过程通道的首要环节是生产过程中开关量的获取,数据开关量处理环节少,一般可直接送入端口;状态开关量信号形式较多,有不同的采集与处理过程。

3.5.1　通道基本结构

开关量输入过程通道又称为数字量输入过程通道,该过程通道将生产过程中双值逻辑的开关量(数字量)变换为微型计算机能够接收的数字量,图 3-45 是开关量输入过程通道一般结构。通道主要由三大环节组成,获取工业生产过程的开关量信息是首要环节,其次是信号整形及电平规范或变换。在通道控制逻辑的控制下,合格的开关量信息被送入相应的端口,为主机所接收。需要时信号整形与电平规范两个环节也可接受过程通道控制逻辑的控制。

状态换能是指将生产过程中非电的状态信息转换成电的状态信息,如液面的位能状态转换为相应的电压或电流状态值。开关量强度调整是指虽然现场信息是电量信息,但其强度或太小或太大,无法为后续环节接收。如为获取 220 V~ 的过零状态信息,首先要对220 V~ 进行降幅处理;如果现场产生的数据开关量的位电平是 TTL 电平,则不需进行强度调整,直接送后续通道环节处理。总之,开关量信息的强度太小要先进行放大处理,太大则要进行衰减处理。任何状态信息,经第一环节处理后将转换为电压或电流的双值逻辑值。

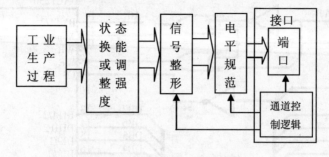

图 3-45 开关量输入通道结构框图

信号整形是将混有毛刺之类干扰的双值逻辑信号或其信号前后沿不合要求的输入信号整形为接近理想状态的方波或矩形波,而后再根据系统要求变换为相应形状的脉冲信号。

电平规范是将输入的双值逻辑电平转换为微型计算机可以接收的逻辑电平。

接口电路提供状态信息进入主机数据总线的端口,并协调通道各环节在逻辑和时间上有序工作。

3.5.2 开关量采集技术

过程开关量的采集分换能采集法和强度调节采集法两大类。

1. 换能采集法

在工业生产过程中非电量的开关量信号多产生于定点位移、液面高度、成分有无、量质限定、声光传递、磁场影响等的检测。本节主要介绍定点位移、液面高度、声光传递、磁场影响等非电开关量检测方法及电路。

1)机械触点检测

利用机械触点检测定点位移或液面高度是生产过程常用的方法。具有机械触点的检测器件主要有各式各样的行程开关、微动开关、磁性开关等。触点检测开关接入电路通常的方法是并联和串联两种,采集电路有自带电源和外接电源结构。

图 3-46(a)为检测开关并联接入自带电源的定点位移或液面高度等的检测电路,当移动物体使检测开关断开时,$V_O = 0$;使开关连通,$V_O = 1$。图 3-46(b)为检测开关串联接入自带电源的定点位移或液面高度等的电路,当移动物体使检测开关断开时,$V_O = 1$;使开关连通时,$V_O = 0$。

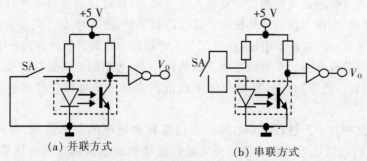

(a) 并联方式　　　　　　　　(b) 串联方式

图 3-46 自带电源的开关量变换电路

为适合于检测开关原理控制设备进行检测场合,可采用外接电源方式。外接电源可采用交流或直流的形式。采用直流形式的变换电路如图 3-47 所示。R_1、C 用于消除噪声，R_3 用于限流，发光指示灯 LED 用于指示 SA 是否合上，在工业生产现场 U_{DD} 常为 24 V、36 V 等直流电源。

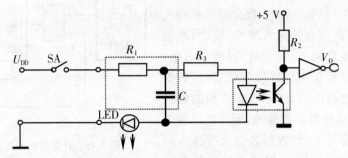

图 3-47　外接直流电源开关量变换电路

外接电源为交流时一般采用变压器，将高压交流（220 V∼ 或 110 V∼）变为低压交流，通过整流、平滑驱动发光二极管来反应检测开关状态。这种电路的响应速度较慢，只在有限的场合使用。

2）无触点开关量检测

无触点开关量检测主要是通过磁、光方法实现。将图 3-46 中的触点开关改为磁敏或光敏开关，则构成无触点开关量检测电路，其检测功能与触点检测功能完全同等。

3）非电开关量拾取

只要是能表现出两种不同状态结果的非电事件均可成为非电开关量，如光的有无、声音强弱、磁感能量等。通过采用磁、光、声等方式反映过程状态，在许多控制领域中得到广泛应用，这种非电开关量需要通过电量转换后才能以电的形式输出。实现非电开关量的信号变换电路结构如图 3-48 所示，包括非电量-电量变换、放大（或检波）电路、光电隔离电路等组成。

图 3-48　非电量开关量转换

磁、光、声开关量拾取一般采用磁敏、光敏、声敏等元件，这些元件将磁、光、声的变化以电压或电流形式输出。由于敏感元件输出信号较弱，输出电信号不一定是逻辑量（例如可能是交流电压），因此对信号要进行放大和检波后才能变成具有一定驱动能力的逻辑电信号。隔离电路根据控制系统工作环境及信号拾取方式决定是否采用。

对于精度和稳定性要求较高的使用场合，可考虑采用精密仪器或传感器（例如磁性编码器、光学编码器、感应同步器等）。

2．强度调节采集法

强度调节采集法主要是针对生产过程中电类开关量信息的采集。电类开关量信息可粗略分为三大类，即数据开关量、过程状态开关量、握手功能开关量。

1）数据开关量采集

生产过程中的数据型开关量有两种基本的
生成方法，一种是生成于生产过程中，如果数据
的位电平符合 TTL 电平规范，则位电平不必进
行强度调节，数据可直接送入端口，反之，则需
先进行位电平强度调节、规范处理，然后送出；
另一种是生产过程仅提供数据策动信号，数据
生成电路置于过程通道首环节，如装箱的物件
计数，现场仅产生物件计数脉冲，而计数器设置
于过程通道内首环节，计数器数据直接送入端
口。图 3-49 所示为计数数据开关量采集电路
的结构。

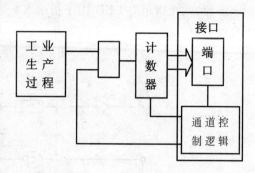

图 3-49　计数数据开关量采集电路

2）过程状态开关量采集

过程状态开关量采集的主要任务是强度调节，其次是形式变换，如将表现为电流、功率、
频率等形式的过程状态开关量转换成电
压或电位形式的状态开关量。

状态开关量采集常采用如图 3-50 所
示的电路结构。对于指定的状态电压采
取比较取样法既适用于小幅度开关量取
样，又能满足高电压按比例生成逻辑电

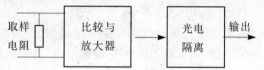

图 3-50　状态开关量采集电路框图

平。在接口之前加入隔离措施，因而对过程状态开关量的采集是间接的。此方法尤其适用
对功率开关负载电路工作状态信号采集。

3）握手功能开关量采集

为把握在生产过程中获取信息的较好时期或向生产过程发送控制信号的较好时间，在
设计系统时，经常刻意在现场设置一些供查询的状态开关量信号，这些信号的功能主要用于
主机与生产过程交换信息时，标识生产过程是否准备就绪，因此，又称其为握手功能开关量。
显然，握手功能开关量的采集是不需要进行强度调整、信号整形、电平规范等技术手段处理
的，而可直接送入端口供主机查询。

3.5.3　开关量信号规范技术

经采集环节而获得的开关量信号，特别是状态开关量信号，一般存在信号质量较差，电
平不符合 TTL 电平规范等问题，而不能送入接口，通常需要进行信号规范处理，基本内容
包括波形整形及电平变换。

1. 波形规范

经采集环节来的逻辑电信号或脉冲信号的脉冲宽度、脉冲波形形状、脉冲前后沿陡度可
能不很理想，须由相应的电路对其进行规范处理，也叫波形整形。规范处理使逻辑电信号变
为较理想的电信号，并提高抗干扰能力。规范处理的技术方法包括触点消抖、脉冲定宽、去
除尖峰毛刺等。

（1）触点消抖。物体移动或液面位置变化等使检测开关的触点闭合或断开，一般要经
过一定时间的抖动才能进入稳定的通或断状态。由于抖动，相应的输出状态开关量信号在

动作瞬间的状态也不稳。如果用这种质量差的信号做计数脉冲,或作为中断请求信号,将导致系统无法正常工作。

消抖方法有硬件和软件两大类。

若确知检测开关通或断的最短时间,且检测电路提供的开关量电平是规范的 TTL 电平,则可采用软件消抖方法,基本原理和键盘消抖原理相同,但过程更为简单。

硬件触点消抖的方法很多,图 3-51 为触点消抖电路的一般结构。该结构的工作效果取决于单稳脉冲的宽度设置,即单稳脉冲的宽度应大于最长的抖动时间。

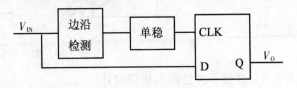

图 3-51　触点消抖电路一般结构

(2) 脉冲定宽。进行对象鉴别、范围限定、等级区分等的检测时,检测结果常常以脉冲的形式给出,如交流电的零点状态检测,检测结果是遇零点状态发一个脉冲,为使主机能可靠捕捉到标识零点状态的脉冲,该脉冲应达到一定宽度。一般而言,要求在开关量变化时提供一个脉冲宽度稳定的脉冲,如上跳时产生脉冲、下跳时产生脉冲、上下跳变时都产生脉冲。采用单稳态触发器很容易实现这个功能。

(3) 消除毛刺。由于受环境干扰的影响,传输的开关量信号有可能产生毛刺。带有毛刺的开关量信号将对微型计算机控制系统工作可靠性产生一些影响。消除毛刺通常采用史密特触发器(例如 74LS14 等)或集成比较器。图 3-52(a)为采用比较器的整形电路。该电路具有与史密特触发器相似的特性,门槛电平由 W_1 调节,回环宽度由 R_f 调节。应用史密特触发器的电路如图 3-52(b)所示,该电路首先将无法引起光传送的毛刺进行滤除,然后史密特触发器进行整形,第二次滤除可引起光传的毛刺。

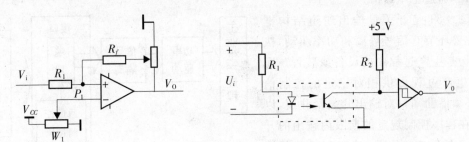

图 3-52　回环比较器

2. 电平规范

在微型计算机控制系统中,CPU 一般只接受 TTL 电平信号,当开关量变换后的信号为非 TTL 电平时,则需要进行电平变换。

电平变换可采用光电隔离、晶体管或 CMOS-TTL 电平变换芯片,电路如图 3-53 所示。其中光电隔离抗干扰性能好,但反应速度较慢,采用晶体管或 CMOS-TTL 变换芯片则速度较快。

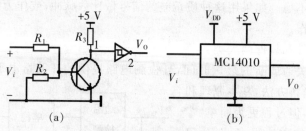

图 3-53 电平转换电路

3.5.4 过程开关量输入接口设计

过程开关量有数据开关量、状态开关量和握手开关量之分,因此,接口设计应分别设置数据开关量端口、状态开关量端口和握手开关量端口,后两种开关量可综合考虑。开关量信号形式有电平、脉冲、数据等多种,为在较好的时间读入开关量信息,通常采用定时查询或中断方式。尤其在读入脉冲或数据开关量时可借助握手功能开关量。开关量输入端口的配置及控制原理与一般的接口设计相同。

3.6 开关量输出过程通道配置

主机向生产过程发出的控制信号及提供给现场的不需 D/A 转换的数码量等通过开关量输出过程通道传递。控制信号多用于生产过程设备的启或停,电磁阀、电子开关、继电器及类似器件、部件、装置的通或断。数码多用于现场设备的编码控制,如步进电机电流换相控制等。由于控制信号具有滞留性,实现开关量输出时,开关量输出接口和输出过程通道是融为一体的,而开关量过程通道内容以信号隔离、功率驱动等环节为主。

3.6.1 通道基本结构

图 3-54 是开关量输出通道结构框图,主要环节有信号隔离和功率驱动,执行机构是生产过程中的设备或装置。通道向生产过程提供相对稳定的控制信号,必须借助端口对输出开关量驻留,以保证在程序控制规定的期限内输出的开关量状态不变。因此,接口和开关量输出过程通道是互不可分的整体,且开关量输出端口器件要选用锁存器。控制信号、数码分开设置端口。

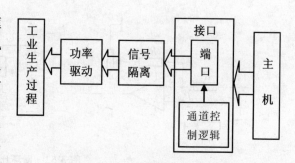

图 3-54 开关量输出通道结构框图

3.6.2 开关量输出接口设计

开关量输出接口设计应注意以下问题:

(1) 在控制信号、数码分开设置端口的前提下,当控制信号较多时应进行分类传送。设计控制信号传递程序时,应侧重注意各控制信号的分时有效性,否则容易产生安全隐患,甚至造成重大安全事故。

(2) 有些控制信号、数码开关信号的传送是要根据生产现场要求来发送的,对此可结合

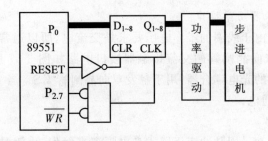

图 3-55　数码开关信号输出接口

握手功能开关量的状态决定是否可以传送,同样可采用查询、中断等方式。

(3)端口器材的选择包括单片机本身带有具有锁存功能的 I/O 口、通用集成可编程输入/输出接口芯片、TTL 或 CMOS 系列锁存器等。

(4)端口控制逻辑的设计原理和一般接口的设计原理相同。

图 3-55 为 89S51 经 74LS273 控制步进电机的接口电路。执行机构为三相步进电机时,占用端口 3 位输出控制码;为 4 相时占用端口 4 位输出控制码。一般一个 8 位端口可同时控制 2 台步进电机。

3.6.3　典型开关量输出过程通道

微型计算机输出的开关量经锁存输出后,要进行隔离和放大后加到执行机构上。开关量输出过程通道控制的执行机构大多数属于脉冲型功率元件或开关型功率元件,不同的功率元件需要不同的功放电路,因此涉及的功放电路很多,下面介绍几种常用的驱动电路。

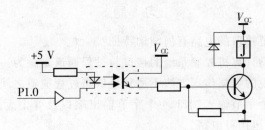

图 3-56　直流继电器接口

1. 直流电磁式继电器、接触器功率接口

直流电磁式继电器、接触器一般用功率接口集成电路或晶体管驱动,对于使用小功率直流继电器很多的系统,适宜用功率接口集成电路(例如 ULN2803 系列)。直流继电器接口电路如图 3-56 所示。

对于接触器或大中功率继电器可采用一个小型直流继电器来驱动,即微型计算机控制小继电器,用小继电器触点来接通接触器线圈电源。

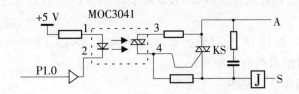

图 3-57　交流接触器接口

2. 交流电磁式接触器功率接口

交流电磁式接触器由于线圈的工作电压要求是交流电,所以通常使用双向晶闸管驱动或直流继电器。采用双向晶闸管的交流接触器接口电路如图 3-57 所示。其中 MOC3041 为采用双向晶闸管输出的光电耦合器,用于触发双向晶闸管 KS。当 P1.0 为低时,KS 会导通,使交流接触器线圈通电。

3. 晶闸管触发电路

晶闸管触发电路通常采用脉冲变压器或光电隔离来触发,由于晶闸管触发器采用脉冲形式,因此触发脉冲通常由软件来产生。晶闸管的接口电路如图 3-58 所示。

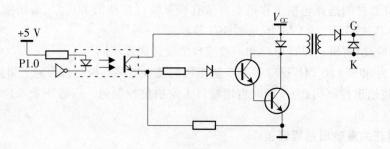

图 3-58　脉冲变压器输出

习　题

3.1　用于过程通道接口的电路有何结构特征?

3.2　为什么说微型计算机控制系统的接口与过程通道是融为一体的?

3.3　有哪一种常说的数据传送方法不适宜接口与过程通道之间传送数据?为什么?

3.4　设计具有 4 个字节输入端口、4 个字节输出端口及 8 个无数据端口,可进行 4 个中断信号管理的过程通道接口电路。

3.5　试利用 8255 设计具有中断双向选通功能,含 2 个无数据端口的过程通道接口电路。

3.6　简述设计模拟量输入过程通道应考虑的基本问题,并在图 3-6 所示典型模拟输入过程通道结构图基础上自行演变出一种模拟量输入过程通道结构,且说明其特点。

3.7　试用串行电阻代替 R_G 设计可编程放大器,并说明工作原理。

3.8　CD4051 是 8 通道单端双向模拟多路切换器,有 3 个编码输入端 A、B、C,一个禁/允端 $\overline{INH}$。试用 2 片 CD4051 设计 16 通道单端双向模拟多路转换器。

3.9　MAX355 结构和原理如图 3-15,试用 2 片 MAX355 设计 8 通道差分模拟多路切换器。

3.10　ADC1005 为 10 位 A/D 转换器,转换时间为 50 μs,基准电压为 5 V,求其量化误差及要求输入信号的最高变化频率。

3.11　简述采样保持器基本工作原理。

3.12　利用 ADC0809 设计具有 16 通道 A/D 转换的电路。

3.13　按图 3-6 设计具有 16 个点,含采样保持、A/D 转换及 8255 接口,以 MCS-51 系列单片机为主机的多检测点多环节通道的生产过程模拟数据采集系统。

3.14　某数字式单相交流功率测量装置采用 MCS-51 系列单片机作为主控制器,其测量算法是:$P = K \sum\limits_{k=0}^{31} u(k)i(k)$,其中 k 是功率归算系数,$u(k)$、$i(k)$ 为电压、电流采样值,每个正弦波周期采样 32 点。请设计一个模拟量输入过程通道及其与 MCS-51 系列单片机的接口,该通道采用 AD574A,最后确定采样周期(设交流频率为 50 Hz)。

3.15　简述串行 A/D 转换器基本工作原理。

3.16　根据式(3.21)设计权电阻网络 D/A 转换器电路。

3.17　设主机是 MCS-51 系列单片机,D/A 转换器为 0832,$V_{REF} = +5$ V,D 的初始值为 128,编程使图 3-39 电路的 V_{OUT} 输出双极性正、负各 5 台阶阶梯波。

3.18　设主机是 MCS-51 系列单片机,利用 DAC1230 设计具有两路模拟电压同时输出的 D/A 转换电路,并说明原理,编写 D/A 转换控制程序。

3.19　利用光电传感器对小型直流电机转速进行检测,试设计其转速识别系统。

3.20　一台 X-Y 绘图仪纵横驱动机构均为 4 相步进电机,即相电流驱动码由 4 BIT 构成,试设计用 1 个字节分别驱动纵横步进电机的控制系统电路与程序。

第4章 数据采集与处理技术

数据采集与处理是微型计算机控制系统的重要环节。以数据采集和处理为核心工作的系统多见于测量仪器与监测系统。测量仪器如各类数字示波器、数字频谱仪及完全由微型计算机独立实现的虚拟仪器等；监测系统如地震、水文、气象等的监测与预报系统。在现代工业领域，纯粹的数据采集系统逐渐淡出，但数据采集与处理技术仍是微型计算机控制技术的重要基础内容。

本章的基本内容为数据采集系统基本概念，模拟量和开关量数据采集与处理的一般方法。作为数据采集技术的应用，重点介绍与工业控制密切相关且完全由微型计算机实现的虚拟仪器的一般结构与原理。

4.1 数据采集系统概述

4.1.1 数据采集系统概念

在现代工业生产过程中，需要对大量的过程参数进行观测、记录与分析。这就要求对过程参数进行检测，然后对获取的内容作出相应的处理，以便人们了解系统运行情况并进行决策，这就是所谓的数据采集与处理。仅完成数据采集与处理功能的系统被称为数据采集系统(DAS)。早期的过程参数检测是采用常规的记录仪表。在大型企业中，大量的过程参数需要很多的仪器仪表，往往占用较大的场地，不便于迅速观测数据，亦不直观。微型计算机具有灵活、方便、运算速度快、判断能力强等特点，因而采用微型计算机构成数据采集系统具有显著优越性。例如，在电力工业中，可以将某一地区供电线路及其用电状态在彩色显示终端用图形显示出来，在图上相应的开关点或电压测量点实时显示测量状态或结果，当出现越限时，用醒目红色闪烁显示，并发出报警响声。这不仅改善了工作人员的劳动条件，更重要的是为安全生产提供了良好的技术保证，为进一步的数据处理及实时控制打下了基础。

微型计算机数据采集系统的任务是对生产现场的过程参数定时进行检测、记录、存储、处理、打印、制表、显示及越限报警。

图4-1是微型计算机数据采集系统示意图。从图中可以看出，数据采集包含了连续量和开关量两种不同性质的信号检测和处理，4.2节和4.4节将分别叙述。此外，微型计算机数据采集系统并不对生产过程实施自动控制，不对生产过程产生直接影响，这是它与直接数字控制系统(DDC)的主要区别。

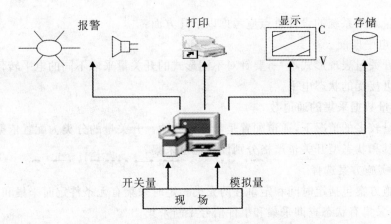

图 4-1　微型计算机数据采集系统示意图

4.1.2　数据采集系统的功能

数据采集系统一般应具有以下几个方面的功能：

① 具有实时时钟，它除了能保证系统定时中断、确定采集数据的周期外，还能为采集数据的显示、打印提供当前的时间和日期值，作为操作人员对采集结果分析的时间参考。

② 对多个输入通道输入的生产现场信息，能够按顺序逐个检测——巡回检测，或按指定对某一个通道进行检测——选择检测。

③ 能够对所采集的数据进行检查和处理。例如有效性检查、越限检查、数字滤波、线性化、数字量/工程量转换等。

④ 当采集到的数据超过上限值或下限值时，系统能够产生声光报警，提示操作者处理。

⑤ 能定时或按需要随时以表格形式打印采集数据。

⑥ 在系统内部能存储采集数据。

⑦ 系统在运行过程中，可随时接受由键盘输入的命令，以达到随时选择采集、显示、打印的目的。

4.1.3　设计数据采集系统应考虑的一些问题

数据采集包括模拟量和开关量两大类。数据采集系统的设计应根据监测对象与监测性质采取合适的系统方案，如被监测系统为纯模拟量系统，则围绕模拟量数据采集制定系统设计方案；为纯开关量系统，则针对开关量数据采集研究方案；模拟量、开关量兼有，则综合考虑采集系统方案。

纯模拟量采集系统的设计应重点考虑以下几方面：

1）分辨率和精度

分辨率和精度决定了对数据采集系统的重要硬件——A/D 转换器的位数要求。

2）模拟量数据采集的通道数

通道数决定了系统的结构方案。对于模拟量输入主要有三种通道结构，即各通道单独设有采样保持器和 A/D 转换器、各通道共享一个 A/D 转换器、各通道共享采集保持器和 A/D 转换器。三者的速度依次减慢，可靠性依次降低，但成本依次减少。

3）采样周期

采样周期的选取原则，要考虑到信号处理中采样周期的选取和闭环控制系统中的采样周期的选取。

纯开关量采集系统的设计重点应考虑以下几方面：

1）状态电平匹配

现场的开关量表现形式不一，要针对不同形式的开关量采取不同的电平转化措施，使之成为计算机可接受的状态电平。

2）开关量数据采集的通道数

在开关量较多的情况下，通道配置是十分重要的。开关量的分类为配置依据，尤其要将数值型开关量和状态型开关量严格分别设置通道采集。

3）采集实施方案选择

采集实施方案包括定时间和定事件两大类。定时采集有无条件定时采集和定时中断采集等；定事件采集有状态查询采集和事件信号中断采集。

综合采集系统的设计重点考虑的问题除要同时考虑它们单独设计时应注意的问题外，更重要的还应做好端口分配及两者之间的逻辑与时序关系协调。

4.2　模拟数据采集技术

模拟数据采集系统实现对现场模拟量的采集和处理，其性能的好坏主要取决于它的速度和精度。特别是工业生产过程中的数据采集系统，往往要求在保证精度的条件下具有在线实时有效的多路处理功能。

4.2.1　模拟数据采集电路

从传感器开始到 CPU 为止的电路构成模拟数据采集电路，它将需要的现场参数转换成计算机能够识别的数字量进入 CPU。由于信号的多样性，电路结构亦有所不同，但是基本框架却是相似的，一般结构见第 3 章图 3-6。

多路开关、采样/保持器（S/H）、A/D 转换器等构成了 DAS 的数据输入通道。多路模拟输入信号经过多路开关顺序输入，在经过放大和滤波后被采样/保持器采样并保持，使输入到 A/D 转换器的模拟量在保持时间内恒定，以保证 A/D 转换的准确性。A/D 转换器转换后的数字量可经数据缓冲器送入数据总线（DB），微型计算机从数据总线获得转换的数据并进行处理。

图 4-2 是具体的电路实例。它实现单片机对 8 路模拟量进行数据采集。对变化频率不超过 100 Hz、电压范围 0～10 V 的 8 路模拟信号可以进行连续巡回检测，分辨率为 5 mV，采样间隔不低于 1 s 时，可以进行数字滤波处理。

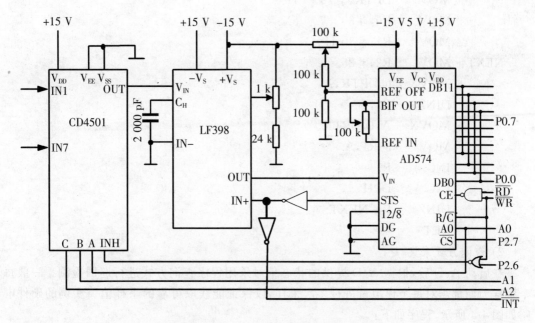

图 4-2　8 路模拟电压自动巡回数据采集电路

4.2.2　模拟数据采集软件的流程图

模拟数据采样的特点是：数据由 A/D 转换器提供；CPU 获取由 A/D 转换器转换的结果。因此，CPU 怎样获取转换结果关键在于数据采集系统中如何对 A/D 转换器进行控制。

1. 数据采集的控制方式

根据微型计算机控制系统的接口原理及 A/D 转换时间的长短、系统工作速度的要求等，常用的采集控制方式有延时、查询、中断、DMA 等四种。

1）延时方式采集

当采集系统实时性要求不高并且已知 A/D 的转换时间时，可以采用先启动 A/D 转换器，然后通过程序延时，最后读转换结果。这种情况比较简单，无需状态信号。实例的硬件电路如图 4-3 所示，实现从 $V_0 \sim V_7$ 共 8 路信号采集的程序如下：

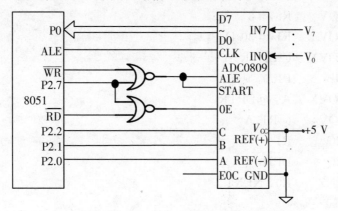

图 4-3　延时方式时 ADC0809 与 89S51 的接口电路

```
        MOV      DPTR,#78 FFH
        MOV      R0,#8
        MOV      R1,#30 H
NEXT：  MOV      R2,#25
        MOVX     @DPTR,A
        DJNZ     R2,$
        MOVX     A,@DPTR
        MOV      @R1,A
        INC      R1
        INC      DPH
        DJNZ     R0,NEXT
        RET
```

2）查询方式采集

在启动 A/D 后,根据 A/D 提供的状态信号采用程序查询方式进行巡回检测。一般每个采样周期都需对每个模拟量进行多次采样,以保证能获取可靠的采样值。实例的硬件电路如图 4-4 所示,程序如下:

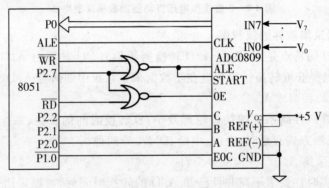

图 4-4　查询方式时 ADC0809 与 89S51 的接口电路

```
        MOV      DPTR,#78FFH
        MOV      R0,#8
NEXT：  MOV      R1,#30 H
        MOVX     @DPTR,A
        JNB      P1.0,$
        MOVX     A,@DPTR
        MOV      @R1,A
        INC      R1
        INC      DPH
        DJNZ     R0,NEXT
        RET
```

3）中断方式采样

延时和查询方式中,A/D 转换期间 CPU 一直处于等待状态,不能进行其他操作,当 A/

D 转换速度较慢时,就会浪费大量的 CPU 时间。为了提高 CPU 的利用效率,可以采用中断的方式进行数据采集,即每次启动 A/D 转换后,系统返回主程序进行处理,等 A/D 转换结束再中断 CPU。CPU 读入数据后对下一通道发出 A/D 转换命令,再返回进行主程序处理,直至所有通道采样完毕。

实例的硬件电路如图 4-5 所示,采集程序如下:

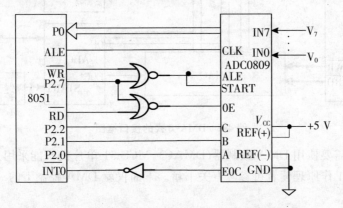

图 4-5 中断方式时 ADC0809 与 89S51 的接口电路

```
         ORG    0000 H
         LJMP   MAIN
         ORG    0003 H
         LJMP   INT0
         ORG    1000 H
MAIN：    MOV    DPTR,＃78FFH
         MOV    R1,＃30 H
         MOVX   @DPTR,A
         SJMP   $
INT0：    MOVX   A，@DPTR
         MOV    @R1,A
         RETI
```

利用中断方式进行数据采集,可以大大提高 CPU 的利用率。当然,若 A/D 转换的时间很短,与系统中断响应时间相当,采用中断方式的意义就不大了,甚至可能更浪费机时。

4）DMA 方式采集

采集系统的采集速率通常取决于以下几个因素:A/D 转换器转换速度;多路开关、测量放大器、采样保持器的响应时间;每次 A/D 转换后得到的数据送入内存时 CPU 所花的时间。

实践表明,为提高数据采集的速率,选用高速的 A/D 转换器和切换时间尽可能短的多路开关固然十分重要,但是将数据传送至内存的时间也是不容忽视的。因此出现了不经 CPU 控制将采集数据直接送入存储器的方法,即直接数据存取的 DMA 方式,原理示意如图 4-6 所示。

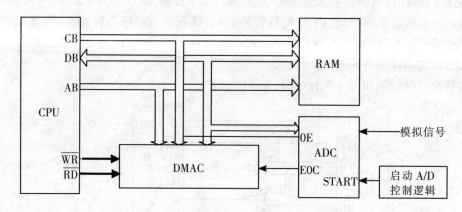

图 4-6　DMA 方式的接口框图

DMA 方式需要使用 DMA 控制器（DMAC），MCS-51 单片机不能采用这种方式。有关 DMA 控制器的工作原理读者可参考有关书籍。下面仅就 DMA 控制下的 A/D 数据采集方式的原理作简述。

（1）A/D 转换完成后，向 DMA 发送信号，由 DMA 控制器向 CPU 发出 DMA 请求。

（2）CPU 响应 DMA 请求后，将控制总线（CB）、地址总线（AB）以及数据总线（DB）全部交给 DMAC，自己处于高阻输出状态。

（3）DMAC 发出相应控制信号使 RAM 与 I/O 设备（即 A/D 转换器）之间直接传递信息。

（4）DMA 传送数据结束后，便自动撤销给 CPU 的申请信号，CPU 继续运行。

由 DMA 方式进行直接数据存取，可以极大地缩短传送数据的时间。

2. 数据采集软件的流程图

能够完成数据采集系统基本功能的软件流程如图 4-7 所示。由定时器和键盘命令构成两个中断源。前者实现定时采集和数据处理，后者实现打印。

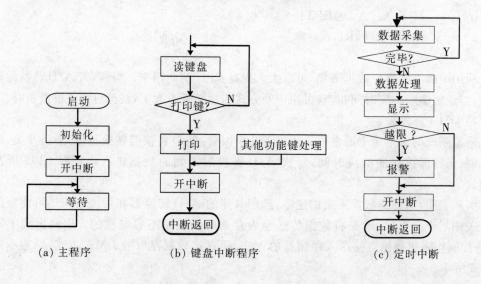

（a）主程序　　　　　（b）键盘中断程序　　　　（c）定时中断

图 4-7　数据采集的基本程序框图

4.2.3　模拟量数据采集的预处理方法

由于工业控制对象的工作环境一般比较恶劣，干扰源较多，模拟量经 A/D 转换后，由微型计算机采集到的数字量还要作适当的处理后才能使用。数据采集系统对采集数据的处理方法有输入数据的有效性检查和数字滤波等。

1. 有效性检查

为避免测量元件、变送器的故障或信号线路的开路，使计算机采集到真实的数据，通常都要对输入数据进行有效性检查，这是保证系统可靠性的措施之一。在系统设计时总是使被测量的模拟信号处于某个标准电压或电流范围内，如果测量仪表或信号传送线路出现故障，其信号便会达到以至超过信号标准的上下限值，计算机便可发出报警，显示故障通道号，提醒维修人员进行处理。有效性检查程序如图 4-8 框图所示，图中 d 表示读入数据，P_{max} 和 P_{min} 分别为系统测量的上下限值，M1 和 M2 为设定的标志，反映的是上限溢出还是下限溢出以及通道编号。

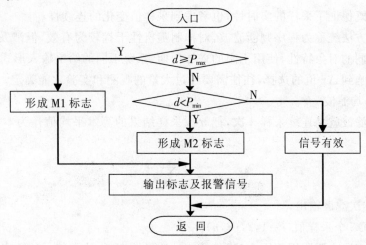

图 4-8　有效性检查程序框图

2. 数字滤波

数字滤波就是通过一定的计算机程序减少干扰信号在有用信号中的比重，故实际上是一种程序滤波。数字滤波能够克服模拟滤波器的不足，它与模拟滤波器相比有以下优点：

（1）由于数字滤波是用程序实现的，因而不需要增加硬件设备，可以多个输入通道"共用"一个滤波程序。

（2）由于数字滤波不需要硬件设备，因而可靠性高，稳定性好，各回路之间不存在阻抗匹配等问题。

（3）数字滤波能对频率很低（如 0.01 Hz）的干扰信号实现滤波，克服了模拟滤波器的缺陷，而且通过改写数字滤波程序或改变数字滤波参数，可以实现不同的滤波方法，这比改变模拟滤波器的硬件要灵活、方便。

数字滤波方法有多种多样，各有不同特点。

1）限幅滤波

限幅滤波的方法是考虑到被测参数在两次采样时间间隔内，一般最大变化的增量 Δx 总是在一定的范围内，如果前后两次采样的实际增量 $\Delta x_k = |x_k - x_{k-1}| \leqslant \Delta x$，则认为是正常

的,否则认为是干扰造成的,这种情况下用上次的采样代替本次采样,即

$$y_k = \begin{cases} x_k, & |x_k - x_{k-1}| \leq \Delta x \\ x_{k-1}, & |x_k - x_{k-1}| > \Delta x \end{cases} \tag{4.1}$$

2）限速滤波

限速滤波的方法也是先设定前后两次采样的最大允许增量 Δx,用本次采样 x_k 相对上次采样的增量 $|\Delta x_k|$ 进行比较,若 $|\Delta x_k| \leq \Delta x$,则认为本次采样有效;否则重新采样一次,得 x_{k+1};如果 $|x_{k+1} - x_k| \leq \Delta x$,则表明 x_{k+1} 接近 x_k,x_k 是可信的,用最近一个采样 x_{k+1} 作滤波输出;相反,就以 x_{k+1} 和 x_k 算术平均值作为滤波输出,即

$$y_k = \begin{cases} x_k, & |x_k - x_{k-1}| \leq \Delta x \\ (再次采样) \begin{cases} x_{k+1}, & |x_{k+1} - x_k| \leq \Delta x \\ \dfrac{x_{k+1} + x_k}{2}, & |x_{k+1} - x_k| > \Delta x \end{cases} \end{cases} \tag{4.2}$$

这一方法既保证了采样的实时性,也考虑到采样值变化的连续性。

上述两种方法统称为程序判断滤波,对抑制随机性干扰较为有效,但涉及 Δx 值如何确定的问题。不同的对象特性,使用不同的采样周期、系统不同的给定输入形式(阶跃、等速或加速)等,都影响到 Δx 值的选择,往往需要经过大量的观测和实验才能确定。

3）算术平均滤波

算术平均滤波就是连续采样 n 次,把 n 次采样结果的算术平均值作为本次滤波器的输出,即

$$y_k = \frac{1}{n} \sum_{i=1}^{n} x_{k_i} \tag{4.3}$$

式中:y_k——本次滤波输出;

　　　x_{k_i}——第 i 个采样值($i = 1, 2, \cdots, n$)。

此种滤波方法主要适用于压力、流量等信号的平滑加工,这类信号的特点是信号在某一数值范围附近作上下波动,即干扰是周期性的。算术平均滤波对信号的平滑程度取决于平均次数 n 的选择,随着平均次数 n 的增大,平滑度提高,而灵敏度降低。通常,流量 $n = 12$;压力 $n = 4$。但应视不同的具体系统和采用不同的采样周期作适当的增减。

算术平均滤波对周期性干扰有良好的抑制作用,对脉冲性干扰的抑制不够理想。

4）加权平均滤波

在算术平均滤波中,对于 n 次采样所得的采样值,在其结果中所占比重是均等的,加权因子均是 $1/n$。但有时为了突出最近几次采样值在平均值中的比重,往往对不同时刻的采样值赋以不同的加权因子,即

$$y_k = \sum_{i=1}^{n} \alpha_i x_i \tag{4.4}$$

其中,$0 \leq \alpha_i \leq 1$ 且 $\sum_{i=1}^{n} \alpha_i = 1$。

这种方法称为加权平均(或滑动平均)滤波方法。它适用于系统纯延迟时间常数较大而采样周期较短的情况。加权因子的选取可根据具体情况决定,一般是新的采样值赋以较大的比重,以迅速反应系统当前所受干扰的严重程度。

5) 中值滤波

中值滤波是对某一被测参数连续采样 3 次,取采样值居中者作为滤波器的输出,即

$$y_k = \mathrm{mid}(x_{k_1}, x_{k_2}, x_{k_3})$$

MCS-51 单片机实现的子程序如下

```
         PUSH    PSW        ;保护 PSW、A
         PUSH    A
         MOV     A, R1      ;x_{k_1} 送 A
         CLR     C
         SUBB    A, R2
         JNC     LOB01      ;x_{k_1}>x_{k_2}?
         MOV     A, R1
         XCH     A, R2      ;互换 x_{k_1} 和 x_{k_2}
         MOV     R1, A
LOB01:   MOV     A, R3
         CLR     C
         SUBB    A, R1
         JNB     C, LOB03   ;x_{k_3}>x_{k_1}?
         MOV     A, R3
         CLR     C
         SUBB    A, R2
         JNC     LOB04      ;x_{k_3}>x_{k_2}?
         MOV     A, R2
         MOV     A, R0
LOB02:   POP     A          ;恢复 PSW、A
         POP     PSW
         RET
LOB03:   MOV     A, R1
         MOV     R0, A
         SJMP    LOB02
LOB04:   MOV     A, R3
         MOV     R0, A
         SJMP    LOB02
```

运行程序前,x_{k_1}、x_{k_2}、x_{k_3} 分别存放于 R1,R2,R3 中,运行后 y_k 在 R0 中。

中值滤波能有效地滤除由于偶然因素引起采样值波动的脉冲干扰,对变化缓慢的被测参数有良好的滤波效果,但不适用于快速变化的过程参数。

6) 防脉冲干扰的算术平均滤波

算术平均滤波不易消除脉冲干扰引起的测量值的偏差,中值滤波由于采样点数的限制,其滤波范围很窄。可以考虑把这两种滤波方法结合起来,做到既能防止脉冲干扰的影响,又能使周期性干扰得到平滑处理。基本思想是把连续采集的 n 个值去掉一个最大值和一个最

小值,剩余取平均作为本次滤波的输出,即

$$y_k = \frac{1}{n-2}\Big[\sum_{i=1}^{n}x_{k_i} - \min(x_{k_1}, x_{k_2}, \cdots, x_{k_n}) - \max(x_{k_1}, x_{k_2}, \cdots, x_{k_n})\Big] \tag{4.5}$$

这就是所谓的防脉冲干扰的算术平均滤波。这种方法兼有算术平均滤波和中值滤波的优点,对快变和慢变参数都有抑制干扰的作用,有利于提高采样的真实性,但运算工作量较大,会影响系统的实时性。当采样点数为 3 时,它便是中值滤波。

7) 惯性滤波

在模拟量输入通道中,常用一阶低通 RC 模拟滤波器来削弱干扰。但用 RC 滤波器来抑制低频干扰时,由于大时间常数的 RC 网络不易制作而难以实现。因为增大网络的 R 值会引起信号较大幅值衰减,而增大 C 值,则使电容的漏电和等效串联电感也随之增大,影响滤波效果。当采用数字形式来模拟 RC 低通滤波器的输入输出关系,则能很好地避免硬件 RC 滤波器的缺点。在滤波常数要求较大的场合,这种方法尤为实用,称之为惯性滤波。

模拟 RC 滤波器电路如图 4-9 所示。设采样周期为 T,离散化后有

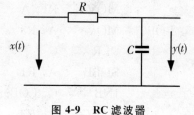

图 4-9　RC 滤波器

$$RC\frac{\mathrm{d}y(t)}{\mathrm{d}t} + y(t) = x(t)$$

$$RC\frac{y_k - y_{k-1}}{T} + y_k = x_k$$

即　　$y_k = \frac{RC}{RC+T}y_{k-1} + \frac{T}{RC+T}x_k$

令 $\alpha = \dfrac{RC}{RC+T}$,　　称之为滤波平滑系数($<1$),

则

$$y_k = \alpha y_{k-1} + (1-\alpha)x_k \tag{4.6}$$

此式即为惯性滤波算法,其中的 α 根据实际情况确定。

本小节介绍了 7 种常用数字滤波方法,每种滤波方法均有其特点,可根据具体被测参数的情况合理选用。有时为了进一步改善滤波的效果,往往把两种以上的滤波方法结合起来使用,成为复合滤波。

一般来说,对于变化缓慢的参数,如温度,可选用程序判断滤波及惯性滤波;对变化比较快的信号,如压力、流量等,则可选用算术平均滤波或加权平均滤波等滤波方法;对要求较高的系统可考虑复合滤波方法,即将某几种方法一并使用。

4.3　模拟数据采集系统采集数据的后处理技术

模拟量经过采样以数字量的形式进入主机并进行预处理后,其结果一般有三种用途:
(1) 作为决策依据,即作为控制算法输入参数的重要内容;(2) 经分类处理进行电子存档,标注时间;(3) 用于显示或打印。作为数据采集系统主要为后两种用途。为实现后两种用途的处理技术主要包括工程量标度变换、参数的线性化处理、上下限检查等。

4.3.1　工程量标度变换

生产过程中的各个参数都有着不同的量纲,这些参数首先由测量仪表转换成模拟电信

号,再经过 A/D 转换后成为相应的数字量。这些数字量仅仅代表参数值的大小,并不一定就是原来带有量纲的参数值。为了能直接显示或打印被测工程量值,必须把它们转换成有量纲的数值,这种转换称为标度转换,也称为工程转换。标度转换有线性和非线性之分。

1. 线性参数标度转换

对于一般的线性仪表来说,标度转换的公式为:

$$A_x = A_0 + (A_m - A_0) \frac{N_x - N_0}{N_m - N_0} \tag{4.7}$$

式中:A_0——一次测量仪表的下限;

$\quad A_m$——一次测量仪表的上限;

$\quad A_x$——转换后的实际值;

$\quad N_0$——仪表下限所对应的数字量;

$\quad N_m$——仪表上限所对应的数字量;

$\quad N_x$——测量值对应的数字量。

其中 A_0、A_m、N_0、N_m 对于某一具体的参数来说为常数,不同的参数有不同的值。为简单起见,可把被测参数的起点 A_0(输入信号为 0)所对应的 A/D 转换值设为 0,即 $N_0 = 0$,于是式(4-7)简化为

$$A_x = A_0 + (A_m - A_0) \frac{N_x}{N_m} \tag{4.8}$$

例 4.1 某热处理炉温度测量仪表(线性)的量程为 $200 \sim 800$ ℃,在某一时刻采样经数字滤波后的数字量为 CDH,求此时的温度值是多少?

解 $A_0 = 200$ ℃,$A_m = 800$ ℃,$N_x = \text{CDH} = 205$,$N_m = \text{FFH} = 255$。

$$A_x = A_0 + (A_m - A_0) \frac{N_x}{N_m} = 200 + (800 - 200) \frac{205}{255} = 682 \qquad \text{(单位为℃)}$$

在数据采集系统中,上述转换可以采用一个专门设计的子程序来实现,把各个不同的参数对应的 A_0、A_m、N_0、N_m 存放在存储器中,然后当某一个参数需要进行标度变换时,只要调用该子程序即可。

2. 非线性参数标度转换

上面介绍的标度变换公式只适用于具有线性变化特征的参量,但是有时微型计算机从模拟量输入通道得到的有关过程参数信号与该信号所代表的物理量不一定呈线性关系,则其标度变换式应具体问题具体分析。

例如,用压差法测量流量,从压差传感器传来的信号 ΔP 与实际流量 G 成平方根关系,即

$$G = K \sqrt{\Delta P} \tag{4.9}$$

式中,K 为比例系数,与流体的性质及节流装置尺寸有关。

于是测量流量的标度变换公式为

$$\frac{G_x - G_{\min}}{G_{\max} - G_{\min}} = \frac{K \sqrt{N_x} - K \sqrt{N_{\min}}}{K \sqrt{N_{\max}} - K \sqrt{N_{\min}}} \tag{4.10}$$

$$G_x = G_{\min} + (G_{\max} - G_{\min}) \frac{\sqrt{N_x} - \sqrt{N_{\min}}}{\sqrt{N_{\max}} - \sqrt{N_{\min}}} \tag{4.11}$$

式中:G_x——被测流量值;

G_{max}——流量仪表的上限值;

G_{min}——流量仪表的下限值;

N_x——差压变送器所测得的差压值(数字量);

N_{max}——差压变送器上限所对应的数字量;

N_{min}——差压变送器下限所对应的数字量。

式(4.10)为流量测量中标度变换的通用表达式。其中有开方运算,利用计算机进行数值开方有级数展开法、牛顿迭代法等方法,具体方法请参阅有关数值分析的文献资料。

4.3.2 线性化处理

在实际工作中,许多传感器具有非线性转换特性,例如用热电偶测量温度,热电势与温度关系不成比例,在流量测量中,流体的压差信号与流量成平方根关系,因此,所测量的模拟信号与被测量的参数不是线性关系。许多传感器测量关系的转换特性是通过实验测得数据量经处理后得到。为了描述这些非线性特性的转换关系,通常有查表法、用数学表达式换算和采用折线近似及线性插值三种。

1. 查表法

查表法是一种较精确的非线性处理方法。其原理是:设有非线性关系的两个参数 A 和 B,现要根据参数 A 取参数 B 数值。以下是其实现步骤。

(1)造表。根据需要确立参数 A 的起始值 A_0 及等差变化值 N 有

$$A_i = A_0 \pm iN, \quad i = 0, 1, 2, \cdots, n \tag{4.12}$$

确定一块连续内存区,设其地址为 $T_0, T_1, \cdots, T_n$。T_i 与 T_{i+1} 之间的关系可按某些规律算法确定,但一般为了编程方便,通常是按顺序递增或递减的关系,即 $T_{i+1} = T_i + M, M$ 是参数 B 在计算机中存贮值的字节数。最后将对应参数 A_i 和 B_i 值存入相应的 T_i 内存区,当 B_i 为多字节时,应先从低字节存起。

(2)查表。设有待查参数 A_m,由 $i = (A_m - A_0)/N$,有

$$T_i = T \pm iM \tag{4.13}$$

然后,从内存 T_i 处连续取 M 字节数据,即为参数 A_m 对应的 B_m 值。

查表法的优点是迅速、准确,并且可以把标度变换一起考虑。但如果描述的对象变化范围较大或变化较剧烈时,要求参数 A_i 的数量将会很多,表会变得很大,表的生成及维护将变得困难。

2. 用数学表达式换算

各种热电偶的温度与热电势的关系都可以用高次算式来表达,即

$$T_x = a_0 + a_0 E_x + a_1 E_x^2 + \cdots + a_n E_x^n \tag{4.14}$$

式中:T_x——温度;

E_x——热电偶的测量热电势;

$a_0, a_1, \cdots, a_n$——系数。

实际应用时方程所取项数和各项系数取决于热电偶的类型和测量范围,一般取 $n \leq 4$。将上式略加修改,可得到如下形式:

$$T_x = (((a_4 E_x + a_3) E_x + a_2) E_x + a_1) E_x + a_0 \tag{4.15}$$

上式有利于编制程序。

3. 折线近似及线性插值

在工程实际中,除了上述非线性参数关系可以用数学表达式表示的情况外,还有许多参数的非线性规律是经过数理统计分析后得到的。对于这种很难用公式来表示的各种非线性参数常采用折线近似及非线性插值逼近方法来解决。

以温度-热电势函数关系曲线为例,图 4-10 表示某热电偶温度(T)-热电势(E)关系曲线。

折线近似法的原理是将该曲线按一定要求分成若干段,然后把相邻分段点用折线连接起来,用此折线拟合该段的曲线,在此折线内的关系用直线方程来表示。

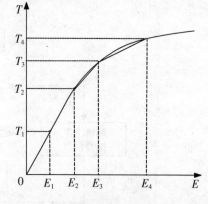

图 4-10　热电偶 T-E 关系的折线近似法

$$T_x = T_{n-1} + \frac{T_n - T_{n-1}}{E_n - E_{n-1}}(E_x - E_{n-1})$$

$$(4.16)$$

式中:E_x——测量热电势;

　　T_x——由 E_x 换算所得的温度;

　　E_{n-1}、E_n——E_x 所在折线段两端的热电势;

　　T_{n-1}、T_n——E_x 所在折线段两端的温度值。

实际应用时,由测量值 E_x 的大小选择其所在的折线段,由该线段两端的 T、E 值及 E_x 值用上式算出相应的温度 T_x。

将曲线分段的方法主要有如下两种:

(1) 等距分段法。等距分段法就是沿 X 轴或 Y 轴等距离选取分段点。这种方法的主要优点是使公式中的 $E_n - E_{n-1}$、$T_n - T_{n-1}$ 为常数,从而使计算简化,节省内存。该方法的缺点是当函数的曲率和斜率变化较大时,将会产生一定的误差;否则必须把基点分得很细,这样势必占用更多的内存,并使计算时间加长。

(2) 非等距分段法。这种方法的特点是分段点间不是等距的,而是根据函数曲线的形状及其变化率的大小来修正插值间的距离。曲率变化大的,插值间距取小一点;反之,可将插值距离增大一点。这种方法的优点是可以提高精度,但非等距插值点的选取比较麻烦。

需要指出的是,在这里用线性插值是因为其计算简单、快捷,如果精度要求较高且时间允许的话,完全可以用二次插值拟合曲线段。

4.3.3　上下限检查

上下限检查又称为越限报警,这是一种常见而又实用的数据处理方式。它将采样得到的数据经计算机作一定处理后的数据与规定的工艺参数范围的极限数据比较,如果超越了规定的极限数据,就需要通知操作人员,以便采取相应的措施,确保生产的安全。根据生产工艺的要求,通常越限报警处理可以分为上限报警、下限报警、上下限报警等。有些报警系统要求不但能发出声光报警信号,而且还带有打印输出(如记下报警的类型、参数及时间等),并能进行自动处理,如由自动控制切换到手动操作等。上下限检查程序框图如图 4-11 所示。

将此图与有效性检查框图比较,便可发现上下限检查的功能与有效性检查十分相似,但它们之间是有区别的。有效性检查是通过检查测量信号是否超过信号标准范围的限定值来判断它是否有效,上下限检查是确信测量信号有效之后,检查该信号是否超出允许值。

由此可见,测量信号的上下限应取在信号标准限值以内。

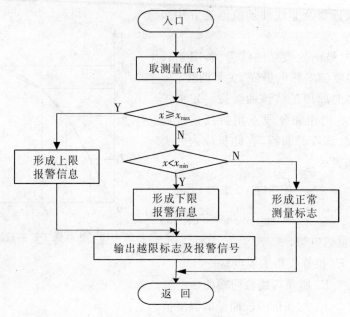

图 4-11　上下限检查程序框图

4.4　开关量数据采集技术

生产过程中,有诸如扳键开关、按钮开关、行程开关、继电开关等表示现场某种工作态势的触点状态型开关信号,也有系统工作过程中产生出来的对某种工作结果予以标识的电路非触点状态型开关信号等,它们都属于二值型的开关信号,在微型计算机中只需要用 0 和 1 表示。另外,还有些工业现场直接产生数值型开关信号,如物件计数器提供计数值等既不需要模拟通道中任何环节的变换,也不需要作电平转换处理,可直接通过开关量输入接口送入 CPU。开关量数据采集系统应对各类现场开关量具有采集和处理能力。

4.4.1　开关量数据采集电路模型

第 3 章介绍了各种一位开关量状态的变换电路与一位开关量采集电路的一般结构。多路开关量的采集电路应按开关量的性质分类设计。一般来说,开关量可分为主动和被动两大类。主动开关量用于供主机查询或向主机发中断请求,和主机的交流具有适时性,既可作为工业生产过程与主机之间进行模拟信息传送的联络信号,也可作为两者之间被动开关量及模拟量信息传送的联络信号;而被动开关量通常由主机读入用作决策依据。本质上数值型开关量属于被动开关量,但由于表达数值型开关量的各信号位是不可分割的有序整体,所以在采集时必须独立提供端口。图 4-12 是具有三类开关量采集电路模型,端口一般为多位端口。

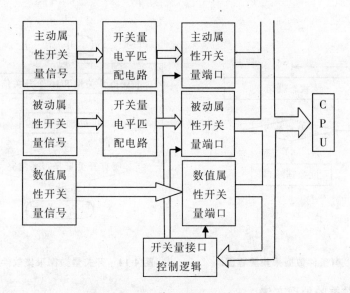

图 4-12　分类开关量采集电路模型

4.4.2　开关量数据采集软件的一般结构

开关量采集比较简单。与模拟量采集比较,CPU 无需发送启动信号和判断是否转换完毕等环节。因此,CPU 只要读接口的数据即可。但是,实际上还有这样的情况需要考虑:CPU 读取接口所获得的数据是否反映真实的状态? 存在两种情况,一是干扰会影响数据的真实性,二是数据有没有准备好。对于前者的处理,一般情况下,从一个数字量输入口读入的开关量信息不能是一次性的,需要连续读几次,以少数服从多数的原则确认开关器件的状态;至于后一种情况,决定了 CPU 对开关量采样的两种不同方式。

1. 无条件开关量数据采样

这是一种 CPU 直接读接口数据的方式,它不管数据是否准备好。当然,这就要求采集电路在 CPU 任何时候采样时都应该保证数据是准备好并且是可读的。主动开关量一般采用无条件方式采集。设图 4-12 的主动属性开关量信号端口为 8 bit 端口,主机为 MCS-51系列单片机系统,对应的端口地址为 0DFFFH,采用无条件采集,则只要用如下的 2 条指令即可获得 8 个状态型开关量信息。

MOV　　　　DPTR,♯0DFFFH
MOVX　　　A,@DPTR

无条件开关数据采样是一种用得比较多的方式,因为绝大多数的开关器件的状态转换的时间不长。

2. 有条件开关量数据采样

这种方式是在 CPU 读接口数据之前还要检测状态信号是否有效。这要求开关量数据采集电路除开关量数据信息通道之外,还必须提供状态信号,也就是既要有被动开关量数据端口又要有主动开关量,即状态型开关量端口。

有条件开关量数据采样的流程如图 4-13 所示。

CPU 欲获得某个开关量的状态是通过读取接口电路的数据来实现的,一般是字节或字操作,即接口电路同时传递了多个开关量信息。图 4-14 是开关数据采集软件的一般结构。

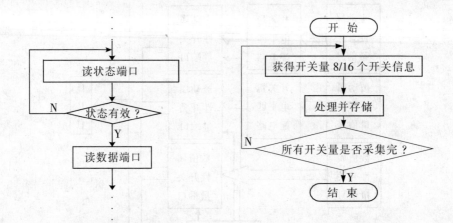

图 4-13   有条件数据采集流程图   图 4-14   开关量数据采集软件的一般结构

4.4.3   开关量数据的处理方法

对于开关量数据不多的情况,采集的开关量信息可以进行及时处理;而对于数量比较多的开关量,为保证实时性,一般是先采集后处理。

开关数据通常反映工业生产现场的各种状态,如整量计数状态、系统工作正常状态、非正常工作状态、正在处理某特殊工作状态、局部或危急状态及报警状态等等,这些状态信息不但要分类保存,而且还要进行时间登记,方便对系统的状态进行分析。

所谓分类保存是根据各开关量的性质或功能,事先在内存区开辟不同的区域,采集到的开关量分别存放于相应的存储区中。

时间登记的办法是不仅存储采集到的开关量信息,还需要把采集的时刻记录下来。至于它们的存储,可以采用分类保存,也可以按照时间顺序保存,视具体情况而定。登记的办法要求系统具有日历或计时功能。

4.5   虚拟仪器及其应用基础

虚拟仪器是典型的数据采集系统。结合虚拟仪器实现微型计算机控制是控制领域的新发展方向之一。虚拟仪器具有独立的测量属性,又可从多角度辅助控制和促进控制质量。

4.5.1   虚拟仪器概述

虚拟仪器是一种以微型计算机硬件和数据采集电路为基础,以微型计算机数据采集、分析、处理及可视化等软件技术为核心,利用微型计算机显示器作为虚拟仪器面板的测量仪器,是仪器仪表技术与计算机虚拟技术相结合的产物,是微型计算机软件仪器。

1981 年美国国家仪器公司 NI(National Instruments)提出"软件即是仪器"的概念,推出了 LabVIEW 直观的流程图编程风格的软件开发和运行平台,引发了测控技术领域的一场重大变革,使得计算机和网络技术得以长驱直入仪器领域,开启了虚拟仪器(VI)的先河。

虚拟仪器可以充分利用现有微型计算机资源,配以独特设计的软硬件,实现普通仪器的全部功能以及一些在普通仪器上无法实现的功能。它依赖软件,通过计算机来控制测试硬件、分析和提供测试数据。虚拟仪器不但功能多样、测量准确，而且界面友好、操作简易，与其他设备集成方便灵活。虚拟仪器技术的出现彻底打破了传统仪器由厂家定义、用户无法改变的模式，给用户一个充分发挥自己才能和想象力的空间。用户可以根据不同要求，设计自己的仪器系统，满足多样的应用需求。其特点是价格适中、功能强、测试速度快、可重组。有趋势表明，虚拟仪器最终要取代大量的传统仪器成为仪器领域的主流产品，成为测量、分析、控制、自动化仪表的核心，并成为机器人的核心技术。

与传统仪器相比，虚拟仪器有以下特点：

1) 仪器功能方面

(1) 虚拟仪器是一种创新的计算机软件仪器，而非传统意义上的具体仪器，它是一种功能意义上而非物理意义上的仪器，仪器功能可由用户软件定义，柔性结构，灵活组态，给了用户一个充分发挥自己能力和想象力的空间。

(2) 一台计算机被设计成多台不同功能的测量仪器，能集多种功能于一体，构成多功能和多用途的综合仪器，极大地丰富和增强了传统仪器的功能。

(3) 由于计算机有极其丰富的软件资源，极高的运算速度和庞大的存储空间，对测量数据有强大的分析和处理能力，可以进行快捷、实时的处理，也可以将数据存储起来，以供需要时调出分析之用。这种能力所引申出的仪器功能，在传统仪器中是不可能具有的。

2) 用户界面方面

(1) 友好的人机交互界面使仪器的使用操作十分简便，图形化的用户界面形象、美观，可以方便地由用户自己定义，使之更具个性化。

(2) 功能复杂的仪器面板，可以划分成几个分面板，这样在每个分面板上就可以实现功能操作的单纯化和面板布置的简洁化，从而提高操作的正确性与便捷性。

(3) 软面板上虚拟的显示器件和操作元件的种类与形式不受"标准件"和"加工工艺"的限制，通过编程可随时从库中取用，可根据用户认知要求和操作要求来进行面板设计，具有极大的灵活性和创新性。

3) 系统集成方面

(1) 由于虚拟仪器硬件和软件都制定了开放的工业标准，基于计算机的开放式标准体系结构，用户可以将仪器的设计、使用和管理统一到一个标准上来，提高了资源的可重复利用率，可根据需要选用不同厂家的产品，可以随心所欲地集成一个满足复杂测试要求的虚拟仪器系统，其开发技术难度低、效率高、周期短、成本低。

(2) 基于标准化的计算机总线和仪器总线，仪器硬件实现了模块化、系列化，大大方便了系统集成，缩小了系统尺寸，提高了系统的工作速度，加之软件的标准化和互换性，可方便地组建小型化、多用途、高性能的即插即用的模块化仪器系统。

(3) 基于计算机网络技术的虚拟仪器网络化技术，广泛支持各种网络标准，可实现方便灵活的互连，可以通过高速计算机网络组建一个大型的分布式测试系统，即构成网络化的集成系统，进行远程测试、监控与故障诊断。

决定虚拟仪器具有传统仪器不可能具备的特点的根本原因在于"虚拟仪器的关键是软件"。

4.5.2　虚拟仪器的一般结构

1. 典型体系结构

虚拟仪器是由 PC 机或笔记本电脑、相关仪器应用软件和专用仪器组件组成,图 4-15 所示为虚拟仪器的典型体系结构。

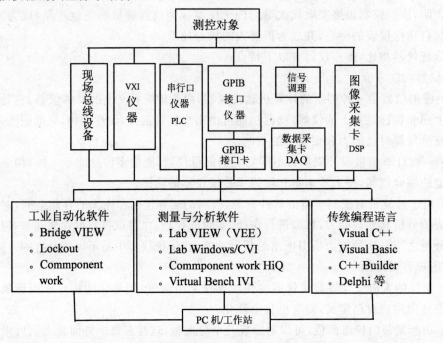

图 4-15　虚拟仪器的典型体系结构

不管是何种虚拟仪器系统,都是将硬件仪器搭载到笔记本电脑、台式微型计算机或工作站等各种计算机平台上,再加上应用软件而构成。可见虚拟仪器的发展与计算机技术的发展完全同步。给定计算机运算、存储及显示等能力和必要的仪器硬件之后,构造和使用虚拟仪器的关键在于产生仪器功能的应用软件。NI 研制的虚拟仪器开发平台 Lab VIEW 提供了测控仪器图形化编程环境,在这个环境中提供了一种像数据流一样的编程模式,用户只需连接各个逻辑框即可构成程序。利用软件平台可大大缩短虚拟仪器应用软件的开发周期,而且用户可以建立自己的措施方案。

2. 硬件结构

虚拟仪器硬件通常包括基础硬件平台和外围测试硬件设备,它们共同组成通用仪器硬件平台。基础硬件平台采用各种类型的通用计算机,如笔记本电脑、台式计算机或工作站等。作为通用硬件平台具备两种基本仪器的功能:

① 采集信号,构成各种信号检测仪器;

② 产生信号,构成各种信号发生器。或者两者兼而有之。

因此,外围硬件设备的基本功能结构应以实现 A/D 转换和 D/A 转换功能为核心,再配备适当的前端信号调理,数据存储、数字 I/O 等功能,共同完成虚拟仪器的信号采集、产生和控制功能。

外围测试硬件设备可以选择 GPIB 系统、VXI 系统、PXI 系统、DAQ 系统或串口系统等,也可以选择由两种或两种以上系统构成的混合系统。其中,最简单、最廉价的形式是采用基于 ISA 或 PCI 总线的数据采集卡(DAQ),或是基于 RS-232 或 USB 串行总线的便携式数据采集模块。

在虚拟仪器中,数据采集(DAQ)板是主要硬件之一。目前,具有上百兆赫兹,甚至 1 GHz 采样率,高达 24 bit 精度的 DAQ 板技术已成熟。A/D 转换技术、仪器放大技术、抗混叠滤波器与信号调理技术等的进一步发展,使 DAQ 板成为最具吸引力的虚拟仪器选件之一。具有多通道、可编程的信号调理等性能指标已成为 DAQ 板先进技术指标的一部分。

3. 软件结构

虚拟仪器的软件包括操作系统、仪器驱动器和应用软件三个层次。操作系统是虚拟仪器软件系统的基础平台,它可以选择 Windows 9x/NT/2000、SUN OS、Linux 等。仪器驱动器软件是直接控制各种硬件接口的驱动程序,它建立在 I/O 接口操作软件的基础上,是连接应用软件与外围硬件模块的桥梁。应用软件包括实现仪器功能的测试程序和实现虚拟面板的界面程序。用户通过虚拟面板与虚拟仪器进行对话。为了方便仪器制造商和用户进行仪器驱动器和应用软件的开发,NI、Agilent 等公司推出了专用于虚拟仪器开发的集成开发环境,目前流行的有 LabVIEW、LabWindows/CVI、Agilent VEE 等。

虚拟仪器软件系统是一个包含了从底层硬件操作的仪器接口到上层软面板操作的人机接口,即包含从 I/O 接口层到应用层的一个完整系统。为了简化系统开发和应用,实现系统的开放性和互换性,把整个软件系统划分成为层次化结构,并对各层进行了定义和规范。根据虚拟仪器软件结构规范的定义,从底层到顶层,虚拟仪器系统的软件结构由 I/O 接口层、仪器驱动层、测试软件层及测试管理层等四个层次构成,四个层次关系如图 4-16 所示。

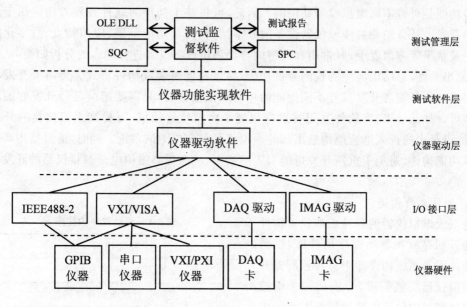

图 4-16　虚拟仪器软件结构

1) I/O 接口层

I/O 接口软件位于仪器硬件设备(即 I/O 接口设备)与仪器驱动程序之间,是一个完成对仪器寄存器进行直接存取数据操作,并为仪器设备与仪器驱动程序提供信息传递的底层软件,是实现虚拟仪器系统的基础。

VXI/VISA(Virtual Istrumentation Sofrware Architecture)库实质就是标准的 I/O 函数库及其相关规范的总称,一般称这个 I/O 函数库为 VXI/VISA 库。它驻留于计算机系统之中,执行仪器总线的特殊功能,是计算机与仪器之间的软件层连接,用来实现对仪器的控制。对于仪器驱动程序开发者来说,VXI/VISA 库是一个可调用的操作函数库或集合。

2) 仪器层驱动

仪器驱动程序是完成对某一特定仪器的控制与通信的软件程序集合,它负责处理与某一专门仪器通信和控制的具体过程,将底层的复杂的硬件操作隐蔽起来,封装了复杂的仪器编程细节,为用户使用仪器提供了简单的函数调用接口,是应用程序实现仪器控制的桥梁。用户在应用程序中调用仪器驱动程序,进行仪器系统的操作与设计,简化了用户的开发工作。

3) 测试软件层

在虚拟仪器的软件结构中,测试软件是建立在仪器驱动程序之上的上层软件,用户可通过写测试程序来定义虚拟仪器的功能,即通过设计直观、友好的软面板及丰富的数据分析与处理能力,来实现仪器的测量功能。

4) 测试管理层

测试管理层用于考量仪器功能实现状况,如产生测试报告、通过 SQC 监督测量质量、通过 SPC 监督测量过程。DLL 为动态链接库。

4.5.3 基于构件的虚拟仪器开发

由于各种虚拟仪器都可以按功能划分为数据采集、数据处理和数据显示等模块,模块中有许多功能是可被不同虚拟仪器共用的。因此,可将基于构件的软件开发方法应用于虚拟仪器的开发。从自动测量领域仪器设备的基本结构、测量功能范围、应用特点、数字化的实现途径及水平等方面着手,对常用和典型的自动测量仪器设备进行深入的分析归纳,从中提取、抽象出共性,总结出典型的检测测试功能,将该功能封装成构件形式。当需要开发不同类型的虚拟仪器或者开发具有不同性能的相同虚拟仪器时,只需要组装已经开发好的不同构件即可。如此一来,将软件复用技术应用到了虚拟仪器领域,可提高虚拟仪器的开发效率,并能以最少的投入迅速地构造出新的虚拟仪器和虚拟测试系统。同时,通过复用高质量的虚拟功能构件,避免了重新开发可能引入的错误,从而提高虚拟电子测量仪器的开发设计质量。

1. 构件库的构造

将组成虚拟仪器的各种虚拟仪器构件按功能分别存放在驱动程序构件库、仪器功能构件库和面板构件库中。按照所需开发的虚拟仪器功能需求,分别从三个虚拟电子测量仪器构件库中搜索符合需求的虚拟仪器构件。表 4-1、表 4-2、表 4-3 分别给出虚拟仪器三类构件库中所包含的部分虚拟电子测量仪器构件。

表 4-1 驱动程序构件库

编 号	功能说明
$VIC_{1.1}$	示波器驱动程序构件
$VIC_{1.2}$	逻辑分析仪驱动程序构件
$VIC_{1.3}$	频谱分析仪驱动程序构件
$VIC_{1.4}$	任意波形信号发生器驱动程序构件
$VIC_{1.5}$	温度计驱动程序构件

表 4-2　仪器功能构件库	
编号	功能说明
VIC$_{2.1}$	采集数据的最大值、最小值和平均值计算构件
VIC$_{2.2}$	滤波处理构件
VIC$_{2.3}$	波形频率和周期计算构件
VIC$_{2.4}$	采集数据反转计算构件
VIC$_{2.5}$	波形上升时间和下降时间计算构件
VIC$_{2.6}$	占空比计算构件
VIC$_{2.7}$	FFT 分析构件
VIC$_{2.8}$	定时器构件
VIC$_{2.9}$	频谱分析仪窗口算法构件

表 4-3　仪器功能构件库	
编号	功能说明
VIC$_{3.1}$	文本显示框构件
VIC$_{3.2}$	命令按钮构件
VIC$_{3.3}$	触发按钮构件
VIC$_{3.4}$	指示灯构件
VIC$_{3.5}$	图形显示屏构件
VIC$_{3.6}$	滑动条构件
VIC$_{3.7}$	图片显示屏构件
VIC$_{3.8}$	表格构件
VIC$_{3.9}$	图形显示屏构件

2. 基于构件的虚拟示波器开发

虚拟示波器的主要功能是采集数据,对数据进行滤波处理后进行显示。虚拟示波器完成一次数据显示的过程主要有"自动"、"单次"和"扫描"三种运行方式。每种运行方式是互斥的,即在同一时刻虚拟示波器只能在其中一种方式下工作,符合虚拟仪器构件的选择运算关系。

图 4-17 所示为基于构件开发的虚拟示波器软面板。虚拟示波器每一种运行方式表示示波器的一个完整工作过程,该过程需要实现数据采集、数据处理和分析以及数据显示功能。在虚拟示波器界面中通过点击代表相应运行方式的命令按钮即可使虚拟示波器在对应的运行方式下工作。因此,代表不同运行方式的命令按钮构件功能使用了数据采集构件和数据分析与处理构件的功能。

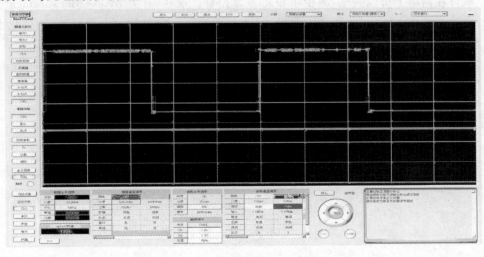

图 4-17　基于构件的虚拟示波器

实现该虚拟示波器涉及的构件 $VIC_{3.2}$（命令按钮构件）作为虚拟示波器运行方式选择按钮；$VIC_{1.1}$（示波器驱动程序）作为驱动示波器；$VIC_{3.9}$（图形显示屏构件）作为虚拟示波器的波形显示驱动；另外选择仪器功能构件库中的波形最大值、最小值和平均值计算构件 $VIC_{2.1}$，滤波处理构件 $VIC_{2.2}$，波形频率和周期计算构件 $VIC_{2.3}$，波形反转计算构件 $VIC_{2.4}$，波形上升时间和下降时间计算构件 $VIC_{2.5}$，占空比计算构件 $VIC_{2.6}$。

各类相关构件不是单独使用的，而是按照构件代数表达式进行关联使用。关于构件代数表达式知识请参阅有关参考资料。

4.5.4　虚拟仪器的发展趋势

随着计算机技术、仪器技术和网络通信技术的不断完善，虚拟仪器将向以下三个方向发展。

1）外挂式虚拟仪器

PC-DAQ 式虚拟仪器是现在比较流行的虚拟仪器系统。但是，基于 PCI 总线的虚拟仪器在插入 DAQ 时都需要打开机箱等，比较麻烦；而且，主机上的 PCI 插槽有限，再加上测试信号直接进入计算机，各种现场的被测信号对计算机的安全造成很大的威胁；同时，计算机内部的强电磁干扰对被测信号也会造成很大的影响，故以 USB 接口方式的外挂式虚拟仪器系统将成为今后廉价型虚拟仪器测试系统的主流。

2）PXI 型高精度集成虚拟仪器测试系统

PXI 系统高度的可扩展性和良好的兼容性，以及比 VXI 系统更高的性价比，将使它成为未来大型高精度集成测试系统的主流虚拟仪器平台。

3）网络化虚拟仪器

由于虚拟仪器的硬件基础是通用计算机，因而非常便于直接联通 Internet 网，使用户可以通过 Internet 网远程操作仪器设备。NI 等公司已开发了通过 Web 浏览器远程观测与操作虚拟仪器。

利用网络技术将分散在不同地理位置不同功能的测试设备联系在一起，使昂贵的硬件设备、软件在网络上得以共享，减少了设备重复投资。现在，有关 MCN（Measurement and Control Networks）方面的标准正在积极进行，并取得了一定进展。由此可见，网络化虚拟仪器将具有广泛的应用前景。

习　题

4.1　数据采集系统主要完成哪些任务？

4.2　数据采集系统应具备哪些功能？

4.3　数据采集系统中的数据应做哪些处理？

4.4　有效性检查和上下限报警有何区别？

4.5　数字滤波是怎样实现的？有哪些方法？

4.6　为什么说中值滤波适用于慢变化过程参数的采样，而不适于快变化过程参数的采样？

4.7　用你熟悉的编程语言编写防脉冲干扰的算术平均滤波程序。

4.8　在惯性滤波算法中，若输入和输出都是 8 位，$\alpha = 0.45$，编制程序时怎样考虑小数与整数的乘积运算？

4.9　开关量数据采集为什么分两种方式？

4.10　设计一个具有 16 路开关量的采集电路并编写程序。

4.11　有一温度系统，温度范围 $-20 \sim +60$ ℃。采用线性铂热电阻测量温度，经过变送器输出的模拟电压范围 $1 \sim 5$ V，A/D 转换器对应的输出 0～FFFH，试列写出标度变换式。设采集的温度数字量为 0E8EH，试计算对应的温度值。

4.12　用你熟悉的编程语言编写上下限检查程序。

第 5 章　数字控制器的设计

数字控制器是自动控制系统中的控制策略内容,有间接数字控制器和直接数字控制器等。数字控制器设计的好坏直接影响到系统输出性能指标能否实现。间接数字控制器中应用最广泛的是 PID(Proportional、Integral 和 Differential 的缩写)控制器,特点是结构简单,参数易于整定,技术成熟。直接数字控制器常用的有最少拍无差系统、最少拍无波纹系统、w 变换法以及纯滞后对象的控制算法——大林算法等。直接数字控制器设计的工作特点是完全根据采样数据进行分析与综合,并导出相应的控制规律。

5.1　PID 控制器设计

近年来,虽然出现了许多类型的新型控制器和新型控制规律,但工业上用得最普遍的仍然是 PID 控制器,由比例、积分和微分控制规律组成的比例(P)控制器、比例积分(PI)控制器、比例微分(PD)控制器以及比例积分微分(PID)控制器可以用于不同需求的被控对象,获得比较满意的控制效果。它们都是线性控制器,其作用是将给定值 r 与被控量 y 之差 $e = r - y$ 作为控制器的输入,控制器按偏差的比例、比例与积分、比例加积分加微分形成控制量,实现对被控对象的控制。

5.1.1　模拟 PID 控制规律

1. 比例(P)控制器

比例控制器的控制规律为

$$u(t) = K_p e(t) \tag{5.1}$$

式中:$u(t)$ —— 控制器的输出;

　　K_p —— 比例系数;

　　$e(t)$ —— 控制器的输入,即偏差:$e(t) = r(t) - y(t)$。

由上式可以看出,控制器的输出 $u(t)$ 与输入偏差 $e(t)$ 成正比,只要偏差出现,就能及时地产生与之成比例的控制作用,具有调节及时的特点。比例控制器的阶跃响应特性曲线,如图 5-1 所示。

比例控制作用的大小除了跟偏差 $e(t)$ 有关之外,还取决于比例系数 K_p 的大小。比例系数 K_p 越小,控制作用越弱,系统响应越慢;反之,比例系数 K_p 越大,控制作用也越强,系统响应越快。但 K_p 过大会使系统产生较大的超调和振荡,导致系统的稳定性能变差,

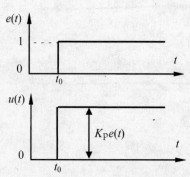

图 5-1　比例控制器阶跃响应

甚至导致系统不稳定。因此, K_p 选取必须适当,不能过大。

比例控制器虽然结构简单,响应快速,但缺点是存在静态偏差,简称静差。静差是指系统控制过程趋于稳定时,给定值与输出量的实测值之差。由式(5.1)可知,系统趋于稳定时,只有系统存在着偏差,才能使控制器维持一定的控制量输出,因此比例控制器必然存在着偏差。由偏差理论可知,增大 K_p 虽然可以减小偏差,但不能彻底消除偏差,而过分增大 K_p 会降低系统的稳定性。因此, K_p 的选取要根据被控对象的特性来折中选取,使系统的静差控制在允许的范围之内,且具有较快的响应速度。

2. 比例积分(PI)控制器

积分控制器的控制规律为

$$u(t) = \frac{1}{T_I} \int e(t) \mathrm{d}t \qquad (5.2)$$

式中, T_I 为积分时间常数,它表示积分速度的大小, T_I 越小,积分速度越快,积分作用越强,积分控制器的阶跃响应特性曲线如图 5-2 所示。

由式(5.2)可以看出,积分控制作用不仅与偏差的大小有关,而且与偏差的存在时间有关,只要存在着偏差,积分控制作用就始终存在,直至偏差完全消除,积分控制作用才维持不变。这一特性表明,只要积分时间足够长,积分控制作用就可以完全消除偏差。但是,从图 5-2 积分控制作用的阶跃响应特性曲线可知,积分控制作用的动作缓慢,特别是偏差刚开始出现的时候,控制器的输出作用很微弱,使得动态调节过程增长,不能及时地克服扰动的影响,因此,积分控制作用一般很少单独使用,它经常与比例、微分控制作用共同使用。

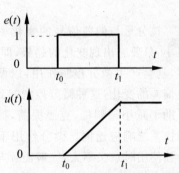

图 5-2　积分控制器阶跃响应

实际工业控制中,常常将比例和积分两种控制作用结合起来,构成比例积分(PI)控制器,其控制规律为

$$u(t) = K_p \left[e(t) + \frac{1}{T_I} \int e(t) \mathrm{d}t \right] \qquad (5.3)$$

式中, K_p 和 T_I 的意义同前,PI 控制器的阶跃响应特性曲线如图 5-3 所示。

由图 5-3 可以看出,PI 控制器对于偏差的阶跃响应,开始的瞬间有按比例变化的成分 y_1 ,随后在 y_1 的基础上控制器的输出不断增大,即积分作用成分 y_2 在增加。为防止超调,比例成分比纯比例调节器要下调 $10\% \sim 20\%$ 左右。由于实际的积分器件具有饱和特性,所以,经过一段时间的积分后,PI 控制器的输出趋于稳定值 $K_{PI} e(t)$,其中系数 K_{PI} 是积分器件饱和时的增益,称之为静态增益。由此可见,PI 控制器不仅克服了比例控制器存在静差的缺陷,而且避免了积分控制

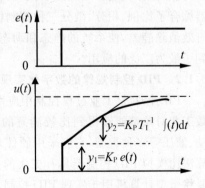

图 5-3　PI 控制器阶跃响应

器响应慢的不足,使系统的响应快速性和稳态精度均得以改善,因此得到了广泛应用。

3. 比例积分微分(PID)控制器

积分控制作用的引入可以消除静差,但也降低了系统的响应速度,特别是对于被控对象具有比较大的惯性或滞后特性时,用 PI 控制器很难得到较为理想的动态调节品质,系统会产生较大的超调和振荡,这时可以在 PI 控制器中加入微分控制作用,在偏差刚出现或变化的瞬间,不仅可以根据偏差量做出及时反应(即比例控制作用),而且还可以根据偏差量的变化趋势(速度)提前给出较大的控制作用(即微分控制作用),使偏差得到较好的抑制或消除,这样可以大大减小系统的动态偏差和调节时间,使系统的动态调节品质得以改善。

在 PI 控制器的基础上加入微分控制作用后,得到如下比例积分微分(PID)控制规律:

$$u(t) = K_P \left[e(t) + \frac{1}{T_I} \int e(t) \mathrm{d}t + T_D \frac{\mathrm{d}e(t)}{\mathrm{d}t} \right] \tag{5.4}$$

式中,T_D 为微分时间常数。PID 控制器的阶跃响应特性曲线如图 5-4 所示。加入微分控制作用后,在控制规律中附加了一个微分作用分量

$$u_d(t) = K_P T_D \frac{\mathrm{d}e(t)}{\mathrm{d}t} \tag{5.5}$$

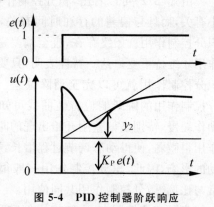

图 5-4　PID 控制器阶跃响应

该分量与偏差信号的变化率成正比,即使偏差很小,只要它出现变化的趋势,即偏差的变化率不为零,就会产生微分控制作用,以调节系统的输出,阻止偏差的变化,这种微分控制起到"超前"控制作用,有助于减小超调量,克服振荡,提高系统的稳定性,加快系统响应速度。微分作用不能消除静差,故它单独使用时意义不大,一般需要与比例、积分控制作用配合使用,构成 PD 或 PID 控制器。值得注意的是引入微分控制作用容易引入高频噪声,因此,在存在比较严重干扰信号的控制系统中不宜引入微分控制作用。

由图 5-4 可以看出,对于 PID 控制器,在控制器偏差输入为阶跃信号时,立即产生比例和微分控制作用,而且由于在偏差输入的瞬时偏差的变化率非常大,此时的微分控制作用很强,此后微分控制作用迅速衰减,但积分作用越来越大,直至最终消除静差。因此 PID 控制器综合了比例、积分、微分三种控制作用,既能加快系统响应速度,减小振荡,克服超调,又能有效消除静差,使系统的静态和动态品质得到很大改善,因而 PID 控制器在工业控制中得到了最为广泛的应用。

5.1.2　PID 控制规律的数字化实现算法

PID 控制是工业过程控制中应用最早、最广泛、技术最成熟的一种控制规律,对于大多数工业对象都能够得到比较满意的控制效果。模拟 PID 控制器执行机构可以有电动、气动、液压等多种类型,它们采用硬件来实现 PID 控制规律。用计算机软件来实现 PID 控制算法比模拟 PID 控制器具有更大的灵活性和可靠性。但计算机只能处理离散数据,因此,要将微型计算机用于实现 PID 控制,首先必须将模拟 PID 控制算式进行数字化处理,然后在此基础上实现各种各样的数字 PID 控制算法。

1. 模拟 PID 控制规律的离散化处理

图 5-5 为连续信号离散化原理示意图。T 为定时采样时间，计算机每隔时间 T 对连续信号采样一次，因而 T 被称为采样周期。微型计算机控制系统中计算机处理的数据来自这些整倍 T 时刻（$t = kT$）对被控对象的采样值及其衍生值。将模拟 PID 算式进行离散化处理是利用 $t = kT$ 时刻的 $u(t)$、$e(t)$，通过数值逼近的方法来完成的。即当采样周期 T 比较小时，积分项可用求和近似代替，微分项可用后项差分近似代替，于是有

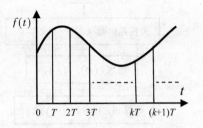

图 5-5　连续信号离散原理图

$$\begin{cases} \int_0^t e(t)\,\mathrm{d}t \approx T\sum_{j=0}^{k} e(jT) = T\sum_{j=0}^{k} e(j) \\ \dfrac{\mathrm{d}e(t)}{\mathrm{d}t} \approx \dfrac{e(kT) - e[(k-1)T]}{T} = \dfrac{e(k) - e(k-1)}{T} \end{cases} \quad t = kT, k = 0,1,2,\cdots \quad (5.6)$$

式中，T 为采样周期，k 为采样序号，$e(kT)$ 简写成 $e(k)$，即省去 T。将式（5.6）代入式（5.4），可得到数字化的 PID 控制算式

$$u(k) = K_{\mathrm{P}}\left[e(k) + \frac{T}{T_{\mathrm{I}}}\sum_{j=0}^{k} e(j) + T_{\mathrm{D}}\frac{e(k) - e(k-1)}{T}\right] \quad (5.7)$$

或

$$u(k) = K_{\mathrm{P}}e(k) + K_{\mathrm{I}}\sum_{j=0}^{k} e(j) + K_{\mathrm{D}}[e(k) - e(k-1)] \quad (5.8)$$

式中：$u(k)$ ——第 k 次采样时刻计算机运算的控制量；

$e(k)$ ——第 k 次采样时刻的偏差量；

$e(k-1)$ ——第 $k-1$ 次采样时刻的偏差量；

$K_{\mathrm{I}} = \dfrac{K_{\mathrm{P}}T}{T_{\mathrm{I}}}$ ——积分系数；

$K_{\mathrm{D}} = \dfrac{K_{\mathrm{P}}T_{\mathrm{D}}}{T}$ ——微分系数。

由式（5.7）或式（5.8）计算得到的控制量 $u(k)$ 直接去控制执行机构的位置，如阀门的开度，$u(k)$ 的值和执行机构的位置是一一对应的，所以通常称式（5.7）或式（5.8）为位置式 PID 控制算法。位置式 PID 控制系统的方框图如图 5-6 所示。

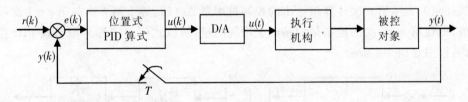

图 5-6　位置式 PID 控制系统

图 5-7 给出了位置式 PID 控制算法的程序框图。

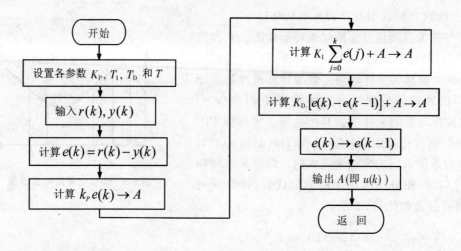

图 5-7 位置式 PID 控制算法程序框图

2. 增量式 PID 控制算法

由位置式 PID 控制算法可以看出,要计算 $u(k)$ 不仅需要计算本次与上次采样时的偏差 $e(k)$ 和 $e(k-1)$,而且要对偏差量 $e(j)$ 进行累加,这样不仅计算量大,还要占用大量的存储单元,不便于编写程序。为此,可对位置式 PID 控制算法进行改进。

由式(5.7)可以写出 $k-1$ 次采样时的控制量

$$u(k-1) = K_\text{P}\Big[e(k-1) + \frac{T}{T_\text{I}}\sum_{j=0}^{k-1}e(j) + T_\text{D}\frac{e(k-1)-e(k-2)}{T}\Big] \tag{5.9}$$

将式(5.7)减去式(5.9)得

$$\Delta u(k) = u(k) - u(k-1)$$

$$= K_\text{P}\Big\{e(k)-e(k-1) + \frac{T}{T_\text{I}}e(k) + \frac{T_\text{D}}{T}\big[e(k)-2e(k-1)+e(k-2)\big]\Big\}$$

$$= K_\text{P}\big[e(k)-e(k-1)\big] + K_\text{I}e(k) + K_\text{D}\big[e(k)-2e(k-1)+e(k-2)\big] \tag{5.10}$$

式中:$\Delta u(k)$——第 k 次采样时计算机运算的控制量增量;

$$K_\text{I} = \frac{K_\text{P}T}{T_\text{I}}$$——积分系数;

$$K_\text{D} = \frac{K_\text{P}T_\text{D}}{T}$$——微分系数。

式(5.10)表示第 k 次计算机输出的控制量增量 $\Delta u(k)$,等于第 k 次与第 $k-1$ 次控制量的差值,即在第 $k-1$ 次的控制量的基础上增加的量,所以式(5.10)称为增量式 PID 控制算式,其方框图如图 5-8 所示。

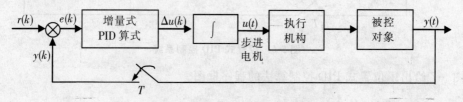

图 5-8 增量式 PID 控制系统

为了编程方便,将式(5.10)整理成

$$\Delta u(k) = a_0 e(k) + a_1 e(k-1) + a_2 e(k-2) \tag{5.11}$$

式中

$$\begin{cases} a_0 = K_P(1 + \dfrac{T}{T_I} + \dfrac{T_D}{T}) \\[2mm] a_1 = -K_P(1 + \dfrac{2T_D}{T}) \\[2mm] a_2 = K_P \dfrac{T_D}{T} \end{cases} \tag{5.12}$$

由此可以看出,T、K_P、T_I 和 T_D 确定以后,只需使用当前偏差值和前两次偏差值就可以由式(5.11)计算出当前的控制量增量。图 5-9 给出了增量式 PID 控制算法的程序框图。

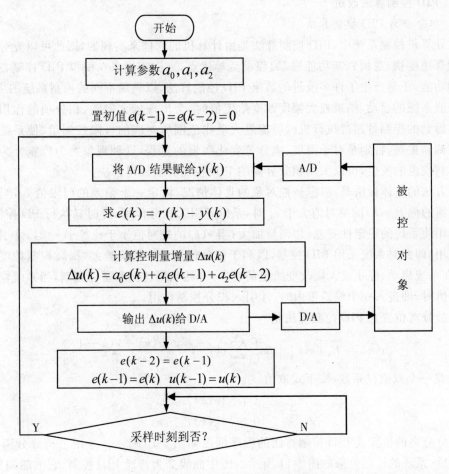

图 5-9　增量式 PID 控制算法程序框图

采用增量式数字 PID 控制算法,计算机运算所得的是控制量的增量 $\Delta u(k)$,它所对应的是本次采样时刻执行机构位置(如阀门的开度)的增量,而对应阀门的实际位置的控制量需要用有累积作用的元件(如步进电机)来实现,也可以用软件执行算式 $u(k) = u(k-1) + \Delta u(k)$ 来完成。

增量式 PID 控制算法与位置式 PID 控制算法并无本质区别,只是在算法上做了一点改进，与位置式 PID 控制算法相比，它有下列优点：

（1）位置式 PID 控制算法的每次输出与所有历史状态有关，计算式中要用到历史偏差的累加值，容易产生较大的累积计算误差；而增量式 PID 只需计算增量，计算误差或精度不足时对控制量的计算影响较小。

（2）增量式 PID 控制算法计算得到的是控制量的增量，即对应执行机构位置的变化量，误动作比较小，不会严重影响生产过程；而位置式 PID 控制算法输出的是控制量的全量输出，误动作影响大。

（3）控制从手动到自动切换时，位置式 PID 控制算法必须先将计算机的输出值置为原始阀门开度时，才能保证无冲击切换，而采用增量式 PID 控制算法，与原始值无关，易于实现手动到自动的无冲击切换。

5.1.3　PID 控制算法改进

1. 积分分离 PID 控制算法

在计算机控制系统中，PID 控制算法是由计算机的软件来实现的，因此可以充分发挥计算机运算速度快、逻辑判断功能强、编程灵活等优点，来实现原来在模拟 PID 控制器中无法实现的功能，于是产生了许多改进的数字 PID 控制算法，以满足不同的控制系统的需要。

一般系统的启动、结束或大幅度改变给定值时，会出现较大偏差，积分项的作用有可能使运算得到的控制量超过执行机构可能最大动作范围所对应的极限控制量，使系统产生较大的超调和振荡，特别是对于温度、成分等变化缓慢的过程，这种现象尤为严重。为了防止这种不利现象的发生，可以采用积分分离的 PID 控制算法加以解决。

该方法的具体做法是：根据被控对象的具体情况，设定一个偏差的门限值 e_0，当被控量与给定值的偏差 $e(k)$ 的绝对值大于 e_0 时，系统不引入积分作用，此时只执行 PD 控制，以免积分作用使系统的稳定性变差，超调量加大；当 $e(k)$ 的绝对值小于或等于 e_0 时，才引入积分控制作用，即此时系统采用 PID 控制，以利于积分作用最终消除静差，提高控制精度。也就是说，在系统启动、停止或大幅改变给定值时，一开始只用比例和微分控制，当系统输出量接近给定值时，即进入一个偏差带内时，才引入积分控制作用。

积分分离位置式 PID 控制算法是

$$u(k) = K_P\Big[e(k) + \beta\frac{T}{T_I}\sum_{j=0}^{k}e(j) + T_D\frac{e(k) - e(k-1)}{T}\Big] \tag{5.13}$$

式中，β 是一个双值权系数，按下式取值

$$\beta = \begin{cases} 1, & |e(k)| \le e_0 \\ 0, & |e(k)| > e_0 \end{cases} \tag{5.14}$$

积分分离的位置式 PID 控制算法的程序框图如图 5-10 所示。采用了积分分离 PID 控制算法后，系统的控制效果如图 5-11 所示。图中曲线 2 为普通 PID 控制，它的超调量较大，振荡次数比较多，系统的调节时间也较长；曲线 1 为积分分离 PID 控制，它的动态性能有了较大改善。

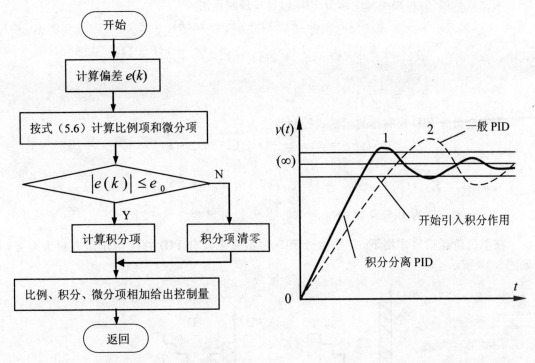

图 5-10　积分分离 PID 控制算法程序框图　　　　图 5-11　积分分离 PID 控制效果图

注意：在图 5-11 的曲线 1 中，偏差在 $|e(k)| > e_0$ 的范围内，采用 PD 控制；偏差在 $|e(k)| \leq e_0$ 的范围内采用 PID 控制。这样，一方面阻止了一开始就有过大的控制量；另一方面，即使进入饱和后，因积分累积小，也能较快退出，减少了超调量。所以在工业控制中积分分离 PID 控制是一种常用的方法。

2. **不完全微分 PID 控制算法**

微分环节的引入改善了系统的动态特性，但对具有高频扰动的生产过程，微分作用过于敏感，控制系统很容易产生振荡，导致调节品质降低。例如，当被控量突然变化，此时偏差的变化率很大，导致微分输出很大，而计算机对每个控制回路输出时间是短暂的，执行机构的驱动又需要一定的时间，如果输出量很大，在短暂的时间内执行机构达不到其应有的位置，则会使输出产生失真，这就产生了所谓的微分失控（饱和）。为了克服这一缺点，又要使微分作用有效，可以在 PID 控制器的输出端串联一阶惯性环节，构成不完全微分的 PID 控制器，来抑制高频干扰，其性能可显著改善。

不完全微分 PID 控制器的结构图如图 5-12 所示。一阶惯性环节 $D_f(s)$ 的传递函数为

$$D_f(s) = \frac{1}{T_f + 1}$$

图 5-12　不完全微分 PID 控制器结构图

由

$$\tilde{u}(t) = K_P \left[e(t) + \frac{1}{T_I} \int e(t) \mathrm{d}t + T_D \frac{\mathrm{d}e(t)}{\mathrm{d}t} \right]$$

$$T_f \frac{\mathrm{d}u(t)}{\mathrm{d}t} + u(t) = \tilde{u}(t)$$

得

$$T_f \frac{\mathrm{d}u(t)}{\mathrm{d}t} + u(t) = K_P \left[e(t) + \frac{1}{T_I} \int e(t) \mathrm{d}t + T_D \frac{\mathrm{d}e(t)}{\mathrm{d}t} \right]$$

对上式离散化,可得不完全微分 PID 位置式控制算法

$$u(k) = au(k-1) + (1-a)\tilde{u}(k) \tag{5.15}$$

式中：
$$\tilde{u}(k) = K_P\Big[e(k) + \frac{T}{T_I}\sum_{j=0}^{k}e(j) + T_D\frac{e(k)-e(k-1)}{T}\Big]$$

$$a = \frac{T_f}{T_f + T}$$

不完全微分 PID 控制器的增量式控制算法为

$$\Delta u(k) = a\Delta u(k-1) + (1-a)\Delta\tilde{u}(k)$$

式中：

$$\Delta\tilde{u}(k) = K_P\big[e(k) - e(k-1)\big] + K_I e(k) + K_D\big[e(k) - 2e(k-1) + e(k-2)\big]$$

$K_I = K_P\dfrac{T}{T_I}$ 为 积分系数；$K_D = K_P\dfrac{T_D}{T}$ 为 微分系数。

在单位阶跃信号作用下,完全微分 PID 和不完全微分 PID 的控制作用有很大差异,如图 5-13 所示。

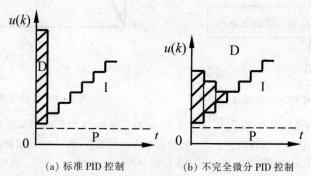

(a) 标准 PID 控制   (b) 不完全微分 PID 控制

图 5-13   不完全微分 PID 与标准 PID 控制效果比较

由于完全微分对阶跃信号会产生一个幅度很大的输出信号,且只在一个周期之内起作用,信号变化剧烈,因而容易引起系统振荡;而不完全微分 PID 控制,其微分作用按指数规律逐渐衰减到零,可以延续多个周期,因而信号变化比较缓慢,故不易引起振荡,其延续时间的长短与 K_D 的选取有关,K_D 越大延续时间越短,K_D 越小延续时间越长,一般 K_D 取 10～30 左右。从改善系统动态性能的角度看,不完全微分 PID 控制器比完全微分 PID 控制器效果好。

3. 微分先行 PID 控制算法

微分算法的另一种改进形式是微分先行 PID 控制结构,如图 5-14 所示,它由不完全微分 PID 控制器变换而来。与标准 PID 控制的不同之处在于,它只对被控量 $y(t)$ 微分,不对给定值微分,这种输出量先行微分控制可以减缓给定值频繁升降时给系统带来的冲击,例如超调量过大,调节阀动作剧烈等,明显地改善了系统的动态性能。

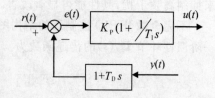

图 5-14   微分先行 PID 控制器结构图

由图 5-14 可得微分先行 PID 控制器的增量式算式

$$\Delta u(k) = K_P\big[e(k) - e(k-1)\big] + K_P\frac{T}{T_I}e(k) - K_P\frac{T_D}{T}\big[y(k) - 2y(k-1) +$$

$$y(k-2)] - K_P \frac{T_D}{T_1}[y(k) - y(k-1)] \qquad (5.16)$$

4. 带有死区的 PID 控制算法

在计算机控制系统中,某些系统为了避免控制动作过于频繁,以消除由于频繁动作所引起的振荡,可以采用带有死区的 PID 控制系统,其结构如图 5-15 所示。图中 $P(k)$ 为带死区 PID 控制规律的偏差输出值。

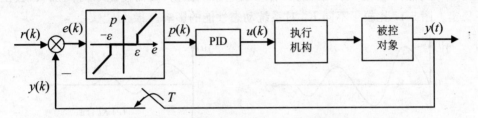

图 5-15　带有死区的 PID 控制系统原理图

由图 5-15 可见,所谓带死区的 PID,是在计算机中人为地设置一个不灵敏区 ε,当偏差的绝对值 $|e(k)| < \varepsilon$ 时,其控制输出维持上次采样的输出;当 $|e(k)| > \varepsilon$ 时,则进行正常的 PID 运算后输出。图 5-15 中,死区的非线性表达式可写为

$$P(k) = \begin{cases} e(k), & |r(k)-y(k)| = |e(k)| > \varepsilon \\ 0, & |r(k)-y(k)| = |e(k)| \le \varepsilon \end{cases} \qquad (5.17)$$

式中,ε 是一个可调的参数,其具体数值可根据实际控制对象由实验确定。其值太小,使调节过于频繁,达不到稳定被调节对象的目的,如果值取得太大,则系统将产生很大的滞后。当 $\varepsilon = 0$ 时,即为常规 PID 控制。

该系统实际上是一个非线性控制系统,但在概念上与典型不灵敏区非线性控制系统不同。计算机程序框图如图 5-16 所示。

5.1.4　数字 PID 控制器参数整定

当 PID 控制器的结构和控制算法确定下来后,其控制质量的好坏主要取决于参数的选择是否恰当。对于模拟 PID 控

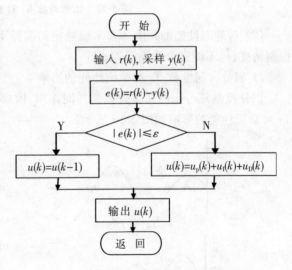

图 5-16　带死区的 PID 控制算法程序框图

制器来说,参数的整定是根据加工工艺对控制性能的要求,对系统的比例系数 K_P、积分时间常数 T_1 和微分时间常数 T_D 的选择和确定。而对数字 PID 控制器来说,除了整定 K_P、T_1 和 T_D 之外,还需确定系统的采样周期 T。控制器的参数整定主要有理论计算和工程整定两种方法。理论计算法是用采样系统理论进行分析设计确定参数;工程整定法是直接在系统中进行实验来确定参数。通常先理论计算确定控制策略,再工程整定确定参数。

1. PID 调节器参数对控制性能的影响

理论和实践都表明，PID 控制器的 K_P、T_I 和 T_D 各参数与系统的动态和稳态性能关系密切，都起着重要作用。

1）比例系数 K_P 对系统性能的影响

（1）对动态性能的影响。比例系数 K_P 太小，系统动作缓慢；比例系数 K_P 增大使系统动作灵敏，加快调节速度，但 K_P 偏大，容易引起系统振荡，反而使调节时间加长，甚至使系统不稳定。图 5-17 比较了不同 K_P 对系统动态性能的影响。

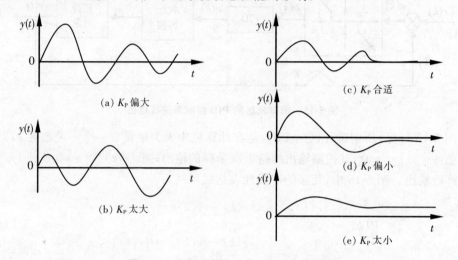

图 5-17　比例系数 K_P 对系统性能的影响

（2）对静态性能的影响。在系统稳定的前提下，加大比例系数 K_P 可以减小静差，提高控制精度；但不能完全消除静差。

2）积分时间常数 T_I 对系统性能的影响

积分控制常与比例和微分控制共同作用，构成 PI 控制器或 PID 控制器，积分时间常数 T_I 对系统性能的影响如图 5-18 所示。

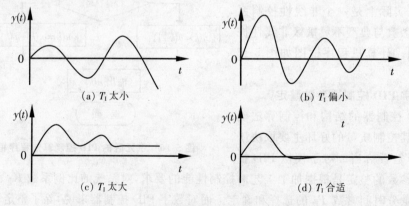

图 5-18　积分时间常数 T_I 对系统性能的影响

（1）对动态性能的影响。积分时间常数 T_I 太大，积分作用对系统的影响减小，系统响应速度变慢；减小积分时间常数 T_I，系统响应变快，但振荡次数增多，T_I 偏小，系统振荡加剧，容易使系统不稳定。选择合适的 T_I 值，可使系统的过渡特性比较理想。

（2）对静态性能的影响。只要有足够的时间,积分控制作用可以完全消除静差,提高控制精度;但若 T_I 太小,积分作用太强,系统超调加大,反而不能完全消除静差。

（3）微分时间常数 T_D 对系统性能的影响。微分控制也不能单独使用,一般与比例控制或积分控制联合使用,构成 PD 控制器或 PID 控制器。微分控制对系统性能的影响主要是减小超调量、缩短调节时间、允许加大比例控制,从而减小静差和改善动态特性。图 5-19 反映了微分时间常数 T_D 对系统性能的影响。

由图 5-19 可见,当 T_D 偏大时,系统超调较大,调节时间加长;当 T_D 偏小时,微分作用不明显,超调也较大,调节时间也较长。只有当 T_D 值取得合适时,才能得到比较满意的调节品质。

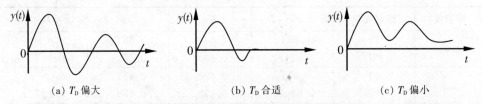

(a) T_D 偏大　　　　　　　(b) T_D 合适　　　　　　　(c) T_D 偏小

图 5-19　微分时间常数 T_D 对系统性能的影响

2. PID 参数的简易工程法整定

PID 控制器的参数整定有理论计算和工程整定等多种方法,理论计算法确定 PID 控制器参数需要知道被控对象的精确数学模型,这在工业控制中是做不到的。因此,常用的方法还是简单易行的工程整定法,它由经典频率法简化而来,虽然较为粗糙,但很实用,且不依赖于被控对象的数学模型。

由于数字 PID 控制系统的采样周期 T 一般远远小于系统的时间常数,是一种准连续控制,因此,可以按模拟 PID 控制器参数整定的方法来选择数字 PID 控制参数,并考虑采样周期 T 对整定参数的影响,对控制参数作适当的调整,然后在控制实践中加以检验和修正。

1）扩充临界比例度法

扩充临界比例度法是简易工程整定方法之一,它是基于模拟 PID 控制器的临界比例度法的一种数字 PID 控制器参数整定方法。比例度 δ 和比例系数 K_P 有如下关系

$$\delta = \frac{1}{K_P} \tag{5.18}$$

用扩充临界比例度法整定数字 PID 控制器参数的步骤如下:

（1）选择一个足够短的采样周期,它一般为被控对象的纯滞后时间的 1/10 以下。

（2）用选定的采样周期使系统工作在纯比例控制,即去掉积分作用和微分作用,只保留比例控制。然后逐渐减小比例度 δ,直到系统发生等幅振荡,记下使系统发生振荡的临界比例度 δ_k 以及系统的临界振荡周期 T_k,如图 5-20 所示。

（3）选择控制度。控制度定义为数字控制系统误差平方的积分与对应模拟控制系统误差平方的积分之比,即

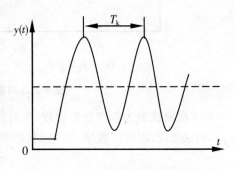

图 5-20　扩充临界比例度实验曲线

$$
控制度 = \frac{\left[\displaystyle\int_0^\infty e^2(t)\,\mathrm{d}t\right]_{\mathrm{DDC}}}{\left[\displaystyle\int_0^\infty e^2(t)\,\mathrm{d}t\right]_{模拟}} \tag{5.19}
$$

对于模拟控制系统,其误差平方积分可由记录仪上的图形直接计算,对于数字控制系统则可以用计算机来计算。控制度用来比较数字控制(DDC)系统与模拟控制系统的控制效果,当控制度为 1.05 时,就认为数字控制与模拟控制效果相当;当控制度为 2 时,数字控制比模拟控制的质量差一倍。

(4) 选择控制度后,按表 5-1 即可求得 T、K_P、T_I 和 T_D 的值。

表 5-1 扩充临界比例度法 PID 参数整定表

控制度	控制规律	T	K_P	T_I	T_D
1.05	PI	$0.03T_k$	$0.53\delta_k$	$0.88T_k$	
	PID	$0.014T_k$	$0.63\delta_k$	$0.49T_k$	$0.14T_k$
1.2	PI	$0.05T_k$	$0.49\delta_k$	$0.91T_k$	
	PID	$0.043T_k$	$0.47\delta_k$	$0.47T_k$	$0.16T_k$
1.5	PI	$0.14T_k$	$0.42\delta_k$	$0.99T_k$	
	PID	$0.09T_k$	$0.34\delta_k$	$0.43T_k$	$0.20T_k$
2.0	PI	$0.22T_k$	$0.36\delta_k$	$1.05T_k$	
	PID	$0.16T_k$	$0.27\delta_k$	$0.40T_k$	$0.22T_k$

2) 扩充响应曲线法

在模拟控制系统中,如果已知系统的动态特性曲线,可以用响应曲线法代替临界比例度法,在数字控制系统中同样可以用扩充响应曲线法代替扩充临界比例度法。用扩充响应曲线法整定 T 和 K_P、T_I、T_D 的步骤如下:

(1) 断开数字控制器,使系统工作在手动操作状态下,将被控量调到给定值附近使之稳定下来,此时,突然改变给定值,给对象一个阶跃输入信号,如图 5-21(a)所示。

(2) 用仪表记录下被控量在阶跃输入下的整个变化过程曲线,如图 5-21(b)所示。

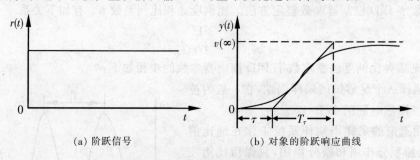

(a) 阶跃信号　　　　　　　(b) 对象的阶跃响应曲线

图 5-21 对象的阶跃响应特性曲线

(3) 在曲线最大斜率处作切线,求得滞后时间 τ,被控对象时间常数 T_τ 以及它们的比值 T_τ/τ,查表 5-2,即可得数字 PID 控制器的 T、K_P、T_I 和 T_D。

表 5-2　扩充响应曲线法 PID 参数整定表

控制度	控制规律	T	K_P	T_I	T_D
1.05	PI	0.1τ	$0.84T_\tau/\tau$	3.4τ	
	PID	0.05τ	$1.15T_\tau/\tau$	2.0τ	0.45τ
1.2	PI	0.2τ	$0.78T_\tau/\tau$	3.6τ	
	PID	0.16τ	$1.0T_\tau/\tau$	1.9τ	0.55τ
1.5	PI	0.5τ	$0.68T_\tau/\tau$	3.9τ	
	PID	0.34τ	$0.85T_\tau/\tau$	1.62τ	0.65τ
2.0	PI	0.8τ	$0.57T_\tau/\tau$	4.2τ	
	PID	0.6τ	$0.6T_\tau/\tau$	1.5τ	0.82τ

以上两种方法特别适用于被控对象是一阶滞后惯性环节,如果对象为其他特性,可以采用其他方法来整定。

3) 归一参数整定法

除了上面介绍的扩充临界比例度法之外,Roberts P. D. 在 1974 年提出了一种简化扩充临界比例度整定法,由于该方法只需整定一个参数即可,故称其为归一参数整定法。根据大量的经验和研究表明,一个动态性能好的系统,有关参数可按下式选取

$$\begin{cases} T = 0.1T_k \\ T_I = 0.5T_k \\ T_D = 0.125T_k \end{cases} \tag{5.20}$$

式中 T_k 为纯比例控制时的临界振荡周期,将上式代入增量式数字 PID 控制算式(5.9)得

$$\Delta u(k) = K_P\left[2.45e(k) - 3.5e(k-1) + 1.25e(k-2)\right] \tag{5.21}$$

这样,对四个参数的整定简化为对一个参数 K_P 的整定,使问题得到简化。通过改变 K_P 的值,观察控制效果,直到满意为止。

3. PID 参数的试凑法整定

试凑法是通过仿真或实际运行,观察系统对典型输入作用的响应曲线,然后根据各控制参数对系统的影响,反复调节试凑,直到达到满意的响应,从而确定 PID 各参数。

由前面的分析可知,增大比例系数 K_P 可以加快系统的响应,减小静差;但过大的比例系数会使系统有较大的超调,并产生振荡,使稳定性变差。增大积分时间常数 T_I 有利于减小超调,减小振荡,使系统稳定,但系统静差的消除将随之减慢。增大微分时间常数 T_D,有利于加快系统响应,减小超调,增强稳定性,但系统对扰动的抑制能力却将减弱。

在试凑时,可参考以上参数对控制过程的响应趋势,对参数进行“先比例,后积分,再微分”的步骤整定。

1) 整定比例部分

先置 PID 控制器中的 $T_I = \infty$、$T_D = 0$,使之成为比例控制器,再将比例系数 K_P 由小调大,并观察相应的系统响应,直到得到反应快、超调小的响应曲线。如果系统没有静差或静差已经小到允许的范围,并且响应曲线已属满意,那么只要用比例控制器即可,最优比例系数可由此确定。

2）加入积分环节

如果只用比例控制，系统的静差不能满足设计要求，则需加入积分环节。整定时先置积分时间常数 T_1 为一较大值，并将经第一步整定得到的比例系数略为缩小（如缩小为原来值的 0.8 倍），然后减小积分时间常数，使系统在保持良好动态性能的情况下消除静差。在此过程中，可根据响应曲线的好坏反复改变比例系数和积分时间常数，以期得到满意的控制过程与响应的参数。

3）加入微分环节

若使用比例积分控制器能消除静差，而系统的动态过程经反复调整仍不能满意，则可加入微分环节，构成 PID 控制器。在整定时，可先置微分时间常数 T_D 为零，然后在第二步的基础上，增大 T_D，同时，相应地改变比例系数和积分时间常数，逐步试凑，以获得满意的控制效果和控制参数。

5.2　最少拍控制器直接设计

PID 控制器是基于连续系统的设计、并在微型计算机上采用数字方法实现的一种间接设计法。其优点是可以充分运用工程设计者熟悉的各种连续系统的设计方法和经验，将它移植到微型计算机上予以实现，从而达到满意的控制效果。然而，模拟化设计方法受约束的条件较多，如必须满足采样定理、采样周期必须足够小、采样周期的变化对系统性能影响不大等。

对于复杂系统大多采用从被控对象的实际特性出发，直接根据采样系统理论来设计数字控制器，这种方法称为直接设计法。由于直接设计法完全根据采样系统的特点进行分析与综合，并导出相应的控制规律，微型计算机软件具有更强的功能和灵活性，可大幅度地提高控制系统的性能。

最少拍控制器是直接设计法的典型内容。所谓最少拍控制，是指系统在某种典型输入信号（如阶跃、速度、加速度等信号）作用下，经过最少的采样周期使得系统输出的稳定误差为零。

5.2.1　数字控制器直接设计步骤

设采样控制系统如图 5-22 所示，其中，$G_0(s)$ 为被控对象的传递函数，$G(z) = Z\left[\dfrac{1 - \mathrm{e}^{-Ts}}{s} G_0(s)\right]$ 为广义对象的脉冲传递函数，$\dfrac{1 - \mathrm{e}^{-Ts}}{s}$ 为零阶保持器传递函数，$D(z)$ 为待设计的数字控制器的脉冲传递函数，$\Phi(z)$ 为系统的闭环脉冲传递函数，有

$$\Phi(z) = \frac{C(z)}{R(z)} = \frac{D(z)G(z)}{1 + D(z)G(z)} \tag{5.22}$$

系统设计的目标是设计一个数字控制器的脉冲传递函数 $D(z)$，利用它来控制被控对象，达到期望的性能指标。由式（5.22）可得

$$D(z) = \frac{1}{G(z)} \frac{\Phi(z)}{1 - \Phi(z)} = \frac{1 - \Phi_e(z)}{G(z)\Phi_e(z)} \tag{5.23}$$

由式（5.23）可知，当 $G(z)$ 已知时，只要根据设计要求选择好 $\Phi_e(z)$，就可求得 $D(z)$。因此，在已知对象特性的前提下，设计步骤为：

（1）求带零阶保持器的被控对象的广义脉冲传递函数 $G(z)$；

（2）根据系统的性能指标要求以及实现的约束条件构造闭环脉冲传递函数 $\Phi_e(z)$；

（3）依据式(5.23)确定数字控制器的脉冲传递函数 $D(z)$；

（4）由 $D(z)$ 确定控制算法并编制程序。

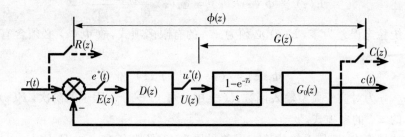

图 5-22　采样控制系统结构图

5.2.2　最少拍无差系统的设计

最少拍无差系统闭环误差脉冲传递函数具有如下形式

$$\Phi_e(z) = m_1 z^{-1} + m_2 z^{-2} + \cdots + m_n z^{-n} \tag{5.24}$$

其中，n 是可能情况下最小正整数，$m_k(k=1,2,\cdots,n)$ 为系统在第 k 拍时刻的脉冲响应输出误差采样值。式(5.24)表明，闭环系统的脉冲响应在 n 个采样周期后变为零，即系统在 n 拍后到达稳态。

对最少拍控制系统设计的具体要求如下：

（1）准确性要求。对典型的参考输入信号，在到达稳态后，系统在采样点的输出值能准确跟踪输入信号，不存在静差。

（2）快速性要求。在各种使系统在有限拍内到达稳态的设计中，系统准确跟踪输入信号所需的采样周期数应为最少。

（3）稳定性要求。数字控制器 $D(z)$ 必须在物理上可以实现，且闭环系统必须是稳定的。

1. 典型输入下最少拍无差系统的设计方法

由图 5-22 可知，系统的误差传递函数 $\Phi_e(z)$ 为

$$\Phi_e(z) = \frac{E(z)}{R(z)} = \frac{R(z) - C(z)}{R(z)} = 1 - \frac{C(z)}{R(z)} = 1 - \Phi(z) \tag{5.25}$$

根据准确性要求，系统无稳态误差，而

$$E(z) = \Phi_e(z) R(z) \tag{5.26}$$

又根据终值定理，有

$$e(\infty) = \lim_{z \to 1}\left[\frac{z-1}{z} E(z)\right]$$
$$= \lim_{z \to 1}\left[\frac{z-1}{z} \Phi_e(z) R(z)\right] \Rightarrow 0 \tag{5.27}$$

对于以时间 t 为幂函数的典型输入函数

$$r(t) = A_0 + A_1 t + \frac{A_2}{2!} t^2 + \cdots + \frac{A_{q-1}}{(q-1)!} t^{q-1} \tag{5.28}$$

其 z 变换的一般形式为

$$R(z) = \frac{A(z)}{(1-z^{-1})^q} \tag{5.29}$$

其中，$A(z)$ 为不包含 $(1-z^{-1})$ 因子的关于 z^{-1} 的多项式，所以

$$E(z) = \Phi_e(z)R(z) = \Phi_e(z)\frac{A(z)}{(1-z^{-1})^q} \tag{5.30}$$

为使闭环系统稳态误差为零，$E(z)$ 必须为 z^{-1} 的有限多项式，故 $\Phi_e(z)$ 必须含有因子 $(1-z^{-1})^q$，即

$$\Phi_e(z) = (1-z^{-1})^p F(z) \tag{5.31}$$

其中，$p \geq q$，q 为对应于典型输入函数 $R(z)$ 中分母 $(1-z^{-1})$ 因子的阶次，$F(z)$ 是不包含零点 $z=1$ 的 z^{-1} 的多项式。

根据快速性要求，即使系统的稳态误差尽快为零，必然有 $p=q$，且 $F(z)=1$，所以，对于典型的输入信号来说，有

$$\Phi_e(z) = (1-z^{-1})^q \tag{5.32}$$

则数字控制器的表达式为

$$D(z) = \frac{1-\Phi_e(z)}{G(z)\Phi_e(z)} \tag{5.33}$$

1）单位阶跃输入

当闭环控制系统的输入信号为单位阶跃输入 $r(t) = 1(t)$ 时，其 Z 变换表达式为

$$R(z) = \frac{1}{1-z^{-1}}，\text{即 } q=1$$

由式(5.30)有

$$\Phi_e(z) = 1-z^{-1} \tag{5.34}$$

$$E(z) = R(z)\Phi_e(z) = \frac{1}{1-z^{-1}}(1-z^{-1}) = 1$$

即

$$E(z) = 1+0 \cdot (z-1)+0 \cdot (z-2)+\cdots$$
$$e(0) = 1, \quad e(1) = e(2) = \cdots = 0$$

这说明系统只需经过一拍时间（一个采样周期），输出就能跟随输入。此时

$$C(z) = [1-\Phi_e(z)]R(z) = \frac{z^{-1}}{1-z^{-1}}$$

用长除法可求得输出 $c(t)$ 的 Z 变换表达式

$$C(z) = z^{-1}+z^{-2}+z^{-3}+\cdots$$

$$c(0) = 0, c(1) = c(2) = c(3) = \cdots = 1$$

由此可得系统输出脉冲序列

$$c(kT) = \begin{cases} 0, & k=0 \\ 1, & k=1,2,\cdots \end{cases}$$

绘制输出脉冲序列图形如图 5-23 所示。

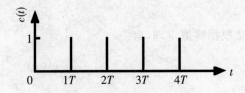

图 5-23 阶跃输入时的输出

将式(5.34)代入式(5.33)得到在单位阶跃函数作用下系统最少拍无差控制器为

$$D(z) = \frac{z^{-1}}{G(z)(1-z^{-1})} \tag{5.35}$$

2) 单位速度输入

当闭环控制系统的输入信号为单位速度输入 $r(t) = t$ 时,其 Z 变换表达式为

$$R(z) = \frac{Tz^{-1}}{(1 - z^{-1})^2} \text{ ,即 } q = 2$$

由式(5.32)有

$$\Phi_e(z) = (1 - z^{-1})^2 \qquad (5.36)$$

$$E(z) = R(z)\Phi_e(z) = Tz^{-1}$$

即

$$E(z) = 0 + Tz^{-1} + 0 \cdot z^{-2} + 0 \cdot z^{-3} + \cdots$$

$$e(0) = 0, \ e(1) = T, \ e(2) = e(3) = \cdots = 0$$

这说明闭环控制系统只需经过两拍时间(两个采样周期),在采样点上偏差即为零,输出就跟随输入。此时,输出为

$$C(z) = R(z)\Phi(z) = \frac{Tz^{-1}(2z^{-1} - z^{-2})}{(1 - z^{-1})^2}$$

$$= 2Tz^{-2} + 3Tz^{-3} + 4Tz^{-4} + \cdots$$

$$c(0) = 0, c(1) = 0, c(2) = 2T, c(3) = 3T, c(4) = 4T, \cdots$$

由此可得系统输出脉冲序列

$$c(kT) = \begin{cases} 0, & k = 0,1 \\ kT, & k = 2,3,\cdots \end{cases}$$

绘制输出脉冲序列图形如图 5-24 所示。将式(5.36)代入(5.33)有

$$D(z) = \frac{z^{-1}(2 - z^{-1})}{G(z)(1 - z^{-1})^2} \qquad (5.37)$$

3) 单位加速度输入

当闭环控制系统的输入信号为单位加速度

输入 $r(t) = \frac{1}{2}t^2$ 时,其 Z 变换表达式为

$$R(z) = \frac{\frac{1}{2}T^2 z^{-1}(1 + z^{-1})}{(1 - z^{-1})^3} \text{ ,即 } q = 3$$

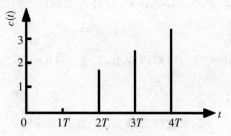

图 5-24　单位速度输入时的输出

由式(5.30)有

$$\Phi_e(z) = (1 - z^{-1})^3$$

$$E(z) = R(z)\Phi_e(z) = \frac{T^2}{2}z^{-1} + \frac{T^2}{2}z^{-2}$$

即

$$E(z) = 0 + \frac{T^2}{2}z^{-1} + \frac{T^2}{2}z^{-2} + 0 \cdot z^{-3} + 0 \cdot z^{-4} + \cdots$$

$$e(0) = 0, e(1) = \frac{T^2}{2}, e(2) = \frac{T^2}{2}, e(3) = e(4) = \cdots = 0$$

这说明闭环控制系统的过渡过程共需三拍时间(三个采样周期),此时,输出为

$$C(z) = R(z)\Phi(z) = \frac{\frac{1}{2}T^2 z^{-1}(1 + z^{-1})(3z^{-1} - 3z^{-2} + z^{-3})}{(1 - z^{-1})^3} \qquad (5.38)$$

$$D(z) = \frac{z^{-1}(3 - 3z^{-1} + z^{-2})}{G(z)(1 - z^{-1})^3}$$

综上讨论,不同典型输入信号作用下理想最少拍无差系统控制器设计如表 5-3 所示。

表 5-3　典型输入下理想最少拍系统设计表

$r(t)$	$R(z)$	q	$\Phi_e(z)$	$\Phi(z)$	$D(z)$	最少拍数
$1(t)$	$\dfrac{1}{1-z^{-1}}$	1	$1-z^{-1}$	z^{-1}	$\dfrac{z^{-1}}{G(z)(1-z^{-1})}$	T
t	$\dfrac{Tz^{-1}}{(1-z^{-1})^2}$	2	$(1-z^{-1})^2$	$2z^{-1}-z^{-2}$	$\dfrac{z^{-1}(2-z^{-1})}{G(z)(1-z^{-1})^2}$	$2T$
$\dfrac{1}{2}t^2$	$\dfrac{T^2z^{-1}(1+z^{-1})}{2(1-z^{-1})^3}$	3	$(1-z^{-1})^3$	$3z^{-1}-3z^{-2}+z^{-3}$	$\dfrac{z^{-1}(3-3z^{-1}+z^{-2})}{G(z)(1-z^{-1})^3}$	$3T$

5.2.3　最少拍控制器的可实现性和稳定性要求

1. 物理上的可实现性要求

控制器的物理上可实现性,是指控制器当前的输出信号只能与当前时刻的输入信号、以前的输入信号和输出信号有关,而与将来的输入信号无关。即要求数字控制器的脉冲传递函数 $D(z)$ 不能有 z 的正幂项。$D(z)$ 的一般表达式为

$$D(z) = \frac{U(z)}{E(z)} = \frac{b_0 z^m + b_1 z^{m-1} + \cdots + b_m}{a_0 z^n + a_1 z^{n-1} + \cdots + a_n} \tag{5.39}$$

在上式中,要求

$$n \geqslant m \tag{5.40}$$

将式(5.39)的分子、分母各项除以 z^n,则有

$$D(z) = \frac{U(z)}{E(z)} = \frac{b_0 z^{m-n} + b_1 z^{m-n-1} + \cdots + b_m z^{-n}}{a_0 + a_1 z^{-1} + \cdots + a_n z^{-n}} \tag{5.41}$$

由式(5.41)可以看出,若要求 $D(z)$ 不出现 z 的正幂项,必须满足以下两个条件:

① $n < m$;

② $a_0 \neq 0$。

如果被控对象 $G(z)$ 含有纯滞后 $z^{-p}(p > 0)$,根据式(5.21)有

$$D(z) = \frac{1}{G(z)} \frac{\Phi(z)}{1-\Phi(z)} = \frac{\Phi(z)}{G(z)\Phi_e(z)}$$

由上式求取 $D(z)$,$D(z)$ 将含有 z^p 的因子,故控制器无法实现,因此,为了使得控制器物理上能实现控制,$\Phi(z)$ 必须含有 z^{-p},即把滞后保留下来,以抵消 $G(z)$ 中的 z^{-p}。

此时

$$\Phi(z) = z^{-p}(m_1 z^{-1} + m_2 z^{-2} + \cdots + m_l z^{-l}) \tag{5.42}$$

这样得到的最少拍控制器才是物理上可以实现的。

2. 稳定性要求

在最少拍误差控制系统中,不但要保证输出量在采样点上的稳定,而且要保证控制器的输入变量收敛,才能使闭环系统在物理上真正稳定。如果能保证控制器输出量在采样点上是稳定的,但要求控制器的输入信号不是收敛的,控制器也是不能物理实现的。

控制器输入变量 u 对于给定的输入量 r 的 z 传递函数可由图 5-22 导出,即由

$$R(z)\Phi(z) = U(z)G(z) = C(z) \tag{5.43}$$

得到

$$U(z) = \frac{\Phi(z)}{G(z)}R(z) \tag{5.44}$$

如果被控对象 $G(z)$ 的所有零极点都在单位圆内,那么系统是稳定的。如果 $G(z)$ 有单位圆上或圆外的零极点,即 $G(z)$ 和 $U(z)$ 含有不稳定的极点。则控制变量 u 的输出也将不稳定。由式(5.43)有

$$\Phi(z) = \frac{C(z)}{R(z)} = \frac{D(z)G(z)}{1 + D(z)G(z)}$$

可以看出,在系统的闭环脉冲传递函数中,$D(z)$ 一般总是和 $G(z)$ 成对出现的,但不能简单地用 $D(z)$ 的相关极点和零点去抵消 $G(z)$ 中的单位圆上或圆外的零极点。

若要使 $G(z)$ 在单位圆上或圆外的零点抵消掉,$D(z)$ 分母中必然含有相应的不稳定的极点,从而使 $D(z)$ 不稳定,如果 $D(z)$ 抵消了 $G(z)$ 的不稳定的极点,则 $D(z)$ 必然包含相应的单位圆上或圆外的零点,理论上可得到一个稳定的控制系统,但这种稳定是建立在 $G(z)$ 的不稳定极点被 $D(z)$ 有零点准确抵消的基础上。在实际控制中,由于存在对系统参数辨识的误差及参数受外界环境影响及随时间的变化,这类抵消是不可能准确实现的,从而使由设计控制器实现的系统不能真正稳定。

因此,要使系统通过设计控制器补偿成稳定的系统,就必须采取其他方法,即必须在确定闭环脉冲传递函数 $\Phi(z)$ 时增加附加条件。由

$$D(z) = \frac{1}{G(z)} \frac{\Phi(z)}{1 - \Phi(z)} = \frac{1}{G(z)} \frac{\Phi(z)}{\Phi_e(z)}$$

可知,要避免 $G(z)$ 在单位圆上或单位圆外的零极点与 $D(z)$ 的零极点抵消,则必须使得

(1) 当 $G(z)$ 有单位圆上或单位圆外的零点时,在 $\Phi(z)$ 表达式中应把这些零点作为其零点而保留。

(2) 当 $G(z)$ 有单位圆上或单位圆外的极点时,在 $\Phi_e(z)$ 表达式中应把这些极点作为其零点而保留。

这就是最少拍系统设计的稳定性要求,也称稳定性约束条件。

5.2.4　最少拍快速有波纹系统设计的一般方法

综合最少拍系统设计中需满足的准确性要求、快速性要求、物理上的可实现性以及稳定性要求,这里讨论最少拍快速有波纹系统设计的一般方法。

设广义对象的脉冲传递函数为

$$G(z) = Z\left[\frac{1 - e^{-Ts}}{s} G_o(s)\right] = \frac{z^{-m} \prod_{i=1}^{u}(1 - b_i z^{-1})}{\prod_{i=1}^{v}(1 - a_i z^{-1})} G_1(z) \qquad (5.45)$$

式中,$G_o(s)$ 为对象的 s 传递函数。

当 $G_o(s)$ 中不含有延迟环节时,$m = 1$;当 $G_o(s)$ 中有延滞环节时,一般 $m > 1$。

$G_1(z)$ 是 $G(z)$ 中不包含单位圆外或圆上的零极点、同时不包含延滞环节 z^{-m} 的部分。

$\prod_{i=1}^{u}(1 - b_i z^{-1})$ 是广义对象在单位圆外或圆上的 u 个零点,$\prod_{i=1}^{v}(1 - a_i z^{-1})$ 是广义对象在单位圆外或圆上的 v 个极点。

(1) 设定 $\Phi_e(z)$,把 $G(z)$ 中单位圆上或圆外的极点作为自己的零点,即

$$\Phi_e(z) = 1 - \Phi(z) = \left[\prod_{i=1}^{v}(1 - a_i z^{-1})\right] F_1(z) \qquad (5.46)$$

$F_1(z)$ 是关于 z^{-1} 的多项式,且不包含 $G(z)$ 中不稳定极点 a_i。

(2) 设定 $\Phi(z)$,把 $G(z)$ 中所有单位圆上或圆外的零点作为自己的零点,即

$$\Phi(z) = \Big[\prod_{i=1}^{u} (1 - b_i z^{-1}) \Big] F_2(z) \tag{5.47}$$

$F_2(z)$ 是关于 z^{-1} 的多项式,不包含 $G(z)$ 中单位圆上或圆外的零点 b_i,且数字控制器 $D(z)$ 不包含 $G(z)$ 中在单位圆上或圆外的零极点,在物理上具有可实现性。即

$$D(z) = \frac{1}{z^{-m} G_1(z)} \frac{F_2(z)}{F_1(z)} \tag{5.48}$$

综合考虑系统的准确性、快速性和稳定性要求,闭环脉冲传递函数 $\Phi(z)$ 必须选择为

$$\Phi(z) = z^{-m} \prod_{i=1}^{u} (1 - b_i z^{-1})(\Phi_0 + \Phi_1 z^{-1} + \cdots + \Phi_{q+v-1} z^{-q-v+1}) \tag{5.49}$$

式中,m 为广义对象的瞬变滞后;b_i 为 $G(z)$ 在 z 平面单位圆外或圆上的零点,u 为 $G(z)$ 在 z 平面单位圆外或圆上的零点数;v 为 $G(z)$ 在 z 平面单位圆外或圆上的极点数。

当典型输入分别为阶跃、单位速度、单位加速度输入时,q 分别为 1,2,3。

由准确性条件式(5.32)知,$\Phi_e(z)$ 包含有 $(1-z^{-1})^q$ 的因子;由稳定性条件知,$\Phi_e(z)$ 必须包含 $G(z)$ 在 z 平面单位圆外或圆上的极点,即 $\Phi_e(z)$ 包含有 $\prod_{i=1}^{u}(1 - b_i z^{-1})$ 的因子,其中,a_i 为 $G(z)$ 在 z 平面单位圆外或圆上的非重极点;v 为非重极点个数。而 $\Phi(z) = 1 - \Phi_e(z)$,所以,式(5.49)中 $q+v$ 个特定系数 $\Phi_0, \Phi_1, \cdots, \Phi_{q+v-1}$ 可由下列 $q+v$ 个方程所确定

$$\left. \begin{array}{l} \Phi(1) = 1 \\[2mm] \Phi'(1) = \dfrac{\mathrm{d}\Phi(z)}{\mathrm{d}z}\Big|_{z=1} = 0 \\[2mm] \quad\vdots \\[2mm] \Phi^{(q-1)}(1) = \dfrac{\mathrm{d}^{(q-1)}\Phi(z)}{\mathrm{d}z^{q-1}}\Big|_{z=1} \end{array} \right\} q \text{ 个方程} \\ \Phi(a_i) = 1 \quad (i = 1, 2 \cdots v) \quad v \text{ 个方程} \tag{5.50}$$

显然,准确性条件决定了前 q 个方程,另外由于 $a_i (i = 1, 2, \cdots, v)$ 是 $G(z)$ 的极点,由稳定性条件得到了后 v 个方程。应当指出,当 $G(z)$ 中有 $z = 1$ 的极点时,稳定性条件与准确性条件取得一致,即 q 个方程中第一个方程与 v 个方程中的 $\Phi(a_i)\big|_{a_i=1} = 1$ 相同,因此,式(5.49)中待定系数的数目必然小于 $(q+v)$ 个,即 $\Phi(z)$ 的设计要作一定的降阶处理。

除用上述方法求 $\Phi(z)$ 外,也可以分别列出 $\Phi(z)$ 和 $\Phi_e(z)$ 的表达式,利用 $\Phi(z) = 1 - \Phi_e(z)$ 的关系,根据等式两端有关 z^{-1} 的多项式系数相等的原则,来求出待定系数。

例 5.1 计算机数字控制系统如图 5-25 所示,其被控对象的传递函数为 $G_o(s) = \dfrac{K}{s(T_m s + 1)}$,其中 $K = 10 \; s^{-1}$,$T = T_m = 1$ s,若系统的输入信号为单位速度函数,试设计快速有波纹系统的控制器脉冲传递函数 $D(z)$。

解　　$G(s) = \dfrac{1 - \mathrm{e}^{-Ts}}{s} \dfrac{K}{s(T_m s + 1)} = K(1 - \mathrm{e}^{Ts})\Big[\dfrac{1}{s^2} - \dfrac{T_m}{s} + \dfrac{T_m}{T_m s + 1} \Big]$

$G(z) = Z[G(s)] = K(1 - z^{-1})\Big[\dfrac{Tz^{-1}}{(1 - z^{-1})^2} - \dfrac{T_m}{1 - z^{-1}} + \dfrac{T_m}{1 - \mathrm{e}^{\frac{T}{T_m}} z^{-1}} \Big]$

$$G(z) = \frac{3.68z^{-1}(1 + 0.718z^{-1})}{(1 - z^{-1})(1 - 0.368z^{-1})}$$

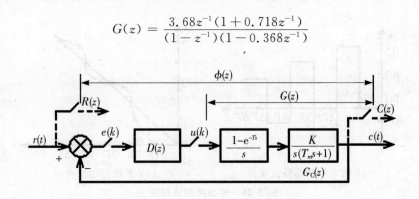

图 5-25　快速有波纹系统框图

显然，$u = 0, v = 1, m = 1, q = 2$。

根据稳定性要求，$G(z)$ 中 $z = 1$ 的极点应包含在 $\Phi_e(z)$ 的零点中；另一方面，对于单位速度输入信号的控制器设计时，由准确性条件知 $\Phi_e(z)$ 必须包含 $(1 - z^{-1})^2$ 这一因子，所以，系统准确性性能已经满足或包含了稳定性条件要求，故 $\Phi(z)$ 可降一阶设计，可设

$$\Phi(z) = z^{-1}(\Phi_0 + \Phi_1 z^{-1})$$
$$\Phi_e(z) = (1 - z^{-1})^2 \varphi_1$$

由式(5.50)有

$$\begin{cases} \Phi(1) = \Phi_0 + \Phi_1 = 1 \\ \Phi(1) = \Phi_0 + 2\Phi_1 = 0 \end{cases}$$

解得 $\Phi_0 = 2, \Phi_1 = -1$。

也可由待定系数法解得 $\Phi_0 = 2, \Phi_1 = -1, \varphi_1 = 1$。

故闭环脉冲传递函数为

$$\Phi(z) = z^{-1}(2 - z^{-1})$$
$$\Phi_e(z) = (1 - z^{-1})^2$$

所求数字控制器的脉冲传递函数为

$$D(z) = \frac{1}{G(z)} \frac{\Phi(z)}{\Phi_e(z)} = \frac{0.545(1 - 0.5z^{-1})(1 - 0.368z^{-1})}{(1 - z^{-1})(1 + 0.718z^{-1})}$$

另外，由 $C(z) = R(z)\Phi(z)$ 求得系统的输出为

$$\begin{aligned} C(z) &= \frac{Tz^{-1}}{(1 - z^{-1})}(2z^{-1} - z^{-2}) \\ &= T(2z^{-2} + 3z^{-3} + 4z^{-4} + \cdots) \\ &= 2z^{-2} + 3z^{-3} + 4z^{-4} + \cdots \end{aligned}$$

由 $C(z) = U(z)G(z)$，可得数字控制器的输出为

$$\begin{aligned} U(z) &= \frac{C(z)}{G(z)} = \frac{Tz^{-1}}{(1 - z^{-1})^2}(2z^{-1} - z^{-2}) \frac{(1 - z^{-1})(1 - 0.368z^{-1})}{3.68z^{-1}(1 + 0.718z^{-1})} \\ &= 0.54z^{-1} - 0.316z^{-2} + 0.4z^{-3} - 0.115z^{-4} + 0.25z^{-5} - \cdots \end{aligned}$$

数字控制器的输出信号和系统的输出信号波形分别如图 5-26(a)及图 5-26(b)所示。

由上述结果可知，系统输出信号在第三拍跟踪了系统的输入信号，为次最少拍系统。显然控制器的输出信号 $u(kT)(k = 1, 2, \cdots)$ 是上下波动的。

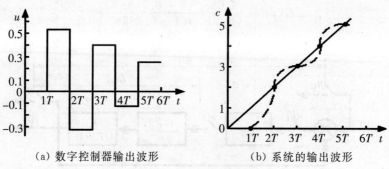

（a）数字控制器输出波形　　　（b）系统的输出波形

图 5-26　输出序列波形图

5.2.5　最少拍控制系统的局限性

按最少拍原则设计数字控制系统控制器,是基于采样系统的理论而直接进行的数字设计,所运用的数学方法和得到的控制结构十分简单,设计方法直观简便,求得的数字控制器也易于在微型计算机上编程实现。但是,所设计的数字控制系统还存在着一些缺点和问题。

1）系统的适应性差

最少拍控制器的脉冲传递函数 $D(z)$ 的设计是根据某类典型输入信号设计的,对其他类型的输入信号不一定是最少拍,甚至会产生很大的超调和静差。

例如,当 $\Phi(z)$ 是按单位速度输入设计时,有

$$\Phi(z) = 2z^{-1} - z^{-2}$$

用同样的数字控制器,另选择两种不同的典型输入信号作用到系统的输入端,会得到不同的系统输出,分析如下:

当选择单位阶跃信号 $r(t) = 1$ 作为系统的输入信号,此时输入信号的 Z 变换为 $R(z) = \dfrac{1}{1 - z^{-1}}$,根据上述分析可知,此时系统的输出为

$$C(z) = R(z)\Phi(z) = \frac{2z^{-1} - z^{-2}}{1 - z^{-1}} = 2z^{-1} + z^{-2} + z^{-3} + \cdots$$

输出序列如图 5-27(a)所示。

由图 5-27(a)可知,系统输出需要经过两拍时间才能达到期望值,显然已不是最少拍,并且,其第一拍的输出幅值为 2,系统的超调量为 100%。系统的过渡过程动态性能较差。

当选择单位加速度信号 $r(t) = \dfrac{1}{2}t^2$ 作为系统的输入信号时,输入信号的 Z 变换为

$$R(z) = \frac{T^2 z^{-1}(1 + z^{-1})}{2(1 - z^{-1})^3}$$

根据上述分析可知,此时系统的输出为

$$C(z) = R(z)\Phi(z) = \frac{T^2 z^{-1}(1 + z^{-1})(2z^{-1} - z^{-2})}{2(1 - z^{-1})^3}$$

$$= T^2 z^{-2} + 3.5T^2 z^{-3} + 7T^2 z^{-4} + \cdots$$

系统的输出序列如图 5-27(c)所示。

当取采样周期 $T = 1$ 时,其系统输出在各采样时刻的数值为:0,0,1,3.5,7,11.5,…到达稳态后系统输出存在静差 $e = 1$。

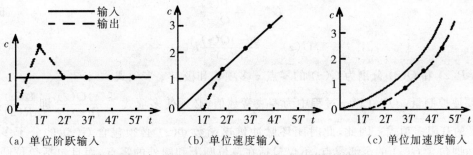

（a）单位阶跃输入　　　　　（b）单位速度输入　　　　　（c）单位加速度输入

图 5-27　最少拍系统对应不同输入时的输出序列

2）对参数变化的灵敏度大

最少拍设计是在结构和参数不变的条件下得到的理想结果,系统在 $z=0$ 处有重极点。理论上可以证明,这些 $z=0$ 的重极点对系统参数变化的灵敏度可以为无穷大。因此,当系统的结构和参数发生变化时,系统的性能指标将受到严重影响。

3）控制作用易超出限定范围

按最少拍原则设计的系统是时间最优系统。在设计中并未对控制量作出限制。从理论上讲,采样周期越小,调整时间可越短,但实际上这是不可能的。因为当采样周期很小时,往往对系统的控制作用的要求超出限定范围,而控制机构实际所能提供的作用是在一定范围内的,所以,当 T 很小时,实际的控制情况与理论计算不符。另外,采样周期的缩小还受到设备性能和系统总体要求的限制。因此,在最少拍设计时,必须合理选择采样周期的大小。

4）在采样点之间有波纹

最少拍设计只在采样点上保证稳态误差为零。在许多情况下,系统在采样点之间呈现波纹,有时甚至能振荡发散。在这种情况下,系统实际上是不稳定的,不但破坏了预期的控制效果,而且增加了功率损耗和机械磨损。

基于以上这些原因,最少拍控制在工程上的应用受到一定的限制,必须加以改进和完善。

5.2.6　最少拍无波纹系统的设计

在上述最少拍系统设计中,实际上只能保证系统在采样点上的稳态误差为零,而在采样点之间的输出响应可能是波动的,这种波动通常称为“波纹”。波纹不仅造成采样点之间存在偏差,而且消耗功率,浪费能量,增加机械磨损。

最少拍无波纹设计的要求是,系统在典型的输入作用下,经过尽可能少的采样周期以后,达到稳态,且输出在采样点之间没有波纹。

1. 波纹产生的原因及设计要求

根据前面对控制器设计的讨论可知,系统输出信号在采样点之间存在波纹,这是由控制量输出序列的波动引起的(参见例 5.1)。其根源在于控制变量的 Z 变换 $U(z)$ 存在非零的极点,即数字控制器的输出序列 $u(k)$ 经过若干拍后,不为常数或零,而是振荡收敛的。要使系统输出为最少拍无波纹,就必须在有限拍内使 $U(z)$ 达到稳定(为常数或零)。

由式(5.42)可知控制变量的表达式为 $U(z) = \dfrac{\Phi(z)}{G(z)}R(z)$。

设广义对象脉冲传递函数 $G(z)$ 是关于 z^{-1} 的有理分式

$$G(z) = \frac{P(z)}{Q(z)} \tag{5.51}$$

则有
$$U(z) = \frac{\Phi(z)Q(z)}{P(z)}R(z) \tag{5.52}$$

式中，$P(z)$ 和 $Q(z)$ 分别为 $G(z)$ 的零点 z 多项式和极点 z 多项式。

要使控制量 $u(t)$ 在稳态过程中为零或常数值，必须使多项式 $\dfrac{\Phi(z)Q(z)}{P(z)}$ 即 $\dfrac{U(z)}{R(z)}$ 为关于 z^{-1} 的有限多项式。因此，此时闭环脉冲传递函数 $\Phi(z)$ 必须包含 $G(z)$ 的分子多项式 $P(z)$，即包含 $G(z)$ 的全部零点，不仅包括在单位圆上和圆外的零点，而且包括单位圆内的零点，即

$$\Phi(z) = P(z)A(z) \tag{5.53}$$

式中，$A(z)$ 是关于 z^{-1} 的多项式。

所以说，最少拍无波纹系统的设计要求是，除了满足最少拍有波纹系统的一切设计要求以外，还须使得 $\Phi(z)$ 包含 $G(z)$ 所有的零点。这样，才能使控制量的 Z 变换 $U(z)$ 中消除可能引起振荡的所有极点。当然，采用式(5.53)设定闭环脉冲传递函数增加了 $\Phi(z)$ 中 z^{-1} 的幂次，也就增加了调整时间，增加的拍数等于 $G(z)$ 在单位圆内的零点数。但是，由此可以消除采样点之间的波纹，这等于牺牲系统的快速性能而换取平稳性能的改善。

2. 设计无波纹系统的必要条件

在控制器的设计中，为了使得系统在稳态过程中获得无波纹的平滑输出，被控对象 $G_0(s)$ 必须能够给出与系统输入 $r(t)$ 相同的、平滑的输出 $c(t)$。因此，针对特定输入函数来设计无波纹系统，其必要条件是被控对象 $G_0(s)$ 中必须含有无波纹系统所必须的积分环节。例如，针对单位速度输入函数进行设计，稳态过程中 $G_0(s)$ 的输出也必需是单位速度函数。为了产生这样的单位速度输出，$G_0(s)$ 的传递函数中至少有一个积分环节，使得在常值的控制信号作用下，其稳态输出也是所要求的单位速度变化量。同理，输入为单位加速度函数时设计无波纹系统，$G_0(s)$ 中至少有两个积分环节。

3. 确定最少拍无波纹系统 $\Phi(z)$ 的一般方法

由上面的分析可知，最少拍无波纹系统设计的必要条件是：被控对象 $G_0(s)$ 中含有无波纹系统所必需的积分环节数。它不仅要满足有波纹系统的性能要求及全部约束条件，而且必须使得 $\Phi(z)$ 的零点包括 $G(z)$ 所有的零点。根据这些要求，可选择闭环脉冲传递函数 $\Phi(z)$ 为

$$\Phi(z) = z^{-m}\prod_{i=1}^{w}(1 - b_i z^{-1})(\Phi_0 + \Phi_1 z^{-1} + \cdots + \Phi_{q+v-1} z^{-q-v+1}) \tag{5.54}$$

式中，m 为广义对象 $G(z)$ 的滞后环节；当系统输入信号分别为典型的单位阶跃、单位速度、单位加速度输入函数时，q 分别取值 1，2，3；$a_1, a_2, \cdots, a_v$ 为 $G(z)$ 在 z 平面单位圆外或圆上的 v 个极点；$b_1, b_2, \cdots, b_w$ 为 $G(z)$ 的所有 w 个零点。

式(5.54)中 $q + v$ 个待定系数可由下列 $q + v$ 个方程来确定

$$\left.\begin{array}{l} \Phi(1) = 1 \\ \Phi'(1) = 0 \\ \quad\vdots \\ \Phi^{(q-1)}(1) = 0 \end{array}\right\}q \\ \Phi(a_i) = 1, \quad (i = 1, 2, \cdots, v) \right\} \tag{5.55}$$

也可以由 $\Phi(z)$ 与 $\Phi_e(z)$ 之间的关系 $\Phi(z) = 1 - \Phi_e(z)$ 式两边对应项系数相等来求出待定系统。同样,当 $G(z)$ 中有 $z = 1$ 的极点时,式(5.52)中待定系数的个数小于 $q + v$ 个。

　　例 5.2　在例 5.1 中,试针对单位速度输入函数设计最少拍无波纹系统控制器脉冲传递函数 $D(z)$。

　　解　被控对象的传递函数为 $G_0(s) = \dfrac{k}{s(1 + T_m S)}$,有一个积分环节,说明它有能力平滑地产生单位速度输出响应,满足无波纹系统设计的必要条件。

　　由例 5.1 知,系统的广义对象的脉冲传递函数为

$$G(z) = \frac{3.68z^{-1}(1 + 0.718z^{-1})}{(1 - z^{-1})(1 - 0.368z^{-1})}$$

其中,广义对象特征参数为 $v = 1, w = 1, m = 1$。

　　由于是针对单位速度输入信号设计控制器,所以 $q = 2$,又由于 $G(z)$ 存在 $z = 1$ 的极点,显然此例中系统设计的稳定性条件已经包含在准确性条件中,可进行降阶设计。

　　根据式(5.52)可设

$$\Phi(z) = z^{-1}(1 + 0.718z^{-1})(\Phi_0 + \Phi_1 z^{-1})$$
$$\Phi_e(z) = (1 - z^{-1})^2(1 + \varphi_1 z^{-1})$$

由式(5.53)或用待定系数法可求得

$$\Phi_0 = 1.407, \ \Phi_1 = -0.826, \ \varphi_1 = 0.592$$

所以

$$\Phi(z) = z^{-1}(1 + 0.718z^{-1})(1.407 - 0.826z^{-1})$$
$$\Phi_e(z) = (1 - z^{-1})^2(1 + 0.592z^{-1})$$

最后求得数字控制器的脉冲传递函数为

$$D(z) = \frac{1}{G(z)}\frac{\Phi(z)}{\Phi_e(z)} = \frac{0.382(1 - 0.368z^{-1})(1 - 0.587z^{-1})}{(1 - z^{-1})(1 + 0.592z^{-1})}$$

闭环系统的输出序列为

$$C(z) = R(z)\Phi(z) = \frac{Tz^{-1}}{(1 - z^{-1})^2}z^{-1}(1 + 0.718z^{-1})(1.407 - 0.826z^{-1})$$
$$= 1.41z^{-2} + 3z^{-3} + 4z^{-4} + 5z^{-5} + \cdots$$

数字控制器的输出序列为

$$U(z) = \frac{C(z)}{G(z)}$$
$$= \frac{Tz^{-1}}{(1 - z^{-1})^2}z^{-1}(1 + 0.718z^{-1})(1.407 - 0.826z^{-1}) \times$$
$$\frac{(1 - z^{-1})(1 - 0.368z^{-1})}{3.68z^{-1}(1 + 0.718z^{-1})}$$
$$= 0.38z^{-1} + 0.02z^{-2} + 0.10z^{-3} + 0.10z^{-4} + \cdots$$

可见,在第三拍后,$u(k)$ 恒为常数,系统输出无波纹。无波纹系统的数字控制器和系统的输出波形如图 5-28 所示。

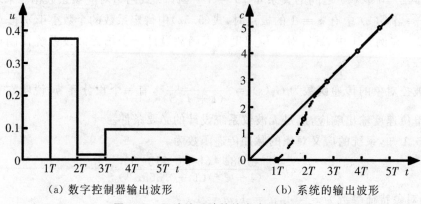

（a）数字控制器输出波形　　　　　　（b）系统的输出波形

图 5-28　无波纹系统的输出序列波形图

5.3　w 变换与大林算法

5.3.1　w 变换法设计

对于连续控制系统，有基于 s 复平面的频域设计法。对于离散系统的设计，$z = e^s$，由于 z 函数为超越函数的特殊形式，所以，必须作一定的变换使之成为有理函数后，才能运用频率法。如选用变换：

$$z = \frac{2 + Tw}{2 - Tw}, \qquad w = \frac{2}{T}\frac{z-1}{z+1} = \frac{2}{T}\frac{(1 - z^{-1})}{(1 + z^{-1})} \tag{5.56}$$

即可把 z 平面的单位圆映射到 w 平面上，且与 s 平面有类似的对应关系，这样就可以运用与连续系统相同的频域方法。

1. 数字控制器的频率特性

设一阶校正器的传递函数 $D(w)$ 的一般形式为

$$D(w) = (1 + \frac{w}{v_z})/(1 + \frac{w}{v_p}) \tag{5.57}$$

式中：$-v_z$ 和 $-v_p$ 分别是 w 平面中零点和极点的位置，v_z，v_p 均为正实数。

相位超前和相位滞后校正器是以 $-v_z$ 和 $-v_p$ 在 w 平面中的相对位置来区分的。

当 $v_z < v_p$ 时，$D(w)$ 具有超前相位，由它实现的校正器称为相位超前校正器；

当 $v_z > v_p$ 时，$D(w)$ 具有滞后相位，由它实现的校正器称为相位滞后校正器。

1）相位超前校正器

令 $w = jv$，代入式（5.57），可得

$$D(jv) = (1 + j\frac{v}{v_z})/(1 + j\frac{v}{v_p}) \tag{5.58}$$

$v_z < v_p$ 的幅频特性如图 5-29（a）所示。它从 $v = v_p$ 开始，随频率的增加而上升，最后趋于恒定值 $20\lg(v_p/v_z)$。其相频特性如图 5-29（b）所示。可以看出，$D(jv)$ 的相角 φ 是趋前的，它在 $0°\sim90°$ 之内变化，最大相角 φ_m 发生在频率 v_m 处，它是 v_z 和 v_p 的几何平均值。

相角 φ 的表达式为

$$\varphi = \arctan\frac{v}{v_z} - \arctan\frac{v}{v_p} \tag{5.59}$$

将上式对 v 求导,并令其为零,即 $\dfrac{\mathrm{d}\varphi}{\mathrm{d}v}=0$,可得

$$v_{\mathrm{m}}=\sqrt{v_z v_p} \tag{5.60}$$

由此可求出最大相角为

$$\varphi_{\mathrm{m}}=\arctan\frac{1}{2}\left[\sqrt{\frac{v_p}{v_z}}-\sqrt{\frac{v_z}{v_p}}\right] \tag{5.61}$$

相位超前校正器的特点是,高频部分增益的增加($20\lg(v_p/v_z)>0$),容易使系统不稳定,而超前相位有使系统稳定的趋势。如果能够选择这样的 v_z 和 v_p,使相位超前发生在幅值穿越频率附近,则可以增加相位裕量,如图 5-30 所示。由图可以看出,相位超前校正器增加了频带宽度,低频端增益不变,因此,稳态精度与无校正时情形相同。

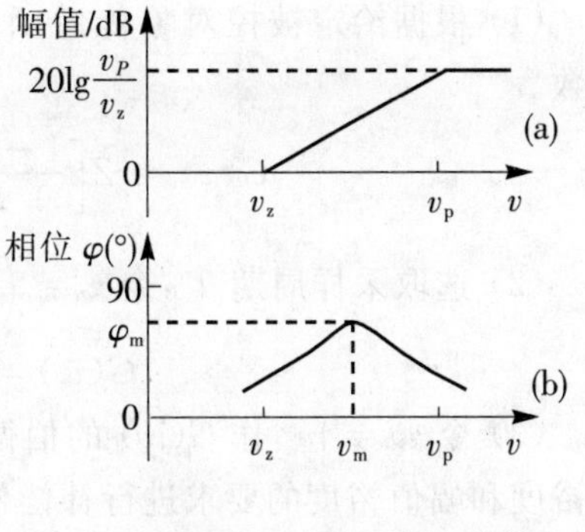

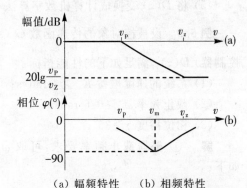

（a）幅频特性　（b）相频特性

图 5-29　相位超前校正器的频率特性

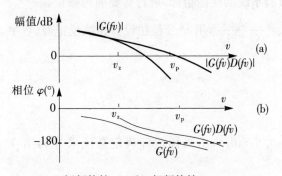

（a）幅频特性　（b）相频特性

图 5-30　有相位超前校正器的开环频率特性图

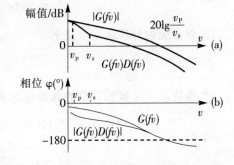

（a）幅频特性　（b）相频特性

图 5-31　相位滞后校正器的频率特性图

2）相位滞后校正器

当 $v_z>v_p$ 时,可画出相位滞后校正器的频率特性图,如图 5-31 所示。由图可以看出,从 $v=v_p$ 开始,幅频特性逐渐下降,在高频段,增益趋近于恒定 $20\lg(v_p/v_z)$ 。$D(\mathrm{j}v)$ 的相位 φ 是滞后的,在 $-90°\sim0°$ 之间变化,最大滞后相位 φ_{m} 及其相应的频率 v_{m} 的计算公式分别同式(5.61)和式(5.60)。

相位滞后校正器的特点是在幅值穿越频率处增益的减少($20\lg(v_p/v_z)<0$)使系统趋于稳定,而校正器的滞后相位容易使系统不稳定。为了使校正器的附加滞后相移不影响幅值穿越频率附近的相频特性,v_z 和 v_p 的取值应该远小于幅值穿越频率,如图 5-32 所示。

图 5-32　有相位滞后校正器的开环频率特性图

由该图的幅频特性可以看出,相位滞后校正器减少了频带宽度,在 $v\to0$ 的低频段附近的增益不变,稳态精度不受影响,可见引入相位滞后校正的结果是以牺牲系统的快速性换取系统的稳定程度增加。

2. w 变换法的设计步骤

在 w 平面设计数字控制器的一般步骤是：

（1）根据给定被控对象传递函数，求出包含零阶保持器在内的广义对象的脉冲传递函数。

$$G(z) = Z\left[\frac{1-\mathrm{e}^{-Ts}}{s}G_0(s)\right] = (1-z^{-1})Z\left[\frac{G_0(s)}{s}\right]$$

（2）选取采样周期 T，令 $z = \left(1+\frac{T}{2}w\right)\Big/\left(1-\frac{T}{2}w\right)$ 代入 $G(z)$，得到

$$G(w) = G(z)\big|_{z\ =\ (1+\frac{T}{2}w)/(1-\frac{T}{2}w)}$$

（3）令 $w = \mathrm{j}v$，作 $G(\mathrm{j}v)$ 的伯德图，用与连续系统频率法设计校正相同的方法，根据相位裕度和幅值裕度的要求进行补偿校正，设计出 $D(w)$。

（4）将 $D(w)$ 变换成 z 平面的脉冲传递函数 $D(z)$，即

$$D(z) = D(w)\big|_{w=\frac{2}{T}(1-z^{-1})/(1+z^{-1})}$$

（5）将 $D(z)$ 变换成计算机数字算法，检验系统的性能指标，进行必要的再修正。

例 5.3 设被控对象的传递函数 $G_0(s) = \dfrac{2}{s(s+1)}$，用 w 变换法设计相位校正器（数字控制器）$D(z)$，满足如下的性能指标：

（1）系统的速度增益 $K_v \geq 4\ \mathrm{rad/s}$；

（2）截止频率 $\omega_c \geq 0.6\ \mathrm{rad/s}$；

（3）相位裕度 $\gamma \geq 35°$。

解 ① 根据截止频率要求，可取 $\omega_c = 0.6\ \mathrm{rad/s}$，由采样定理确定系统采样周期 T 如下：

$$\frac{\pi}{10\omega_c} \leq T \leq \frac{\pi}{5\omega_c}$$

即
$$0.52 \leq T \leq 1.05$$

选择采样周期 $T = 1\ \mathrm{s}$，幅值穿越频率为

$$\omega'_c = \frac{2}{T}\mathrm{tg}\left(\frac{T}{2}\omega_c\right) = 0.62\ \mathrm{rad/s}$$

② 原系统的开环速度增益 $K_0 = \lim\limits_{s\to 0} s G_0(s) = 2$，系统开环增益所需的放大系数

$$K_c = \frac{K_v}{K_0} = 2$$

③ 系统的广义被控对象的脉冲传递函数为

$$G(z) = Z[H(s)G_0(s)] = Z\left[\frac{1-\mathrm{e}^{-Ts}}{s}\frac{2}{s(s+1)}\right]$$

$$= (1-z^{-1})Z\left[\frac{2}{s^2(s+1)}\right] = \frac{0.736z^{-1}(1+0.717z^{-1})}{(1-z^{-1})(1-0.368z^{-1})}$$

用双线性变换法，令 $z = \dfrac{2+Tw}{2-Tw}$ 代入上式，有

$$G(w) = \frac{2(1-0.5w)\left(1+\dfrac{w}{12.16}\right)}{w\left(1+\dfrac{w}{0.924}\right)}$$

④ 令 $w = \mathrm{j}v$，代入上式 $G(\mathrm{j}v)$，则有

$$G(\mathrm{j}v) = \frac{0.5(1 - \mathrm{j}0.2v)(1 + \mathrm{j}v/75.2)}{\mathrm{j}v(1 + \mathrm{j}v/0.99)}$$

系统开环增益放大 K_c 倍后可画出系统的伯德图如图 5-33 所示。

由图可知，开环系统的幅值穿越频率 $\omega_c > 0.62$ rad/s，应该采用滞后校正器降低系统的幅值穿越频率。

当 $v = \omega_c = 0.62$ rad/s 时，系统的相角 $\varphi = -138°$，相角裕度为 $-180° + \gamma + 5° = -140°$，故选择的幅值穿越频率满足要求。

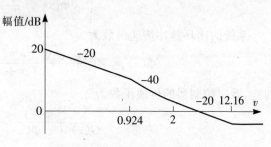

图 5-33 例 5.3 的幅频特性曲线

⑤ 计算零点、极点值

$$v_z = 0.1\omega_c = 0.062 \text{ rad/s}$$

$$v_p = \frac{v_z}{|K_cG_0(j\omega_c)|} = \frac{0.062}{5.62} = 0.011 \text{ rad/s}$$

⑥ w 域的数字控制器的传递函数为

$$D(w) = K_c(1 + \frac{w}{v_z})/(1 + \frac{w}{v_p}) = 2(1 + \frac{w}{0.062})/(1 + \frac{w}{0.011})$$

$$= 2(16.1w + 1)/(90.9w + 1)$$

⑦ 相位滞后校正器的脉冲传递函数为

$$D(z) = D(w)\big|_{w = \frac{2}{T}\frac{z-1}{z+1}} = 0.37\frac{1 - 0.94z^{-1}}{1 - 0.99z^{-1}}$$

⑧ 相位滞后校正器对应的差分方程为

$$u(k) = 0.99u(k-1) + 0.37e(k) - 0.34e(k-1)$$

这就是所要求的数字控制器算式。

5.3.2 纯滞后对象的控制算法——大林算法

在热工和化工及机械车削加工控制等许多工业生产中，由于被控对象模型的不确定性、参数随时间的漂移性以及含有纯滞后环节，因此如果要求控制系统的输出值在最少拍内到达稳态，则不但不能达到预期的效果，反而会产生较大的系统调和振荡。这类控制系统对快速性的要求是次要的，其主要指标是系统无超调或超调量很小，并且允许有较长的调整时间。在这种条件下，纯滞后对象的控制算法——大林算法往往会收到很好的效果。

设连续控制系统中，被控对象 $G_0(s)$ 具有一阶或二阶惯性环节，即

$$G_0(s) = \frac{Ke^{-\tau s}}{T_1s + 1} \tag{5.62}$$

或

$$G_0(s) = \frac{Ke^{-\tau s}}{(T_1s + 1)(T_2s + 1)} \tag{5.63}$$

式中 τ 为纯滞后时间，T_1，T_2 为惯性环节时间常数，K 为放大系数。为简单起见，设 $\tau = kT$，k 为正整数，即纯滞后时间 τ 为采样周期的整数倍。

1. **大林算法的设计原则**

大林算法适应于被控对象是具有一阶或二阶惯性稳定环节，设计原则是以大林算法为

模型设计数字控制器,使整个闭环系统的特性为具有时间滞后的一阶惯性环节,且滞后时间与被控对象的滞后时间相同。

此时,系统的闭环传递函数可描述为

$$\Phi(s) = \frac{1}{T_\tau s + 1} e^{-\tau s} \tag{5.64}$$

系统的闭环脉冲传递函数为

$$\Phi(z) = Z\left[\frac{1-e^{-Ts}}{s}\frac{e^{-\tau s}}{T_\tau s + 1}\right] = \frac{(1-e^{-T/T_\tau})z^{-k-1}}{1-e^{-T/T_\tau}z^{-1}} \tag{5.65}$$

因此,数字控制器的传递函数为

$$D(z) = \frac{1}{G(z)}\frac{\Phi(z)}{1-\Phi(z)}$$

$$= \frac{1}{G(z)}\frac{z^{-k-1}(1-e^{-T/T_\tau})}{1-e^{-T/T_\tau}z^{-1}-(1-e^{-T/T_\tau})z^{-k-1}} \tag{5.66}$$

(1) 当被控对象为带纯滞后的一阶惯性环节时

$$G(z) = z\left[\frac{1-e^{-Ts}}{s}\frac{Ke^{-\tau s}}{T_1 s + 1}\right] = Kz^{-k-1}\frac{1-e^{-T/T_1}}{1-e^{-T/T_1}z^{-1}} \tag{5.67}$$

将上式代入式(5.66),得

$$D(z) = \frac{(1-e^{-T/T_\tau})(1-e^{-T/T_1}z^{-1})}{K(1-e^{-T/T_1})[1-e^{-T/T_\tau}z^{-1}-(1-e^{-T/T_\tau})z^{-k-1}]} \tag{5.68}$$

(2) 当被控对象为带纯滞后的二阶惯性环节时

$$G(z) = Z\left[\frac{1-e^{Ts}}{s}\frac{Ke^{-\tau s}}{(T_1 s + 1)(T_2 s + 1)}\right]$$

$$= \frac{K(C_1 + C_2 z^{-1})z^{-N-1}}{(1-e^{-T/T_1}z^{-1})(1-e^{-T/T_2}z^{-1})} \tag{5.69}$$

其中

$$\left.\begin{array}{l} C_1 = 1 + \dfrac{1}{T_2 - T_1}(T_1 e^{-T/T_1} - T_2 e^{-T/T_2}) \\ C_2 = e^{-T(\frac{1}{T_1}+\frac{1}{T_2})} + \dfrac{1}{T_2 - T_1}(Te^{-T/T_2} - T_2 e^{-T/T_1}) \end{array}\right\} \tag{5.70}$$

将式(5.67)代入式(5.64),得

$$D(z) = \frac{(1-e^{-T/T_\tau})(1-e^{-T/T_1}z^{-1})(1-e^{-T/T_2}z^{-1})}{K(C_1 + C_2 z^{-1})[1-e^{-T/T_\tau}z^{-1}-(1-e^{-T/T_\tau})z^{-N-1}]} \tag{5.71}$$

2. 振铃现象及其抑制

先对一个例子进行分析。

例 5.4 已知被控对象的传递函数为 $G_0(s) = \dfrac{e^{-1.4s}}{2s+1}$,且采样周期 $T=1s$,试用大林算法设计数字控制器的 $D(z)$。

解 设期望的闭环系统为时间常数 $T_\tau = 1$ s 的一阶惯性环节,并带有 $k=1$ 个采样周期的纯滞后。这里,滞后时间不是采样周期的整数倍,必须采用扩展 Z 变换求出广义被控对象的脉冲传递函数。

$$G(z) = Z\left[\frac{1-e^{-Ts}}{s}\frac{e^{-1.4s}}{2s+1}\right] = (1-z^{-1})Z\left[\frac{e^{-2s+0.6s}}{s(2s+1)}\right] =$$

$$z^{-2}(1-z^{-1})\left[\frac{1}{1-z^{-1}}-\frac{e^{-0.6/2}}{1-e^{-1/2}z^{-1}}\right]=\frac{0.259\ 2z^{-1}(1+0.518\ 0z^{-1})}{1-0.606\ 5z^{-1}}$$

根据大林算法,闭环系统的滞后时间也应为 1.4 s,但为了简化运算,取纯滞后时间为 1 s,则闭环系统的传递函数应为

$$\Phi(s)=\frac{1}{s+1}e^{-s}$$

其闭环脉冲传递函数为

$$\Phi(z)=\frac{0.6321z^{-2}}{1-0.3679z^{-1}}$$

数字控制器的传递函数为

$$D(z)=\frac{2.4387z^{-1}(1-0.6065z^{-1})}{(1+0.5180z^{-1})(1-z^{-1})(1+0.6321z^{-1})}$$

当输入为单位阶跃时,输出为

$$C(z)=\Phi(z)R(z)=\frac{0.6391z^{-2}}{(1-0.3679z^{-1})(1-z^{-1})}$$

$$=0.6391z^{-2}+0.8742z^{-3}+0.9607z^{-4}+0.9925z^{-5}+\cdots$$

控制量的输出为

$$U(z)=\frac{C(z)}{G(z)}=\frac{2.4657z^{-1}(1-0.6065z^{-1})}{(1-0.3697z^{-1})(1-z^{-1})(1+0.5180z^{-1})}$$

$$=2.4657z^{-1}+0.5213z^{-2}+1.2642z^{-3}+0.7389z^{-4}+0.9441z^{-5}+\cdots$$

系统的输出波形和控制量波形如图 5-34 所示。

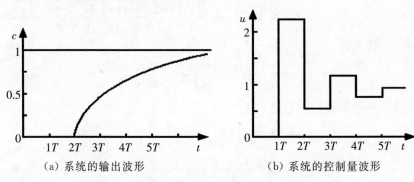

(a) 系统的输出波形　　　　　(b) 系统的控制量波形

图 5-34　闭环系统的输出波形和控制量波形图

从波形图可以看出,系统输出在采样点上的值可按期望的指数形式变化,但控制量序列有大幅度的摆动,其振荡频率为采样频率的 $1/2$。

大林把这种控制量以 $1/2$ 的采样频率(即二倍采样周期)振荡的现象称为"振铃"。这种振荡一般是衰减的。

经分析,如果在 $U(z)$ 的脉冲传递函数表达式中,包含有在 z 平面单位圆内接近 -1 的实数极点,则会产生振铃现象。极点离 -1 点越近,振铃幅度就越大。单位圆内右半平面上的实数零点会加剧振铃现象,而右半平面上的实数极点会削弱振铃现象。振铃现象会引起在采样点之间系统输出波纹,使执行机构摆动而产生磨损,因此,必须予以消除。

由式(5.21)知, $D(z)=\frac{1}{G(z)}\frac{\Phi(z)}{1-\Phi(z)}$,所以,含有零阶保持器的系统的广义被控对象

z 传递函数的零点,构成了 $D(z)$ 的极点。

若对象为带纯滞后的一阶惯性环节,当其滞后时间是采样周期的整数倍时,由式(5.69)可知,$G(z)$ 不会出现左半平面的实数零点,因而不会产生振铃现象;如果滞后时间不是采样周期的整数倍,$G(z)$ 有可能出现左半平面的实数零点,因而有可能产生振铃现象(如例5.4)。

若对象为二阶滞后惯性环节,由式(5.69)可知,$G(z)$ 中总会有一个在单位圆内负实轴上的零点,因此必定会产生振铃现象。并且,采样周期越小,振铃的幅值越大。

为此,大林提出了一种简单的修正算法,以防止产生振铃现象。即先找出数字控制器 $D(z)$ 中产生振铃现象的振铃因子(左半平面上接近 -1 的极点),再令振铃因子中的 $z=1$,就消除了引起振铃现象的极点,根据终值定理,$e_\infty = \lim_{z \to 1}(1-z^{-1})E(z)$,这样处理并不影响系统的稳态输出,可以消除振铃现象。

例 5.5 设被控对象的传递函数 $G_c(s) = \dfrac{10}{s(s+1)}e^{-1.5s}$,采样周期 $T=0.5$ s,期望的闭环传递函数的一阶惯性环节的时间常数 $T_\tau = 0.5$ s,试按大林算法设计其数字控制器的 $G(z)$。

解 ① 求系统的广义对象脉冲传递函数 $G(z)$

$$G(z) = Z\left[\frac{1-e^{-Ts}}{s}\frac{10}{s(s+1)}e^{-1.5s}\right]$$

$$= 10(1-z^{-1})z^{-3}Z\left[\frac{1}{s^2(s+1)}\right]$$

$$= 10z^{-4}\frac{(T+e^{-T}-1)+(1-Te^{-T}-e^{-T})z^{-1}}{1-(1+e^{-T})z^{-1}+e^{-T}z^{-2}}$$

以 $T=0.5$ 代入得

$$G(z) = \frac{1.06z^{-4}(1+0.858z^{-1})}{(1-z^{-1})(1-0.606z^{-1})}$$

② 求系统的闭环脉冲传递函数 $\Phi(z)$

$$\Phi(z) = Z\left[\frac{1-e^{-Ts}}{s}\frac{e^{-1.5s}}{T_\tau s+1}\right]$$

$$= \frac{(1-e^{-T/T_\tau})z^{-N-1}}{1-e^{-T/T_\tau}z^{-1}}$$

其中,$T=0.5, T_\tau=0.5, N=\dfrac{1.5}{0.5}=3$,将其代入上式,可得

$$\Phi(z) = \frac{0.632z^{-4}}{1-0.368z^{-1}}$$

所以

$$1-\Phi(z) = \frac{1-0.368z^{-1}-0.632z^{-4}}{1-0.368z^{-1}}$$

③ 判别是否会出现振铃现象

令

$$\frac{\Phi(z)}{G(z)} = K_u(z)$$

则

$$K_u(z) = \frac{\Phi(z)}{G(z)} = \frac{0.596(1-z^{-1})(1-0.606z^{-1})}{(1-0.368z^{-1})(1+0.858z^{-1})}$$

对于单位阶跃输入,其控制量的输出为

$$U(z) = K_u(z)R(z) = K_u(z)\frac{1}{1-z^{-1}} = \frac{0.596(1-z^{-1})(1-0.606z^{-1})}{(1-0.368z^{-1})(1+0.858z^{-1})}$$

$$= 0.596 - 0.65z^{-1} + 0.512z^{-2} - 0.4z^{-3} + 0.186z^{-4} - \cdots$$

显然,控制量 $U(z)$ 的输出正负上下摆动,有振铃现象。因为 $K_u(z)$ 中 $z = -0.858$ 这个靠近 $z = -1$ 极点。

④ 求数字控制器的 $D(z)$

$$D(z) = \frac{1}{G(z)}\frac{\Phi(z)}{1-\Phi(z)}$$

$$= \frac{(1-z^{-1})(1-0.606z^{-1})0.632z^{-4}}{1.06(1+0.858z^{-1})(1-0.368z^{-1}-0.632z^{-4})}$$

在上式分母中,令式 $(1+0.858z^{-1})$ 中的 $z = 1$,得

$$D(z) = \frac{0.32z^{-4} - 0.515z^{-5} + 0.194z^{-6}}{1 - 0.368z^{-1} - 0.632z^{-4}}$$

验算　　　　　　$$K_u(z) = \frac{0.32(1-z^{-1})(1-0.606z^{-1})}{1-0.368z^{-1}}$$

$$U(z) = K_u(z)R(z) = \frac{0.32 - 0.194z^{-1}}{1 - 0.768z^{-1}}$$

$$= 0.32 - 0.079z^{-1} - 0.029z^{-2} - 0.01z^{-4} - 0.0039z^{-4} - \cdots$$

可见,控制量的输出按一个方向逐步衰减,消除了振铃现象。

习　题

5.1　PI 控制器有什么特点? 为什么加入积分作用可以消除静差?

5.2　PID 控制器有什么特点? 为什么加入微分作用可以改善系统的动态性能?

5.3　什么是位置式数字 PID 控制算法和增量式数字 PID 控制算法? 试比较它们的优缺点。

5.4　已知模拟控制器的传递函数为

$$D(s) = \frac{U(s)}{E(s)} = \frac{0.17s+1}{0.085s+1}$$

试写出相应数字控制器的位置式和增量式控制算式。设采样周期 $T = 0.2$ s。

5.5　主要有哪几种改进型 PID 算式? 它们分别适用于何种场合?

5.6　PID 控制器的 K_P、T_I 和 T_D 各参数对系统的控制性能有何影响?

5.7　采样周期 T 的选取需要考虑哪些因素?

5.8　PID 参数整定有哪几种形式? 简要说明它们的适用范围。

5.9　试述扩充临界比例度法整定 PID 参数的方法。

5.10　已知一被控对象的传递函数为

$$G_0(s) = \frac{10}{s(1+0.1s)(1+0.05s)}$$

设采用零阶保持器,采样周期 T 为 0.2 s。试针对单位速度输入函数设计快速有波纹系统的 $D(z)$,计算采样瞬间数字控制器和系统的输出响应并绘制图形。

5.11　在题 5.10 中,针对单位速度输入函数设计快速无波纹的 $D(z)$,计算采样瞬间

数字控制器和系统的输出响应并绘制图形。

5.12 设被控对象的传递函数为 $G_0(s) = \dfrac{10}{s(s+1)}$，采样零阶保持器，采样周期 $T = 1$ s，输入单位速度函数，试按最少拍无波纹要求设计 $D(z)$，并校验一下所设计的系统是否满足快速无波纹的要求。

5.13 某电阻炉，其传递函数可近似为带纯滞后的一阶惯性环节

$$G_0(s) = \frac{K_d}{1 + T_d s}e^{-\tau s}$$

用飞升曲线法测得电阻炉的有关参数如下：$K_d = 1.16$，$\tau = 30$ s，$T_d = 680$ s，若采用零阶保持器，取采样周期 $T = 6$ s，要求闭环系统的时间常数 $T_\tau = 350$ s，用大林算法求取对电阻炉实现温度控制的数字控制器的算式。

5.14 已知控制系统被控对象的传递函数为 $G_0(s) = \dfrac{e^{-s}}{(2s+1)(s+1)}$，采样周期 $T = 1$ s，若选闭环系统的时间常数 $T_\tau = 0.1$ s，问是否会出现振铃现象？试用大林算法设计数字控制器 $D(z)$。

5.15 设被控对象的传递函数 $G_0(s) = \dfrac{1}{s(s+1)}$，采样周期 $T = 1$ s，采用零阶保持器，试用 w 变换设计法设计相位校正器的传递函数 $D(z)$，使该系统的相位裕度为 $50°$。

第 6 章　顺序与数字程序控制技术

顺序控制与数字程序控制是微型计算机控制技术中的重要内容,广泛应用于装备制造、机械生产、流水作业、石油化工、采矿冶炼、能源建设、军工国防等部门,有单机控制、机群控制、流水线控制等多种多样系统结构,在提高劳动生产力、保证产品质量、改善劳动条件和减低能源消耗等方面起着重要作用,取得了良好的经济与社会效益。

本章分别介绍顺序控制技术、数字程序控制技术及其实现两类控制的重要执行部件小型直流电机和步进电机工作原理、控制方法等。

6.1　顺序控制技术

顺序控制是生产过程中常用的一种控制技术,它按照预先确定好的程序及时间控制某一过程从一个工步向下一个工步依次执行。微型计算机顺序控制器结构简单、体积小、成本低、运行可靠、操作简单、易于维护,因此,不但被广泛应用于生产、生活中各种简易的顺序控制系统及自动化电器设备中(如机械加工、化工生产、装配、包装、生活电器等控制系统),并且也成为了许多大型高度自动化系统中的重要组成部分。

6.1.1　顺序控制概述

顺序控制是指生产设备及生产过程根据生产工艺要求,按照逻辑运算、顺序操作、定时和计数等规则,通过预先编好的程序,在现场输入信号作用下,使执行机构按预定程序动作实现开关为主的自动控制。一般来讲,为实现一个工业生产过程而出现的开关量按时间或条件进行操作都属于顺序控制,如继电器的接通与断开,电磁阀的开闭,电动机的起停,定时器预订时间是否到达,计数器预定计数值是否计满等等。

目前,在现场应用的微型计算机顺序控制装置种类繁多,控制对象及过程不尽相同。但根据其使用的输入装置元器件及逻辑控制器件的特点可将顺序控制器分为继电器控制装置、半导体逻辑控制装置、可编程控制器三大类型。

1. 继电器控制装置

继电器控制装置是根据控制对象的特点及工艺要求,先计算出输出与各输入条件的逻辑关系式,再按该逻辑关系式把一定数量的继电器、接触器、开关及其他电器的相关触点用导线连接成相应的控制电路,从而达到自动顺序控制的目的。这类控制系统由于有元器件种类少,价格便宜,电路简单、直观,工作电流、电压值较高,可直接驱动负载工作等优点,主要应用于简单装备、化工、包装等控制逻辑不太复杂、工作电流较大的领域。但由于继电器控制系统是利用简单的触点通断来实现一定的逻辑功能,工作时会产生电弧,从而使系统存在寿命短、工作频率低、功能简单、可靠性较其他两种顺序控制方式差等缺点;另外,系统一旦设计成型后,由于控制线路与继电器及触点的关系也随之确定,再进行二次改进十分困难。在一些要求精度高、性能复杂、工作频率高、经常需要升级改进的系统中不宜采用。

　　2. 半导体逻辑顺序控制装置

　　由于当代电子技术特别是半导体技术、集成技术的飞速发展，电子技术向控制领域迅速渗透，成为了控制系统的主要构成部件。将半导体逻辑元器件（如二极管、三极管、门电路、触发器及 CPU 芯片等）按一定的逻辑运算关系在印制电路板上连接成顺序控制系统就称为半导体逻辑顺序控制装置。

　　该类系统中采用了大量的半导体非接触性元器件及集成电路芯片，具有体积小、可靠性好、噪音小、自动化程度高、功耗低、功能强等优点。并且由于市场上半导体元器件十分丰富、功能齐全、CPU 技术已达到一个较高的高度，设计者可以依据实际的需要选用各种电子元器件及 CPU 来构成顺序控制装置，所以半导体逻辑顺序控制装置可以构成逻辑功能极强、控制方式和种类极多的系统，它也是现场控制领域常用的控制方式之一；但该类控制装置往往仅面向某一控制对象而研发，一旦系统的控制对象或生产流程改变，通常需对系统电路板的结构、布线、元器件的排列组合进行更改，进行二次研发升级和维修也较为困难。

　　3. 可编程顺序控制器（PLC）

　　针对继电器顺序控制器及非接触式半导体逻辑控制装置专用性强、更改维护不易的缺点，一些电子公司推出了一批通用型的顺序控制器，该类顺序控制器把 CPU、I/O、程序存储器、数字存储器等元器件集成在同一个控制器中；特别是针对其工作的工业环境，强化了其 I/O 接口的数量、种类及功能，使控制器不需扩展就具有带多种负载的能力。为了提高其抗干扰能力，在控制器内部专门集成了光耦、电子看门狗等抗干扰电路，使其在工作时能适应恶劣的工作环境。应用时，操作人员只要将程序指令储存在程序存储器中，控制器便能根据程序的设置和外部输入条件进行比较，并自动进行逻辑运算和判断，再通过其 I/O 口控制系统输出量的变化，从而可以操纵一系列的机械、电气、液压等执行机构按要求顺序动作。因此该类控制装置具有应用灵活、智能程度较高、二次开发效率高、研发周期短、体积小、重量轻、稳定可靠、抗干扰能力强、接口种类及数量多（有些接口可直接驱动 2 A 以上的负载）等特点，在现场中得到了广泛的应用，成为顺序控制系统装置中的主流设备之一。

6.1.2　顺序控制工作原理及设计步骤

　　顺序控制方式在简单的循环工作及大规模自动化生产线上都得到了普遍的应用，是现场常用的一种控制方式。工作时一般是按生产工艺的要求，一个工步接一个工步按顺序完成某一项工作。在前一工序向后一工序过渡时，一般先有相关某些特定信号的改变（如某些指定的开关量、模拟量或时间量），然后经继电器电路、半导体逻辑线路或 CPU 对输入信号进行数字逻辑运算后，输出控制信息，从而操纵相关的执行机构动作，完成不同的工作状态的转换。

　　1. 顺序控制的特点

　　（1）顺序控制系统的输入、输出信号以开关量信号为主。顺序控制系统常常利用按钮、行程开关、光电开关、限位开关等开关输入量元器件输入控制对象的位置、状态等信息，CPU 根据相关信息进行逻辑运算后，作出相关的逻辑判断并向外输出开关控制信息，输出的开关信息经驱动电路放大后，控制电磁阀、继电器、开关电路等执行电路动作，从而可以操作液压、气压、电动机等装置按要求动作。

　　（2）控制系统逻辑关系较为复杂。在顺序控制系统的工作过程中，控制对象的工作状态需由检测电路将相应检测信号传递给 CPU，CPU 依据原先植入的算法程序进行逻辑运算后,再决定将控制对象导入何种工步工作。因此,在设计该类控制系统时,必须对信息流在系统中的流向及转化关系有较深刻的理解。

(3) 控制程序客观。由于顺序控制程序中,上一步骤与下一步骤之间是否进行转换决定于控制对象的实际状态及所检测的相关参数情况。所有控制程序中相关程序的设计必须配有相关检测电路,并且系统需够的 I/O 接口来输入输出相关信息,需足够容量的程序存储器存储程序,较复杂的顺序控制系统还必须配有 CPU 对电路状态进行输入、存储、运算、判断并产生控制时序。

(4) 顺序控制系统要求可靠性高。顺序控制系统一般用于多步骤、多工序控制对象的加工或生产过程,往往具有一定的生产规模和使用频率。由于各步骤、工序是有条件地联系起来,前一工序如果未处理好就进入下一工序工作,将会造成很大的破坏及危害。所以在设计时,对控制对象状态的检测要求全面及时,程序对信息处理方式要求正确可靠,执行机构动作迅速、准确,在循环工作时误差小、工作稳定。

2. 微型计算机顺序控制系统的设计与实现步骤

一般顺序控制系统的设计与实现要经过总体方案论证、系统总体结构设计、制作生产工艺及工序表、根据设计要求作出系统工作的机械运动原理图及软件流程图、软硬件设计、仿真调试、样机制作、系统成型等步骤。

(1) 总体方案论证。设计前期,技术人员必须研究设计的产品在技术上的可行性并经济上效益分析,并写出相关论证报告。

(2) 系统总体结构设计。确定系统由哪些模块组成,各模块的功能。顺序控制系统的一般结构如图 6-1 所示。

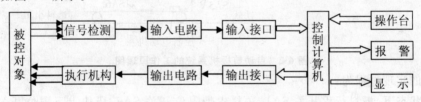

图 6-1　典型微型计算机顺序控制系统结构图

(3) 根据顺序控制的任务绘制生产工序及工艺参数表。找出每个生产工序或步骤所对应的控制信号及相关触发信号的关系,并用表格形式表示。制作生产工序及工艺参数表时,尤其要注意各种相关的参数,既要尽量全面,又不能相互发生冲突。

(4) 绘制系统工作的机械运动原理图及软件流程图。在设计具体的电路及软件之前,先明确相关机械及软件工作流程,各种开关、触点的位置,软件工作的大致原理。有可能的话,将系统划分为几个关联功能模块。

(5) 软硬件设计。根据机械运动原理图及软件流程图设计机械结构与控制电路,编写工作软件。并将其制成相应的图纸表格。

(6) 仿真调试。利用 PC 机及仿真开发系统对所设计的系统进行仿真,观察各种状态及指标是否满足设计任务要求。如果调试通过,证明设计正确;如果与设计要求不符,则需要对所设计的系统软、硬件再进行改造,直到通过为止。一般情况下,进行系统设计时往往要经过调试→修改→再调试→再修改,多次反复,才能满足要求及解决新出现的实际问题。

(7) 制作样机。根据设计图做出控制系统的实物模型。

（8）系统成型。经过调试后,所设计的系统基本上满足了设计要求,并能在工作现场完成指定的控制任务。而后,可将系统的电路形成电路板结构,相关控制程序固化,设备外壳结构确定,进入产品的生产阶段。

6.1.3　微型计算机剪板系统设计

剪板机系统是公认的典型顺序控制系统,本节通过分析以单片机 AT89S51 为控制器的系统工作原理,讨论顺序控制系统的具体设计与实现过程。

1．自动剪板机工作过程

自动剪板机系统的工作原理如图 6-2 所示。该自动剪板机可以将大块的板材按设计要求剪切成一定尺寸的小型板块,并通过输出皮带轮输出至出料小车,当裁切好的板材数量达到一定值时,剪切机暂时停止工作,出料小车将裁好板材送到目的地,完成一个生产周期。

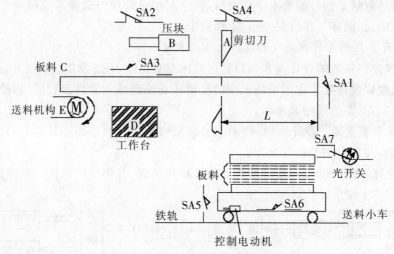

图 6-2　自动剪板机系统的工作原理图

具体的实现过程为:

初始状态下,板料行程开关 SA1、送料皮带限位开关 SA7、压块上下限位开关 SA3、压块上限位开关 SA2、剪切刀上限位开关 SA4、送料小车限位开关 SA6、接近开关 SA5 等都处于断开状态。

（1）当按下启动按钮时,送料小车首先驶向指定位置,到位后,SA6 开关被按下。

（2）SA6 开关压下后,系统启动送料皮带送板料,板料到达指定位置压下 SA7 行程开关,CPU 开始对显示值清零,同时启动剪切工作程序。

（3）当板料触及常开触头 SA1,送料皮带停止送料,系统接通电磁阀 B,使液压缸作相应的运动,从而带动板料压块下行,压块上限位开关 SA2 由开转为闭,压块压住板料和常开触头 SA3 后,启动剪切头下行,同时剪切刀上限开关 SA4 闭合。

（4）剪切电路接通后,剪切刀下落,剪切板料 2 s 后自动上升到 SA4 位置时停止,当板料剪断后下落通过光电开关时,光电开关会因板材挡住了光线而产生一计数脉冲,使 CPU 加 1,并显示出来。若剪切刀未剪断板料,则重复剪切。

（5）当板料剪断后,剪切刀上升至初始位置,SA4 由闭转为开,压块上行复位,SA2、SA3 由闭到开,CPU 检测到有板料落下,计数单元的值加 1,系统再次启动送料机构进入下一剪切工序。

（6）当 CPU 所计数与小车所装材料设定值相等,则停止循环工作过程,系统进入初始状态,启动送料小车送成品,并显示加工过的板料数。

2. 执行机构的安排

剪切刀由电机 M1 带动,经凸轮机构转化为上下剪切运动;压块运动由液压缸 M2 带动,当 P1.3 输出的状态使电磁阀通电时,液压缸 M2 的活塞伸出,带动压块压紧板料;送料动作由电动机 M3 执行,M3 转动时通过带轮带动输送带输送板料;小车的运动方向由双向电动机 M4 控制,电机正转时小车驶向剪切机,反之则远离剪切机。除液压缸 M2 外,其他的电动机全采用继电器控制。

3. 剪板机的生产工艺及工序表

根据剪板机的工作过程及 AT89S51 参与控制的具体措施(见图 6-3,图 6-4),基于 AT89S51 控制的工序设计如表 6-1 所示。

表 6-1　剪板机的生产工序

工序	P1.0	P1.1	P1.2	P1.3	P1.4	M1	M2	M3	M4
剪切	0	0	1	0	0	1	0	0	0
压块	0	0	0	1	0	0	1	0	0
送料	0	0	0	0	0	0	0	1	0
小车前进	1	0	0	0	0	0	0	0	1
小车后退	0	1	0	0	0	0	0	0	1
小车刹车	1	1	0	0	0	0	0	0	1
小车静止	0	0	0	0	0	0	0	0	1

4. 剪板机的硬件电路工作原理

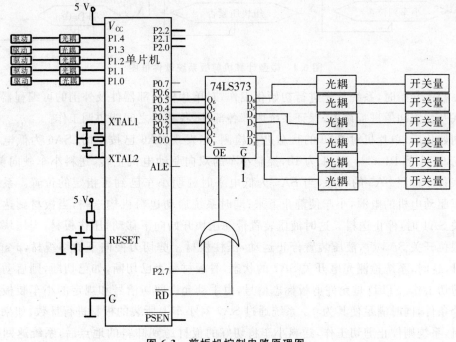

图 6-3　剪板机控制电路原理图

剪板机的硬件电路如图 6-3 所示。系统采用单片机为中央处理器,选用 AT89S51,配有一片 74LS373 作为数据缓冲器,储存各个按钮开关、行程开关的开关状态。工作时 AT89S51 定时扫描各开关量的状态,再根据各开关量的状态决定工序的执行及替换。其输出是通过向 P1.0~P1.4 端口写控制字的方式进行的,控制信息由 P1.0、P1.1、P1.2、P1.3、P1.4 端子提供,经光电耦合电路、驱动电路再控制电磁阀、继电器等执行机构进行开合操作。

5. 剪板机控制系统软件流程

剪板机的控制程序分为一个个独立功能模块,每个模块具体负责一个工序的控制,前一工序向后一工序转换的条件由对应的输入开关量状态决定。在本设计中系统开关量输入器件主要为限位开关或行程开关,信号为低电平有效,当行程开关或限位开关被压下时,便使输入线路接地,即向后级电路输入低电平信号,系统检测到该触发信号后,便转向执行下一工序控制模块的程序,从而进入下一工序的操作。控制程序框图见图 6-4 所示。

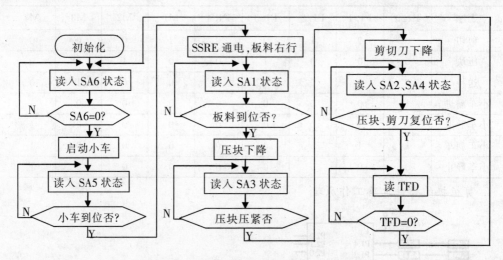

图 6-4　微型计算机剪板系统软件框图

在程序开始时,系统首先进行初始化工作,对单片机内部器件及外围的可编程器件的工作方式及预置初值进行设置,保证系统内部各部件、各芯片之间能协调工作。

初始化后,单片机对 SA6 的状态进行检测,当发现 SA6 已按下时(SA6 为低电平),便使 AT89S51 的 P1.0 与 P1.1 为 10,控制小车的双向驱动电机正转,送料小车驶向剪板机;接下来程序检测 SA5 的状态,当 SA5 为低电平时证明小车已到了指定的位置。系统便断开小车驱动电机的电源,小车便静止下来;同时系统启动送料机构送料,当板材到达压下限位开关 SA1 时,停止送料。这时液压装置带动压块开始向下移动,压住板材,当压块到位时碰动限位开关 SA3 后,液压装置停止运动,压住板材。剪切刀便向下剪切板材,2 s 后剪切刀上升,这时,系统检测光电开关 SA7 的状态,看板材是否已切断,如已切断,则启动下一板材的剪切工作。TFD 是允许剪板标志信号,由手动允许剪切信号和规定的小车装板数未满这两个条件,同时满足使其为 0。系统通过 SA7 对小车上所装的板材进行计数,如果到达指定数目,系统则停止剪切工作,送料小车将切好的板材送到卸料的地点后,系统返回到初始状态,等候操作人员的下一步指示。

6.2　数字程序控制技术

数字程序控制技术是综合应用计算机、自动控制、自动检测、精密机械加工等高新技术的产物。数字程序控制技术在机械制造业中的最典型的应用就是数控机床。数控机床具有能加工复杂型的工件且加工精度高、尺寸一致性好、生产效率高、便于改变加工零件品种等许多特点，它是实现制造自动化的重要组成部分。它的出现及所带来的巨大效益，已引起了世界各国科技与工业界的普遍重视。

6.2.1　数字程序控制概述

数字程序控制，是指控制系统根据某一输入指令所规定的工作顺序、运动轨迹、运动距离和运动速度等，使该系统完成规定工作的一种控制。数字程序控制系统一般由输入装置、输出装置、控制器和插补器等四大部分组成，在计算机技术飞速发展的今天，控制器、插补器及部分输入输出功能都由计算机来完成。

1. 数字程序控制原理

利用数控机床如何加工出如图 6-5 所示的平面曲线图形？根据数字程序控制的基本原理，由如下三步完成：

1）曲线分割

将所需加工的轮廓曲线，依据保证线段所连的曲线（或折线）与原图形的误差在允许范围之内的原则分割成机床能够加工的曲线线段。如将图 6-5 所示的曲线分割成直线段 $\overline{ab}$、$\overline{cd}$ 和圆弧 $\overset{\frown}{bc}$ 三段，然后把 a、b、c、d 四点坐标记下来并送给计算机。

2）插补计算

根据给定的各曲线线段的起点、终点坐标（即 a、b、c、d 各点坐标），以一定的规律定出一系列中间点，要求用这些中间点所连接曲线段必须以一定的精度逼近给定的线段。确定各坐标值之间的中间值的数值计算方法称为插值或插补。常用的插补形式是直线插补和二次曲线插补。直线插补是指在给定的两个基点之间用一条近似直线来逼近，由此定

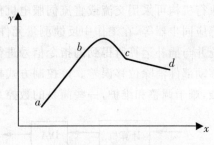

图 6-5　曲线分段图

出中间点连接起来的折线近似于一条直线，但并不是真正的直线。所谓二次曲线插补是指在给定的两个基点之间用一条近似二次曲线来逼近，也就是实际的中间点连线是一条近似于曲线的折线弧。常用的二次曲线有圆弧、抛物线和双曲线等。对图 6-5 所示的曲线，$\overline{ab}$ 和 $\overline{cd}$ 段用直接插补，$\overset{\frown}{bc}$ 段用圆弧插补比较合理。

3）脉冲分配

根据插补运算过程中定出的各中间点，对 x、y 方向分配脉冲信号，以控制步进电机的旋转方向、速度及转动的角度，步进电机带动刀具，从而加工出所要求的轮廓。根据步进电机的特点，每一个脉冲信号将控制步进电机转动一定的角度，从而带动刀具在 x 或 y 方向移动一个固定的距离。把对应于每个脉冲移动的相对位置称为脉冲当量或步长，常用 Δx 和 Δy 表示，并且 $\Delta x = \Delta y$。很明显，脉冲当量也就是刀具的最小移动单位，Δx 和 Δy 的取值越小，所加工的曲线就越逼近理想的曲线。

2. 数字程序控制方式

1) 按控制对象的运动轨迹分类

数控系统按控制对象的运动轨迹来分类,可以分为点位控制、直线切削控制和轮廓切削控制。

(1) 点位控制。点位控制只要求控制机床的移动部件从一点准确移动到另一点。对于从一个定位点到另一个定位点的运动轨迹并无严格要求,并且在移动过程中不做任何加工。在机床加工业中,采用这类控制的有数控钻床、数控镗床、数控冲床等。

(2) 直线切削控制。这种控制除了要控制点到点的准确定位外,还要控制两相关点之间的移动速度和路线,运动路线只是相对于某一直角坐标轴作平行移动,且在运动过程中能以指定的进给速度进行切削加工。需要这类控制的有数控铣床、数控车床、数控磨床、加工中心等。

(3) 轮廓切削控制。这类控制的特点是能够对两个或两个以上的运动坐标的位移和速度同时进行控制。控制刀具沿工件轮廓曲线不断地运动,并在运动过程中将工件加工成某一形状。这种方式是借助于插补器进行的,插补器根据加工的工件轮廓向每一坐标轴分配速度指令,以获得给定坐标点之间的中间点。这类控制用于数控铣床、数控车床、数控磨床、齿轮加工机床、加工中心等。

2) 开环和闭环数字程序控制

计算机数控系统按伺服控制方式主要分为开环数字程序控制和闭环数字程序控制两大类,它们的控制原理不同,其系统结构也就有较大的差异。

(1) 闭环数字程序控制。图 6-6 给出了闭环数字程序控制的结构图。这种控制方式的执行机构可采用交流或直流伺服电机作为驱动元件,反馈测量元件采用光电编码器、光栅、感应同步器等,在工作中反馈测量元件随时检测移动部件的实际位移量,及时反馈给数控系统并与插补运算所得到的指令信号进行比较,其差值又作为伺服驱动的控制信号,进而带动移动部件消除位移误差。该控制方式控制精度高,主要用于大型精密加工机床,但其结构复杂,难于调整和维护,一些简易的数控系统很少采用。

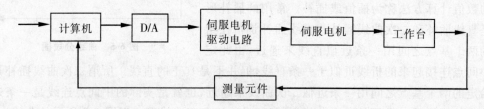

图 6-6 闭环数字程序控制结构图

(2) 开环数字程序控制。开环数字程序控制的结构如图 6-7 所示,这种控制系统与闭环数字程序控制方式最大的不同之处在于没有反馈检测元件,一般由步进电机作为驱动装置。步进电机根据指令脉冲作相应的旋转,把刀具移动到与指令脉冲相当的位置,至于刀具是否准确到达了指令脉冲规定的位置,不受任何检测,因此这种控制的精度基本上由步进电机和传动装置来决定。

图 6-7　开环数字程序控制结构图

开环数字程序控制虽然控制精度低于闭环系统,但具有结构简单、可靠性高、成本低、易于调整和维护等优点,因此得到了广泛应用。

6.2.2　逐点直线与圆弧插补原理

插补既可用硬件插补器来完成,也可用软件来实现。早期的硬件数控系统(NC)都采用硬件的数字逻辑电路来完成插补工作。在微型计算机数控系统(CNC)中,插补工作一般由软件来完成,有些数控系统的插补工作是由软硬件配合完成。软件插补法可分为基准脉冲插补法和数据采样插补法。

基准脉冲插补算法广泛应用在以步进电动机为驱动装置的开环数控系统中。基准脉冲插补(即分配脉冲的计算)在计算过程中不断向各个坐标轴发出进给脉冲,驱动坐标轴电动机运动。目前,尽管闭环数控系统已广泛使用,但以步进电动机为驱动的开环控制系统仍在经济型数控机床和一些控制精度要求不高的场合大量使用。常用的基准脉冲插补算法有逐点比较法和数字积分法。

1. 逐点比较插补法

逐点比较法的基本思想是被控制对象在按要求的轨迹运动时,每走一步要和规定的轨迹进行比较,根据比较结果决定下一步移动的方向,以逼近给定曲线。逐点比较法既可以作直线插补,又可以作圆弧插补。这种算法的特点是运算直观,插补误差小于 1 个脉冲当量,输出脉冲均匀,调节方便,因此在二维坐标系数控机床中应用较为普遍。

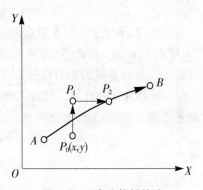

图 6-8　逐点比较插补法

图 6-8 中曲线 AB 是需要插补的曲线。设刀具运动的轨迹函数为 $F = F(x,y)$

式中:x,y ——刀具的坐标。函数 F 的正负必须反映刀具与曲线的相对位置关系,具体存在以下三种位置关系,分别是刀具在曲线的上方、上、下方,按照解析的规则定义

$$F = F(x,y) < 0,　　刀具在曲线的上方;$$
$$F = F(x,y) = 0,　　刀具在曲线上;$$
$$F = F(x,y) > 0,　　刀具在曲线的下方。$$

由于 $F(x,y)$ 反映了刀具偏离曲线的情况,因此称为偏差函数。

逐点比较法的流程图如图 6-9 所示,一个插补循环包括偏差判别、进给、偏差计算、终点判别四个环节。各环节的功能分别为

(1)偏差判别:判别偏差函数的正、负,以确定刀具相对于所加工曲线的位置。

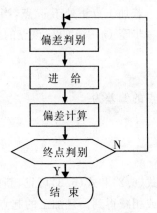

图 6-9　逐点比较法的流程图

（2）进给：根据偏差判别的结果确定刀具的进给向误差最小的方向移动。

（3）偏差计算：依据建立的偏差函数计算出刀具在新位置上偏离给定曲线的偏差值，为下一个循环作好准备。

（4）终点判别：判断刀具是否到达曲线的终点。如果刀具已到达曲线的终点，插补工作结束；如果刀具未到达曲线的终点，则返回到节拍①继续插补。

上述四个节拍不断循环，就可以加工出所要求的曲线。

2. 逐点比较法直线插补

1）第一象限内的直线插补

（1）建立偏差函数。在图 6-10 中，OA 是需要加工的直线段，为便于计算，我们常将直线段的起点设在坐标原点，若直线段终点坐标为 (x_e, y_e)，点 $m(x_m, y_m)$ 为直线上的任意点，则有

$$\frac{x_m}{y_m} = \frac{x_e}{y_e}$$

即

$$y_m x_e - x_m y_e = 0$$

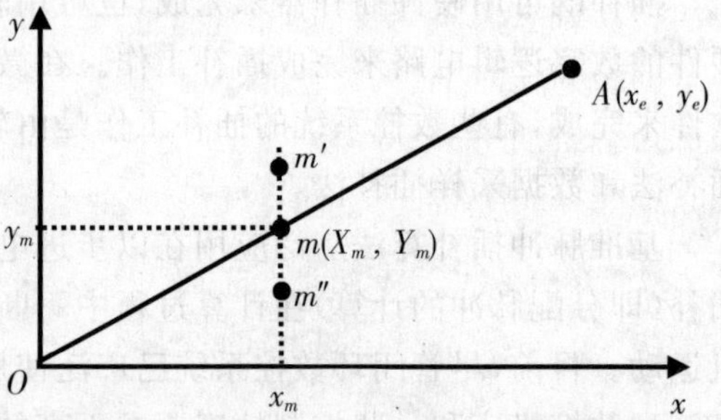

设函数

图 6-10 第一象限内的直线插补图

$$F_m = y_m x_e - x_m y_e \tag{6.1}$$

根据定义，若 $F_m = 0$，表明点 m 在 OA 直线段上；若 $F_m > 0$，表明点 m 在 OA 直线段的上方，即点在 m' 处；若 $F_m < 0$，表明点 m 在 OA 直线段的下方，即点在 m'' 处。函数 F_m 的正负反映了刀具与直线的相对位置关系，是直线插补的偏差函数。

（2）进给与偏差计算。设加工点正处于 m 点，当 $F_m \geq 0$ 时，m 点在 OA 上或 OA 上方，为逼近给定直线，应沿 $+x$ 方向进一步至 $(m+1)$ 点，该点的坐标值为

$$\begin{cases} x_{m+1} = x_m + 1 \\ y_{m+1} = y_m \end{cases}$$

该点的偏差为

$$\begin{aligned} F_{m+1} &= y_{m+1} x_e - x_{m+1} y_e \\ &= y_m x_e - (x_m + 1) y_e \\ &= F_m - y_e \end{aligned} \tag{6.2}$$

若加工点正处于 m 点，当 $F_m < 0$ 时，m 点在 OA 下方，为逼近给定直线，应沿 $+y$ 方向进一步至 $(m+1)$ 点，该点的坐标值为

$$\begin{cases} x_{m+1} = x_m \\ y_{m+1} = y_m + 1 \end{cases}$$

该点的偏差为

$$\begin{aligned} F_{m+1} &= y_{m+1} x_e - x_{m+1} y_e \\ &= (y_m + 1) x_e - x_m y_e \\ &= F_m + x_e \end{aligned} \tag{6.3}$$

由式（6.2）和式（6.3）可见，新的加工点的偏差 F_{m+1} 都可以由前一点偏差 F_m 和终点坐标相加或相减得到。且加工的起点是坐标原点，起点的偏差是已知的，即 $F_0 = 0$。

（3）终点判断方法。常用的逐点比较法的终点判断有如下两种方法：

① 对 x 方向和 y 方向分别设置减法计数器 N_x 和 N_y，置其初始值为终点坐标值 x_e 和 y_e，在 x 坐标（或 y 坐标）进给一步时，就在 N_x 计数器（或 N_y 计数器）中减去 1，直到这两个计数器中的值都减到零时，到达终点。

② 用一个终点计数器，置其初始值为 x 和 y 两个坐标进给的总步数 N_{xy}，x 坐标或 y 坐标进给一步，N_{xy} 就减 1，若 $N_{xy}=0$，则达到终点。

2）四个象限的直线插补

图 6-11 反映了四个象限直线插补的偏差符号及坐标进给方向。

按照第一象限直线插补的推导方法，结合图 6-11，可以得出四个象限直线插补的偏差计算公式和坐标进给方向，详见表 6-2，表中四个象限的终点坐标 x_e 和 y_e 应取其绝对值代入计算式中。

3）直线插补计算的程序实现

图 6-12 为第一象限直线插补计算的程序流程图。图中 XE、YE、NXY、FM 分别为存放终点横坐标 x_e、终点纵坐标 y_e、总步数 N_{xy}、加工点偏差 F_m 的计算机的内存单元。这里 $N_{xy}=N_x+N_y$，F_m 的初值为 $F_0=0$。该图按照插补计算过程的 4 个步骤即偏差判别、坐标进给、偏差计算、终点判断来实现插补计算程序。偏差判别、偏差计算、终点判断是逻辑运算和算术运算，容易编写程序，而坐标进给通常是给步进电机发走步脉冲，通过步进电机带动刀具移动。其他象限直线插补计算的程序流程图可仿照图 6-12 确定。

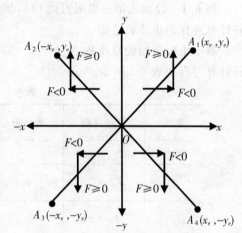

图 6-11 四个象限的直线插补图

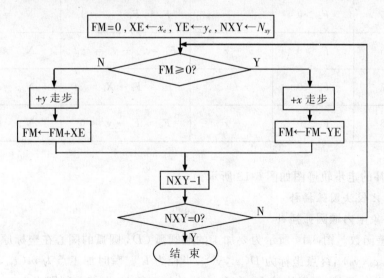

图 6-12 第一象限直线插补计算程序流程图

表 6-2　直线插补的进给方向及偏差计算公式

所在象限	进给方向	偏差计算	所在象限	进给方向	偏差计算
	$F_m \geq 0$			$F_m < 0$	
一、四	$+x$	$F_{m+1} = F_m - y_e$	一、四	$+y$	$F_{m+1} = F_m + x_e$
二、三	$-x$		二、三	$-y$	

例 6.1　设加工第一象限直线 OA，起点坐标为 $O(0,0)$，终点坐标为 $A(5,3)$，试进行插补计算并作出走步轨迹图。

解　坐标进给的总步数 $N_{xy} = |5-0| + |3-0| = 8$，$x_e = 5$，$y_e = 3$，开始时 $F_0 = 0$，插补计算过程如表 6-3 所示。

表 6-3　插补计算过程

步数	偏差判别	坐标进给	偏差计算	终点判断
起点			$F_0 = 0$	$N_{xy} = 8$
1	$F_0 = 0$	$+x$	$F_1 = F_0 - y_e = -3$	$N_{xy} = 7$
2	$F_1 < 0$	$+y$	$F_2 = F_1 + x_e = 2$	$N_{xy} = 6$
3	$F_2 > 0$	$+x$	$F_3 = F_2 - y_e = -1$	$N_{xy} = 5$
4	$F_3 < 0$	$+y$	$F_4 = F_3 + x_e = 4$	$N_{xy} = 4$
5	$F_4 > 0$	$+x$	$F_5 = F_4 - y_e = 1$	$N_{xy} = 3$
6	$F_5 > 0$	$+x$	$F_6 = F_5 - y_e = -2$	$N_{xy} = 2$
7	$F_6 < 0$	$+y$	$F_7 = F_6 + X_e = 3$	$N_{xy} = 1$
8	$F_7 > 0$	$+x$	$F_8 = F_7 - y_e = 0$	$N_{xy} = 0$

直线插补的走步轨迹图如图 6-13 所示。

3. 逐点比较法圆弧插补

1) 第一象限内顺圆弧插补

(1) 偏差函数。图 6-14 所示为要加工的顺圆弧 $\overparen{CD}$，圆弧的圆心在坐标原点，圆弧的起点坐标为 $C(x_0, y_0)$，终点坐标为 $D(x_e, y_e)$，半径为 R。瞬时加工点为 $m(x_m, y_m)$，它与圆心的距离为 R_m。显然，可以比较 R_m 和 R 来反映加工偏差，即偏差判别式为

$$F_m = R_m^2 - R^2$$
$$= x_m^2 + y_m^2 - R^2 \tag{6.4}$$

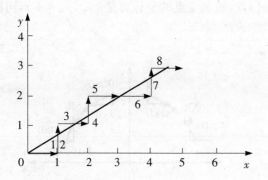

图 6-13　直线插补的走步轨迹图

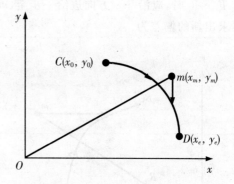

图 6-14　第一象限内顺圆弧插补图

根据位置关系定义，若 $F_m = 0$，表明加工点 m 在圆弧上；$F_m > 0$，表明加工点 m 在圆弧外；$F_m < 0$，表明加工点 m 在圆弧内。

（2）坐标进给、偏差计算。从图 6-14 可见，当 $F_m \geq 0$，为了逼近圆弧，下一步应向 $-y$ 方向进给一步至 $(m+1)$ 点，其坐标值为

$$\begin{cases} x_{m+1} = x_m \\ y_{m+1} = y_m - 1 \end{cases}$$

新的加工点的偏差为

$$\begin{aligned} F_{m+1} &= x_{m+1}{}^2 + y_{m+1}{}^2 - R^2 \\ &= x_m{}^2 + (y_m - 1)^2 - R^2 \\ &= F_m - 2y_m + 1 \end{aligned} \tag{6.5}$$

若 $F_m < 0$，为了逼近圆弧，下一步应向 $+x$ 方向进给一步至 $(m+1)$ 点，其坐标值为

$$\begin{cases} x_{m+1} = x_m + 1 \\ y_{m+1} = y_m \end{cases}$$

新的加工点的偏差为

$$\begin{aligned} F_{m+1} &= x_{m+1}^2 + y_{m+1}^2 - R^2 \\ &= (x_m + 1)^2 + y_m - R^2 \\ &= F_m + 2x_m + 1 \end{aligned} \tag{6.6}$$

由式（6.5）和式（6.6）可知，只要知道前一点的偏差和坐标值，就可求出新的一点的偏差。因为加工点是从圆弧的起点开始，故起点的偏差 $F_0 = 0$。

（3）终点判断方法。圆弧插补的终点判断方法是通过记录 x 方向和 y 方向的总进给步数来实现的。即将 x 方向的走步步数 $N_x = |x_e - x_0|$ 和 y 方向的走步步数 $N_y = |y_e - y_0|$ 的总和 N_{xy} 作为一个计数器，每走一步，从 N_{xy} 中减 1，当 $N_{xy} = 0$ 时发出终点到信号。

2）第一象限内逆圆弧插补

如图 6-15 所示为第一象限逆圆弧 $\overset{\frown}{AB}$，圆弧的圆心在坐标原点，起点为 $A(x_0, y_0)$，终点为 $B(x_e, y_e)$。设加工点现处于 $m(x_m, y_m)$，当 $F_m \geq 0$ 时，应沿 $-x$ 方向进给一步至 $(m+1)$ 点，新加工点坐标值为 $(x_m - 1, y_m)$，可求出新的偏差为

$$F_{m+1} = F_m - 2x_m + 1 \tag{6.7}$$

若 $F_m < 0$ 时,应沿 $+y$ 方向进给一步至 $(m+1)$ 点,新加工点的坐标将是 (x_m, y_m+1),同样可求出新的偏差为

$$F_{m+1} = F_m + 2y_m + 1 \tag{6.8}$$

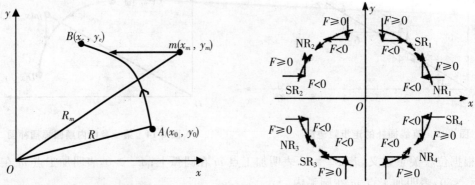

图 6-15　第一象限逆圆弧插补图　　　　　图 6-16　四个象限的圆弧插补图

3) 四个象限的圆弧插补

式(6.5)、式(6.6)、式(6.7)、式(6.8)给出了第一象限顺、逆圆弧的插补计算公式,其他象限的圆弧插补可与第一象限的情况相比较而得出,因为其他象限的所有圆弧总是与第一象限中的逆圆弧或顺圆弧互为对称,如图 6-16 所示。

表 6-4　圆弧插补计算公式和进给方向

偏差	圆弧种类	进给方向	偏差计算	坐标计算
$F_m \geq 0$	SR_1、NR_2	$-y$	$F_{m+1} = F_m - 2y_m + 1$	$x_{m+1} = x_m$ $y_{m+1} = y_m - 1$
	SR_3、NR_4	$+y$		
	NR_3、SR_4	$-x$	$F_{m+1} = F_m - 2x_m + 1$	$x_{m+1} = x_m - 1$ $y_{m+1} = y_m$
	NR_1、SR_2	$+x$		
$F_m < 0$	SR_1、NR_4	$+x$	$F_{m+1} = F_m + 2x_m + 1$	$x_{m+1} = x_m + 1$ $y_{m+1} = y_m$
	SR_3、NR_2	$-x$		
	SR_2、NR_1	$+y$	$F_{m+1} = F_m + 2y_m + 1$	$x_{m+1} = x_m$ $y_{m+1} = y_m + 1$
	SR_4、NR_3	$-y$		

在图 6-16 中,用 SR 和 NR 分别表示顺圆弧和逆圆弧,所以可用 SR_1、SR_2、SR_3、SR_4、和 NR_1、NR_2、NR_3、NR_4 8 种圆弧分别表示第一至第四象限的顺圆弧和逆圆弧。所有四个象限,8 种圆弧插补时的偏差计算公式和坐标进给方向列于表 6-4。

4) 圆弧插补计算的程序实现

图 6-17 为第一象限顺圆弧插补的程序流程。图中总步数 $N_{xy} = |x_e - x_0| + |y_e - y_0|$,$F_m$ 的初值为 $F_0 = 0$。其他各象限的圆弧插补程序流程可以此类推。

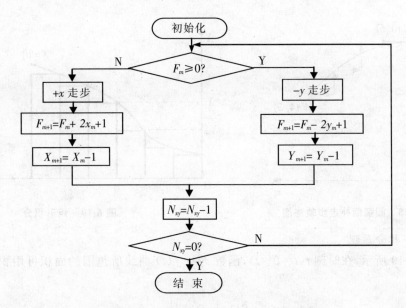

图 6-17　第一象限顺圆弧插补计算程序流程图

例 6.2　设加工第一象限逆圆弧 $\overset{\frown}{AB}$，已知起点的坐标为 $A(4,3)$，终点的坐标为 $B(0,5)$，试进行插补计算并作出走步轨迹图。

解　插补计算过程如表 6-5。根据表 6-5 加工的第一象限逆圆弧 $\overset{\frown}{AB}$ 走步轨迹图如图 6-18 所示。

表 6-5　圆弧插补计算过程

步数	偏差判别	坐标进给	偏差计算	坐标计算	终点判断
起点			$F_0 = 0$	$x_0 = 4$，$y_0 = 3$	$N_{xy} = 6$
1	$F_0 = 0$	$-x$	$F_1 = F_0 - 2x_0 + 1 = -7$	$x_1 = x_0 - 1 = 3$，$y_1 = 3$	$N_{xy} = 5$
2	$F_1 < 0$	$+y$	$F_2 = F_1 + 2y_1 + 1 = 0$	$x_2 = 3$，$y_2 = y_1 + 1 = 4$	$N_{xy} = 4$
3	$F_2 = 0$	$-x$	$F_3 = F_2 - 2y_2 + 1 = -5$	$x_3 = 3 - 1 = 2$，$y_3 = 4$	$N_{xy} = 3$
4	$F_3 > 0$	$+y$	$F_4 = F_3 + 2y_3 + 1 = 4$	$x_4 = 2$，$y_4 = y_3 + 1 = 5$	$N_{xy} = 2$
5	$F_4 > 0$	$-x$	$F_5 = F_4 - 2y_5 + 1 = 1$	$x_5 = x_4 - 1 = 1$，$y_5 = 5$	$N_{xy} = 1$
6	$F_5 < 0$	$-x$	$F_6 = F_5 - 2y_5 + 1 = 0$	$x_6 = x_5 - 1 = 0$，$y_6 = 5$	$N_{xy} = 0$

6.2.3　数字积分插补法

数字积分插补法又称 DDA(Digital Differential Analyzer)法。它利用数字积分的方法，计算刀具沿着各坐标轴的位移，使得刀具沿着所加工的曲线运动。

数字积分法可实现直线、二次曲线和其他函数的插补运算，具有运算速度快、脉冲分配均匀、易于实现多坐标联动的特点，精度也能满足工程技术要求，近年来，在轮廓控制数控方面得到了较为广泛的应用。

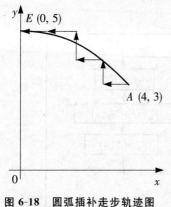

图 6-18　圆弧插补走步轨迹图

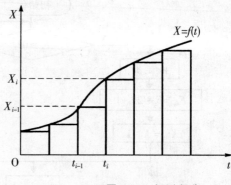

图 6-19　矩形积分

1. 数字积分原理

如图 6-19 所示，在时刻 $t(t=0\sim t)$，函数 $x=f(t)$ 曲线所包围的面积可用积分公式表示为

$$S = \int_0^t f(t)\,\mathrm{d}t \tag{6.9}$$

如果将 $0\sim t$ 的时间划分为间隔 Δt 的子区间，且 Δt 足够小，可得到近似公式为

$$S = \int_0^t f(t)\,\mathrm{d}t = \sum_{i=1}^n x_{i-1}\Delta t \tag{6.10}$$

即用数据的累加来近似积分计算。

在几何上就是用一系列微小矩形之和来近似计算函数 $f(t)$ 曲线以下的面积。在数字运算时，Δt 一般取最小的基本单位"1"，上式称之为矩形公式，可简化为

$$S = \sum_{i=1}^n x_{i-1} \tag{6.11}$$

2. 数字积分器直线插补

对图 6-20 所示的直线进行脉冲分配。直线的起点在原点，终点坐标为 $D(x_e,y_e)$，则直线的长度为

$$L = \sqrt{x_e^2 + y_e^2} \tag{6.12}$$

设 V 为动点移动速度，V_x，V_y 分别表示动点在 x 轴和 y 轴方向的分速度，令 $K=\dfrac{V}{L}$，那么

$$\begin{cases} V_x = KX_e \\ V_y = KY_e \end{cases} \tag{6.13}$$

因此在 x 轴和 y 轴方向的微小位移增量 ΔX，ΔY 为

$$\begin{cases} \Delta X = V_x \Delta t = KX_e \Delta t \\ \Delta Y = V_y \Delta t = KY_e \Delta t \end{cases} \tag{6.14}$$

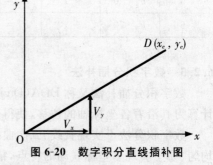

图 6-20　数字积分直线插补图

各坐标轴的位移量为

$$X = \int_0^t KX_e\,\mathrm{d}t = K\sum_{i=1}^n X_e\Delta t = K\sum_{i=1}^n X_e \tag{6.15}$$

$$Y = \int_0^t KY_e \mathrm{d}t = K\sum_{i=1}^n Y_e \Delta t = K\sum_{i=1}^n Y_e \tag{6.16}$$

上式中取 $\Delta t = 1$，由此可见动点从原点走向终点的过程，可以看作各坐标每经过一个单位时间间隔 Δt 分别以增量 KX_e、KY_e 同时累加的结果。经过 n 次累加后，X、Y 分别达到终点 X_e 和 Y_e。由上式可见，用软件实现数字积分直线插补是十分方便的。只需要在存储器中设定几个单元，分别存放 X_e、Y_e、$\sum X_e$、$\sum Y_e$ 及累加次数 n。在每一次循环中，进行一次求和运算：$\sum X_e \leftarrow \sum X_e + X_e$，$\sum Y_e \leftarrow \sum Y_e + Y_e$，将运算结果的溢出脉冲 ΔX 和 ΔY 用来控制机床进给，就可得到所需的直线轨迹。图 6-21 为数字积分法直线插补流程图。

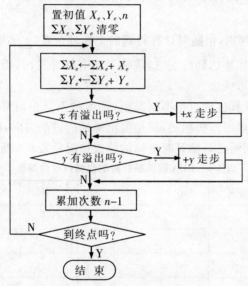

图 6-21 数字积分法直线插补流程图

3. 数字积分器圆弧插补

数字积分插补的物理意义是使加工点沿速度矢量的方向前进，如图 6-22 所示。设圆弧半径为 R，刀具的切向速度为 V，动点坐标为 (X,Y)，则有

$$\frac{V}{R} = \frac{V_x}{Y} = \frac{V_y}{X} = K \tag{6.17}$$

因为 V 为匀速，式中 K 为常数，称比例常数。

在单位时间增量 Δt 内，X 和 Y 的位移增量 ΔX，ΔY 可表示为

$$\begin{cases} \Delta X = V_x \Delta t = KY\Delta t \\ \Delta Y = V_y \Delta t = KX\Delta t \end{cases} \tag{6.18}$$

设累加器为 n 位，容量为 2^n（最大存数为 $2^n - 1$），取 $K = \dfrac{1}{2^n}$，根据上式可以写出第一象限逆圆弧的 DDA 插补公式为

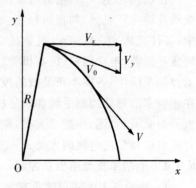

图 6-22 数字积分圆弧插补图

$$X = \int_0^t KY \mathrm{d}t = \frac{1}{2^n} \sum_{i=1}^n Y_i \Delta t \tag{6.19}$$

$$Y = \int_0^t KX \mathrm{d}t = \frac{1}{2^n} \sum_{i=1}^n X_i \Delta t \tag{6.20}$$

根据(6.19)和(6.20)式,其插补过程如下:

a. 运算开始时,x、y 轴被积函数寄存器中分别存放 X、Y 的初值 X_0、Y_0。

b. x 轴被积函数寄存器累加得出的溢出脉冲发到 $+x$ 方向,而 y 轴的被积函数寄存器累加得到的溢出脉冲发到 $-y$ 方向。

c. 每发出一个进给脉冲后,必须将被积函数寄存器的坐标值加以修正。即当 x 方向发出进给脉冲时,使 y 轴的被积函数寄存器的内容加 1,即被积函数寄存器内随时存放着坐标的瞬时值。

d. 圆弧插补的终点判别,由随时计算得到的坐标轴位置 $\sum \Delta X$,$\sum \Delta Y$ 值和圆弧的终点坐标作比较,当某个坐标轴达到终点时,该轴不会有脉冲发出,当两坐标轴都达到终点时运算结束,插补轨迹最终形成。

数字积分圆弧插补计算过程对于不同象限,圆弧的不同走向都是相同的。因为对于不同象限的顺圆和逆圆,其累加方法相同,只是溢出脉冲的进给方向,以及被积函数 X_i、Y_i 是"$+1$"或"-1"运算的不同而已。插补时坐标的修改情况见表 6-6 所示。

表 6-6　DDA 圆弧插补时的坐标修改情况表

	SR$_1$	SR$_2$	SR$_3$	SR$_4$	NR$_1$	NR$_2$	NR$_3$	NR$_4$
被积函数寄存器 X	−	+	−	+	+	−	+	−
被积函数寄存器 Y	+	−	+	−	−	+	−	+
ΔX	+	+	−	−	−	−	+	+
ΔY	−	−	−	−	+	+	+	+

6.3　电机控制及其接口技术

在现代化生产中,电机的应用非常广泛。大工业企业中,大量应用电机作为原动力机去拖动各种生产机械,如在机械工业、冶金工业、化学工业、交通工业、电子工业、家电工业等中,各种机床、电铲、吊车、轧钢机、抽水机、鼓风机、阀门、料斗、传送带、车轮、打印头小车、旋转盘存储器、电动门窗、洗衣机等,都需要各种类型、规格、体积的电机参与驱动或控制;在自动控制系统中,各类小巧灵敏的控制电机被广泛作为检验、放大、执行及解算等元件。尤其在相当多的顺序控制系统和数字程序控制系统中,电机更是重要的执行部件之一。常用电机分为交流、直流、步进三大类,顺序控制系统和数字程序控制系统中应用较多的是小功率直流电机和步进电机两大类。

6.3.1　小功率直流电机及控制

1. 结构与 PWM 调速原理

图 6-23(a)为直流电机结构示意图。小功率直流电机由定子和转子两个部分构成,定子用于产生磁场,转子由硅钢片叠压而成,转子外圆有槽,槽内嵌有电枢绕组,绕组通过换向器

和电刷引出。磁场产生方式可分为永磁式和励磁式,励磁式直流电机的定子磁极上有励磁绕组,给励磁绕组加电产生磁场。励磁式又分为他励式、复励式等。目前主要使用永磁式和他励式。永磁式多用于伺服控制,励磁式用于动力控制。

图 6-23(b)给出了小功率直流电机脉冲宽度调速(PWM)的信号关系图。

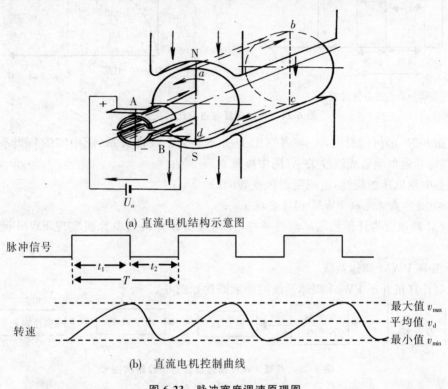

(a) 直流电机结构示意图

(b)　直流电机控制曲线

图 6-23　脉冲宽度调速原理图

在励磁式直流伺服电机中,电机转速由电枢电压 U_a 决定。在励磁电压(常用 U_r 表示)和负载转矩恒定时,U_a 越高,电机转速就越快;U_a 降至 0 V 时,电机停转。通过改变电机电枢电压接通时间与通电周期的比值(占空比)来控制电机速度,称之为脉冲宽度调制(Pulse Width Modulation),简称 PWM。图 6-23(b)中 T 的 t_1 使电机通电,速度增加;t_2 使电机断电,速度逐渐减小。事实表明,只要按一定的规律改变通、断电的时间,即可让电机转速得到控制。

设电机永远接通电源,其转速最大为 v_{max} ,设占空比为 $D = \dfrac{t_1}{T}$,则电机的平均速度为

$$v_d = v_{max} \cdot D \tag{6.21}$$

式中:v_d——电机的平均速度;

　　　v_{max}——电机全通电时的速度;

　　$D = \dfrac{t_1}{T}$——占空比。

平均速度 v_d 与占空比 D 的特性曲线如图 6-24 所示。图 6-24(a)为给电机加入的电压矩形脉冲,每个脉冲周期 T 由通电时间 t_1 ,断电时间 t_2 两部分组成。

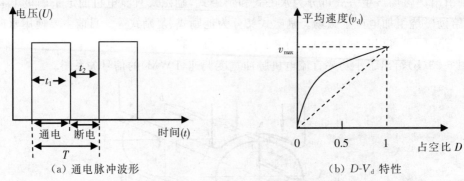

（a）通电脉冲波形　　　　　　　（b）$D\text{-}V_d$ 特性

图 6-24　平均速度与占空比的关系图

由图 6-24(b)可以看出，v_d 与占空比 D 并不是完全线性关系（图中实线）；当系统允许时，可以将其近似地看成线性关系（图中虚线）。

改变电枢电压的极性，电机随时改变转向。

2. 小功率直流电机 PWM 调速实现

PWM 调速分为开环和闭环两类系统，使用微型计算机或单片机实现 PWM 调速极为方便。

1）开环 PWM 调速系统

微型计算机开环 PWM 调速系统的一般结构如图 6-25 所示。

图 6-25　开环 PWM 调速系统的一般结构图

（1）占空比 D 的设置。占空比 D 的设置是根据速度要求来进行的。控制程序运行时，控制脉冲周期和占空比均可通过系统交互通道设置与修改。确定控制脉冲的周期 T 后，占空比 D 可由人通过键盘设置和调整；反之，确定好 D 后也可由人通过键盘设置和调整 T。

（2）宽度脉冲产生。宽度脉冲可按两种情况产生。

① 按键盘提供的 D 产生脉冲宽度，即 $t_1 = TD$，而 $v_d = v_{max} \cdot D$，电机速度直接由 D 调整。

② 给定要求的速度 v_d，微型计算机按 $D = v_d / v_{max}$ 求出占空比而获得 t_1。

（3）驱动器。微型计算机提供的宽度脉冲信号输出形式有端子控制和数据控制两大类。对于稍复杂的控制，这些微型计算机信号在逻辑和功率等方面一般都不能直接驱动控制电机电流的电子开关，而必须经逻辑匹配后进行功率放大才能用于驱动电子开关。端子控制信号的驱动器通常由组合逻辑电路、功率放大器（或继电器）、隔离电路等组成；而数据控制信号的驱动器包括 D/A 转换器、功率放大器、隔离电路等。

（4）电子开关。用来接通或断开提供给直流电机的电流，可以是功率晶体管、功率场效应管，也可以是各类继电器等。

（5）直流电机。被控对象，用以带动被控装置。

图 6-26 所示是一个利用 89S51-0832 结构实现小功率直流电机开环 PWM 调速的系统。89S51 提供的宽度脉冲信号输出形式为数据，因此，驱动电路包括 D/A 转换器 0832、双

极性功率放大器。电子开关为推挽结构,因此,直流电机(DM)可正反两个方向转动。为实现 DM 的双向转动的控制,0832 与 I/V 转换器(双极性功率放大器)构成偏移码工作机制。

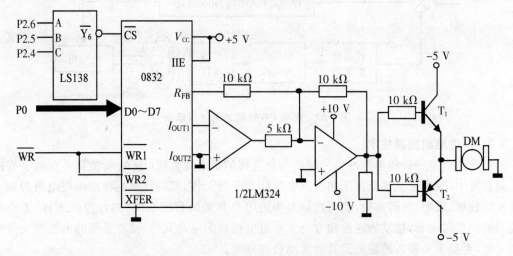

图 6-26　小功率直流电机开环 PWM 调速实例电路图

按电路设计,0832 的端口地址为 3000 H,PWM 调速程序设计如下:

```
DAMOD: MOV    DPTR, ♯3000 H  ;指向 0832
       MOV    A, ♯80 H      ;输出 0 V 电平
       MOVX   @DPTR, A
       ACALL  DELAY1         ;调用 t₂ 延时程序
       MOV    A, ♯0FFH       ;输出＋5 V 电平
       MOVX   @DPTR, A
       ACALL  DELAY2         ;调用 t₁ 延时程序
       AJMP   DAMOD          ;循环控制
```

DELAY1、DELAY2 为延时子程序,根据用户提供的 D 或 v_d 改变其延时参数可以有效地调节 DM 的转速。如果将 ♯0FFH 改成 ♯00H,则输出脉冲极性变为 0~−5 V 间的负脉冲,由此可实现改变 DM 旋转方向的目的。

2) 闭环 PWM 调速系统

为了提高电机调速系统的精度,常采用闭环 PWM 调速系统。闭环系统是在开环系统的基础上增加了电机速度检测回路,组成一个闭环的负反馈系统,将检测到的速度和给定值进行比较,以决定调速的方向。图 6-27 为这种系统的电路原理图。

把给定转速 N_R 与实际转速 N_C 进行比较,如果 $N_R > N_C$,就接通电源,以提高电机转速;如果 $N_R < N_C$,就断开电源,以降低电机转速。其实质仍是调节供电脉冲的占空比,达到调速的目的。

与开环 PWM 调速系统不同的是,闭环 PWM 调速系统要对电机的转速进行检测。现在常用的转速检测传感器有测速发电机、光电码盘、电磁式码盘及霍尔元件等,这些传感器有数字式的也有模拟电压式的。微型计算机控制系统中最常用的是码盘式转速传感器,这是一种数字式的传感器。N_C 的产生请参阅相关资料。

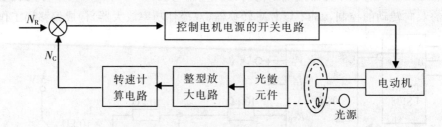

图 6-27　闭环 PWM 调速系统原理图

6.3.2　步进电机控制技术

步进电机是一种将电脉冲信号转换为角位移的机电式数模（D/A）转换器。在数字程序控制系统中，输出控制部分常采用步进电机作为驱动元件，只需控制施加给步进电机的输入脉冲的数量、频率、旋转方向，就可控制由步进电机驱动的数控系统（如数控机床）的工作台或刀具的总移动量，移动的速度和方向。步进电机作为驱动元件，使得系统的可控性变得更加灵活，更易于实现各种插补运算和运动轨迹控制。

1.　步进电机工作原理

步进电机的工作就是步进转动。在一般的步进电机工作中，其电源都是采用单极性的直流电源。要使步进电机转动，就必须对步进电机定子的各相绕组以适当的时序进行通电。步进电机的步进原理可以用图 6-28 来说明。

图 6-28 是一个三相反应式步进电机，其定子的每相都有一对磁极，每个磁极都只有一个齿，即磁极本身，故三相步进电机有三对磁极共 6 个齿；其转子有 4 个齿，分别称为 0、1、2、3 齿。直流电源 U 通过开关 A、B、C 分别对步进电机的 A、B、C 相绕组轮流通电。

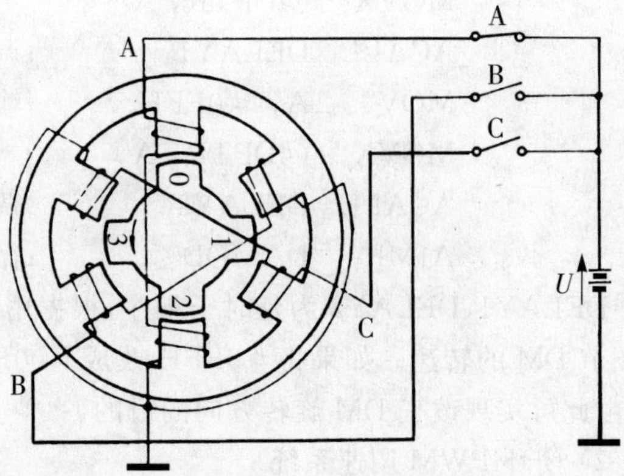

初始状态时，开关 A 接通，则 A 相磁极和转子的 0、2 号齿对齐，同时转子的 1、3 号齿和 B、C 相磁极形成错齿状态。

图 6-28　三相反应式步进电机工作原理分析图

当开关 A 断开，B 接通，由于 B 相绕组和转子的 1、3 号齿之间的磁力线作用，使得转子的 1、3 号齿和 B 相磁极对齐，则转子的 0、2 号齿就和 A、C 相绕组磁极形成错齿状态。

此后，开关 B 断开，C 接通，由于 C 相绕组和转子 0、2 号齿之间的磁力线的作用，使得转子 0、2 号齿和 C 相磁极对齐，这时转子的 1、3 号齿和 A、B 相绕组磁极产生错齿。

当开关 C 断开，A 接通后，由于 A 相绕组磁极和转子 1、3 号齿之间的磁力线的作用，使转子 1、3 号齿和 A 相绕组磁极对齐，这时转子的 0、2 号齿和 B、C 相绕组磁极产生错齿。很明显，这时转子移动了一个齿距角。

如果对一相绕组通电的操作称为一拍，那么对 A、B、C 三相绕组轮流通电需要三拍，对 A、B、C 三相绕组轮流通电一次称为一个周期。从上面分析看出，该三相步进电机转子转动一个齿距,需要三拍操作:由于按 A→B→C→A 相轮流通电,则磁场沿 A、B、C 方向转动了 360°空间角,而这时转子沿 ABC 方向转动了一个齿距的位置。在图 6-28 中,转子的齿数为 4,故齿距角为 90°,转动了一个齿距也即转动了 90°。

对于一个步进电机,如果它的转子的齿数为 Z,它的齿距角 θ_Z 为

$$\theta_Z = \frac{2\pi}{Z} = \frac{360°}{Z} \tag{6.22}$$

而步进电机运行 N 拍可使转子转动一个齿距位置。实际上,步进电机每一拍就执行一次步进,其步距角由下式计算

$$\theta = \frac{\theta_Z}{N} = \frac{360°}{NZ} \tag{6.23}$$

对于图 6-28 的三相步进电机,若采用三拍方式,则它的步距角是

$$\theta = \frac{360°}{3 \times 4} = 30°$$

对于转子有 40 个齿且采用三拍方式的步进电机而言,其步距角是

$$\theta = \frac{360°}{3 \times 40} = 3°$$

步进电机有三相、四相、五相、六相等多种,为了分析方便,我们仍以三相步进电机为例进行分析和讨论。步进电机可工作于单相通电方式,也可工作于双相通电方式和单相、双相交叉通电方式(表 6-7)。选用不同的工作方式,可使步进电机具有不同的工作性能,如减小步距,提高定位精度和工作稳定性等。

表 6-7　反应式步进电机工作方式

相数	工作方式	通电规律
三相	单三拍	A→B→C→A
	双三拍	AB→BC→CA→AB
	六拍	A→AB→B→BC→C→CA→A

2. 步进电机的控制原理

1) 步进电机控制接口

假定微型计算机同时控制 x 轴和 y 轴两台三相步进电机,控制接口如图 6-29 所示。此接口电路可选用可编程并行接口芯片 8255,8255 PA 口的 PA0、PA1、PA2 控制 x 轴三相步进电机,8255 PB 口的 PB0、PB1、PB2 控制 y 轴三相步进电机。只要确定了步进电机的工作方式,就可以控制各相绕组的通电顺序,实现步进电机正转或反转。

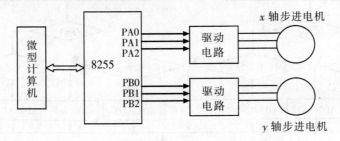

图 6-29　两台三相步进电机控制接口电路图

2) 步进电机控制的输出字表

在图 6-29 所示的步进电机控制接口电路中,假定数据输出为"1"时,相应的绕组通电;

为"0"时,相应的绕组断电。下面以三相六拍控制方式为例确定步进电机控制的输出字。

当步进电机的相数和控制方式确定之后,PA0~PA2 和 PB0~PB2 输出数据变化的规律就确定了,这种输出数据变化规律可用输出字来描述。为了便于寻找,输出字以表的形式存放在计算机指定的存储区域。表 6-8 给出了三相六拍控制方式的输出字表。

显然,若要控制步进电机正转,则按 $ADX_1 \rightarrow ADX_2 \rightarrow \cdots \rightarrow ADX_6$ 和 $ADY_1 \rightarrow ADY_2 \rightarrow \cdots \rightarrow ADY_6$ 顺序向 PA 口和 PB 口送输出字即可;若要控制步进电机反转,则按相反的顺序送输出字。

表 6-8　三相六拍控制方式输出字表

输出字			
x 轴步进电机		y 轴步进电机	
存储地址编号	PA 口输出字	存储地址编号	PB 口输出字
ADX_1	00000001＝01H	ADY_1	00000001＝01H
ADX_2	00000011＝03H	ADY_2	00000011＝03H
ADX_3	00000010＝02H	ADY_3	00000010＝02H
ADX_4	00000110＝06H	ADY_4	00000110＝06H
ADX_5	00000100＝04H	ADY_5	00000100＝04H
ADX_6	00000101＝05H	ADY_6	00000101＝05H

3. 步进电机控制程序设计

1) 步进电机走步控制程序

若用 ADX 和 ADY 分别表示 x 轴和 y 轴步进电机输出字表的取数地址指针,用 $ZF=1$、2、3、4 分别表示 $+x$、$-x$、$+y$、$-y$ 走步方向,则可用图 6-30 表示步进电机走步控制程序流程。

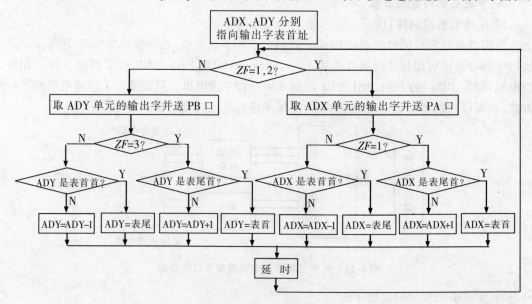

图 6-30　步进电机三相六拍走步控制程序流程图

　　若将走步控制程序和插补计算程序结合起来,并修改程序的初始化和循环控制判断等内容,便可很好地实现 XOY 坐标平面的数字程序控制,为机床的自动控制提供有力的手段。

　　2) 步进电机速度控制程序

　　如前所述,按正序或反序取输出字可控制步进电机正转或反转,输出字更换得越快,步进电机的转速越高。因此,调节图 6-30 中延时的时间常数,即可达到调速的目的。步进电机的工作过程是"走一步停一步"的循环过程,也就是说步进电机的步进时间是离散的,步进电机的速度控制就是控制步进电机产生步进动作时间,使步进电机按照给定的速度规律进行工作。一般采用查表的方法来控制步进电机的进给速度。先离线计算出各步的延时时间,通过一张延时时间表把它编入程序中,然后按照表地址依次取出下一步进给的延时值,通过延时程序或定时器产生给定的时间间隔,发出相应的走步命令,但若采用延时程序来获得进给时间,则 CPU 在控制步进电机期间不能做其他工作,采用定时中断的方法既可控制步进电机的进给速度,又能充分发挥 CPU 的使用效率。

习　题

　　6.1　什么是顺序控制?顺序控制系统有什么特点?

　　6.2　按控制系统的构成器件的特点顺序控制系统有哪几种?

　　6.3　设计顺序控制系统应注意哪些事项?

　　6.4　试设计一个自动车床,它可以实现定位-夹紧-钻孔-退刀-松工件顺序动作。

　　6.5　什么是数字程序控制?

　　6.6　简述逐点比较插补法插补计算过程。

　　6.7　简述逐点比较插补法的终点判别方法。

　　6.8　数字积分插补法的被积函数是什么?如何判断终点?

　　6.9　若加工第一象限直线 OA,起点 $O(0,0)$,终点 $A(12,10)$,按逐点比较法插补进行列表计算并作出走步轨迹图,图中需标明进给方向和步数。

　　6.10　试采用逐点比较圆弧插补法加工第一象限逆圆圆弧 $\overparen{AB}$,起点 $A(8,0)$,终点 $B(0,8)$。要求:(1) 给出偏差计算公式;(2) 列表给出圆弧插补计算过程;(3) 设计圆弧插补计算软件流程;(4) 绘制圆弧插补轨迹图。

　　6.11　简述小功率直流电机结构及定子磁场产生方法分类。

　　6.12　简述小功率直流电机脉冲宽度调速(PWM)原理。

　　6.13　试利用 AT89S51 的 P1.0、P1.1 端子,设计可调速、调向的小功率直流电机直流电机控制系统。要求:(1) 提供电路图;(2) 阐述所设计系统的调速、调向原理;(3) 提供控制软件。

　　6.14　简述如何实现三相步进电机的旋转方向、速度、角度的控制。

　　6.15　采用 8255 A 作为 x 轴步进电机和 y 轴步进电机的控制接口,画出接口电路原理图并分别列出 x 轴和 y 轴步进电机在三相单三拍、三相双三拍和三相六拍工作方式下的输出字表。

第7章 智能控制基础

随着微型计算机技术及微型计算机控制技术的发展,各类优秀的模拟经典、现代控制算法的数字化进程不断加快,使之焕发出新的活力,解决问题的能力得到极大提升。尽管如此,由于这类控制算法依赖于精确的数学模型,随着科学研究的深入,人们面临的问题靠传统思维方法已觉得越来越力不从心,如系统存在的非线性、不确定性、时变性和不完全性等。人工智能(Artificial Intelligence, AI)与自动控制相结合的研究,为解决传统技术难以解决的问题开辟了新的途径,并形成了智能控制(Intelligent Control, IC)这一新学科。智能控制既是智能科学的一个新应用领域,又是控制学科的新发展。智能控制是对人的思维方式、生理结构、进化机理等的系统化、理论化及其计算机实现,是人体活动的直接仿真。模糊控制、神经网络控制、遗传算法控制是智能控制学科领域中三个重要的研究方向,本章介绍三个重要研究方向的基础内容。

7.1 模糊控制基础

模糊控制(Fuzzy Control, FC)是人类经验思维的计算机仿真实现,所具有的特点表现在控制规则语言化、量值词汇化、依据经验化等方面,控制效果鲁棒性好,控制规则适用性强。

7.1.1 模糊控制理论基础

1. 模糊集合

普通集合具有清晰的外延和内涵,比如"20岁的青年人"集合,其元素范围可准确地表达为[(20岁+0天)的人,(20岁+365天)的人],有着明显的集合边沿和元素成员,因此该集合为普通集合。而"青年"的概念则是多层面的,如年龄上的、专业上的、管理上的、特殊人群的等等。即便仅从年龄的角度看,边界年龄也没有统一标准。因此,"青年"没有明确的内涵和外延,但具有量的含义,如15岁、18岁、20岁、25岁等。将这类具有不确定量值的概念性范围,或者在不同程度上具有某种特定属性的所有元素的总和称为模糊集合,采用大写字母下添加波浪线表示,如 $\underset{\sim}{A}$ 表示模糊集合。

任意的模糊集合都必须存在确定的量值区域,称之为论域。比如,表示液体水温的模糊集合的论域为(0 ℃, 100 ℃);表示人体高度的模糊集合论域为[H_{min}, H_{max}](H_{min}=医学记录的婴儿最短出生高度,H_{max}=吉尼斯纪录的人体最高高度)等。通常由建立在论域上的模糊集合构成的集合可以是无穷集,也可以是有限集,因而,也称模糊集合为模糊子集。论域中的任何元素隶属于建立在论域上任意模糊子集的程度用隶属函数描述。隶属函数在[0, 1]闭区间连续取值,是模糊逻辑的特征函数。隶属函数值越逼近1,隶属程度越高。

设 X 为 $\underset{\sim}{A}$ 的论域,对于 $\forall x \in X$, x 对 $\underset{\sim}{A}$ 的隶属函数用 $\mu_{\underset{\sim}{A}}(x)$ 表示,即由 $\mu_{\underset{\sim}{A}}(x)$ 可以

确定模糊集合 A ,映射关系为

$$\mu_A(x): X \to [0,1] \text{ 或 } x \to A(x), \qquad \mu_A(x) \in [0,1]$$

$A(x)$ 是隶属度的另一种表达形式。有了隶属函数以后,人们就可以把元素对模糊集合的归属程度恰当地表示出来。当 $\mu_A(x)$ 取 $[0,1]$ 闭区间两个端点,相当于在 $\{0,1\}$ 取值时, $\mu_A(x)$ 即为普通集合的特征函数, A 便退化为普通集合。由此可见,模糊集合是普通集合概念的推广,而普通集合则是模糊集合的特殊情况。

2. 模糊集合的表示方法

1) 有限离散论域

设论域 $X = \{x_1, x_2, \cdots, x_n\}$,则 X 上的模糊集合 A 有如下表示方法:

(1) 单点表示法

$$A = \sum_{i=1}^{n} \frac{\mu_A(x_i)}{x_i} = \frac{\mu_A(x_1)}{x_1} + \frac{\mu_A(x_2)}{x_2} + \cdots + \frac{\mu_A(x_n)}{x_n} \tag{7.1}$$

隶属度为 0 的项可以略去不写,例如:

$$B = 1/a + 0.9/b + 0.4/c + 0.2/d + 0/e$$

可以写成 $\qquad B = 1/a + 0.9/b + 0.4/c + 0.2/d$

单点表示法不是分式求和,仅是借用求和公式进行模糊集合表示。分母表示论域 X 中的元素,分子表示相应元素的隶属度,隶属度为 0 的那一项可以省略。如果隶属度不为 0,而分母为 0,则该项成立且不能省略。

(2) 向量表示法

$$A = (\mu_A(x_1), \mu_A(x_2), \cdots, \mu_A(x_n)) \tag{7.2}$$

该表示法简洁、明了,是模糊推理中模糊集合的主要表示法。对于 B 有

$$B = (1, 0.9, 0.4, 0.2, 0)$$

(3) 序偶表示法

$$A = ((\mu_A(x_1), x_1), (\mu_A(x_2), x_2), \cdots, (\mu_A(x_n), x_n)) \tag{7.3}$$

对于 B 有

$$B = ((1, a), (0.9, b), (0.4, c), (0.2, d), (0, e))$$

2) 有限连续论域

设 X 为有限连续论域,则 X 上的模糊集合 A 可以用解析法表示,即隶属函数用解析式描述,例"青年"的解析式表达为

$$\mu_{青年}(x) = e^{-(\frac{x-20}{7})^2} \tag{7.4}$$

3) 无限论域

在连续实数区间, X 上的模糊集合 A 用实函数来表示,不论论域是否有限,都可以表示为

$$A = \int_{x \to X} \frac{\mu_A(x)}{x} \tag{7.5}$$

式中积分号没有高等数学中的积分意义,也不是求和号,而是表示各个元素与隶属度对应的一个总括形式。

3．模糊集合的运算

模糊子集与隶属函数为一一对应关系，因此，模糊集合的运算通过隶属函数的运算来实现。基本运算关系见表 7-1。表中模糊集合均建立在论域 X 上，$\forall x \in X$。

表 7-1 模糊集合的基本运算规则

运算名称	集合运算式子	隶属函数运算式子
空集	$\underset{\sim}{A} = \Phi$	$\mu_{\underset{\sim}{A}}(x) = 0$
等集	$\underset{\sim}{A} = \underset{\sim}{B}$	$\mu_{\underset{\sim}{A}}(x) = \mu_{\underset{\sim}{B}}(x)$
子集	$\underset{\sim}{A} \subset \underset{\sim}{B}$	$\mu_{\underset{\sim}{A}}(x) \leq \mu_{\underset{\sim}{B}}(x)$
并集	$\underset{\sim}{C} = \underset{\sim}{A} \bigcup \underset{\sim}{B}$	$\mu_{\underset{\sim}{C}}(x) = \mu_{\underset{\sim}{A}}(x) \bigcup \mu_{\underset{\sim}{B}}(x) = \max[\mu_{\underset{\sim}{A}}(x), \mu_{\underset{\sim}{B}}(x)]$
交集	$\underset{\sim}{C} = \underset{\sim}{A} \bigcap \underset{\sim}{B}$	$\mu_{\underset{\sim}{C}}(x) = \mu_{\underset{\sim}{A}}(x) \bigcap \mu_{\underset{\sim}{B}}(x) = \min[\mu_{\underset{\sim}{A}}(x), \mu_{\underset{\sim}{B}}(x)]$
补集	$\underset{\sim}{B} = \overline{\underset{\sim}{A}}$	$\mu_{\underset{\sim}{B}}(x) = 1 - \mu_{\underset{\sim}{A}}(x)$

模糊集合运算的基本性质如表 7-2。其中 $\underset{\sim}{A}, \underset{\sim}{B}, \underset{\sim}{C}$ 是建立在论域 X 上的模糊集合。

表 7-2 模糊集合运算的基本性质

性质名称	运 算 规 则	性质名称	运 算 规 则
幂等律	$\underset{\sim}{A} \bigcup \underset{\sim}{A} = \underset{\sim}{A}, \underset{\sim}{A} \bigcap \underset{\sim}{A} = \underset{\sim}{A}$	交换律	$\underset{\sim}{A} \bigcup \underset{\sim}{B} = \underset{\sim}{B} \bigcup \underset{\sim}{A}, \underset{\sim}{A} \bigcap \underset{\sim}{B} = \underset{\sim}{B} \bigcap \underset{\sim}{A}$
结合律	$(\underset{\sim}{A} \bigcup \underset{\sim}{B}) \bigcup \underset{\sim}{C} = \underset{\sim}{A} \bigcup (\underset{\sim}{B} \bigcup \underset{\sim}{C})$ $(\underset{\sim}{A} \bigcap \underset{\sim}{B}) \bigcap \underset{\sim}{C} = \underset{\sim}{A} \bigcap (\underset{\sim}{B} \bigcap \underset{\sim}{C})$	吸收律	$\underset{\sim}{A} \bigcup (\underset{\sim}{A} \bigcap \underset{\sim}{B}) = \underset{\sim}{A}$ $\underset{\sim}{A} \bigcap (\underset{\sim}{A} \bigcup \underset{\sim}{B}) = \underset{\sim}{A}$
分配律	$\underset{\sim}{A} \bigcup (\underset{\sim}{B} \bigcap \underset{\sim}{C}) = (\underset{\sim}{A} \bigcup \underset{\sim}{B}) \bigcap (\underset{\sim}{A} \bigcup \underset{\sim}{C})$ $\underset{\sim}{A} \bigcap (\underset{\sim}{B} \bigcup \underset{\sim}{C}) = (\underset{\sim}{A} \bigcap \underset{\sim}{B}) \bigcup (\underset{\sim}{A} \bigcap \underset{\sim}{C})$	还原律	$\overline{\overline{\underset{\sim}{A}}} = \underset{\sim}{A}$
摩根律	$\overline{\underset{\sim}{A} \bigcup \underset{\sim}{B}} = \overline{\underset{\sim}{A}} \bigcap \overline{\underset{\sim}{B}}; \overline{\underset{\sim}{A} \bigcap \underset{\sim}{B}} = \overline{\underset{\sim}{A}} \bigcup \overline{\underset{\sim}{B}}$	同一律	$\underset{\sim}{A} \bigcup \Phi = \underset{\sim}{A}, \underset{\sim}{A} \bigcap \Phi = \Phi$ $\underset{\sim}{A} \bigcup X = \underset{\sim}{X}, \underset{\sim}{A} \bigcap X = \underset{\sim}{A}$

互补律不成立，即 $\underset{\sim}{A} \bigcup \overline{\underset{\sim}{A}} \neq X, \underset{\sim}{A} \bigcap \overline{\underset{\sim}{A}} \neq \Phi$。例如，设 $\mu_{\underset{\sim}{A}}(x) = 0.2, \mu_{\overline{\underset{\sim}{A}}}(x) = 0.8$，则 $\mu_{\underset{\sim}{A} \bigcup \overline{\underset{\sim}{A}}}(x) = 0.8 \neq 1; \mu_{\underset{\sim}{A} \bigcap \overline{\underset{\sim}{A}}}(x) = 0.2 \neq 0$。

4．隶属函数确定方法

隶属函数反映论域中元素对论域上模糊集合的隶属程度，本质上是反映人对事物的认知能力和水平，确定方法的选择应以保证主观意识符合客观存在为前提。常用的确定方法有模糊统计法、专家经验法、典型函数法、相对比价法、神经网络法等。

1）模糊统计法

在论域 X 中取 m 个元素（也可以是全论域），并在其中确定一个元素 x，按照模糊集合 $\underset{\sim}{A}$ 的属性，在 m 个元素中进行 n 次范围选择，形成 n 个普通集合 A^*，统计 x 对 A^* 的归属次数。x 对 A^* 的归属次数和 n 的比值定义为 x 对 $\underset{\sim}{A}$ 的隶属函数：

$$\mu_{\underset{\sim}{A}}(x) = \lim_{n \to \infty} \frac{x \in A^* \text{ 的次数}}{n} \tag{7.6}$$

当 n 足够大时,隶属函数 $\mu_A(x)$ 是一个稳定值。

将所有 A^* 涉及的不同 x 分别求出 $\mu_A(x)$,则可用单点表示法把模糊集合 A 表示出来。根据单点轨迹趋势,选用适当的隶属函数解析式进行逼近,则可实现模糊集合 $\underset{\sim}{A}$ 的隶属函数解析式表示。

例 7.1　已知 12 个自然摄氏温度值,分别是 5,8,11,14,17,20,23,26,29,32,35,38,试求"人体舒适"的模糊集合单点表达式及逼近的隶属函数图形。

解　令"人体舒适"为模糊集合 $\underset{\sim}{A}$。选择 10 位分别来自寒带、温带及热带地理位置的评委,请他们根据"人体舒适"各自提出最适宜的温度范围,即组成 10 个普通集合 A^*。假定 10 位评委所确定的 A^* 分别是

$$8\sim26 \qquad 11\sim26 \qquad 11\sim29 \qquad 14\sim32 \qquad 20\sim26$$
$$17\sim26 \qquad 20\sim35 \qquad 17\sim35 \qquad 17\sim32 \qquad 20\sim32$$

所选温度值涉及 10 个,无人选的温度不被认为是人体舒适温度。根据各温度值在 10 个 A^* 中出现的次数,可分别求出隶属度:

$$\mu_A(8)=1/10=0.1 \qquad \mu_A(11)=3/10=0.3 \qquad \mu_A(14)=4/10=0.4$$
$$\mu_A(17)=8/10=0.8 \qquad \mu_A(20)=10/10=1.0 \qquad \mu_A(23)=10/10=1.0$$
$$\mu_A(26)=10/10=1.0 \qquad \mu_A(29)=6/10=0.6 \qquad \mu_A(32)=5/10=0.5$$
$$\mu_A(35)=2/10=0.2$$

将 $\underset{\sim}{A}$ 用单点法表示,

$$\underset{\sim}{A}=0.1/8+0.3/11+0.4/14+0.8/17+1/20+1/23+1/26+0.6/29+0.5/32+0.2/35$$

$\underset{\sim}{A}$ 的隶属函数解析曲线如图 7-1 所示。

单点轨迹形状基本和梯形形状逼近,因而,"人体舒适"模糊集合 $\underset{\sim}{A}$ 的隶属函数又可以用梯形的解析式表达,如式(7.7)所示。

$$\mu_A(x)\approx\begin{cases} \dfrac{x-8}{12}\times0.9+0.1, & 8\leq x<20 \\[2mm] 1, & 20\leq x\leq26 \\[2mm] \dfrac{35-x}{9}\times0.8+0.2, & 26<x\leq35 \end{cases} \qquad(7.7)$$

2) 专家经验法

专家经验法是根据专家的实际经验给出模糊信息的处理算式或权系数值来确定隶属函数的一种方法。专家经验越成熟,实践时间和次数越多,则按此专家经验确定的隶属函数的应用效果越好。

3) 典型隶属函数法

隶属函数是模糊集合在有限连续论域的一种解析表达方式。当人们知道论

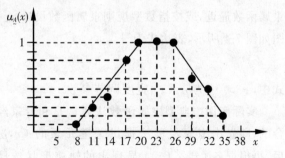

图 7-1　人体舒适的隶属函数曲线

域中关于某模糊子集的一些元素的隶属度,尤其是一些关键元素的隶属度(如某些元素的隶属度为 1,某些元素的隶属度为拐点 0 等),且基本了解关键点之间元素的隶属函数值轨迹的基本形状时,一般不需刻意去进行大量实验确定隶属函数,只需在已有的各种典型隶属函

数中选择形状最相近的进行逼近实验、调试便可。

（1）三角形规则的隶属函数。图 7-2 是三角形规则的隶属函数。x_a，x_b 是 0 拐点元素，x^* 是 1 拐点元素。当已知 x_a，x_b 和 x^*，且 $x\_\mu_A(x)$ 变化规律基本符合三角形规则或希望 $x\_\mu_A(x)$ 按三角形规则变化时，则可在 x_a，x_b 和 x^* 之间采用三角形规则的隶属函数，$x\_\mu_A(x)$ 解析表达式为

$$\mu_A(x) = \begin{cases} 0, & x \leq x_a \\ \dfrac{x - x_a}{x^* - x_a}, & x_a < x \leq x^* \\ \dfrac{x_b - x}{x_b - x^*}, & x^* \leq x < x_b \\ 0, & x \geq x_b \end{cases} \tag{7.8}$$

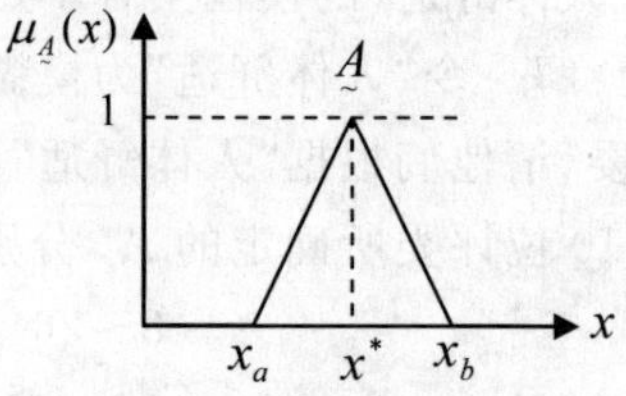

图 7-2 是等腰三角形，由式（7.8）可知，也可以是两腰不对称三角形。

图 7-2　三角形规则的隶属函数

（2）梯形规则的隶属函数。图 7-3 是梯形规则的隶属函数。x_a，x_b 是拐点 0 元素，x_1^*，x_2^* 是 1 拐点元素。当已知 x_a，x_b 和 x_1^*，x_2^*，且 $x\_\mu_A(x)$ 变化规律基本符合梯形规则或希望 $x\_\mu_A(x)$ 按梯形规则变化时，则可在 x_a，x_b 和 x_1^*，x_2^* 之间采用梯形规则的隶属函数，$x\_\mu_A(x)$ 解析表达式为

$$\mu_A(x) = \begin{cases} 0, & x \leq x_a \\ \dfrac{x - x_a}{x_1^* - x_a}, & x_a < x < x_1^* \\ 1, & x_1^* \leq x \leq x_2^* \\ \dfrac{x_b - x}{x_b - x_2^*}, & x_2^* < x < x_b \\ 0, & x \geq x_b \end{cases} \tag{7.9}$$

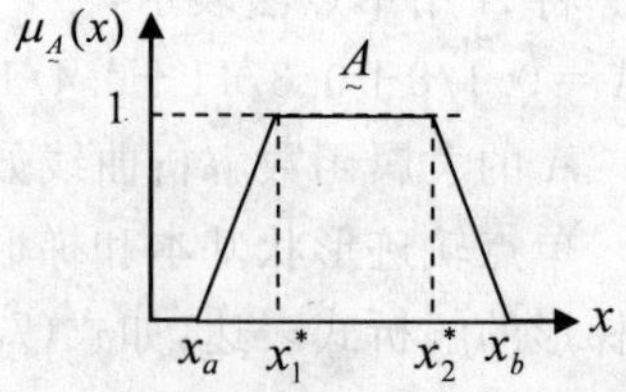

图 7-3　梯形规则的隶属函数

图 7-3 是等腰梯形，实际上也可以是两腰不对称梯形。

（3）指数型规则的隶属函数。指数型规则的隶属函数又称高斯隶属函数。已知 x^*，且 x^* 两侧 $x\_\mu_A(x)$ 具有明显的对称性，但无法确定 0 拐点，可为 $x\_\mu_A(x)$ 建立指数型规则的隶属函数逼近，或按指数型规则隶属函数设计 $x\_\mu_A(x)$ 关系。指数型规则的隶属函数解析图如图 7-4 所示，表达式为

$$\mu_A(x) = e^{-\left(\frac{x^* - x}{\sigma}\right)^2} \tag{7.10}$$

式中，$\sigma > 0$，为 $\mu_A(x)$ 宽度调节参数。

实际应用中典型隶属函数法通常是和专家经验法相结合的，即先由专家经验法提供关键元素的 $(x, \mu_A(x))$，然后，再根据各 $(x, \mu_A(x))$ 显现出的轨迹形状选择合适的典型隶属函数进行拟合。

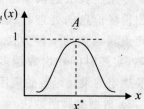

图 7-4　指数型规则的隶属函数

5. 模糊关系

设 X、Y 为两个集合，$X \times Y$ 是 X 与 Y 的直积集，R 是

建立在 $X \times Y$ 上的具有关系属性的模糊集合,对于 $\forall x \in X$,$\forall y \in Y$,(x,y) 属于 $\underset{\sim}{R}$ 的程度用隶属函数 $\mu_R(x,y)$ 表示。为区别普通模糊集合,称 $\underset{\sim}{R}$ 为模糊关系,并由隶属函数 $\mu_R(x,y)$ 刻划,函数值 $\mu_R(x,y)$ 表示对偶 (x,y) 属于模糊关系 $\underset{\sim}{R}$ 的程度。$X \times Y$ 的所有元素对于 $\underset{\sim}{R}$ 都存在 $\mu_R(x,y)$,因此,$\underset{\sim}{R}$ 是由全体 $\mu_R(x,y)$ 组成的数组。

一般说来,只要给出直积空间 $X \times Y$ 中的每个元素属于 $\underset{\sim}{R}$ 的隶属函数 $\mu_R(x,y)$,集合 X 到集合 Y 的模糊关系 $\underset{\sim}{R}$ 也就确定了。

6. 模糊矩阵

由隶属函数构成的二维数组称为模糊矩阵。模糊关系一定是由模糊矩阵来刻划的,即 $\underset{\sim}{R}$ 的表现形式一定是模糊矩阵,但模糊矩阵不一定是模糊关系。

令 $X = \{x_i \mid i = 1,2,\cdots,m\}$,$Y = \{y_j \mid j = 1,2,\cdots,n\}$,则建立在 $X \times Y$ 上 的模糊关系 $\underset{\sim}{R}$ 是由 $m \times n$ 个 $\mu_R(x,y)$ 构成 的 $m \times n$ 阶模糊矩阵,即

$$\underset{\sim}{R} = \begin{bmatrix} r_{11} & r_{12} & \cdots & r_{1j} & \cdots & r_{1n} \\ r_{21} & r_{22} & \cdots & r_{2j} & & r_{2n} \\ \vdots & \vdots & & \vdots & & \vdots \\ r_{i1} & r_{i2} & \cdots & r_{ij} & \cdots & r_{in} \\ \vdots & \vdots & & \vdots & & \vdots \\ r_{m1} & r_{m2} & \cdots & r_{mj} & \cdots & r_{mn} \end{bmatrix}$$

$$(7.11)$$

式中元素 $r_{ij} = \mu_R(x_i,y_j)$,简记为 $\underset{\sim}{R} = [r_{ij}]_{m \times n}$。

模糊矩阵之间有交、并、补及合成等基本运算规则。设有 $\underset{\sim}{P} = [p_{ij}]_{m \times n}$,$\underset{\sim}{Q} = [q_{ij}]_{m \times n}$ 两个模糊矩阵。

1) 交运算

$$\underset{\sim}{P} \cap \underset{\sim}{Q} = [p_{ij} \cap q_{ij}]_{m \times n} \qquad (7.12)$$

两模糊矩阵对应位置元素进行交运算,结果取小。

2) 并运算

$$\underset{\sim}{P} \cup \underset{\sim}{Q} = [p_{ij} \cup q_{ij}]_{m \times n} \qquad (7.13)$$

两模糊矩阵对应位置元素进行并运算,结果取大。

3) 补运算

$$\underset{\sim}{P}^c = [1 - p_{ij}]_{m \times n} \qquad (7.14)$$

本模糊矩阵中各元素用 1 去减。

4) 合成运算

合成运算又称为"∘"乘,与线性代数中的矩阵乘原理相似,只是将普通矩阵运算中相应元素间相乘用取小运算"∩"来代替,而乘项相加用取大运算"∪"来代替。

设 $\underset{\sim}{R} = \underset{\sim}{P} \circ \underset{\sim}{Q}$,且 $\underset{\sim}{P} = [p_{ij}]_{m \times n}$,$\underset{\sim}{Q} = [q_{jk}]_{n \times l}$ 则 $\underset{\sim}{R} = [r_{ik}]_{m \times l}$

$$r_{ik} = \bigcup_{j=1}^{n} (p_{ij} \cap q_{jk}) \qquad (7.15)$$

其中 $i = 1,2,\cdots,m$,$k = 1,2,\cdots,l$。可见进行合成运算时左矩阵的列数要与右矩阵的行数相等。

例 7.2　设 $\underset{\sim}{P} = \begin{bmatrix} 0.8 & 0.7 \\ 0.5 & 0.3 \end{bmatrix}$，$\underset{\sim}{Q} = \begin{bmatrix} 0.2 & 0.4 \\ 0.6 & 0.9 \end{bmatrix}$，求 $\underset{\sim}{R} = \underset{\sim}{P} \circ \underset{\sim}{Q}$。

解　按照 $\underset{\sim}{P} = \begin{bmatrix} p_{11} & p_{12} \\ p_{21} & p_{22} \end{bmatrix}$，$\underset{\sim}{Q} = \begin{bmatrix} q_{11} & q_{12} \\ q_{21} & q_{22} \end{bmatrix}$，$\underset{\sim}{R} = \underset{\sim}{P} \circ \underset{\sim}{Q} = \begin{bmatrix} r_{11} & r_{12} \\ r_{21} & r_{22} \end{bmatrix}$

式中

$$r_{11} = (p_{11} \cap q_{11}) \cup (p_{12} \cap q_{21})$$

$$r_{12} = (p_{11} \cap q_{12}) \cup (p_{12} \cap q_{22})$$

$$r_{21} = (p_{21} \cap q_{11}) \cup (p_{22} \cap q_{21})$$

$$r_{22} = (p_{21} \cap q_{12}) \cup (p_{22} \cap q_{22})$$

有

$$\underset{\sim}{R} = \underset{\sim}{P} \circ \underset{\sim}{Q} = \begin{bmatrix} 0.6 & 0.7 \\ 0.3 & 0.4 \end{bmatrix}$$

但是

$$\underset{\sim}{Q} \circ \underset{\sim}{P} = \begin{bmatrix} 0.4 & 0.3 \\ 0.6 & 0.6 \end{bmatrix}$$

可见，一般 $\underset{\sim}{P} \circ \underset{\sim}{Q} \neq \underset{\sim}{Q} \circ \underset{\sim}{P}$。特殊情况下当 $\underset{\sim}{P} \circ \underset{\sim}{Q} = \underset{\sim}{Q} \circ \underset{\sim}{P}$ 时，称 $\underset{\sim}{P}$ 与 $\underset{\sim}{Q}$ 可换。

7. 模糊变换

模糊变换在控制上意义和作用重大。

设 $\underset{\sim}{A} = [a_1\ a_2\ \cdots\ a_m]$ 是一个 m 维模糊向量，而

$$\underset{\sim}{R} = \begin{bmatrix} r_{11} & r_{12} & \cdots & r_{1n} \\ r_{21} & r_{22} & \cdots & r_{2n} \\ \cdots & \cdots & \cdots & \cdots \\ r_{m1} & r_{m2} & \cdots & r_{mn} \end{bmatrix}$$

是一个 $m \times n$ 维模糊矩阵表示的模糊关系，称

$$\underset{\sim}{A} \circ \underset{\sim}{R} = \underset{\sim}{B} \tag{7.16}$$

为模糊变换，$\underset{\sim}{B} = [b_1\ b_2\ \cdots\ b_n]$ 是经 $\underset{\sim}{R}$ 对 $\underset{\sim}{A}$ 变换所产生唯一模糊向量。$\underset{\sim}{R}$ 称为模糊变换基。以 $\underset{\sim}{A}$ 作为输入模糊向量，其所在的论域记为 I；以 $\underset{\sim}{B}$ 作为输出模糊向量，其所在的论域记为 O，则 $\underset{\sim}{R}: \underset{\sim}{A}(I) \to \underset{\sim}{B}(O)$，即 $\underset{\sim}{R}$ 是输入、输出论域模糊集合的模糊映射，由输入、输出论域上模糊集合相互之间的所有关系综合生成。

例 7.3　已知 $\underset{\sim}{A} = [0.7\ 0.1\ 0.4]$，$\underset{\sim}{R} = \begin{bmatrix} 0.5 & 0.3 & 0.1 & 0.2 \\ 0.6 & 0.4 & 0 & 0.1 \\ 0 & 0.3 & 0.6 & 0.3 \end{bmatrix}$，求 $\underset{\sim}{A} \circ \underset{\sim}{R} = \underset{\sim}{B}$。

解　$\underset{\sim}{A} \circ \underset{\sim}{R} = [0.7\ 0.1\ 0.4] \circ \begin{bmatrix} 0.5 & 0.3 & 0.1 & 0.2 \\ 0.6 & 0.4 & 0 & 0.1 \\ 0 & 0.3 & 0.6 & 0.3 \end{bmatrix} = [0.5\ 0.3\ 0.4\ 0.3]$

即

$$\underset{\sim}{B} = [0.5\ 0.3\ 0.4\ 0.3]$$

7.1.2　模糊控制应用基础

认知问题的表现形式之一是就问题产生相关陈述句，即命题。命题分为两大类，一类是清晰命题，其正确性非真即假，或反之，如"五加三等于八"，"雪是白的"等；另一类是模糊命题，其正确性不能只判定为真或假，而要看隶属度，如"他很高"，"气温太低"等，虽然含义明确，但仅仅是量值不明确的程度表达，逻辑真值具有相对性，逻辑真值范围为 $[0, 1]$，表现了人在思考问题时的相对性、灵活性。此外还有模糊判断句、模糊推理句等等。计算机实现模

糊控制的基本工作是要把人分析问题、解决问题所使用的各类模糊句进行形式化处理与决策。

1. 模糊命题

设 F 为模糊命题，x 为模糊变量，所属论域为 X，A 为 x 所在论域的模糊集合或模糊子集，则模糊命题的一般形式表示为

$$F : x \text{ is } A$$

x 可以是多种内容，如论域中的某一元素，论域名称或可用量值标定的词汇等。例如：

- 电动机转速偏高；
- 负载电流过大。

这里，"转速"、"电流"为模糊变量，"偏高"、"过大"是模糊集合。上述模糊命题的真值由该变量对模糊集合的隶属度表示，即

$$F = \mu_A(x), \qquad \forall x \in X \tag{7.17}$$

当 $\mu_A(x) = 1$ 时，F 为全真；反之当 $\mu_A(x) = 0$ 时，F 为全假。

2. 模糊命题真值运算

模糊命题的真值在 $[0,1]$ 闭区间上连续取值，其运算特点是有纯逻辑的，纯算术的，更多的是逻辑与算术混合运算，统称模糊命题的真值运算为连续性逻辑运算。由于主要用模糊命题的真值来研究模糊集的隶属函数，也称为模糊逻辑。设 a 为模糊命题 A 的真值，b 为模糊命题 B 的真值，在连续逻辑中，真值逻辑运算规则见表 7-3 所示。

表 7-3　模糊命题真值运算规则表

运算名称	运算公式	运算名称	运算公式
逻辑并	$a \bigcup b = \max(a,b)$	逻辑交	$a \bigcap b = \min(a,b)$
逻辑非	$\bar{a} = 1 - a$	限界差	$a \ominus b = 0 \bigcup (a-b)$
限界和	$a \oplus b = 1 \bigcap (a+b)$	限界积	$a \otimes b = 0 \bigcup (a+b-1)$
蕴涵	$a \rightarrow b = 1 \bigcap (1-a+b)$	等价	$a \Leftrightarrow b = (1-a+b) \bigcap (1-b+a)$

例 7.4　设 $a = 0.7$，$b = 0.8$，试求限界差、限界和、限界积及等价程度。

解　$a \ominus b = 0 \bigcup (0.7 - 0.8) = 0$

$a \oplus b = 1 \bigcap (0.7 + 0.8) = 1$

$a \otimes b = 0 \bigcup (0.7 + 0.8 - 1) = 0.5$

$a \Leftrightarrow b = (1 - 0.7 + 0.8) \bigcap (1 - 0.8 + 0.7) = 0.9$

3. 模糊语言

模糊语言是模糊控制关系的表达工具，涉及语言变量、语言真值、语言算子及模糊语句等。模糊语言应用的工作内容主要有语言变量、语言真值的选择与符号化，修饰词汇的选择及量化，句型选择与关系公式化。

1）语言变量与语言真值

凡是具有量含义的名词均可作为语言变量，如年龄、体重、温度、电压、速度等。表示语言变量程度的词汇称为语言真值，即模糊集合，如小、大、高、快、慢、青年、老年等。语言真值

分为原始项和合成项两类，原始项是表示语言真值的最小单位，例如少年、青年、中年、壮年、老年等。合成项可以由原始项和语气算子、否定词、连接词等组成。例如"青少年"="少年"＋"青年"。语言真值之间的联系规则称为词法规则，常用的词法规则有交、并、非。设 A，B 是两个语言真值，三种联系效果按 $\mu_{A且B} = \mu_A \cap \mu_B$、$\mu_{A或B} = \mu_A \cup \mu_B$、$\mu_{非A} = 1 - \mu_A$ 计算。语言变量应给出确切的论域。论域中任意元素与语言真值的贴近度计算方法称为词义规则。选定语言变量与语言真值后，用直观、简单的符号代替两者的词汇。

2）语言算子

语言算子用于修饰语言真值，形成新合成语言真值。

（1）语气算子。语气算子是表示语气程度的模糊量词，对语言真值有强化或淡化效果的词汇均可用作语气算子。由于刻划模糊集合的隶属函数在[0,1]取值，因此，语气算子通常用指数的方式加入。指数>1为强化，指数<1为淡化。强化语气算子通常采用极其、非常、很、相当；淡化语气算子通常采用比较、略、稍许、有点等。各词汇具体取何数值可根据已知语言真值和经验综合分析确定。

例 7.5　设 $\mu_{年老}(60) = 0.8$，"极其"取为 4，"很"取为 2，"比较"取为 0.8，"略微"取为 0.6。求 60 岁属于"极老"、"很老"、"较老"、"略老"的隶属度。

解　　$\mu_{极老}(60) = \mu^4_{年老}(60) = 0.41$　　　　$\mu_{很老}(60) = \mu^2_{年老}(60) = 0.64$

$\mu_{略老}(60) = \mu^{0.6}_{年老}(60) = 0.87$　　　　$\mu_{较老}(60) = \mu^{0.8}_{年老}(60) = 0.84$

（2）模糊化算子。把一个明确的单词转化为模糊量词的算子称为模糊化算子。在模糊控制中，采样的输入值总是精确量，要实现模糊控制，首先必须把采样的精确值进行模糊化，而模糊化实际上就是用模糊化算子来实现的，所以引入模糊化算子具有十分重要的实用价值。诸如"大概"、"大约"、"近似"等这样的修饰词都属于模糊化算子。

（3）判定化算子。把一个模糊词转化为明确量词的算子称为判定化算子。诸如"属于"、"接近于"、"倾向于"、"多半是"等均属于判定化算子。

3）模糊语句

用于微型计算机控制的模糊语句可以按两大类来分，一类是基础的模糊陈述句，或模糊命题句，基本结构与模糊语句真值运算规则在第 1、2 小点中已给出，本小点重点介绍论域中元素贴近逻辑命题的隶属度计算方法；另一类是基于模糊命题的模糊推理句，模糊推理句是实现微型计算机模糊控制的语言工具。

（1）模糊命题的逻辑运算规则及实现。模糊命题的基本运算规则有逻辑交、并、非运算。

设 X 为论域，$x \in X$，模糊命题 1 为"x 是 A"，记作 (a)，模糊命题 2 为"x 是 B"，记作 (b)，实现三种模糊逻辑运算的原理如下：

① 逻辑交

$(a) \cap (b) = (a \cap b)$ 表示"x 是 A 并且 x 是 B"，有

$$T[(a \cap b),(x)] = T[(a),(x)] \cap T[(b),(x)]$$
$$= \mu_A(x) \cap \mu_B(x) \tag{7.18}$$

即新模糊命题 $(a \cap b)$ 关于 x 的真值是已给定的模糊判断句 (a) 与 (b) 真值中取小者。

② 逻辑并

$(a) \bigcup (b) = (a \bigcup b)$ 表示"x 是 A 或者 x 是 B",有

$$T[(a \bigcup b),(x)] = T[(a),(x)] \bigcup T[(b),(x)]$$
$$= \mu_A(x) \bigcup \mu_B(x) \tag{7.19}$$

即新模糊命题 $(a \bigcup b)$ 关于 x 的真值是已给定的模糊判断句 (a) 与 (b) 真值中取大者。

③ 逻辑非

$(a)^c = (a^c)$ 表示"x 不是 A",有

$$T[(a^c),(x)] = 1 - T[(a),(x)] = 1 - \mu_A(x) \tag{7.20}$$

即新模糊命题 (a^c) 关于 x 的真值是已给定的模糊判断句 (a) 真值的取非者。

(2) 模糊推理句。以一个模糊命题作为原因,另一个模糊命题为结果的句型为模糊推理句。设 (a) 是原因模糊命题,模糊集合用 A 表示;(b) 是结果模糊命题,模糊集合用 B 表示。模糊推理句的基本句型为

$$\text{if} \quad (a) \quad \text{then} \quad (b)$$

简记为 $(a) \rightarrow (b)$。推理实现按不同情况进行。

① (a)、(b) 的模糊变量相同

设 (a)、(b) 的模糊变量为相同论域中同一个 x,$[(a) \rightarrow (b)]$ 对 x 的真值记作 $T[(a \rightarrow b),(x)]$,$T[(a \rightarrow b),(x)] \in [0,1]$,则

$$T[(a \rightarrow b),(x)] = (1 - \mu_A(x)) \bigcup (\mu_A(x) \bigcap \mu_B(x)) \tag{7.21}$$

$(a \rightarrow b)$ 是 $(a) \rightarrow (b)$ 形成的新句型。

② (a)、(b) 的模糊变量在不同论域

设 (a) 的模糊变量为论域 X 中的元素 x,(b) 的模糊变量为论域 Y 的元素 y,$[(a) \rightarrow (b)]$ 对 (x,y) 的真值记作 $T[(a \rightarrow b),(x,y)]$,$T[(a \rightarrow b),(x,y)] \in [0,1]$,则

$$T[(a \rightarrow b),(x,y)] = (1 - \mu_A(x)) \bigcup (\mu_A(x) \bigcap \mu_B(y)) \tag{7.22}$$

该式计算的是 $X \times Y$ 中任何一对元素中两元素之间的关系具有模糊推理句中 A 到 B 关系的隶属度,即 $T[(a \rightarrow b),(x,y)] = \mu_{A \rightarrow B}(x,y)$。

例 7.6　设论域 $X = \{x_1, x_2, x_3, x_4, x_5\}$ 及 $Y = \{y_1, y_2, y_3, y_4, y_5\}$ 上的模糊子集"大"、"小"分别为

$$[\underset{\sim}{\text{大}}] = 0/x_1 + 0/x_2 + 0/x_3 + 0.5/x_4 + 1/x_5$$

$$[\underset{\sim}{\text{大}}] = 0/y_1 + 0/y_2 + 0/y_3 + 0.5/y_4 + 1/y_5$$

$$[\underset{\sim}{\text{小}}] = 1/x_1 + 0.5/x_2 + 0/x_3 + 0/x_4 + 0/x_5$$

$$[\underset{\sim}{\text{小}}] = 1/y_1 + 0.5/y_2 + 0/y_3 + 0/y_4 + 0/y_5$$

"若 x 小,则 y 大",试写出 $X \times Y$ 中所有元素具有该关系的真值。

解　根据式(7.22)有

$$\mu_{小 \rightarrow 大}(x_1,y_1) = (1 - \mu_小(x_1)) \bigcup (\mu_小(x_1) \bigcap \mu_大(y_1)) = (1-1) \bigcup (1 \bigcap 0) = 0$$

$$\mu_{小 \rightarrow 大}(x_2,y_1) = (1 - \mu_小(x_2)) \bigcup (\mu_小(x_2) \bigcap \mu_大(y_1)) = (1-0.5) \bigcup (0.5 \bigcap 0) = 0.5$$

其余类推,所有模糊真值见 $\mathbf{R}_{小 \rightarrow 大}(x,y)$。

$$R_{小 \to 大}(x,y) = \begin{bmatrix} 0 & 0 & 0 & 0.5 & 1 \\ 0.5 & 0.5 & 0.5 & 0.5 & 0.5 \\ 1 & 1 & 1 & 1 & 1 \\ 1 & 1 & 1 & 1 & 1 \\ 1 & 1 & 1 & 1 & 1 \end{bmatrix}$$

4. 模糊化处理

模糊化处理将精确命题转化为模糊命题,是实现模糊控制的基础工作。处理过程的基本步骤如下:

(1) 确定语言变量。语言变量的选择要依据控制系统的性质、功能、性能等的要求,如根据温度偏差调整电压的大小,输入的语言变量可采用"偏差",输出的语言变量可选用"电压"。一台模糊电冰箱的语言变量有冷冻室温度、冷冻室温度变化率、食品温度初值、开门时间、环境温度、输入温度差、风机转速、风门开度、着霜量、开门间隔时间等十几个语言变量。

(2) 确定模糊子集。包括选择合适的语言真值或模糊子集词汇及其数量,如高、很高、偏高等表示高度程度的模糊子集;重、不重、轻、非常轻等表示重量程度的模糊子集;零、低、中、高等表示速度快慢程度的模糊子集。模糊子集数量根据控制精度要求确定,通常精度要求越高,程度距离越近,相应的模糊子集数量也会增加。

(3) 确定论域范围。有的语言变量从广义上说有非常宽阔的论域,如电压可高至以万伏计算,低至可按微伏甚至更低计算。论域范围确定就是要从控制系统的实际出发为语言变量选择合适的数值范围,如水温的论域选为$(0\ ℃,100\ ℃]$,某电机额定转速偏差论域选为$[-5,5]$,工频偏差论域选为$[-1\ Hz,1\ Hz]$,TTL 电平 V_{cc} 偏差论域选为$[-0.5\ V,0.5\ V]$,人的年龄论域选为$[0,130]$等等。一般而言,语言变量的论域是连续区间,为实现模糊向量变换,将连续论域通过等分或分档进行离散处理,等分数量一般以能使所有确定的模糊子集都能找到隶属函数为 1 的等分点为准。显然,等分点数目≥模糊子集数目,为避免失控,一般选等分点数目≥2×模糊子集数目,或接近此关系。通常选用奇数个等分点,用自然序数从左到右,由小到大标注。如果有负数,则中间点为 0,最左边点为序号最大的负档值,最右边点为序号最大的正档值。

离散后论域元素为档位序号,具体各挡位对应连续论域中何值,输入论域要通过量化因子换算,输出论域则要建立比例因子换算。设连续论域为$[x_1,x_2]$,将其离散为 $2n$ 档次,用 K_i 表示量化因子,K_0 表示比例因子,则 K_i 或 K_0 由 $|x_2-x_1|/2n$ 计算。确定换算关系好与不好对控制效果影响很大,尤其当输入为偏差或偏差变化率时,量化因子的选择更为重要(请参阅相关资料)。

(4) 建立模糊子集表达式。模糊子集关于模糊变量的表达方式有单点、向量、对偶、解析公式等,选择哪种方式根据需要来定。作为控制用多选用单点、向量形式。将论域分档后,每一个模糊子集的单点表达式的项数与档点数相同;用向量表达时,向量的维数与档点数相同。各档点关于模糊子集的隶属函数可采用不同的方式确定,常用的有三角形、梯形、高斯型等方法,也可以根据经验或模糊统计等定性分析法确定。采用三角形、梯形方法时关键要找准 0 拐点。

5. 模糊推理

模糊推理又叫模糊决策,将已知模糊命题通过模糊变换基产生新模糊命题,是模糊控制系统的核心内容。模糊变换基是已知模糊关系的总和。每一种子模糊关系是一条模糊条件推理语句或一条模糊控制规则。模糊推理首先要做的工作是建立模糊变换基。建立过程分三步,第一步根据条件和要求建立满足控制所需的各种模糊条件推理语句或模糊控制规则;第二步建立单条模糊控制规则对应的子模糊关系或子模糊变换基;第三步将所有模糊子关系进行综合形成系统的总模糊关系或全局变换基。所谓全局变换基是可适用系统所有模糊命题变换的模糊关系。第一步由人工完成,即总结操作者手动控制策略产生模糊条件语句集合;第二、三步由微型计算机完成,但必须由人建立微型计算机可以接受并能实现的与模糊条件推理语句对应的数值计算算法。

1) 模糊控制规则

模糊控制规则是通过模糊条件推理句表现的,前面给出的模糊推理句表现的是最基本的控制规则。由基本控制规则演变出的控制规则多种多样,对应的句型是模糊条件推理语句,常见句型除基本句型外有

(1) if (a) then (b) else (c)

(2) if (a) and (b) then (c)

(3) if (a) and (b) then (c) else (d)

更复杂的模糊控制规则是模糊条件推理语句嵌套。句中各命题的模糊集合可以是同论域的,也可以是不同论域的。

2) 子关系建立

微型计算机无法直接实现语言形式的模糊条件推理语句,必须将语言形式的模糊条件推理语句转换成微型计算机可以实现的数值计算算法,即通过数值计算来实现模糊条件推理结果。下面以单条"if (a) then (b) else (c)"为例介绍子关系的建立原理。

"if (a) then (b) else (c)"蕴含的关系为$(A \rightarrow B) \bigcup (\overline{A} \rightarrow C)$,$A$、$B$、$C$分别是模糊命题(a)、(b)、(c)的简化表示,后文均以模糊集合代替模糊命题。

$$R = (A \times B) \bigcup (\overline{A} \times C) \tag{7.23}$$

设A的论域为X,B、C为同一论域Y的模糊集合,于是

$$\mu_R(x,y) = \mu_{A \rightarrow B}(x,y) \bigcup \mu_{\overline{A} \rightarrow C}(x,y)$$

$$= [\mu_A(x) \bigcap \mu_B(y)] \bigcup [(1 - \mu_A(x)) \bigcap \mu_C(y)] \tag{7.24}$$

即微型计算机通过对式(7.24)计算,实现"if (a) then (b) else (c)"。设X、Y分别有n和m个元素,相应的子模糊变换基为

$$\boldsymbol{R}_{(A \rightarrow B) \bigcup (\overline{A} \rightarrow C)}(x,y) = [\mu_R(x,y)]_{n \times m} \tag{7.25}$$

令X中A^*已知,D^*的论域为Y,D^*是A^*的推理结果,推理原理为

$$D^* = A^* \circ \boldsymbol{R}$$

$$= A^* \circ [(A \times B) \bigcup (\overline{A} \times C)] \tag{7.26}$$

微型计算机运行的推理算法为

$$\mu_D {}^*(y) = \bigcup_{x \in X} \{ \mu_A {}^*(x) \bigcap [(\mu_A(x) \bigcap \mu_B(y)) \bigcup ((1 - \mu_A(x)) \bigcap \mu_C(y))] \} \tag{7.27}$$

D^*的维数与$\boldsymbol{R}$的列数有关。

例 7.7 设论域$X = \{ x_1, x_2, x_3, x_4, x_5 \}$及$Y = \{ y_1, y_2, y_3, y_4, y_5 \}$并定义:

$$\mathop{A}\limits_{\sim}{}_{轻} = 1/\ x_1 + 0.8/\ x_2 + 0.6/\ x_3 + 0.4/\ x_4 + 0.2/\ x_5$$

$$\mathop{A}\limits_{\sim}{}_{重} = 0.2/\ x_1 + 0.4/\ x_2 + 0.6/\ x_3 + 0.8/\ x_4 + 1/\ x_5$$

$$\mathop{B}\limits_{\sim}{}_{轻} = 1/\ y_1 + 0.8/\ y_2 + 0.6/\ y_3 + 0.4/\ y_4 + 0.2/\ y_5$$

$$\mathop{B}\limits_{\sim}{}_{重} = 0.2/\ y_1 + 0.4/\ y_2 + 0.6/\ y_3 + 0.8/\ y_4 + 1/\ y_5$$

试确定模糊条件语句"if $\mathop{X}\limits_{\sim}{}_{轻}$ then $\mathop{Y}\limits_{\sim}{}_{重}$ else $\mathop{Y}\limits_{\sim}{}_{不非常重}$"所决定的模糊关系 $\mathop{R}\limits_{\sim}$,并分别计算 $\mathop{X}\limits_{\sim}{}^{*}_{非常轻}$、$\mathop{X}\limits_{\sim}{}^{*}_{重}$、$\mathop{X}\limits_{\sim}{}^{*}_{极重}$ 通过 $\mathop{R}\limits_{\sim}$ 在 Y 中的推理结果。

解 第一步:通过语气算子和补运算,求得如下模糊子集

$$\mathop{B}\limits_{\sim}{}_{非常重} = \mathop{B}\limits_{\sim}{}^{2}{}_{重} = 0.04/\ y_1 + 0.16/\ y_2 + 0.36/\ y_3 + 0.64/\ y_4 + 1/\ y_5$$

$$\mathop{B}\limits_{\sim}{}_{极重} = \mathop{B}\limits_{\sim}{}^{4}{}_{重} = 0.0016/\ y_1 + 0.0256/\ y_2 + 0.1296/\ y_3 + 0.4096/\ y_4 + 1/\ y_5$$

$$\mathop{B}\limits_{\sim}{}_{不非常重} = \overline{\mathop{B}\limits_{\sim}}{}_{非常重} = 0.96/\ y_1 + 0.84/\ y_2 + 0.64/\ y_3 + 0.36/\ y_4 + 0/\ y_5$$

$$\mathop{A}\limits_{\sim}{}_{非常轻} = \mathop{A}\limits_{\sim}{}^{2}{}_{轻} = 1/\ x_1 + 0.64/\ x_2 + 0.36/\ x_3 + 0.16/\ x_4 + 0.04/\ x_5$$

$$\mathop{A}\limits_{\sim}{}_{不轻} = \overline{\mathop{A}\limits_{\sim}}{}_{轻} = 0/\ x_1 + 0.2/\ x_2 + 0.4/\ x_3 + 0.6/\ x_4 + 0.8/\ x_5$$

第二步:确定模糊条件语句所决定的模糊关系 $\mathop{R}\limits_{\sim}$

$$\mathop{R}\limits_{\sim} = (\mathop{A}\limits_{\sim}{}_{轻} \times \mathop{B}\limits_{\sim}{}_{重}) \cup (\overline{\mathop{A}\limits_{\sim}}{}_{轻} \times \mathop{B}\limits_{\sim}{}_{不非常重})$$

$$= \begin{bmatrix} 1 \\ 0.8 \\ 0.6 \\ 0.4 \\ 0.2 \end{bmatrix} \circ [0.2\ \ 0.4\ \ 0.6\ \ 0.8\ \ 1] \cup \begin{bmatrix} 0 \\ 0.2 \\ 0.4 \\ 0.6 \\ 0.8 \end{bmatrix} \circ [0.96\ \ 0.84\ \ 0.64\ \ 0.36\ \ 0]$$

$$= \begin{bmatrix} 0.2 & 0.4 & 0.6 & 0.8 & 1 \\ 0.2 & 0.4 & 0.6 & 0.8 & 0.8 \\ 0.2 & 0.4 & 0.6 & 0.6 & 0.6 \\ 0.2 & 0.4 & 0.4 & 0.4 & 0.4 \\ 0.2 & 0.2 & 0.2 & 0.2 & 0.2 \end{bmatrix} \cup \begin{bmatrix} 0 & 0 & 0 & 0 & 0 \\ 0.2 & 0.2 & 0.2 & 0.2 & 0 \\ 0.4 & 0.4 & 0.4 & 0.36 & 0 \\ 0.6 & 0.6 & 0.6 & 0.36 & 0 \\ 0.8 & 0.8 & 0.64 & 0.36 & 0 \end{bmatrix}$$

$$= \begin{bmatrix} 0.2 & 0.4 & 0.6 & 0.8 & 1 \\ 0.2 & 0.4 & 0.6 & 0.8 & 0.8 \\ 0.4 & 0.4 & 0.6 & 0.6 & 0.6 \\ 0.6 & 0.6 & 0.6 & 0.4 & 0.4 \\ 0.8 & 0.8 & 0.64 & 0.36 & 0.2 \end{bmatrix}$$

第三步:利用 $\mathop{R}\limits_{\sim}$ 进行推理,$\mathop{X}\limits_{\sim}{}^{*}_{非常轻}$、$\mathop{X}\limits_{\sim}{}^{*}_{重}$、$\mathop{X}\limits_{\sim}{}^{*}_{极重}$ 为输入,推理结果分别记为 $\mathop{B}\limits_{\sim}{}^{*}_{1}$、$\mathop{B}\limits_{\sim}{}^{*}_{2}$、$\mathop{B}\limits_{\sim}{}^{*}_{3}$。

(1) $\mathop{X}\limits_{\sim}{}^{*}_{非常轻} = \mathop{A}\limits_{\sim}{}_{非常轻}$

$$\mathop{B}\limits_{\sim}{}^{*}_{1} = \mathop{A}\limits_{\sim}{}_{非常轻} \circ \mathop{R}\limits_{\sim} = [1\ \ 0.64\ \ 0.36\ \ 0.16\ \ 0.04] \circ \begin{bmatrix} 0.2 & 0.4 & 0.6 & 0.8 & 1 \\ 0.2 & 0.4 & 0.6 & 0.8 & 0.8 \\ 0.4 & 0.4 & 0.6 & 0.6 & 0.6 \\ 0.6 & 0.6 & 0.6 & 0.4 & 0.4 \\ 0.8 & 0.8 & 0.64 & 0.36 & 0.2 \end{bmatrix}$$

$$= [0.36\ \ 0.4\ \ 0.6\ \ 0.8\ \ 1]$$

将 $\underset{\sim}{\boldsymbol{B}}_1^*$ 与已知模糊集合 $\underset{\sim}{\boldsymbol{B}}_重$ 比较，可得输出 $\underset{\sim}{\boldsymbol{B}}_1^*$ 近似于"重"的结论。

（2）$\underset{\sim}{\boldsymbol{X}}^*_重 = \underset{\sim}{\boldsymbol{A}}_重$

$$\underset{\sim}{\boldsymbol{B}}_2^* = \underset{\sim}{\boldsymbol{A}}_重 \circ \underset{\sim}{\boldsymbol{R}} = \begin{bmatrix} 0.8 & 0.8 & 0.64 & 0.6 & 0.6 \end{bmatrix}$$

输出 $\underset{\sim}{\boldsymbol{B}}_2^*$ 近似于 $\underset{\sim}{\boldsymbol{B}}_{不非常重}$。

（3）$\underset{\sim}{\boldsymbol{X}}^*_{极重} = \underset{\sim}{\boldsymbol{A}}_{极重}$

$$\underset{\sim}{\boldsymbol{B}}_3^* = \underset{\sim}{\boldsymbol{A}}_{极重} \circ \underset{\sim}{\boldsymbol{R}} = \begin{bmatrix} 0.8 & 0.8 & 0.64 & 0.36 & 0.2 \end{bmatrix}$$

输出 $\underset{\sim}{\boldsymbol{B}}_3^*$ 在 $\underset{\sim}{\boldsymbol{B}}_轻 = \begin{bmatrix} 1 & 0.8 & 0.6 & 0.4 & 0.2 \end{bmatrix}$ 与 $\underset{\sim}{\boldsymbol{B}}_{非常轻} = \begin{bmatrix} 1 & 0.64 & 0.36 & 0.16 & 0.04 \end{bmatrix}$ 之间，可以认为 $\underset{\sim}{\boldsymbol{B}}_3^*$ 近似于 $\underset{\sim}{\boldsymbol{B}}_{比较轻}$。

3）综合模糊关系建立

设模糊控制系统有 k 个子模糊关系 $\underset{\sim}{\boldsymbol{R}}_1, \underset{\sim}{\boldsymbol{R}}_2, \cdots, \underset{\sim}{\boldsymbol{R}}_k$，以 $\underset{\sim}{\boldsymbol{R}}$ 表示系统的综合模糊关系，则

$$\underset{\sim}{\boldsymbol{R}} = \bigcup_{i=1}^{k} \underset{\sim}{\boldsymbol{R}}_i \tag{7.28}$$

6. 精确化处理

精确化处理又称反模糊化。模糊推理结果的表现形式仍然是模糊向量，不能直接用于控制执行机构。实施控制的驱动量必须是精确量，因此，还需将推理出来的模糊向量转换成精确量。转换过程分两个步骤，一是将模糊子集转换成离散论域中的某一个值；二是利用比例因子将该值转换成精确量或连续论域中的实用控制量。两个步骤常用的转换方法如下：

1）加权平均转换法

设 $\underset{\sim}{D}$ 为模糊推理产生的模糊子集，$\underset{\sim}{D}$ 所属论域被划分成 k 个档次，y_d 为模糊子集转换于离散论域的精确值，加权平均转换法原理为

$$y_d = \frac{\sum\limits_{i=1}^{k} \mu_{\underset{\sim}{D}}(y_i) \times y_i}{\sum\limits_{i=1}^{k} \mu_{\underset{\sim}{D}}(y_i)} \tag{7.29}$$

例 7.8　设 $\underset{\sim}{D} = 0.2/2 + 0.6/3 + 0.8/4 + 1/5 + 0.6/6$，试求 y_d。

解　$y_d = \dfrac{0.2 \times 2 + 0.6 \times 3 + 0.8 \times 4 + 1 \times 5 + 0.6 \times 6}{0.2 + 0.6 + 0.8 + 1 + 0.6} = 4.375$

如果需要加强隶属函数的作用，可以将 $[\mu_{\underset{\sim}{D}}(y_i)]^2$ 代替 $\mu_{\underset{\sim}{D}}(y_i)$。

2）最大隶属度转换法

如 1）所设，在 k 个隶属度中寻找 j 个最大的，当 $j=1$ 时，设最大隶属度对应的挡位值为 y^*，则有 $y_d = y^*$；当 $j>1$ 时，存在 j 个不同的挡位值，则 y_d 为 j 个不同的挡位值的平均值。例如：

$\underset{\sim}{D}_1 = 0.2/2 + 0.6/3 + 0.8/4 + 1/5 + 0.6/6$，其 $y_d = 5$；

$\underset{\sim}{D}_2 = 0.2/2 + 0.6/3 + 0.8/4 + 0.8/5 + 0.6/6$，其 $y_d = (4+5)/2 = 4.5$。

3）比例因子转换法

设连续的输出论域为 $Y_A = [-y, y]$，离散后的论域 $Y = [-n, -(n-1), \cdots, 0, \cdots, n-1, n]$，$K_y$ 为比例因子，则

$$K_y = \frac{y}{n} \tag{7.30}$$

令 y_A 是经比例因子转换法而产生的实用精确输出量或模拟量，$y_A \in Y_A$，则

$$y_A = K_y \cdot y_d \qquad\qquad (7.31)$$

上述三种方法是用得较广泛的精确化处理方法。作为模糊子集到离散论域的精确化方法还有中位数转换法、隶属度限幅平均转换法等,读者可参阅相关资料。

7.1.3　模糊控制系统一般原理

模糊控制是以模糊集合论、模糊语言变量和模糊逻辑推理为基础的微型计算机数字控制,它是模拟人的思维,构造一种非线性控制,以满足复杂的、不确定的过程控制的需要。它属于智能控制范畴。

1. 模糊控制系统组成

模糊控制系统的原理结构类似于常规的微型计算机控制系统,如图 7-5 所示,系统所含子结构可归纳为四部分。

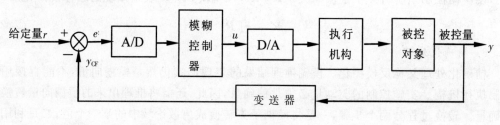

图 7-5　模糊控制系统的构成

1) 模糊控制器

以微型计算机作为模糊控制器,完成模糊化处理、模糊推理与精确化处理等工作。

2) 输入输出通道与接口装置

其结构和作用与普通微型计算机控制系统类似,主要完成模/数、数/模转换,电平转换,信号采样与滤波等。

3) 广义对象

包括被控对象与执行机构。被控对象为复杂的工业过程,可以是线性的或非线性的,也可以是模糊的、不确定的、没有精确数学模型的,且存在各种干扰信息的过程。

4) 测量元件传感器

将被控对象输出信号转换为相应的电信号,测量元件的精度往往直接影响控制系统的精度,要注意选择既符合工程精度要求又稳定可靠的测量元件。

由以上四部分构成一个负反馈模糊控制系统。

2. 模糊控制系统原理

以晶闸管闭环直流调速模糊控制系统为例介绍模糊控制系统的一般工作原理。图 7-6 是该系统的方块图。

系统的负载转矩 T_d 增大时,在直流电动机励磁磁通 Φ 和电枢电压 u_d 不变的情况下,其电枢回路中流过的工作电流 i_d 相应增大,根据他励直流电动机的转矩方程和电枢回路电压平衡方程

$$T_d = C_T \Phi i_d \qquad\qquad (7.32)$$

$$n_d = (u_d - i_d r)/(C_e \Phi) \qquad\qquad (7.33)$$

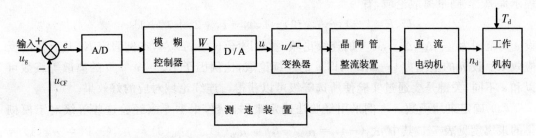

图 7-6　DM 转速模糊控制系统方块图

电动机转速 n_d 将要降低,同时由测速装置检测得到的速度信号 u_{CF} 亦将随之减少。式中 r 为电枢回路电阻,C_e、C_T 分别为直流电动机电动势与转矩系数。为了保持工作机构的运行速度 n_d 不变,u_{CF} 信号和给定电压 u_g 相比较,得到的偏差 e 增大,经过 A/D 转换作为模糊控制器的输入量,由模糊控制器的输入接口将该精确量模糊化成相应的模糊量,误差 e 的模糊量可用相应的模糊语言子集 $\underset{\sim}{e}$ 来表示。再由 $\underset{\sim}{e}$ 和模糊控制规则 $\underset{\sim}{R}$,根据推理的合成规则进行模糊决策,得到模糊控制量 $\underset{\sim}{w}$,即

$$\underset{\sim}{w} = \underset{\sim}{e} \circ \underset{\sim}{R} \tag{7.34}$$

为了将模糊控制量 $\underset{\sim}{w}$ 转换为精确量,由模糊控制器的输出接口作"解模糊"处理,得到的数字量经 D/A 转换成模拟量 u,再由电压移相脉冲变换器使晶闸管触发脉冲的触发角 α 相应变小,从而增大晶闸管整流装置输出电压,调节直流电动机转速,使其维持在负载增加以前的转速值。同理,改变给定电压 u_g 值,可以改变直流电动机转速的设定值。

假定该工作机构的负载扰动有很大的随机性,为了保持直流电动机转速为 800 r/min,按照人工操作的一般经验,可形成一些控制规则,例如:

"若电动机转速 n_d 低于 800 r/min,则应该升高电压 u_d,n_d 低得越多,u_d 升得越高。"

"若电动机转速 n_d 高于 800 r/min,则应该降低电压 u_d,n_d 高得越多,u_d 降得越低。"

"若电动机转速 n_d 等于 800 r/min,则应该保持电压 u_d 不变。"

根据人工控制策略,模糊控制原理分为以下步骤实现:

1) 模糊化处理

(1) 确定语言变量。人工控制机制表明,输入量为速度偏差,输出量是直流控制电压,简称控制量,因而输入、输出语言变量分别选择偏差量与控制量。

精确偏差量用 e 表示,$e = u_{g0} - u_{CF}$,u_{g0} 是给定转速对应的电压值,u_{CF} 是通过测速装置产生的反馈电压。

控制量 u 是作为晶闸管触发器的移相电压,直接控制直流电动机的供电电压,而且是连续可调的。

(2) 确定模糊子集。人工控制经验表明 u 对 e 的响应是一对一的,因此,u、e 可选真值相同、数量相同的模糊子集。根据手工调节范围设

$$\underset{\sim}{u}, \underset{\sim}{e} = \{负大, 负小, 零, 正小, 正大\} \tag{7.35}$$

并记 NB=负大;NS=负小;ZO=零;PS=正小;PB=正大。

(3) 确定论域等级。根据模糊子集数目与等级数目的对应关系,初选偏差、控制量离散论域同为 9 个量化等级,分别表示为 $-4, -3, -2, -1, 0, +1, +2, +3, +4$。用 E、U 对应

表示偏差、控制量离散论域,有

$$U,E=\{-4,-3,-2,-1,0,+1,+2,+3,+4\}$$

设 e 的范围为 $[-\Delta e,\Delta e]$,即 e 的连续论域,量化因子 $K_e=\Delta e/4$,本例假定 K_e 具有好的反应效果。设 u 的范围为 $[-u,u]$,即 u 的连续论域,比例因子 $K_u=u/4$。u 的离散等级数可以和 e 不同,关键是要通过实验使所选等级可以获得与连续论域对应的好效果。

(4) 确定隶属函数。本例采用经验法确定隶属函数,根据专家经验这些等级对于模糊集的隶属度见表 7-4,其中 $\mu_{NB}(-4)=\mu_{NB}(-3)=\mu_{PB}(4)=\mu_{PB}(3)=\mu_{NS}(-1)=\mu_{PS}(1)=\mu_{ZO}(0)=1$,$\mu_{NS}(-4)=\mu_{ZO}(-3)=\mu_{PS}(-2)=\mu_{NB}(0)=\mu_{PB}(0)=\mu_{NS}(2)=\mu_{ZO}(3)=\mu_{PS}(4)=0$,NB、PB 采用半梯形规则逼近,其余采用等腰三角形规则逼近。依照经验隶属函数值得出的隶属函数解析图如图 7-7 所示。

表 7-4 模糊变量 (e,u) 不同等级的隶属度值

量化等级 语言变量	−4	−3	−2	−1	0	+1	+2	+3	+4
PB	0	0	0	0	0	0.4	0.7	1	1
PS	0	0	0	0.4	0.7	1	0.7	0.4	0
ZO	0	0	0.4	0.7	1	0.7	0.4	0	0
NS	0	0.4	0.7	1	0.7	0.4	0	0	0
NB	1	1	0.7	0.4	0	0	0	0	0

2) 模糊推理

(1) 建立模糊控制规则。根据熟练操作人员手动控制经验,模糊控制规则集合有如下子规则:

① if $E=NB$ then $U=PB$

② if $E=NS$ then $U=PS$

③ if $E=ZO$ then $U=ZO$

④ if $E=PS$ then $U=NS$

⑤ if $E=PB$ then $U=NB$

根据子规则列成模糊状态表,如表 7-5 所示。

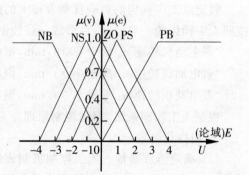

图 7-7 隶属度函数

表 7-5 一维模糊状态表

$\underset{\sim}{e}$	NB	NS	ZO	PS	PB
$\underset{\sim}{u}$	PB	PS	ZO	NS	NB

(2) 建立模糊推理关系。规则集有五条子规则,产生五种模糊子关系,分别记为 $\underset{\sim}{R_1}$、$\underset{\sim}{R_2}$、$\underset{\sim}{R_3}$、$\underset{\sim}{R_4}$、$\underset{\sim}{R_5}$。

$$\underset{\sim}{R_1}=NB_e\times PB_u$$

$$=[1\ 1\ 0.7\ 0.4\ 0\ 0\ 0\ 0\ 0]^T\times[0\ 0\ 0\ 0\ 0\ 0\ 0.4\ 0.7\ 1\ 1]$$

$$
= \begin{bmatrix}
0 & 0 & 0 & 0 & 0 & 0.4 & 0.7 & 1 & 1 \\
0 & 0 & 0 & 0 & 0 & 0.4 & 0.7 & 1 & 1 \\
0 & 0 & 0 & 0 & 0 & 0.4 & 0.7 & 0.7 & 0.7 \\
0 & 0 & 0 & 0 & 0 & 0.4 & 0.4 & 0.4 & 0.4 \\
0 & 0 & 0 & 0 & 0 & 0 & 0 & 0 & 0 \\
0 & 0 & 0 & 0 & 0 & 0 & 0 & 0 & 0 \\
0 & 0 & 0 & 0 & 0 & 0 & 0 & 0 & 0 \\
0 & 0 & 0 & 0 & 0 & 0 & 0 & 0 & 0 \\
0 & 0 & 0 & 0 & 0 & 0 & 0 & 0 & 0
\end{bmatrix}
$$

同理,可得其他各项

$$
\underset{\sim}{\boldsymbol{R}}_2 = NS_e \times PS_u = \begin{bmatrix}
0 & 0 & 0 & 0 & 0 & 0 & 0 & 0 & 0 \\
0 & 0 & 0 & 0.4 & 0.4 & 0.4 & 0.4 & 0.4 & 0 \\
0 & 0 & 0 & 0.4 & 0.7 & 0.7 & 0.7 & 0.4 & 0 \\
0 & 0 & 0 & 0.4 & 0.7 & 1 & 0.7 & 0.4 & 0 \\
0 & 0 & 0 & 0.4 & 0.7 & 0.7 & 0.7 & 0.4 & 0 \\
0 & 0 & 0 & 0.4 & 0.4 & 0.4 & 0.4 & 0.4 & 0 \\
0 & 0 & 0 & 0 & 0 & 0 & 0 & 0 & 0 \\
0 & 0 & 0 & 0 & 0 & 0 & 0 & 0 & 0 \\
0 & 0 & 0 & 0 & 0 & 0 & 0 & 0 & 0
\end{bmatrix}
$$

$$
\underset{\sim}{\boldsymbol{R}}_3 = ZO_e \times ZO_u = \begin{bmatrix}
0 & 0 & 0 & 0 & 0 & 0 & 0 & 0 & 0 \\
0 & 0 & 0 & 0 & 0 & 0 & 0 & 0 & 0 \\
0 & 0 & 0.4 & 0.4 & 0.4 & 0.4 & 0.4 & 0 & 0 \\
0 & 0 & 0.4 & 0.7 & 0.7 & 0.7 & 0.4 & 0 & 0 \\
0 & 0 & 0.4 & 0.7 & 1 & 0.7 & 0.4 & 0 & 0 \\
0 & 0 & 0.4 & 0.7 & 0.7 & 0.7 & 0.4 & 0 & 0 \\
0 & 0 & 0.4 & 0.4 & 0.4 & 0.4 & 0.4 & 0 & 0 \\
0 & 0 & 0 & 0 & 0 & 0 & 0 & 0 & 0 \\
0 & 0 & 0 & 0 & 0 & 0 & 0 & 0 & 0
\end{bmatrix}
$$

$$
\underset{\sim}{\boldsymbol{R}}_4 = PS_e \times NS_u = \begin{bmatrix}
0 & 0 & 0 & 0 & 0 & 0 & 0 & 0 & 0 \\
0 & 0 & 0 & 0 & 0 & 0 & 0 & 0 & 0 \\
0 & 0 & 0 & 0 & 0 & 0 & 0 & 0 & 0 \\
0 & 0.4 & 0.4 & 0.4 & 0.4 & 0.4 & 0 & 0 & 0 \\
0 & 0.4 & 0.7 & 0.7 & 0.7 & 0.4 & 0 & 0 & 0 \\
0 & 0.4 & 0.7 & 1 & 0.7 & 0.4 & 0 & 0 & 0 \\
0 & 0.4 & 0.7 & 0.7 & 0.7 & 0.4 & 0 & 0 & 0 \\
0 & 0.4 & 0.4 & 0.4 & 0.4 & 0.4 & 0 & 0 & 0 \\
0 & 0 & 0 & 0 & 0 & 0 & 0 & 0 & 0
\end{bmatrix}
$$

$$
\underset{\sim}{\mathbf{R}}_5 = \mathrm{PB}_e \times \mathrm{NB}_u =
\begin{bmatrix}
0 & 0 & 0 & 0 & 0 & 0 & 0 & 0 & 0 \\
0 & 0 & 0 & 0 & 0 & 0 & 0 & 0 & 0 \\
0 & 0 & 0 & 0 & 0 & 0 & 0 & 0 & 0 \\
0 & 0 & 0 & 0 & 0 & 0 & 0 & 0 & 0 \\
0 & 0 & 0 & 0 & 0 & 0 & 0 & 0 & 0 \\
0.4 & 0.4 & 0.4 & 0.4 & 0 & 0 & 0 & 0 & 0 \\
0.7 & 0.7 & 0.7 & 0.4 & 0 & 0 & 0 & 0 & 0 \\
1 & 1 & 0.7 & 0.4 & 0 & 0 & 0 & 0 & 0 \\
1 & 1 & 0.7 & 0.4 & 0 & 0 & 0 & 0 & 0
\end{bmatrix}
$$

系统的综合关系或总关系记为 $\underset{\sim}{\mathbf{R}}$，根据式(7.28)有

$$
\underset{\sim}{\mathbf{R}} = \underset{\sim}{\mathbf{R}}_1 \cup \underset{\sim}{\mathbf{R}}_2 \cup \underset{\sim}{\mathbf{R}}_3 \cup \underset{\sim}{\mathbf{R}}_4 \cup \underset{\sim}{\mathbf{R}}_5
$$

$$
= (\mathrm{NB}_e \underset{\sim}{\times} \mathrm{PB}_u) \underset{\sim}{\cup} (\mathrm{NS}_e \underset{\sim}{\times} \mathrm{PS}_u) \cup (\mathrm{ZO}_e \times \mathrm{ZO}_u) \cup (\mathrm{PS}_e \times \mathrm{NS}_u) \cup (\mathrm{PB}_e \times \mathrm{NB}_u)
$$

$$
=
\begin{bmatrix}
0 & 0 & 0 & 0 & 0 & 0.4 & 0.7 & 1 & 1 \\
0 & 0 & 0 & 0.4 & 0.4 & 0.4 & 0.7 & 1 & 1 \\
0 & 0 & 0.4 & 0.4 & 0.7 & 0.7 & 0.7 & 0.7 & 0.7 \\
0 & 0.4 & 0.4 & 0.7 & 0.7 & 1 & 0.7 & 0.4 & 0.4 \\
0 & 0.4 & 0.7 & 0.7 & 1 & 0.7 & 0.7 & 0.4 & 0 \\
0.4 & 0.4 & 0.7 & 1 & 0.7 & 0.7 & 0.4 & 0.4 & 0 \\
0.7 & 0.7 & 0.7 & 0.7 & 0.7 & 0.4 & 0.4 & 0 & 0 \\
1 & 1 & 0.7 & 0.4 & 0.4 & 0.4 & 0 & 0 & 0 \\
1 & 1 & 0.7 & 0.4 & 0 & 0 & 0 & 0 & 0
\end{bmatrix}
$$

（3）模糊变换。模糊变换是模糊推理的具体实现，$\underset{\sim}{\mathbf{R}}$ 是变换基。任给出一个偏差结果 $\underset{\sim}{e}$ 作为输入，经 $\underset{\sim}{\mathbf{R}}$ 变换产生输出控制量。变换算法为

$$
\underset{\sim}{u} = \underset{\sim}{e} \circ \underset{\sim}{\mathbf{R}} \tag{7.35}
$$

令 $\underset{\sim}{e} = \mathrm{NS}$，有

$$
\underset{\sim}{u} = \underset{\sim}{e} \circ \underset{\sim}{\mathbf{R}} \doteq \mathrm{NS} \circ \underset{\sim}{\mathbf{R}} = \begin{bmatrix} 0 & 0.4 & 0.7 & 1 & 0.7 & 0.4 & 0 & 0 & 0 \end{bmatrix} \circ
$$

$$
\begin{bmatrix}
0 & 0 & 0 & 0 & 0 & 0.4 & 0.7 & 1 & 1 \\
0 & 0 & 0 & 0.4 & 0.4 & 0.4 & 0.7 & 1 & 1 \\
0 & 0 & 0.4 & 0.4 & 0.7 & 0.7 & 0.7 & 0.7 & 0.7 \\
0 & 0.4 & 0.4 & 0.7 & 0.7 & 1 & 0.7 & 0.4 & 0.4 \\
0 & 0.4 & 0.7 & 0.7 & 1 & 0.7 & 0.7 & 0.4 & 0 \\
0.4 & 0.4 & 0.7 & 1 & 0.7 & 0.7 & 0.4 & 0.4 & 0 \\
0.7 & 0.7 & 0.7 & 0.7 & 0.7 & 0.4 & 0.4 & 0 & 0 \\
1 & 1 & 0.7 & 0.4 & 0.4 & 0.4 & 0 & 0 & 0 \\
1 & 1 & 0.7 & 0.4 & 0 & 0 & 0 & 0 & 0
\end{bmatrix}
$$

$$
= \begin{bmatrix} 0.4 & 0.4 & 0.7 & 0.7 & 0.7 & 0.1 & 0.7 & 0.7 & 0.7 \end{bmatrix}
$$

这里算符"。"代表 sup←min 合成推理，整个过程也被称为模糊决策。

3）精确化处理

将模糊推理得出的控制量用单点法表示成模糊集，即

$$u = 0.4/-4 + 0.4/-3 + 0.7/-2 + 0.7/-1 + 0.7/0 + 1/1 + 0.7/2 + 0.7/3 + 0.7/4$$

　　按隶属度最大原则,应选取控制量为"+1"级,即当直流电动机转速偏高时,应该提高一点输出电压 u,使触发角 α 增大一点,从而降低一些晶闸管整流装置的供电电压 u_d,实际输出精确电压由比例因子 $K_u = u/4$ 换算。使直流电动机转速下降。对每个非模糊的观察结果,均可通过 R 确定一个相应值,列成控制表为表 7-6。

表 7-6　控　制　表

e	-4	-3	-2	-1	0	1	2	3	4
u	4	3	2	1	0	-1	-2	-3	-4

　　模糊控制的动态响应如图 7-8 所示,模糊控制的稳态精度与论域的分级数有关,适当增加分级数可提高系统的稳态精度。

　　本节举出以速度偏差 e 为单输入量的模糊控制调速系统,只是为了说明模糊控制系统的基本工作原理,若作为实际系统仅此是不能获得令人十分满意的静态或动态性能的,尚应该引入速度误差变化 e_c,甚至引入加速度误差变化 e_{cc} 作为输入量,在模糊规则和合成推理等方面还有待进一步完善。

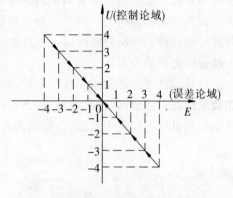

图 7-8　单变量模糊控制器动态响应特性

7.2　神经网络控制基础

　　神经网络(Neural Network,NN)种类很多,神经网络的学习方法也很多,但各种神经网络的基本结构或单位都是神经元。人脑有大约 1 000 亿个神经元,每个神经元平均与 10 000 亿个其他神经元互联,因此神经元是构成人类智慧的直接物质基础。单个神经元解决问题的能力十分有限,甚至无法解决问题,但将许多单个神经元组合成复杂的网络,神经元解决问题的能力就得到极大地提高。所谓人工神经网络就是指由大量的神经元模型互联构成的网络。

　　人工神经网络(Artificial Neural Network,ANN)是对人脑若干基本特性的抽象和模拟,人工神经网络以对大脑的生理研究成果为基础,其目的在于模拟大脑的机理与机制,实现某个方面的功能。人工神经网络有如下突出优点:

　　(1)可以充分逼近任何复杂的非线性关系,给非线性控制问题带来新的希望;

　　(2)所有定量或定性的信息都等势分布储存于网络的各神经元,故有很强的鲁棒性和容错性,适用于复杂、大规模和多变量系统的控制;

　　(3)采用并行分布处理方法使得快速的大量运算成为可能,因而能够有较好的耐故障能力和较快的总体处理能力,这特别适用于实时控制和动态控制;

　　(4)可学习和自适应未知或不确定的系统。神经网络是通过所研究系统过去的数据记录进行训练的,一个经过适当训练的神经网络具有归纳全部数据的能力,因此,神经网络能够解决那些数学模型或描述规则难以处理的控制过程问题;

（5）能够同时处理定性、定量知识；

（6）神经网络不仅能通过软件而且可借助硬件实现并行处理。近年来，由一些超大规模集成电路实现的硬件已经面市，这使得神经网络成为具有快速和大规模处理能力的网络。

很显然，神经网络由于其学习和自适应、自组织以及大规模并行处理等特点，在自动控制领域展现了广阔的应用前景。

7.2.1　神经网络基础

1. 生物神经元工作原理

对细胞体从生物控制与信息处理的角度看，神经元结构如图 7-9 所示，它由细胞体、树突和轴突组成。

细胞体由细胞核、细胞质和细胞膜等组成。由细胞体向外伸出的最长的一条分支称为轴突，即神经纤维。远离细胞体一侧的轴突端部有许多分支，称轴突末梢，其上有许多扣结称突触扣结。轴突通过轴突末梢向其他神经元传出神经冲动。由细胞体向外伸出的其他许多较短的分支称为树突。树突相当于细胞的输入端，它用于接受周围其他神经细胞传入的神经冲动。神经冲动只能由前一级神经元的轴突末梢传向下一级神经元的树突或细胞体，不能作反方向的传递。

神经元具有两种常规工作状态：兴奋与抑制，即满足"0－1"律。当传入的神经冲动使细胞膜电位升高超过阈值时，细胞进入兴奋状态，产生神经冲动并由轴突输出；当传入的神经冲动使膜电位下降低于阈值时，细胞进入抑制状态，没有神经冲动输出。

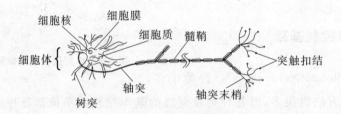

图 7-9　生物神经元结构

2. 神经元数学模型

根据神经元的结构和功能，从 40 年代开始先后提出的神经元模型有几百种之多。下面介绍一种基于控制观点的神经元的数学模型，它由三部分组成，即加权加法器、线性动态系统和非线性函数映射。如图 7-10 所示，图中，y_i 为神经元的输出，w_i 为神经元的阈值，a_{ij}、b_{ik} 为权值，$u_k(k=1,2,\cdots,M)$ 为外部输入，$y_j(j=1,2,\cdots,N)$ 为其他神经元的输出。

1）加权加法器

加权加法器用来实现一个神经细胞对接收来自四面八方信号的空间总和功能，即

$$v_i(t) = \sum_{j=1}^{N} a_{ij} y_j(t) + \sum_{k=1}^{M} b_{ik} u_k(t) + w_i \tag{7.36}$$

式中，$v_i(t)$ 为空间总和后输出信号；w_i 为一常数，其作用是在某些情况下控制神经元保持某一状态。

式（7.36）记为矩阵形式

$$V(t) = AY(t) + BU(t) + W \tag{7.37}$$

式中，$A = \{a_{ij}\}_{N \times N}$，$B = \{b_{ik}\}_{M \times M}$，$V = [v_1, \cdots, v_N]^T$，$Y = [y_1, \cdots, y_N]^T$，$U = [u_1, \cdots, u_M]^T$，

$W = [w_1, \cdots, w_N]^{\mathrm{T}}$。$N$ 维常向量 W 可以合并在 U 中,但分开列写便于更清楚表达。

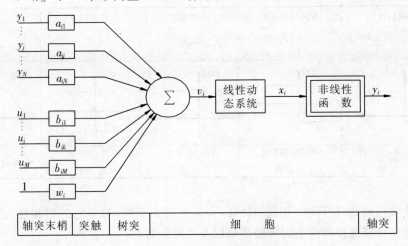

图 7-10　神经元数学模型

2) 线性动态系统的传递函数描述

神经元的输入信号来自其他神经元的各种神经冲动,这种信号具有典型的脉冲特点。因此,从控制系统的角度,可以让经过加权加法器空间总和的信号 $v(t)$,通过一个单输入单输出线性系统,该系统对于单位脉冲函数的响应就完成了时间总和作用。该线性动态系统的脉冲函数的响应为卷积分

$$x_i(t) = \int_{-\infty}^{t} h(t - t') v_i(t') \mathrm{d}t' \tag{7.38}$$

依据卷积定理可得

$$x_i(s) = H(s) v_i(s) \tag{7.39}$$

式中:$H(s)$——线性动态系统的网络函数,通常取:$1, 1/s, 1/(1+Ts), \mathrm{e}^{-Ts}$。

在时域中,相应的线性动态系统的输入 $v_i(t)$ 和输出 $x_i(t)$ 的关系分别为:

$$\left.\begin{array}{ll} ① & x_i(t) = v_i(t) \\ ② & x_i(t) = v_i(t) \\ ③ & T\dot{x}_i(t) + x_i(t) = v_i(t) \\ ④ & x_i(t) = v_i(t - T) \end{array}\right\} \tag{7.40}$$

3) 常用的非线性函数

非线性函数实际上是神经元模型的输出函数,它是一个非动态的非线性函数,用以模拟神经细胞的兴奋、抑制以及阈值等非线性特性。

经过加权加法器和线性动态系统进行时空整合的信号 x_i,再经非线性函数 $g(\cdot)$ 后即为神经元的输出 y_i,即 $y_i = g(x_i)$。常用的非线性函数如表 7-7 所示。

表 7-7　神经元模型中常用的非线性函数

名称	阈值函数	双向阈值函数	S 型函数	双曲正切函数	高斯函数
公式 $g(x)$	$g(x)=\begin{cases}1 & x>0\\0 & x\le 0\end{cases}$	$g(x)=\begin{cases}+1 & x>0\\-1 & x\le 0\end{cases}$	$g(x)=\dfrac{1}{1+e^{-x}}$	$g(x)=\dfrac{e^{x}-e^{-x}}{e^{x}+e^{-x}}$	$g(x)=e^{-(x^{2}/\sigma^{2})}$
图形					
特征	不可微,类阶跃,正值	不可微,类阶跃,零均值	可微,类阶跃,正值	可微,类阶跃,零均值	可微,类脉冲

上述非线性函数具有两个显著的特征,一是它的突变性,二是它的饱和性,这正是为了模拟神经细胞兴奋过程所产生的神经冲动以及疲劳等特性。

7.2.2　神经网络的结构和学习规则

1. 神经网络的结构

如果将大量功能简单的基本神经元通过一定的拓扑结构组织起来,构成群体并行分布式处理的计算结构,那么这种结构就是神经网络结构。

根据神经元之间连接的拓扑结构上的不同,可将神经网络结构分为两大类:层状结构和网状结构。层状结构的神经网络是由若干层组成,每层中有一定数量的神经元,相邻层中神经元单向连接,一般同层内的神经元不能连接;网状结构的神经网络中,任何两个神经元之间都可能双向连接。下面介绍几种常见的网络结构。

1) 前向网络(前馈网络)

前向网络通常包含许多层,如图 7-11 所示为含有输入层、隐层和输出层的三层网络,该网络中有计算功能的节点称为计算单元,而输入节点无计算功能。

2) 反馈网络

反馈网络从输出层到输入层有反馈,既可以接收来自其他节点的反馈输入,又可以包含输出引回到本身输入构成的自环反馈,如图 7-12 所示,该反馈网络每个节点都是一个计算单元。

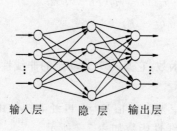

图 7-11　前向网络

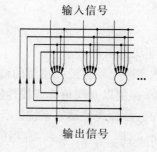

图 7-12　反馈网络

3) 相互结合型网络

相互结合型网络如图 7-13 所示,它是属于网状结构,构成网络中的各个神经元都可能相互双向联接。在前向网络中,信息处理是从输入层依次通过隐层到输出层。而在相互结合型网络中,若某一时刻从神经网络外部施加一个输入,各个神经元一边相互作用,一边进行信息处理,直到使网络所有神经元的活性度或输出值收敛于某个平均值时信息处理结束。

　　4) 混合型网络

　　混合型网络连接方式介于前向网络和相互结合型网络之间,如图 7-14 所示。这种网络的同一层间神经元有互联的结构,称为混合型网络。这种在同一层内的互联,目的是为了限制同层内神经元同时兴奋或抑制的神经元数目,以完成特定的功能。

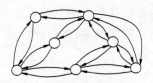
图 7-13　相互结合型网络

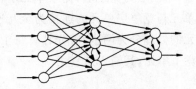
图 7-14　混合型网络

　　2. 神经网络的学习规则

　　1) 联想式学习——Hebb 规则

　　Hebb 学习规则可以描述为:如果神经网络中某一神经元与另一直接与其相连的神经元同时处于兴奋状态,那么这两个神经元间的连接强度应该加强,如图 7-15 所示,从神经元 u_j 到神经元 u_i 的连接强度,即权重变化 $\triangle w_{ij}$ 可用下式表达

$$\triangle w_{ij} = G[a_i(t), t_i(t)] \times H[\bar{y}_j(t), w_{ij}] \tag{7.41}$$

式中:$t_i(t)$ 是神经元 u_i 的教师信号;函数 G 是神经元 u_i 的活性度 $a_i(t)$ 和教师信号 $t_i(t)$ 的函数;H 是神经元 u_j 输出 $\bar{y}_j$ 和连接权重 w_{ij} 的函数。

　　输出 $\bar{y}_j(t)$ 与活性度 $a_i(t)$ 之间满足非线性关系,即

$$\bar{y}_j(t) = f_j[a_i(t)] \tag{7.42}$$

当上述的教师信号 $t_i(t)$ 没有给出时,函数 H 只与输出 $\bar{y}_j$ 成正比,于是式(7.41)可变为更简单的形式为

$$\triangle w_{ij} = \eta a_i \bar{y}_i \tag{7.43}$$

其中,η 是学习率常数($\eta > 0$)。

　　上式表明,对一个神经元较大的输入或该神经元活性度大的情况,它们之间的连接权重会更大。

　　2) 误差传播式学习——Delta 学习规则

　　根据 Hebb 学习规则,考虑到:

　　(1) 函数 G 与教师信号 $t_i(t)$ 和神经元 u_i 实际的活性度 $a_i(t)$ 的差值成比例;

　　(2) 函数 H 和神经元的输出 $\bar{y}_j(t)$ 成比例,可得:

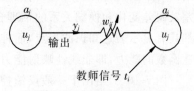
图 7-15　Hebb 学习规则

$$\triangle w_{ij} = \eta[(t_i(t) - a_i(t))] \bar{y}_j(t) \tag{7.44}$$

式中 η 为学习率常数($\eta > 0$)。

　　在式(7.44)中,若将教师信号 $t_i(t)$ 作为期望输出 d_i,而把 $a_i(t)$ 理解为实际输出 y_i,则该式变为

$$\triangle w_{ij} = \eta(d_i - y_i)\bar{y}_j(t) = \eta \delta \bar{y}_j(t) \tag{7.45}$$

其中，$\delta = d_i - y_i$，为期望输出与实际输出的差值。称式(7.45)为δ规则，又称误差修正规则。根据这个规则的学习算法，通过反复迭代运算，直至求出使δ达到最小的w_{ij}值。

上述δ规则只适用于线性可分函数，不适用于多层网络非线性可分函数。

3）竞争式学习

竞争式学习是属于无教师学习方式。竞争学习网络的核心——竞争层，是许多神经网络的重要组成部分。基本竞争学习网络由两层组成。第一层为输入层，由接收输入模式的处理单元组成；第二层为竞争层，竞争单元争相响应输入模式，胜者表示输入模式的所属类别。输入层单元与竞争层单元的连接为全互连方式，连接权是可调节的。

竞争单元的处理分为两步：首先计算每个单元输入的加权和；然后进行竞争，产生输出。对于第 j 个竞争单元，其输入总和为

$$s_j = \sum_j w_{ij} x_j \tag{7.46}$$

当竞争层所有单元的输入总和计算完毕，便开始竞争。竞争层中具有最高输入总和的单元被定为胜者，其输出状态为 1，其他各单元输出状态为 0。对于某一输入模式，当获胜单元确定后，便更新权值。也只有获胜单元权值才增加一个量，使得再次遇到该输入模式时，该单元有更大的输入总和。权值更新规则表示为

$$\triangle w_{ij} = \eta(x_j/m - w_{ij}) \tag{7.47}$$

式中：η——学习因子，$0 < \eta \leq 1$；

　　m——输入层状态为 1 的单元个数。

注意，各单元初始权值的选取，是选其和为 1 的一组随机数。

3. 神经网络的记忆

神经网络的记忆包含两层含义：信息的存储与回忆。网络通过学习将所获取的知识信息分布式存储在连接权的变化上，并具有相对稳定性。一般来讲，存储记忆需花较长时间，因此，这种记忆称为长期记忆，而学习期间的记忆保持时间很短，称为短期记忆。

7.2.3　神经网络控制原理

1. 神经网络控制的基本思想

传统的基于模型的控制方式，是根据被控对象的数学模型及对控制系统要求的性能指标来设计控制器，并对控制规律加以数学解析描述；模糊控制是基于专家经验和领域知识总结出若干条模糊控制规则，构成描述具有不确定复杂对象的模糊关系，通过被控系统输出误差及误差变化和模糊关系的推理合成获得控制量，从而对系统进行控制。这两种控制方式都具有显示表达知识的特点，而神经网络不善于显示表达知识，但是它具有很强的逼近非线性函数的能力，即非线性映射能力。把神经网络用于控制正是利用它的这个独特优点。

图 7-16(a)给出了一般反馈控制系统的原理图，图 7-16(b)采用神经网络替代图 a 中的控制器，为完成同一控制任务，现分析神经网络是如何工作的。

设被控制对象的输入 u 和系统输出 y 之间满足如下非线性函数关系

$$y = g(u) \tag{7.48}$$

控制的目的是确定最佳的控制量输入 u，使系统的实际输出 y 等于期望的输出 y_d。在该系统中，可把神经网络的功能看作输入输出的某种映射，或称函数变换，并设它的函数关系为

$$u = f(y_{\mathrm{d}}) \tag{7.49}$$

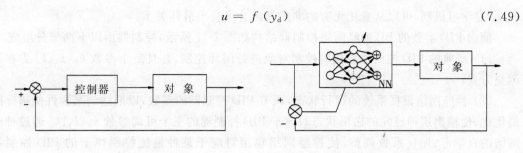

（a）反馈控制系统框图　　　　　　（b）神经网络控制系统框图

图 7-16　反馈控制与神经网络控制

为了满足系统输出 y 等于期望的输出 y_{d}，将式（7.49）代入（7.48），可得

$$y = g[f(y_{\mathrm{d}})] \tag{7.50}$$

显然，当 $f(\cdot) = g^{-1}(\cdot)$ 时，满足 $y = y_{\mathrm{d}}$ 的要求。

由于采用神经网络控制的被控对象一般是复杂的且多具有不确定性，因此，非线性函数 $g(\cdot)$ 是难以建立的，可以利用神经网络具有逼近非线性函数的能力来模拟 $g^{-1}(\cdot)$。尽管 $g(\cdot)$ 的形式未知，但通过系统实际输出 y 与期望输出 y_{d} 之间的误差来调整神经网络中的连接权限，即让神经网络学习，直至误差趋于零的过程，就是神经网络模拟 $g^{-1}(\cdot)$ 的过程，它实际上是对被控对象的一种求逆过程，由神经网络的学习算法实现这一求逆过程。这就是神经网络实现直接控制的基本思想。这里，

$$e = y_{\mathrm{d}} - y \to 0 \tag{7.51}$$

2. 神经网络在控制中的作用

神经网络在控制中的作用分为以下几种：

① 在基于精确模型的各种控制结构中充当对象的模型；

② 在反馈控制系统中直接充当控制器；

③ 在传统控制系统中起优化计算作用；

④ 在与其他智能控制方法和优化算法的融合中，为其提供非参数化对象模型、优化参数、推理模型及故障诊断等。

神经网络具有大规模并行处理，信息分布存储，连续时间的非线性动力学特性，高度的容错性和鲁棒性，自组织、自学习和实时处理等特点，因而神经网络在控制系统中得到了广泛的应用。

3. BP 神经网络控制应用

BP（Back Propagation）神经网络属前向神经网络系列，具有逼近任意非线性的能力，结构和学习算法简单明了；BP 神经网络的学习算法属于全局逼近算法，具有较强的泛化能力；BP 神经网络输入输出之间的关联信息分布地存储在网络的连接权中，个别神经元的损坏只对输入输出关系有较小的影响，因而，BP 神经网络具有较好的容错性。BP 神经网络被广泛应用于系统辨识、自适用控制、最优预测、优化计算、函数逼近、模式识别和图像处理等。本节以 BP 神经网络实现最佳组合的 PID 控制为例，介绍 BP 神经网络应用于控制的基本原理。

由第 5 章 PID 控制器设计一节可知，要取得较好的控制效果，P、I、D 三种控制作用必须既相互配合又相互制约，这种关系不一定是简单的线性组合。采用 BP 神经网络建立 k_{P}、

k_I、k_d 自学习机制,可以从变化无穷的非线性组合中找出最佳关系。

面向 PID 参数的 BP 神经网络控制器结构如图 7-17 所示,控制器由以下两部分组成:

(1) 经典的 PID 控制器直接对控制对象进行闭环控制,并且三个参数 k_P、k_I、k_d 为在线调整方式;

(2) 神经网络根据系统的运行状态,调节 PID 控制器的参数,以期达到某种性能指标的最优化,使输出层神经元的输出状态对应于 PID 控制器的三个可调参数 k_P、k_I、k_d 通过神经网络的自学习、加权系数调整,使神经网络输出对应于某种最优控制律下的 PID 控制器参数。

经典增量式数字 PID 的控制算法为

$$u(k) = u(k-1) + k_p[e(k) - e(k-1)] + k_I e(k) + k_d[e(k) - 2e(k-1) + e(k-2)] \tag{7.52}$$

式中,k_P、k_I、k_d 分别为比例、积分、微分系数,由 BP 神经网络调节输出,如图 7-17 所示。

网络输入层的输入为

$$O_j^{(1)} = x(j), \qquad (j = 1, 2, \cdots, M) \tag{7.53}$$

式中输入量的个数 M 取决于被控系统的复杂程度。

网络隐含层的输入、输出为:

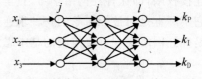

$$\left. \begin{array}{l} \mathrm{net}_i^{(2)}(k) = \displaystyle\sum_{j=0}^M w_{ij}^{(2)} O_j^{(1)}(k) \\[2mm] o_i^{(2)}(k) = f(\mathrm{net}_i^{(2)}(k)) \quad i = 1, \cdots Q \end{array} \right\} \tag{7.54}$$

图 7-17　面向 PID 参数的 BP 网络结构

式中,$w_{ij}^{(2)}$ 是隐含层加权系数,上角标(1)、(2)、(3)分别代表输入层、隐含层和输出层。

隐层神经元的非线性函数取正负对称的双曲正切函数

$$f(x) = \frac{\mathrm{e}^x - \mathrm{e}^{-x}}{\mathrm{e}^x + \mathrm{e}^{-x}} \tag{7.55}$$

网络输出层的输入、输出为

$$\left. \begin{array}{l} \mathrm{net}_i^{(3)}(k) = \displaystyle\sum_{i=0}^Q w_{li}^{(3)} O_i^{(2)}(k) \\[2mm] O_l^{(3)}(k) = g(\mathrm{net}_l^{(3)}(k)) \quad (l = 1, 2, 3) \\[2mm] O_1^{(3)}(k) = k_p \\[2mm] O_2^{(3)}(k) = k_I \\[2mm] O_3^{(3)}(k) = k_d \end{array} \right\} \tag{7.56}$$

输出层输出节点分别对应三个可调参数 k_P、k_I、k_d。由于 k_P、k_I、k_d 不能为负值,所以输出神经元的非线性函数取非负的双曲正切函数

$$g(x) = \frac{\mathrm{e}^x}{\mathrm{e}^x + \mathrm{e}^{-x}} \tag{7.57}$$

取性能指标函数为

$$E(k) = \frac{1}{2} [r_{\mathrm{in}}(k) - y_{\mathrm{out}}(k)]^2 \tag{7.58}$$

　　按照梯度下降法修正网络的权系数,即按 $E(k)$ 对加权系数的负梯度方向搜索调整,并附加一使搜索快速收敛全局极小的惯性项

$$\Delta w_{li}^{(3)}(k) = -\eta \frac{\partial E(k)}{\partial w_{li}^{(3)}} + \alpha \Delta w_{li}^{(3)}(k-1) \tag{7.59}$$

式中,η 为学习速率,α 为惯性系数。

$$\frac{\partial E(k)}{\partial w_{li}^{(3)}} = \frac{\partial E(k)}{\partial y(k)} \cdot \frac{\partial y(k)}{\partial u(k)} \cdot \frac{\partial u(k)}{\partial O_l^{(3)}(k)} \cdot \frac{\partial O_l^{(3)}(k)}{\partial \mathrm{net}_l^{(3)}(k)} \cdot \frac{\partial \mathrm{net}_l^{(3)}(k)}{\partial w_{li}^{(3)}(k)} \tag{7.60}$$

$$\frac{\partial \mathrm{net}_l^{(3)}(k)}{\partial w_{li}^{(3)}(k)} = O_i^{(2)}(k) \tag{7.61}$$

　　由于 $\dfrac{\partial y(k)}{\partial u(k)}$ 未知,所以近似用符号函数 $\mathrm{sgn}\left(\dfrac{\partial y(k)}{\partial u(k)}\right)$ 取代,由此带来计算不精确的影响可以通过调整学习速率 η 来补偿。

　　由式(7.52)和式(7.56),可求得

$$\frac{\partial u(k)}{\partial O_1^{(3)}(k)} = e(k) - e(k-1) \tag{7.62}$$

$$\frac{\partial u(k)}{\partial O_2^{(3)}(k)} = e(k) \tag{7.63}$$

$$\frac{\partial u(k)}{\partial O_3^{(3)}(k)} = e(k) - 2e(k-1) + e(k-2) \tag{7.64}$$

上述分析可得网络输出层权的学习算法为

$$\Delta w_{li}^{(3)}(k) = \alpha \Delta w_{li}^{(3)}(k-1) + \eta \delta_l^{(3)} O_i^{(2)}(k) \tag{7.65}$$

$$\delta_l^{(3)} = e(k) \mathrm{sgn}\left(\frac{\partial y(k)}{\partial u(k)}\right) \frac{\partial u(k)}{\partial O_l^{(3)}(k)} g[\mathrm{net}_l^{(3)}(k)], \quad (l=1,2,3) \tag{7.66}$$

同理,可得隐含层加权系数的学习算法为

$$\Delta w_{ij}^{(2)}(k) = \alpha \Delta w_{ij}^{(2)}(k-1) + \eta \delta_i^{(2)} O_j^{(1)}(k) \tag{7.67}$$

$$\delta_i^{(2)} = f[\mathrm{net}_i^{(2)}(k)] \sum_{l=1}^{3} \delta_l^{(3)} w_{li}^{(3)}(k), \quad (i=1,2,\cdots,Q) \tag{7.68}$$

式中 $g(\cdot) = g(x)(1-g(x))$,$f(\cdot) = (1-f^2(x))/2$.

　　基于 BP 神经网络的 PID 控制器结构如图 7-18 所示。该控制器控制算法归纳如下:

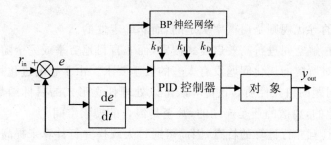

图 7-18　基于 BP 神经网络的 PID 控制器结构

　　(1) 确定 BP 神经网络的结构,即确定输入层节点数 M 和隐含层节点数 Q,并给出各层加权系数的初值 $w_{ij}^{(1)}(0)$ 和 $w_{li}^{(2)}(0)$,选定学习速率 η 和惯性系数 α,此时 $k=1$;

　　(2) 采样得到 $r_{\mathrm{in}}(k)$ 和 $y_{\mathrm{out}}(k)$,计算该时刻误差 $e(k) = r_{\mathrm{in}}(k) - y_{\mathrm{out}}(k)$;

（3）计算 BP 神经网络 NN 各层神经元的输入、输出，BP 神经网络输出层的输出即为 PID 控制器的三个可调参数 k_P、k_I、k_d；

（4）根据式(7.52)计算 PID 控制器的输出 $u(k)$；

（5）进行神经网络学习，在线调整加权系数 $w_{ij}^{(1)}(k)$ 和 $w_{li}^{(2)}(k)$，实现 PID 控制参数的自适用调整；

（6）置 $k = k + 1$，返回(1)。

7.3　遗传算法控制基础

根据进化论，生物的发展进化主要有三个原因，即遗传、变异和选择。遗传是指子代总是和亲代相似；变异是指子代和亲代有某些不相似的现象；选择是指自然性的适者生存、优胜劣汰。

遗传算法(Genetic Algorithms，简称 GA)将生物进化原理引入待优化参数形成的编码串群体中，按着一定的适值函数及一系列遗传操作对各个体进行筛选，从而使适值高的个体被保留下来，组成新的群体，新群体包含上一代的大量信息，并且引入了新的优于上一代的个体。这样周而复始，群体中各个体适值不断提高，直至满足一定的极限条件。此时，群体中适值最高的个体即为待优化参数的最优解。正是由于遗传算法独具特色的工作原理，使它能够在复杂空间进行全局优化搜索，并且具有较强的鲁棒性；另外，遗传算法对于搜索空间，基本上不需要什么限制性的假设(如连续、可微及单峰等)。

7.3.1　遗传算法概述

1. 遗传算法特点与应用领域

与常规优化算法相比，遗传算法有以下特点：

① 遗传算法是对参数的编码进行操作，而非对参数本身。即基于一个有限的字母表，把最优化问题的自然参数集编码为有限长度的字符串。

② 遗传算法是从许多点开始并行操作，并非局限于一点，可有效防止搜索过程收敛于局部最优解。

③ 遗传算法通过目标函数来计算适值，并不需要其他推导和附加信息，因而对问题的依赖性较小。

④ 遗传算法的寻优规则是由概率决定的，而非确定性的。

⑤ 遗传算法在解空间进行高效启发式搜索，而非盲目地穷举或完全随机搜索。

⑥ 遗传算法对所解的优化问题没有太多的数学要求。由于它的进化特性，它在解的搜索中不需要了解问题的内在性质。遗传算法可以处理任意形式的目标函数和约束，无论是线性的还是非线性的，离散的还是连续的，甚至是混合的搜索空间。

⑦ 遗传算法具有并行计算的特点，因而可通过大规模并行计算来提高计算速度。

遗传算法的主要应用领域：

① 函数优化。重点针对非线性、多目标、多模型等的函数优化。

② 生产调度。生产规划、任务分配、流水线管理等。

③ 自动控制。参数辨识、神经网络结构优化、模糊控制规则学习、权值优化等。

另外，在机器人、图像处理、模式识别等也是热门应用领域。在自动控制领域应用较广泛的功能是控制器参数的优化。遗传算法的参数优化原理也是遗传算法的基本原理和基础内容。

2. 遗传算法的基本操作

遗传算法包含三个基本操作：复制（Reproduction）、交叉（Crossover）和变异（Mutation）。

1）复制

复制（又称繁殖），是从一个旧群体中（Old Population）选择生命力强的个体位串（或称字符串）（Individual string）产生新种群的过程。在复制操作过程中，目标函数（适值）是该个体位串被复制或被淘汰的决定因素。

2）交叉

简单的交叉操作分两步实现。在由等待配对的位串所构成的匹配集中，第一步是将新复制产生的位串个体随机两两配对；第二步是随机选择交叉点，对匹配的位串进行交叉繁殖，产生一对新的位串。具体过程如下：

设位串的字符为 l，在 $[1, l-1]$ 的范围内，随机地选取一个整数值 k 作为交叉点。将两个配对位串从第 k 位右边部分的所有字符进行变换，从而生成两个新的位串。一般的交叉操作过程可用图 7-19 所示的方式进行。

遗传算法的有效性主要来自复制和交叉操作。复制操作虽然能够从旧种群中选择优秀者，但不能创造新的个体；交叉操作模拟生物进化过程中的繁殖现象，通过两个个体的交换组织，来创造新的优良个体。

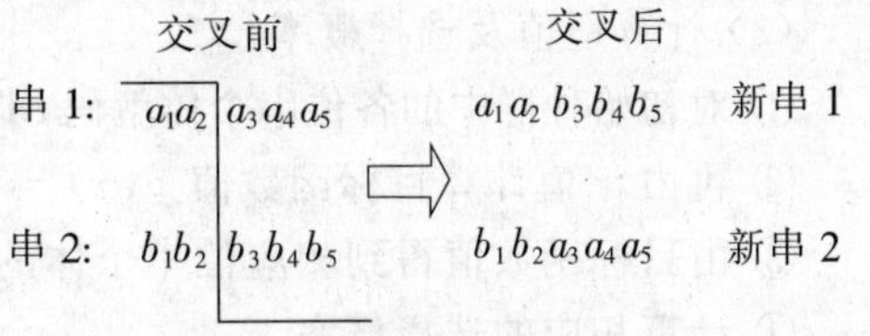

图 7-19　交叉操作

3）变异

尽管复制和交叉操作很重要，在遗传算法中排第一位，但不能保证不会遗漏一些重要的遗传信息。在人工遗传系统中，用变异来防止这种不可弥补的遗漏。在简单遗传算法中，变异就是某个字符串当中某一位的值偶然（概率很小的）随机的改变，即在某些特定位置上简单地把 1 变为 0，或反之。当它有节制地和交叉一起使用时，它就是一种防止过度成熟而丢失重要概念的保险策略。

例如，随机产生一个群体，如表 7-8 所示。在该表所列种群中，无论怎样交叉，在第 4 位上都不可能得到有 1 的位串。若优化的结果要求位串中该位是 1，显然仅靠交叉是不够的，还需要有变异，即特定位置上的 0 和 1 之间的转变。

变异在遗传算法中的作用是第二位的，但却是必不可少的。变异运算用来模拟生物在自然的遗传环境中由于各种偶然因素

表 7-8　随机种群

编号	位串	适值
1	01101	169
2	11001	625
3	00101	25
4	11100	784

引起的基因突变，它以很小的概率随机改变遗传基因（即位串个体中某一位）的值。通过变异操作，可确保种群中遗传基因类型的多样性，以使搜索能在尽可能大的空间中进行，避免丢失在搜索中所用的遗传信息而陷入局部解，获得质量较高的优化解。根据统计，变异的概率为 0.001，即变异的频率为每千位传送中只变异一位。

例 7.9　用遗传算法使函数 $f(x) = x^2$ 在 $[0, 31]$ 上取得最大值的点 x_0。

解　此题是遗传算法求解函数的优化问题。

（1）确定适当的编码

在区间 $[0,31]$ 上的变量 x 可用一个 5 位二进制位串进行编码，x 的值直接对应二进制位串的数值：

$$x = 0 \Leftrightarrow 00000$$

$$x = 31 \Leftrightarrow 11111$$

（2）选择初始种群

用抛硬币的方法随机产生一个由 4 个位串组成的初始种群，见表 7-9。

表 7-9 种群的初始位串及对应的适值

编号	位串(x)	适值 $f(x) = x^2$	占总数的百分比(%)
1	01101	169	14.4
2	11000	576	49.2
3	01000	64	5.5
4	10011	361	30.9
总和(初始种群整体)		1 170	100.0

（3）计算适值及选择概率

① 对初始种群中的各位串个体解码，求出其二进制位串等价的十进制数，即参数 x 的值；

② 再由 x 值计算目标函数值 $f(x) = x^2$；

③ 由目标函数值得到相应位串个体的适值（直接取目标函数值）；

④ 计算相应的选择概率

$$P_s = \frac{f_i}{\sum f_i}$$

⑤ 计算期望的复制数 $f / \overline{f_i}$，计算结果如表 7-10 所示。

（4）复制

遗传算法的每一代都是从复制开始的。复制操作可以用多种算法的形式实现，采用转轮法（参阅有关资料）运算的结果如表 7-10 所示。

表 7-10 复制操作之后的各项数据

串号	随机生成的初始群体	X值（无符号数）	$f(x) = x^2$	选择复制的概率 $f_i / \sum f_i$	期望的复制数 $f_i / \overline{f_i}$	实际得到的复制数
1	01101	13	169	0.14	0.58	1
2	11000	24	576	0.49	1.97	2
3	01000	8	64	0.06	0.22	0
4	10011	19	361	0.31	1.23	1
总　计			1 170	1.00	4.00	4
平均值			293	0.25	1.00	1
最大值			576	0.49	1.97	2

表中位串 3 被淘汰,位串 1、4 被复制一次,位串 2 被复制两次,适值最好的有较多的拷贝,即给予适合于生存环境的优良个体更多繁殖后代的机会,从而使优良特性得以遗传,反之,最差的则被淘汰。

（5）交叉

运算结果如表 7-11 所示。

表 7-11　交叉操作之后的各项数据

新串号	复制后的匹配池 （"｜"为交叉点）	配对对象 （随机选择）	交叉点 （随机选择）	新群体	x 值	$f(x)=x^2$
1	0110 ｜ 1	2	4	01100	12	144
2	1100 ｜ 0	1	4	11001	25	625
3	11 ｜ 000	4	2	11011	27	729
4	10 ｜ 011	3	2	10000	16	256
总　计						1 754
平均值						439
最大值						729

（6）变异

此例中变异概率取为 0.001。由于种群中 4 个位串个体总共有 20 位代码,变异的期望次数为 $20×0.001=0.02$ 位,这意味着本群体不进行变异。因此,此例没有进行变异操作。

从表 7-10 和表 7-11 可以看出,虽然仅进行一代遗传操作,但种群适值的平均值和最大值却比初始种群有了很大的提高,平均适值由 293 变到 439,最大值由 576 变到 729,这说明随着遗传运算的进行,种群正向着优化的方向发展。通过上面简单的例子可以看出,遗传算法在以下几个方面不同于传统优化方法:

① 遗传算法只对参数的编码进行操作,而不是参数集的本身。

② 遗传算法的搜索始于解的一个种群,而不是单个解,因而可以有效地防止搜索过程收敛于局部最优解。

③ 遗传算法只使用适值函数,而不使用导数和其他附属信息,从而对问题的依赖性小。

④ 遗传算法采用概率的,而不是确定的状态转移规则,即具有随机操作算子。

图 7-20 是遗传算法的工作原理示意图。

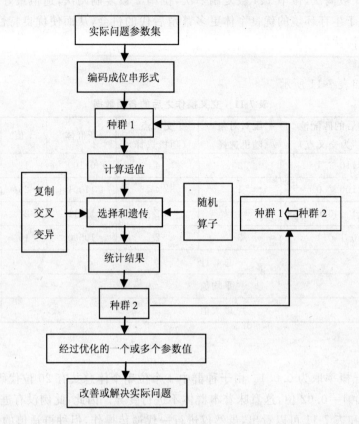

图 7-20　遗传算法工作原理示意图

7.3.2　遗传算法应用基础

在遗传算法的应用中,除了复制、交叉和变异等基本操作外,还必须考虑目标函数到个体适值的映射、适值的调整、编码原则和多参数编码映射方法等基础问题。

1. 目标函数值到适值的形式的映射

适值是非负的,任何情况下总希望越大越好,而目标函数有正、有负,甚至可能是复数值,且目标函数和适值间的关系也多种多样。如求最大值对应点时,目标函数和适值变化方向相同;求最小值对应点时,变化方向恰好相反;目标函数值越小的点,适值越大。因此,存在目标函数值向适值映射的问题。

首先应保证映射后的适值是非负的,其次目标函数的优化方向应对应于适值的增大方向。

对最小化问题,一般采用如下适值函数 $f(x)$ 和目标函数 $g(x)$ 的映射关系:

$$f(x) = \begin{cases} C_{\max} - g(x), & g(x) < C_{\max} \\ 0, & \text{其他} \end{cases} \tag{7.69}$$

式中,$C_{\max}$ 可以是一个输入参数,或是理论上的最大值,或是到目前所有代(或最近的 k 代)之中见到的 $g(x)$ 的最大值,此时 $C_{\max}$ 随着代数会有变化。

对最大化问题,一般采用下述方法:

$$f(x) = \begin{cases} g(x) - C_{\min}, & g(x) > C_{\min} \\ 0, & \text{其他} \end{cases} \tag{7.70}$$

式中，$C_{\min}$ 既可以是输入值也可以是当前最小值或最近 k 代中的最小值。

指数函数方法：

$$f(x) = c^v$$

$$y = g(x)$$

式中，c 一般取 1.618 或 2（最大化），0.618（最小化）。这样，既保证了 $f(x) \geq 0$ 又使 $f(x)$ 的增大方向与优化方向一致。

2. 适值的调整

为了使遗传算法有效地工作，必须保持种群内位串的多样性和位串之间的竞争机制。若将遗传算法的运行分为开始、中间和结束三个阶段，那么在开始阶段，若一个规模不太大的种群内有少数非凡的个体（适值很高的位串），按通常的选择方法（选择复制的概率 $f_i / \sum f_i$，期望的复制数 $f_i / \overline{f_i}$），这些个体会被大量地复制，在种群中占有大的比重，这样就会减少种群的多样性，导致过早收敛，从而可能失去一些有意义的搜索点或最优点，而进入局部最优。在结束阶段，即使种群内保持了很大的多样性，但若所有或大多数个体都有很高的适值，使种群平均适值和最大适值相差无几，则平均适值附近的个体和具有最高适值的个体，被选中的机会相同，这样选择就成了一个近乎随机的步骤，适值的作用就会消失，从而搜索性能就得不到明显改进。因此，有必要对种群内各位串的适值进行调整，既不能相差太大，又要拉开档次，强化位串之间的竞争性。常用的适值调整方法有窗口法、函数归一化法和线性调整法等。

1）窗口法

它是一种简单有效的适值调整方法，调整后的个体适值为

$$F_j = f_j - (f_{\min} - \alpha) \tag{7.71}$$

式中，f_j 为原来个体的适值；$f_{\min}$ 为每代种群中个体适值的最小值；α 为一常数。在进化的后期窗口法增加了个体之间的差异。

2）函数归一化法

该法是将个体适值转换到最大值与最小值之间成一定比例的范围之内，这一范围由选择压力 k_{sp} 决定。具体步骤如下：

① 根据给定的选择压力 k_{sp}，求种群中适值调整后的适值最小值

$$F_{\min} = \frac{f_{\min} + f_{\max}}{1 + k_{sp}} \tag{7.72}$$

式中，$f_{\min}$ 和 $f_{\max}$ 是调整前种群个体适值的最小值和最大值。适值调整后种群中适值最大值为

$$F_{\max} = k_{sp} F_{\min} \tag{7.73}$$

② 计算线性适值转换的斜率

$$\Delta F = \frac{F_{\max} - F_{\min}}{f_{\max} - f_{\min}} \tag{7.74}$$

③ 计算每个个体的新适值

$$F_j = F_{\min} + \Delta F(f_j - f_{\min}) \tag{7.75}$$

式中，f_j 为调整前的第 j 个个体适值。在进化的早期，函数归一化法缩小了种群内个体之间的差异，而在进化的后期又适当增大了性能相似个体之间的差异，加快了收敛速度。

3）线性调整法

线性调整是一个有效的调整方法。设 f 是原个体适值，F 是调整后个体的适值

$$F = af + b \qquad\qquad (7.76)$$

系数 a、b 可通过多种方法选取。不过，在任何情况下均要求 F_{avg} 应与 f_{avg} 相等，即应满足的条件为

$$\left.\begin{array}{l} F_{avg} = f_{avg} \\ F_{max} = c_{mult} f_{avg} \end{array}\right\} \qquad\qquad (7.77)$$

式中，c_{mult} 是最佳种群所要求的期望拷贝数，是一个经验值，对于一个不大的种群（$n = 50 \sim 100$）来说，可在 $1.2 \sim 2$ 的范围内取值。

正常条件下的线性调整方式如图 7-21 所示。

线性调整法在遗传算法的后期可能产生的一个问题是，一些个体的适值远远小于平均适值与最大适值，而往往平均适值与最大适值又十分接近，c_{mult} 的这种选择方法将原始适值函数伸展成负值，如图 7-22 所示。解决的方法是，当无法找到一个合适的 c_{mult} 时，仍保持 $F_{avg} = f_{avg}$，而将 f_{min} 映射到 $F_{min} = 0$。

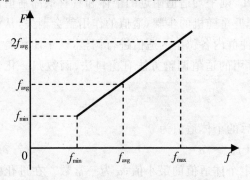

图 7-21　正常条件下的线性调整法

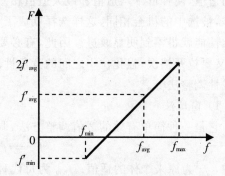

图 7-22　线性映射方法之一

3．编码原则

遗传算法参数编码原则有两种：深层意义上的建筑块原则和最小符号表原则。而后者是一种应用广泛的实用原则。

最小符号表原则要求选择一个使问题得以自然表达的最小符号表进行编码。在前面讨论中使用的都是二进制符号表 $\{0,1\}$ 进行编码，任何一个长度为 l 的位串都包含在 $\{0,1\}^l$ 中。根据遗传算法的模式理论（参阅相关资料），遗传算法能有效工作的根本原因，在于能有效地处理种群中的大量模式，尤其是那些定义长度短、确定位数少、适值高的模式（即建筑块）。因此，编码应使确定规模的种群中包含尽可能多的模式。表 7-12 给出了一个参数的二进制编码和非二进制的对比情况，即将 $[0,31]$ 上的二进制整数一一对应地映射到一个有 32 个字母的符号表中，这个符号表包含 26 个英文字母（A～Z）和 6 个数字（1～6）。在二进制编码中，通过代码表中小部分关键代码可以找到重要的相似性，而在非二进制编码表中，只能看到单一代码的符号表，看不出代码中的相似性。为了进一步了解二进制编码的数学意义，假设有一个非二进制的包含 k 个字母编码的符号 V' 及二进制编码的符号表 V，即

$$V' = \{a_1 a_2 \cdots a_k\}$$
$$V = \{0,1\}$$

为了表达同样多的点数,在各自的空间中两种编码的长度分别设为 l' 和 l,即有

$$k^{l'} = 2^l$$

此时,在二进制编码中包含的模式数(单个位串)为 3^l。在非二进制编码中,单个位串包含的模式数为 $(k+1)^{l'}$。可以证明,当 $k > 2$ 时,$3^l > (k+1)^{l'}$。下面举例说明:

取 $V' = \{0,1,2,3\}$,$V = \{0,1\}$,由于 $4^{l'} = 2^l$,则当 $l=6$ 时,有 $l'=3$,因此,非二进制编码模式数为

$$(k+1)^{l'} = (4+1)^{l'} = 5^3 = 125$$

二进制编码模式数为

$$(2+1)^l = 3^l = 3^6 = 729$$

显然,二进制编码方案能取得最大的模式数。

表 7-12 二进制与非二进制编码

二进制	非二进制
00000	A
00001	B
⋮	⋮
11001	Z
11010	1
11011	2
⋮	⋮
11111	6

7.3.3 基于遗传算法的模糊控制

运用遗传算法进一步提高模糊控制器的动态、静态性能具有重要的应用价值。一般基于遗传算法的模糊控制器的结构如图 7-23 所示。考虑最为常用的二维模糊控制,如图 7-23 实线部分所示。控制模糊器的输入量为偏差 $e(k)$ 和偏差变化 $e_c(k)$,输出为控制变化 $\Delta u(k)$,其中偏差 $e(k) = y_d(k) - y(k)$,$e_c(k) = e(k) - e(k-1)$,$y(k)$ 为系统实际输出,$y_d(k)$ 为期望输入。被控对象以工业过程中常用的带有纯滞后的对象

$$G(s) = \frac{K}{1+Ts}e^{-\tau s} \tag{7.78}$$

式中,$K = 1, T = 50, \tau = 2$。

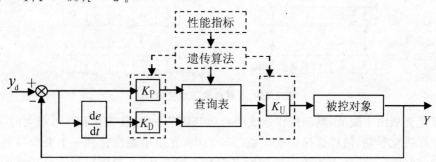

图 7-23 基于遗传算法的模糊控制原理结构图

模糊系统共有 n 条 if…then 形式的规则,其中第 i 条规则被描述为

$$R_i: \text{if } \underset{\sim}{E} \in A_i \text{ and } \underset{\sim}{EC} \in B_i \text{ then } \triangle U \in \triangle U_i$$

式中,$\triangle U$ 为控制器增量输出模糊语言变量;$\underset{\sim}{E}$、$\underset{\sim}{EC}$ 为控制器输入模糊语言变量;A_i、B_i、$\triangle U_i$ 为相应的模糊子集,其分别在 NL(负大)、NM(负中)、NS(负小)、ZE(零)、PS(正小)、PM(正中)和 PL(正大)中取值。模糊隶属函数从常用的三角形、梯形和高斯等函数中确定采用等腰三角形,并在寻优过程中保持不变。如果存在输入 $e=a^*$,$e_c=b^*$,则控制器的增

量输出为

$$\Delta u(k) = (\sum_{i=1}^{n} w_i c_i)/\sum_{i=1}^{n} w_i \qquad (7.79)$$

控制器的输出为

$$u(k) = u(k-1) + \Delta u(k) \qquad (7.80)$$

式中，$w_i = \mu_{A_i}(a^*) \wedge \mu_{Bi}(b^*)$，$c_i$ 是 U_i 所取的各个模糊值的论域中心元素值。控制规则的全体构成一个 $M \times N$ 维的模糊控制表，M、N 为两个模糊输入变量的模糊子集个数。

利用遗传算法，在固定模糊隶属函数的前提下自动调整模糊控制规则，主要操作如下：

1) 种群大小

在使用遗传算法时，首先需要解决的是确定种群的大小，若太小，则不能保证种群中个体的多样性，寻优空间小，导致提前收敛；若太大，则增加计算负担，降低了遗传算法的效率。因此，二者兼顾了种群大小取为 50。

2) 参数编码

对模糊控制规则采用自然数编码。对 $M \times N$ 维规则表中的 $M \times N$ 个语言变量值 NL、NM、NS、ZE、PS、PM、PL 分别用 0、1、2、3、4、5、6 表示。这样，在计算机中每个个体可以用一个 $M \times N$ 行、两列的数组表示。

3) 复制

采用不同的复制方法，即一般复制法、稳态复制法、代沟法和选择种子法，以期对寻优速度和寻优精度进行比较。研究结果表明，选择种子法能保证全局收敛，稳定复制法适合于非线性较强的问题，代沟法的寻优效果一般，一般复制法效果最差。

4) 交叉与变异

交叉操作是产生新个体增大搜索空间的重要手段，但同时容易造成对有效模式的破坏，针对模糊规则表采用自然编码的特点，采用点对点的双点交换方法，如图 7-24 所示。

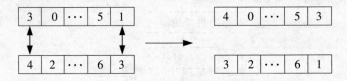

图 7-24　点对点的双点交换法

变异能克服由于交叉、复制操作造成的有效基因的丢失，使搜索在尽可能大的寻优空间中进行。在进化早期，随机选择突变次数（1～3）次，在串中随机选择一个突变位置，进行 6 步距突变，即把突变位置上的表示规则的自然数 b 加上 0～6 的随机数 s，然后将和除以 7，取余数即突变操作的结果 a，即 $a = (b+s)\%7$。在进化后期，为防止 6 步距突变造成个体性能恶变，采用 2 步距突变，例如对规则 ZE 将有可能突变成 NS 或 PS 或 NM 或 PM，而对规则 NL 将有可能变成 NM 或 NS。另外，根据模糊控制器设计的一般常识，对如下 3 条规则不作突变操作。

$$\text{if } \underset{\sim}{E} \in \text{NL} \quad \text{and} \quad \underset{\sim}{EC} \in \text{NL} \quad \text{then} \quad \underset{\sim}{\triangle U} \in PL$$

$$\text{if } \underset{\sim}{E} \in \text{ZE} \quad \text{and} \quad \underset{\sim}{EC} \in \text{ZE} \quad \text{then} \quad \underset{\sim}{\triangle U} \in ZE$$

$$\text{if } \underset{\sim}{E} \in \text{PL} \quad \text{and} \quad \underset{\sim}{EC} \in \text{PL} \quad \text{then} \quad \underset{\sim}{\triangle U} \in \text{NL}$$

5）适值调整

为防止种群进化过程中提前收敛以及提高进化后期的收敛速度，扩大寻优空间和提高寻优精度，采用窗口法和函数归一法进行适值调整。

6）个体目标函数估计

个体是模糊控制器参数的编码，个体目标函数用来估价该控制器的性能，本控制器采用的个体目标函数如下

$$J = \sum_{k=1}^{t_s} [a_u \mid u(k) - u(k-1) \mid + a_y \mid e(k) \mid + a_e \mid e_c(k) \mid] \tag{7.81}$$

式中，t_s 是控制器作用于对象的持续时间，a_u、a_y、a_e 为式（7.81）中相应项的加权系数，它们分别决定了 $\mid u(k) - u(k-1) \mid$、$\mid e(k) \mid$、$\mid e_c(k) \mid$ 项在个体目标函数中所占的比重，其值越大对该项的重视程度越高，其中 $a_e \mid e_c(k) \mid$ 项的引入主要是防止输出响应超调量过大。进而，得到个体适值

$$f_j = \sum_{i=1}^{N} J_i / J_j \tag{7.82}$$

式中，N 为种群大小，J_j 为第 j 个个体的目标函数值。

7）寻优过程中期望输入的选择

令期望输入 $y_d = 1$，式（7.83）中 $t_s = 100$ s，利用遗传算法寻优，得模糊控制器，将该控制器用于系统控制，其响应曲线如图 7-25 所示，显而易见，当 $t = 135$ s 时，控制效果变差。其主要原因是由于在寻优过程中，种群个体没有对系统输出在不同区域、不同变化速率的情况都进行目标函数估价。采用变期望输入的方法，使控制器在寻优过程中能够对系统绝大部分状态变化做出响应。此时，期望输入按下式选取

$$y_d = \begin{cases} 1 & , \quad 0 < t \leq 40 \\ 0.5 & , \quad 40 < t \leq t_s \end{cases} \tag{7.83}$$

基于函数归一化适值调整法和稳态复制法寻优得到的模糊规则表、系统输出响应分别如表 7-13 和图 7-26 所示。从图 7-26 中可以看出当 $y_d = 1$ 时，系统输出极好地跟踪期望输入，其过渡过程短、稳态误差小，对其他的期望输入都有较好地输出响应。

表 7-13　寻优得到的模糊控制规则表

EC/E	NL	NM	NS	ZE	PS	PM	PL
NL	pl	nl	ps	ps	ps	nl	pl
NM	pm	pm	nm	ps	ps	ns	ps
NS	ps	ps	ze	pm	nm	nl
ZE	pl	pl	ps	ze	nm	nm	pm
PS	ze	pl	nm	ze	nm	nm	pm
PM	ps	pm	pl	ze	ns	pl	pl
PL	ns	ze	ze	nl	nm	ps	nl

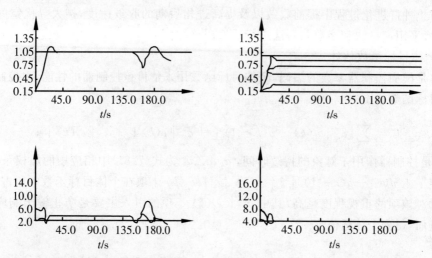

图 7-25　单位阶跃期望输入下的寻优结果　　图 7-26　函数归一化和稳态复制法作用下的寻优结果

习　题

7.1　什么叫模糊集合？举例说明普通集合与模糊集合的主要区别。

7.2　怎样理解模糊集合的表达方式？并举例说明。

7.3　设 $\mu_{\underset{\sim}{A}}(x)=0.7$，$\mu_{\underset{\sim}{B}}(x)=0.15$，试求 $\underset{\sim}{A}$、$\underset{\sim}{B}$ 的交集、并集，并证明 $\underset{\sim}{A}\cup\overline{\underset{\sim}{A}}\neq\Omega$，$\underset{\sim}{A}\cap\overline{\underset{\sim}{A}}\neq\Phi$。

7.4　试述模糊统计方法确定 1.65 m 属中等身高的隶属函数的产生过程。

7.5　一温控系统要求被控温差范围为 $[-1\ ℃,1\ ℃]$，试按｛负大，负小，零，正小，正大｝对连续论域进行离散处理，计算量化因子，并利用对称三角形规则定义各模糊子集的隶属函数图形。

7.6　模糊矩阵与模糊关系有何异同？

7.7　设 $A=(0.20,0.16,0.73,0.5)$，$B=(0.38,0.43,0.21,0.65)$，试计算 if $\underset{\sim}{A}$ then $\underset{\sim}{B}$ 包含的模糊关系。

7.8　设 $\underset{\sim}{P}=\begin{bmatrix}0.12 & 0.45 & 0.78\\0.45 & 0.32 & 0.55\\0.86 & 0.31 & 0.36\end{bmatrix}$，$\underset{\sim}{Q}=\begin{bmatrix}0.21 & 0.43 & 0.54\\0.81 & 0.30 & 0.24\\0.75 & 0.33 & 0.42\end{bmatrix}$ 时，求 $\underset{\sim}{P}\cap\underset{\sim}{Q}$、$\underset{\sim}{P}\cup\underset{\sim}{Q}$、$\overline{\underset{\sim}{P}}$、$\underset{\sim}{P}\circ\underset{\sim}{Q}$。

7.9　设 $\underset{\sim}{A}=[0.15\quad 0.67\quad 0.8]$，$\underset{\sim}{R}=\begin{bmatrix}0.20 & 0.5 & 0.2 & 0.32\\0.18 & 0.44 & 0 & 0.16\\0.15 & 0 & 0.33 & 0.63\end{bmatrix}$，试计算 $\underset{\sim}{A}\circ\underset{\sim}{R}$。

7.10　设论域 $x=\{a_1,a_2,a_3,a_4,a_5\}$ 及 $y=\{b_1,b_2,b_3,b_4,b_5\}$ 上的模糊子集"大"、"小"、"较小"的隶属函数分别为

$$[\underset{\sim}{大}]=0/a_1+0/a_2+0/a_3+0.5/a_4+1/a_5$$
$$[\underset{\sim}{大}]=0/b_1+0/b_2+0/b_3+0.5/b_4+1/b_5$$

$$[\underset{\sim}{\text{小}}] = 1/\,a_1 + 0.5/\,a_2 + 0/\,a_3 + 0/\,a_4 + 0/\,a_5$$
$$[\underset{\sim}{\text{小}}] = 1/\,b_1 + 0.5/\,b_2 + 0/\,b_3 + 0/\,b_4 + 0/\,b_5$$
$$[\underset{\sim}{\text{较小}}] = 1/\,a_1 + 0.4/\,a_2 + 0.2/\,a_3 + 0/\,a_4 + 0/\,a_5$$
$$[\underset{\sim}{\text{较小}}] = 1/\,b_1 + 0.4/\,b_2 + 0.2/\,b_3 + 0/\,b_4 + 0/\,b_5$$

已知"若 x 小,则 y 大",试问 x 极小,则 y 如何? x 略大,则 y 如何?

7.11 按照通电时间延长,水温升高,反之水温降低的操作原理,设计一个微型计算机模糊水温控制器。

7.12 什么叫人工神经网络? 有哪些优点?

7.13 神经元数学模型包含哪几部分? 解释数学表达式为何有不同结构。

7.14 神经网络有哪些常见结构? 各结构有何特点?

7.15 神经网络控制的基本思想是什么? 神经网络在控制中有哪些作用?

7.16 叙述基于 BP 神经网络的 PID 控制器工作原理。

7.17 什么叫遗传算法? 有哪些特点?

7.18 遗传算法包含哪些基本操作? 举例说明各操作的实现原理。

7.19 遗传算法的应用须解决哪些基本问题? 各有哪些基本方法?

7.20 遗传算法的主要应用领域有哪些? 试举一控制应用实例。

第8章 总线技术

按照一定协议组合,用于连接计算机各部件或计算机互联的公共信息线称为总线。总线是多设备共享的信息传送通道,基本类型分为并行总线和串行总线。随着网络技术的发展,近年来又出现了连接智能现场设备和自动化系统的数字式、双向传输多分支结构的通信网络,即现场总线。在现代工业微型计算机控制系统中,总线技术占有十分重要位置。

本章主要介绍各类总线的结构、特点和发展等基本内容。

8.1 并行总线

并行总线是多位信号同时传送的总线,传送速度快,但造价高。并行总线多用于主机与并行接口设备进行信息交互,如通过并行总线 I/O 接口连接 A/D 和 D/A 转换模块、各类电机控制模块、存储器扩展模块、串/并行通信扩展模块、开关量输入/输出模块等。典型的计算机工业控制系统并行总线有 PC 总线、PCI 总线、STD 总线等。

8.1.1 PC 总线

PC 总线(Personal Computer Bus)是个人计算机总线。IBM 公司的 PC 总线微型计算机最初是为个人或办公室使用而设计的,主要用于文字处理或一些简单的办公室事务处理。近年来 PC 总线在工业控制过程中也得到了广泛应用。采用 PC 总线的工业控制机与非工业控制用途的个人计算机相比其主要特点如下:

① 采用标准模块结构,用 CPU 模块取代原有的大底板,使硬件构成积木化,便于维修更换,也便于用户组织硬件系统,在结构上和 STD 总线工业控制机类似。

② 采用专用工业 PC 密封式机箱,内部采用"正压"送风,有良好的抗磁、抗干扰能力以及抵抗粉尘的能力;机械结构加固,改善了微型计算机的抗振性。

③ 根据工业控制的特点,常采用实时多任务操作系统。

④ 工业环境温度允许范围为 20~85 ℃。

采用 PC 总线工业控制机有许多优点,并且在软件上完全可与 PC 兼容,大大减少了软件开发的工作量,而且 PC 机联网方便,容易构成多微型计算机控制和管理一体化的综合系统、分级计算机控制系统和集散控制系统。

PC 总线的工业控制机采用开放式结构,即在底板上设置一些标准扩展插槽,要扩充 PC 的功能,只要设计符合插槽标准的适配器卡,然后将卡插入插槽即可。目前,生产的 PC 总线工业控制机配有各种用途的功能卡,如 A/D 卡、D/A 卡、数字 I/O 卡、可控硅和继电器控制卡、RS-422、RS-485 接口卡和多选通 RS-233 接口卡等。因此根据需要,只要在插槽中插入不同功能的插件卡,就可组成各种功能的采用 PC 总线的工业控制机。

以下介绍几种常用 PC 总线的基本结构。

1. EISA(Extended Industry Standard Architecture)总线

ISA 是工业标准结构的缩写,是 IBM 的标准兼容总线,也是现代个人计算机的基础,分 8 位和 16 位总线两个版本。EISA 总线,即扩展的工业标准总线,是在 1988 年 9 月由 COMPAQ 公司联合 HP、AST、AT&T、TANDY、NEC 等 9 家计算机公司,在 ISA 总线的基础上发展而来的一种高性能 32 位结构的总线。为做到完全兼容,EISA 总线插槽要兼顾 ISA 和 EISA 两种插板,故在 EISA 总线插槽外观上与 ISA 总线插槽等长宽高,而内部采用上下两层的双层引脚结构。上面一层包含 ISA 的全部信号,信号的排列、信号引脚间的距离以及信号的定义规约与 ISA 完全一致,下层包含全部新增加的 EISA 信号,这些信号在横向位置上与 ISA 信号线错开。两层引脚之间由定位键限位,使上层引脚与 ISA 插板上的"金手指"接触,下层引脚与 EISA 插板上的"金手指"接触。

EISA 总线是在 ISA 总线基础上,通过增加地址线、数据线和控制线来扩充的。下面介绍 EISA 总线新增加的信号线的功能。

① $D_{31} \sim D_{16}$ 高 16 位数据总线,与原 ISA 总线上定义的 $D_{15} \sim D_0$ 共同构成 32 位数据总线。

② $LA_{31} \sim LA_2$ 地址总线,这些 EISA 信号在底板上没有锁存,可以实现高速传送,与 $\overline{BE_0} \sim \overline{BE_3}$ 一起可寻址到 4 GB 的存储空间和 64 KB 的 I/O 地址空间。

③ $\overline{BE_0} \sim \overline{BE_3}$ 字节允许信号。这 4 个信号分别用来表示 32 位数据总线上哪个字节与当前总线周期有关。它们与 80386 或 80486 CPU 上的 $\overline{BE_0} \sim \overline{BE_3}$ 有同样的功能。

④ $M/\overline{IO}$ 访问存储器或 I/O 接口指示。用该信号的不同电平,来区分 EISA 总线上是访问内存还是访问 I/O 接口。

⑤ $\overline{START}$ 起始信号。它有效表明 EISA 总线周期开始。

⑥ $\overline{CMD}$ 定时控制信号。在 EISA 总线周期中提供定时控制。

⑦ $\overline{MACK_n}$ 总线认可信号。n 为相应插槽号。利用该信号来表示第 n 个总线主控器已获总线控制权。

⑧ $MIREQ_n$ 主控器请求信号。当总线主控器希望获得总线时,发出此信号,用以请求得到总线控制权。当然,该信号必须纳入总线裁决机构进行仲裁。

⑨ $\overline{MSBURST}$ 该信号用来指明一个主控器有能力完成一次猝发传送周期。

⑩ $\overline{SLBURST}$ 该信号用来指明一个受控器有能力接受一次猝发传送周期。

⑪ EX_{32}、EX_{16} 指示受控器是一块 EISA 标准的卡,并能支持 32 位或 16 位周期。若一个周期开始,这两个信号都无效,则总线变成 ISA 总线兼容方式。

⑫ $EXRDY$ 该信号用于 EISA 存储器或 I/O 设备请求等待状态。

EISA 既能与 ISA 总线兼容,同时又充分发挥 32 位微处理器的功能。其总线时钟仍保持为 8 MHz,数据传输率可达 33 MB/s。EISA 还可以支持总线主控,可以直接控制总线进行对内存和 I/O 设备的访问而不涉及主 CPU。

2. PCI(Peripheral Component Interconnect)总线

90 年代,随着图形处理技术和多媒体技术的广泛应用,在以 Windows 为代表的图形用户接口(GUI)进入 PC 机之后,要求有高速的图形描绘能力和 I/O 处理能力。这不仅要求图形适配卡要改善其性能,也对总线的速度提出了挑战。实际上,当时外设的速度已有了很大的提高,如硬磁盘与控制器之间的数据传输率已达 10 MB/s 以上,图形控制器和显示器之间的数据传输率也达到 69 MB/s。通常认为 I/O 总线的速度应为外设速度的 3～5 倍。原有的 ISA、EISA 已远远不能适应要求,而成为整个系统的主要瓶颈。因此,对总线提出了更高的性能要求,从而促使了总线技术进一步发展。

1991 年下半年,Intel 公司首先提出了 PCI 的概念,并联合 IBM、COMPAQ、AST、HP、DEC 等 100 多家公司成立了 PCI 集团,其英文全称为:Peripheral Component Interconnect Special Interest Group(外围部件互连专业组),简称 PCISIG。PCI 是一种先进的局部总线,已成为局部总线的新标准。PCI 总线不是 CPU 总线的直接延伸,而是外围设备与 CPU 之间的一个中间层。总线结构如图 8-1 所示。

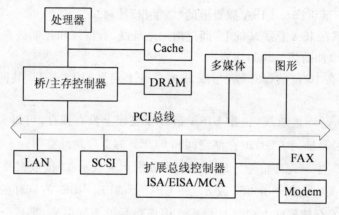

图 8-1 PCI 总线结构

在图 8-1 中,处理器/CACHE/存储器子系统经过一个 PCI 桥连接到 PCI 总线上。此桥提供了一个低延迟的访问通路,从而使处理器能够直接访问通过它映射于存储器空间或 I/O 空间的 PCI 设备,也提供了能使 PCI 高速设备直接访问主存的高速通路;该桥也能提供数据缓冲功能,以使 CPU 与 PCI 总线上的设备并行工作而不必相互等待;另外,桥可使 PCI 总线的操作与 CPU 总线分开,以免相互影响。扩展总线桥的设备是为了能在 PCI 总线上接出一条标准 I/O 扩展总线,如 ISA、EISA 总线,从而可继续使用现有的 I/O 设备。

1) PCI 局部总线的主要性能和特点
- 支持 10 台外设;
- 总线时钟频率 33.3 MHz/66 MHz;
- 最大数据传输速率 133 MB/s;
- 时钟同步方式;
- 与 CPU 及时钟频率无关;
- 总线宽度 32 位/64 位;
- 适应 5 V 和 3.3 V 电源环境;
- 具有与处理器和存储器子系统完全并行操作的能力;
- 能自动识别与配置外设,用户使用方便。

2) PCI 局部总线信号结构
按照 PCI 总线协议,总线上所有引发 PCI 传输事务的实体都是主设备,凡是响应传输事务的实体都是从设备,从设备又称为目标设备。主设备应具备处理能力,能对总线进行控制,即当一个设备作为主设备时,它就是一个总线主控器。

在一个 PCI 系统中,接口信号通常分为必备和可选两大类。如果只作为从设备,则至少需要 47 根信号线;若作为主设备,则需要 49 根信号线,可选的信号线 51 条。总的信号线为 124 根,主要信号包括数据/地址信号线为 32 根;4 个中断申请信号;4 个接口识别信号;4 个 JTAG 信号;11 个总线控制信号;2 个电源管理信号;1 个时钟信号。尤其是在相关总线控制信号的作用下,32 位的数据总线可扩展为 64 位。利用这些信号线可以处理数据、地址,实现接口控制、仲裁及系统功能。

8.1.2 STD 总线

STD 是英文"Standard"(标准)的缩写,常称为通用标准总线。STD 总线是国际上流行的一种用于工业控制的标准微型计算机总线,于 1987 年被批准为 IEEE-961 标准。STD 总线工控机是工业型计算机,STD 总线的 16 位总线性能满足嵌入式和实时性应用要求,特别是它的小卡尺寸、垂直放置无源背板的直插式结构、丰富的工业 I/O OEM 模板、低成本、低功耗、扩展的温度范围、可靠性和良好的可维护性等,为按照功能划分模块进行结构设计增加了灵活性,尤其故障易查性、维修方便性,使其在空间和功耗受到严格限制的、可靠性要求较高的工业自动化领域得到了广泛应用。

由于 STD 总线的所有信号线定义明确,它消除了其他总线上常见的定义混乱现象,它的适用性很好,能与任何通用的 8 位微处理器(如 8080A、8085、Z80、MC6800 等)及 MCS-51 单片机相匹配,可以方便地用于存储器扩展,I/O 接口扩展及连接多个微处理器等。

STD 总线共有 56 根线:16 根地址线、8 根双向数据线、22 根控制线(其中 3 根为双向控制线)、10 根电源线(其中 6 根为逻辑电源线,4 根为辅助电源线)。

以上各并行总线详细的信号结构、信号定义、有关信号之间的逻辑关系、有关信号之间的时序关系及端子的电气规格等请参阅相关手册。

8.2 串行通信标准总线

串行通信在远程数据传送、计算机网络以及分布式工业控制系统中是常用的信息交换方式,具有使用线路少、成本低等优势,特别是在远程传输时,避免了多条线路特性的不一致带来的成本开销和技术处理难度。实现串行通讯的基本要求是通讯双方都采用同一个标准接口。串行通信接口标准经过使用和发展,目前主要的串行总线标准有 RS-232-C、RS-422-A/RS-423-A、RS-485 及通用外设接口(USB 接口)标准。

8.2.1 RS-232-C

RS-232-C 接口(又称 EIA RS-232-C)是目前最常用的一种串行通讯接口。它是在 1969 年由美国电子工业协会(EIA)联合贝尔系统、MODEM 厂家及计算机终端生产厂家共同制定的用于串行通讯的标准。主要用于定义计算机系统的一些数据终端设备(DTE)和数据通信设备(DCE)之间接口的电气特性。

RS-232-C 标准规定,驱动器允许有 2500 pF 的电容负载,通信距离将受此电容限制。例如,采用 150 pF/m 的通信电缆时,最大通信距离为 15 m;若每米电缆的电容量减小,通信距离可以增加。传输距离短的另一原因是 RS-232-C 属单端信号传送,存在共地噪声和不能抑制共模干扰,再加上双绞线上的分布电容等问题,一般用于 20 m 以内的通信。RS-232 是为点对点(即只用一对收、发设备)通讯而设计的,其驱动器负载为 3~7 kΩ。所以 RS-232 适合本地设备之间的通信。

1. 电气特性

在 RS-232-C 的电气规格中,规定了设备之间传送的数据和控制信号的电平及其通讯上的逻辑约定。

① 在 TxD 和 RxD 线上:

MARK(逻辑 1 或称传号)= −3~−15 V;SPACE(逻辑 0 或称空号)= +3~+15 V。

在 RTS、CTS、DSR、CD 等线上:

ON = +3~+15 V(接通);OFF = −3~−15 V(断开)。

② −3~+3 V 为不确定电平,电平范围变大是为了增大通信线路上的噪声容限。

③ 开路电压不超过 25 V(相对于地)。

④ 短路电流不超过 500 mA。

从 RS-232C 的电气规定中可知,这些信号电平(EIA 电平)与 TTL 电平是不能直接连接的,而微型计算机通过串行接口芯片,送出的和能接收的都是 TTL 电平表示的数字信息。为了实现与 TTL 电路的连接,必须进行信号转换。Motorola 公司制造的 MC1488 是把 TTL 电平转换成 EIA 电平信号的一种比较简单的集成电路驱动芯片,用 MC1489 是实现 EIA 电平到 TTL 电平信号的接收器芯片,如图 8-2 所示。目前常用 MAX232 芯片实现 EIA 电平与 TTL 电平信号的相互转换,且只需单一的 +5 V 电源供电,如图 8-3 所示。MAX232A、MAX202 与 MAX232 兼容,只是电容取值不同,如表 8-1 所示。

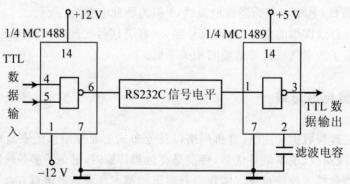

图 8-2 RS-232C 接口的信号电平调整电路

注意:C_1~C_4 要用钽电容(独石电容效果不好),电容要尽量靠近 MAX232。

表 8-1 电容取值

器件	电容 $C/\mu F$				
	C_1	C_2	C_3	C_4	C_5
MAX232	1.0	1.0	1.0	1.0	1.0
MAX232A	0.1	0.1	0.1	0.1	0.1
MAX202	4.7	4.7	10	10	4.7

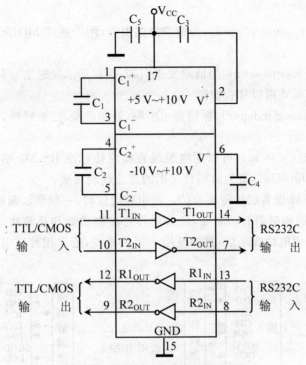

图 8-3　MAX232 典型工作电路图

2．RS-232-C 的引脚功能及应用方法

1）引脚功能

PC 串口最早的信号数目为 25 个，采用 DB-25 型连接器与串口外设连接。实际使用证实，正常工作并不需要如此多的信号，经优化处理缩减为现在的 9 信号 PC 串行接口，采用 DB-9 型连接器向外连接，形状如图 8-4 所示。

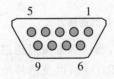

图 8-4　标准 9 针

表 8-2　9 芯 RS-232-C 口信号说明

针号	功能说明	缩写
1	数据载波检测	DCD
2	接收数据	R_xD
3	发送数据	T_xD
4	数据终端准备	DTR
5	信号地	GND
6	数据设备准备好	DSR
7	请求发送	RTS
8	清除发送	CTS
9	振铃指示	RI

各芯对应的信号名称如表 8-2 所示。其中

1 号线：DCD(Data carrier detection)，数据载体检测引脚，用于通知计算机 MODEM 与电话线另一端的 MODEM 已经建立联系。

2 号线：RxD(Received data)，为接收数据引脚，接收从 MODEM 发来的串行数据。

3 号线：TxD(Transmitted data)，为数据发送引脚，将串行数据发送到 MODEM。

4 号线：DTR(Data set ready)，数据终端就绪引脚，表明数据终端可以使用了。

5 号线：SG(Signal Groud)或 GND，信号地线，该引脚为所有电路提供参考电位。

6 号线：DSR(Data set ready)为数据通信设备准备就绪引脚，表明 MODEM 处于可以使用状态。

7 号线：RTS(Request to send)，为请求发送引脚，用于通知 MODEM 计算机请求发送数据。

8 号线：CTS(Clear to send)，为清除发送引脚，是对请求发送信号 RTS 的响应信号，用于通知计算机 MODEM 可以接收数据了。

9 号线：RI(Ringing indictor)，振铃指示引脚，通知终端，已被呼叫。

2) 应用方法

通信距离较近时(<15 m)，可以用电缆线直接连接标准 RS-232 端口，若距离较远，需附加调制解调器(MODEM)，最为简单且常用的是三线制接法。

① 具有 MODEM 设备的远距离通信。远距离通信时，一般要加调制解调器 MODEM，MODEM 除具有调制和解调的功能外，还必须具有控制功能和反映状态的功能。如图 8-5 (a)所示双方采用专用电话线通信，只要使用 7 根信号线，若采用普通电话线则需用到 9 根信号线如图 8-5(b)。

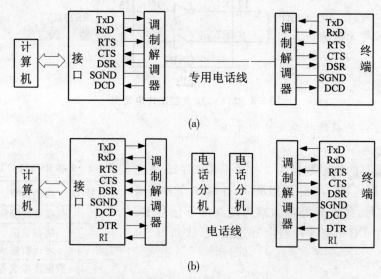

图 8-5　使用 MODEM 时 RS-232-C 的连接方式

② 近距离通信。近距离通信时，不采用 MODEM，通信双方可以通过 RS-232-C 直接对接。最简单的是用 3 根导线连接。连接交换 RxD 和 TxD 线，以及信号地线，如图 8-6(a)所示，这种连接方法完全不需要检测 CTS 和 DSR 信号，随时都可发送接收。也可以在 8-6(a)的基础上，再将各自 RTS 和 DTR 分别接到自己的 CTS 和 DSR 上，如图 8-6(b)，这种连接方法，在进行软件设计时还需要检测 CTS 和 DSR 信号。

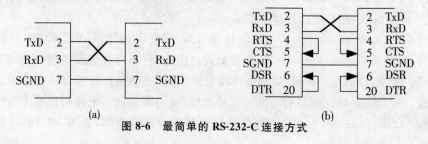

图 8-6　最简单的 RS-232-C 连接方式

如果想在直接连接时,而又考虑相关的联络控制信号,则采用反馈与交叉相结合的连接法,如图 8-7 所示。

这种方法用到了标准定义的所有信号线,通信双方的握手联络过程如下。首先需要发送数据的一方将 RTS 变为有效而向接收数据一方请求发送,RTS 一方面与自身的 CTS 相连,一旦发送有效便立即得到发送允许,同时又与对方的 DCD 相连,表明数据通信链路已接通。双方的 TxD 和 RxD 互连,这意味着双方都是数据终端设备,握手关系一经建立,双方即可进行全双工传输或半双工传输。

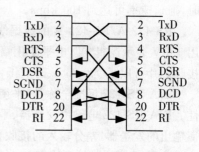

图 8-7　RS-232-C 直接连接法

3. RS-232-C 的不足

RS-232-C 虽然使用很广,但难免有不足之处,主要有以下五点:

① 接口的信号电平值较高,易损坏接口电路的芯片,又因为与 TTL 电平不兼容,故需使用电平转换电路方能与 TTL 电路连接。

② 传输速率较低,在异步传输时,波特率为 20 kbps,可以很好地匹配,但对某些同步系统,却达不到要求。

③ 接口使用一根信号线和一根信号返回线而构成共地的传输形式,这种共地传输容易产生共模干扰,所以抗噪声干扰性弱。

④ 传送距离短。RS-232-C 接口一般装置之间电缆长度为 15 m,即使有较好的线路器件、优良的信号质量,电缆长度也不会超过 60 m。

⑤ 未规定标准的连接器,因而出现了互不兼容的 25 芯连接器。

8.2.2　RS-422-A/RS-423-A 和 RS-485

为了克服 RS-232-C 存在的缺点,EIA 1977 年制定了新标准 EIA-RS-499,并于 1980 年成为美国标准。新标准除了与 RS-232-C 兼容外,还在提高传输速率、增加传输距离、改进电气性能方面作了很大努力,并增加了 RS-232-C 未用的测试功能,明确规定了标准连接器,解决了机械接口问题。

1) RS-422-A/RS-423-A 接口标准

EIA-RS-423 是 EIA-RS-499 标准的子集,是一个单端、双极性电源的电路标准,该标准的主要优点是它采用非平衡发送器和差分接收器,即单端发送双端接收,接收器的一端接发送器的信号地,其收发电路如图 8-8 所示。

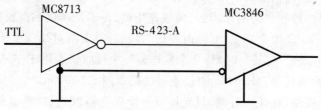

图 8-8　单端驱动差分接收电路

在有电磁干扰的场合,干扰信号将同时混入两条通信线路中,产生共模干扰,而差分对共模干扰信号有较高的抑制作用,从而提高了通信的可靠性。基于这些改进,RS-423-A 提高了传送设备的数据传输速率,距离 1 200 m 时,速率为 1 000 bps 能可靠通信,在距离90 m 时,通信速率可达到 100 kbps。

RS-422-A/RS-423-A 的数据线也是负逻辑的且参考电平为地,用－6 V 表示逻辑"1", 用＋6 V 表示逻辑"0",电平变化幅度为 12 V(±6 V),改善了 RS-232-C 标准的电气特性。接收芯片可以承受±25 V 的电压,因此可以直接与 RS-232-C 相接。

EIA-RS-422 标准全称是"平衡电压数字接口电路的电气特性",它定义了接口电路的特性。EIA-RS-422 电路由发送器、平衡连接电缆、电缆终端负载、接收器几部分组成,采用平衡输出的发送器,差分输入的接收器,即双端发送双端接收方法,从根本上消除了地电平的电位差问题,其收发电路如图 8-9 所示。

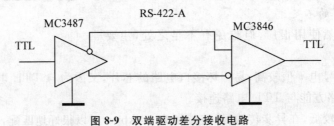

图 8-9　双端驱动差分接收电路

它通过平衡发送器把逻辑电平变换成电位差,完成始端的信息传送;通过差动接收器, 把电位差变成逻辑电平,实现终端的信息接收。由于接收器采用高输入阻抗和发送驱动器比 RS-232 具有更强的驱动能力,故允许在相同传输线上连接多个接收节点,最多可接 10 个节点,即一个主设备(Master),其余为从设备(Salve),设备之间不能通信,所以 RS-422 支持点对多的双向通信。接收器输入阻抗为 4 kΩ,故发送端最大负载能力是(10×4 k＋100)Ω (终接电阻)。它允许驱动器输出为±(2～6)V,接收器可以检测到的输入信号电平可低到 200 mV。它允许使用比 RS-232-C 串行接口更高的波特率且可传送到更远的距离。最大数据传输速率可达 10 Mb/s,在此速率下,电缆允许长度为 12 m。如果采用较低传输速率,如 100 kb/s 时,其最大串行数据传输距离可达 1 200 m。

2) RS-485 接口标准

RS-422-A 是一种单机发送、多机接收的单向、平衡传输规范,为扩展应用范围,随后又为其增加了多点、双向通信能力,即允许多个发送器连接到同一条总线上,同时增加了发送器的驱动能力和冲突保护特性,扩展了总线共模范围,这就是后来的 EIA-RS-485 标准。EIA-RS-485 是一个电气接口规范,它只规定了平衡驱动器和接收器的电气特性,而没有规定接插件、传输电缆和通信协议。RS-485 标准定义了一个基于单对平衡线的多点、双向(半双工)通信链路,是一种噪声抑制能力强、传输速率高、传输距离远和共模范围宽的极为经济通信平台。EIA-RS-422 为全双工,可同时发送与接收,需要两对线或 4 条线,使线路成本增加。RS-485 则为半双工,在某一时刻,一个发送另一个接收。当用于多站互联时,可节省信号线,便于高速远距离传送。RS-485 通信连接线路如图 8-10 所示。

由于共用一条线路,在任何时刻,只允许有一个发送器发送数据,其他发送器必须处于关闭状态,这是通过发送器芯片上的发送允许端控制的。

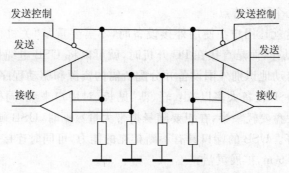

图 8-10　RS-485 通信线路电路

RS-485 是一种多发送器的电路标准,它扩展了 RS-422 的性能,RS-485 可以采用二线与四线方式,二线制可实现真正的多点双向通信。而采用四线连接时,RS-485 一样只能实现点对多的通信,即只能有一个主(Master)设备,其余为从设备,但它比 RS-422 有所改进,无论四线还是二线连接方式,总线上可多接到 32 个设备。它允许用公用电话线通信。电路结构是在平衡连接电缆两端有终端电阻,在平衡电缆上挂发送器、接收器或收发器。它同样允许使用比 RS-232-C 串行接口更高的波特率且可传送到更远的距离。RS-485 标准的主要特点有:

- 平衡传输;
- 多点通信;
- 驱动器输出电压(带载)≥|1.5 V|;
- 接收器输入门限:±200 mV;
- −7～+12 V 总线共模范围;
- 最大输入电流:1.0 mA/−0.8 mA(12 Vin/−7 Vin);
- 最大总线负载:32 个单位负载(UL);
- 最大数据传输速率可达 10 Mb/s,在此速率下,电缆允许长度为 12 m;如果采用较低传输速率,如 100 kb/s 时,其最大串行数据传输距离可达 1 200 m。

8.2.3　通用外设接口标准

USB 是英文 Universal Serial Bus 的缩写,中文含义是"通用串行总线"。它是一种应用在 PC 领域的新型接口技术。是由 Compaq、HP、Intel、Lucent(朗讯)、Microsoft、NEC 和 Philips 七家公司联合推出的新一代标准接口总线。该总线是一种连接外围设备的机外总线,最多可连接 127 个设备,为微型计算机系统扩充和配置外部设备提供了方便。USB 规范有多种版本,最早的版本是 1994 年 11 月推出的 USB 0.7 版,1996 年 1 月推出了标准版本 USB 1.0,目标是为中低速的外围设备提供双向、低成本的总线,数据传输率最高为 12 Mb/s。随着微型计算机系统及其外设性能和功能的增强,需处理的数据量越来越大,2000 年 4 月又推出了新的 USB 版本——USB 2.0。在新版本中增加了一种 480 Mb/s 的数据传输率,以满足日益复杂的高级外设与 PC 机之间的高性能连接需求。USB 2.0 是 USB 的自然升级,它在保留原有 USB 规范的基础上又提供了更高的带宽,并且与现有的外设保持完全兼容。

1. USB 特点与技术指标

USB 具有以下几个主要特点：

① 即插即用。这就让用户在使用外接设备时，不需要重复"关机再将并口或串口电缆接上再开机"这样的动作，而是直接在 PC 开机时，就可以将 USB 电缆插上使用，PC 机中的 USB 控制器就可以自动地识别外围设备并分配所需的资源和驱动程序。

② 携带方便。USB 设备大多以"小、轻、薄"见长，对用户来说，同样 20 G 的硬盘，USB 硬盘的重量比 IDE 硬盘要轻一半，在想要随身携带大量数据时，USB 硬盘当然会是首选了。

③ 端口扩充性好。USB 的端口具有不断扩充的能力，可同时连接 127 个外围设备。两个外设间的距离可达 5 m，扩展灵活。

④ 标准统一。大家常见的是 IDE 接口的硬盘，串口的鼠标、键盘，并口的打印机、扫描仪，可是有了 USB 之后，这些应用外设统统可以用同样的标准与 PC 连接，这时就有了 USB 硬盘、USB 鼠标、USB 打印机等等。

⑤ 总线提供电源。一般的串口/并口设备都需要自备专门的供电电源，而 USB 能提供 +5 V，500 mA 的电源，供低功耗设备（如键盘、鼠标和 MODEM 等）作电源使用，免除了这些设备必须自带电源的麻烦。同时，USB 采用 APM（Advanced Power Management）技术，使系统能源得到节省。

USB 具备以下基本技术指标：

① 用于人机接口设备（Human Interface Devices HID），例如：键盘、鼠标、游戏杆等，速率为 1.5 Mbit/s（183 kByte/s），属低速接口。

② 用于全速电话、音频、压缩视频设备接口等为全速速率 12 Mbit/s（1.4 MByte/s）。在 USB 2.0 之前曾经是最高速率，后起的更高速率的高速接口应该兼容全速速率。多个全速设备间可以按照先到先得法则划分带宽；使用多个等时设备时会超过带宽上限也并不罕见。所有的 USB Hub 支持全速速率。

③ 用于音视频处理、磁盘设备接口等为高速速率 480 Mbit/s（57 MByte/s）。并非所有的 USB 2.0 设备都是高速的。高速设备插入全速 Hub 时应该与全速兼容。而高速 Hub 具有所谓 Transaction Translator（事务翻译器）功能，能够隔离全速、低速设备与高速设备之间的数据流，但是不会影响供电和串联深度。

④ USB 的物理接口和电气标准

标准 A、B 插头及其触点如图 8-11 所示。

USB 线缆中包含有两根电源线及 D$_+$、D$_-$ 两根数据线。设备部分，像读音器、摄像头和游戏手柄等耗电比较少的设备可以直接通过 USB 接口供电。可通过 USB 接口供电的设备又分为低电量模式和高电量模式，前者最大可获得 100 mA 的电流，后者最大可获得 500 mA 的电流。倘若设备需要更大的电流，那就只好通过外接电源来供电。USB 总线的系统软件可以与主机的电源管理系统共同处理各种电源事件，如挂起、唤醒。它的特点是，USB 总线设备应用特有的电源管理特性，可让系统软件控制电源的管理。所有的设备都必须支持挂起的状态，并可从任意电平状态进入挂起状态。当设备发现它们的上行总线上的空闲状态持续时间超过 3.0 ms 时，它们便进入挂起状态。处在挂起状态的设备，当它的上行端口接受到任一个非空闲信号时，将唤醒它的操作。

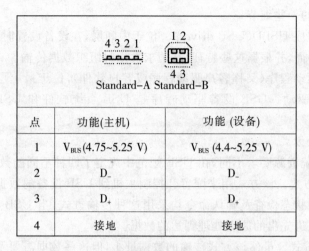

图 8-11　标准 USB 连接器触点及功能

2. USB 的系统描述

USB 系统分为三部分：USB 的主机、USB 的设备和 USB 的连接电缆。

USB 的主机是一个带有 USB 主控制器的 PC。任何一个 USB 系统中只有一个主机，它是 USB 系统的主控者。USB 和主机系统的接口称为主机控制器（Host Controller），负责产生由主机软件调度的传输，然后再传给"根 Hub"，根 Hub 集成在主机系统内，直接与主机总线相连，同时可提供多个连接点。USB 的设备包括 Hub（集线器）和 Function（功能部件）。Hub 提供 USB 的附加连接点，以接入更多的外设。Hub 可串在一起再接到根 Hub 上。功能部件就是所连接的外设，USB 的设备应具有标准的 USB 接口。USB 的连接是指 USB 设备和主机之间的连接和通讯的方式，其拓扑结构如图 8-12 所示。它的物理连接是有层次的星形布局，每个 Hub 是在星形的中心，每条线段是点到点连接的。由于对 Hub 和电缆传输时间的定时限制，USB 的拓扑结构不能超过 7 层，允许最多连接 127 个设备。另外，USB 设备也需要有自己的软件。USB 系统的软件是基于模块化、用面向对象方法设计的，USB 软件一般由三个主要模块组成。

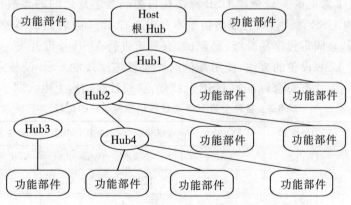

图 8-12　USB 总线拓扑结构

① 通用主控制器驱动程序 UHCD（USB host controller driver）。位于底层，用来管理

和控制 USB 主控制器。USB 主控制器是一个可编程硬件接口,UHCD 用来实现与主控制器通信及对其控制的一些细节。

② USB 驱动程序 USBD(USB driver)。位于中间层,在设备设置时读取描述寄存器以获取 USB 设备的特征,并根据这些特征,在请求发生时组织数据传输。

③ USB 设备驱动程序(又称客户驱动程序或客户软件),位于最上层,用来实现对特定 USB 设备的管理和驱动。USB 设备驱动程序是 USB 系统软件和 USB 应用程序之间的接口。

3. USB 的传输方式

针对设备对系统资源要求不同,在 USB 规范中规定了四种不同的数据传输方式。

(1) 控制传输方式。该方式用来配置和控制主机到 USB 设备的数据传输方式和类型。设备调制指令、设备状态检查及确认命令均采用这种传输方式,当 USB 设备收到这些数据和命令后,将依据先进先出的原则处理到达的数据。

(2) 中断传输方式。虽然该方式传输的数据量小,但这些数据需要及时处理,以达到实时效果。此方式主要用在键盘、鼠标以及操纵杆等设备上。

(3) 同步传输方式。该方式用来连接需要连续传输数据且对数据的正确性要求不高,而对时间极为敏感的外部设备,如麦克风、喇叭以及电话等。同步传输方式以固定的传输速率,连续不断地在主机和 USB 设备之间传输数据,在传送数据发生错误时,USB 并不处理这些错误,而是继续进行新数据的传送。

(4) 批传送方式。该方式用来传输要求正确无误的大批量数据。通常,打印机、扫描仪和数码相机以这种方式与主机进行连接。

4. USB 连接距离

USB 提供低速与全速两种数据传送速度规格。全速传送时,终点间连接距离为 5 m,连接使用 4 芯电缆(电源线 2 条,信号线 2 条)。USB 全速传输速率与标准的串行端口相比,大约快 100 倍;与标准的并行端口比,也快近 10 倍。因此,USB 能支持高速的通讯接口(如综合业务网 ISDN 等),使用户拥有足够的带宽供新的数字外设使用。

5. 全速 USB 总线接口控制器芯片简介

表 8-3 列出了常见的支持全速 USB 总线接口控制器芯片之间的参数比较。其中 EZ-USB2131 系列的 USB 总线接口控制器由于本身内置有 8051 兼容的微型控制器,而且含较方便的开发流程,且固定程序易升级、易调试,有利于进行 USB 外设开发。实际上,只要掌握一种芯片开发 USB 设备的方法,使用其他的控制器芯片开发 USB 设备完全可以触类旁通,因为各种控制芯片都符合标准的 USB 总线规范,而且在结构上也大同小异。

表 8-3　各种全速 USB 总线接口控制芯片的比较

芯片类型	EZ-USB 2131	8X931A	USS825	USBN9602	NET2888	PDI USBD12
厂商	Cypress	Intel	Luccent	Panasonic	NetChip	Philips
电源	3.3 V	5.0 V	3.3 V	5.0 V	3.3 V	3.3 V
端点数	32	3	15	7	6	7
包中最大字节数	1024			64	64	128

续表 8-3

双缓冲	有	无	有	无	无	有
微控制器接口	异步串行 I²C	异步串行键盘口	并行	并行 Microwire	并行	并行 I²C
内置微控制器	8051	8051	需外接微控制器	需外接微控制器	需外接微控制器	需外接微控制器
程序存储器容量/Bite	8 k	8 k				
外部存储器容量/Bite	64 k	256 k				
通用个	24	32				
引脚数	44/80	68	44/80	28	48	28

无论使用哪种 USB 总线接口控制器芯片,只要实现的设备是符合主机接口设备(host interface device,HID)类的硬件,都可以直接使用 Windows 操作系统的 HID 驱动,无须从头开始编写底层的驱动程序。而 EZ-USB 更有其特有的通用 USB 驱动程序配合其枚举和重枚举的需要。除了这个通用的驱动程序,EZ-USB 还附带有大量的源代码和例子,使得开发的速度进一步加快。

6. USB 设备与主机的电路连接

图 8-13 给出了 USB 连接设备和主机的连接方法。全速和低速连接方法的不同在于设备端,全速连接只需要在 D_+ 上接一个 1.5 kΩ 的上拉电阻,而低速连接则在 D_+、D_- 上各接一个 1.5 kΩ 的上拉电阻。

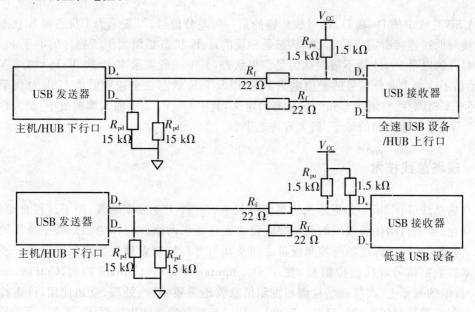

图 8-13　全速/低速 USB 总线设备连接方法

7. USB 传输信号状态

表 8-4　USB 总线差分信号电平

总线状态	信 号 电 平		
	开始端的源连接器 （一位时端）	终端的目标理解器	
		需要条件	接收条件
差分的"1"	$D_+ > V_{oh}(min)$ $D_- < V_{ol}(max)$	$(D_+)-(D_-)>200\ mV$ $D_+ > V_{oh}(min)$	$(D_+)-(D_-)>200\ mV$
差分的"0"	$D_- > V_{oh}(min)$ $D_+ < V_{ol}(max)$	$(D_-)-(D_+)>200\ mV$ $D_- > V_{ih}(min)$	$(D_-)-(D_+)>200\ mV$
单终端"0"(SE0)	D_+ 和 $D_- < V_{ol}(max)$	D_+ 和 $D_- < V_{il}(max)$	D_+ 和 $D_- < V_{ih}(min)$
数据 J 态： 　全速 　低速	差分的"0" 差分的"1"	差分的"0" 差分的"1"	
数据 K 态： 　全速 　低速	差分的"1" 差分的"0"	差分的"1" 差分的"0"	
空闲状态： 　全速 　低速	N. A.	$D_+ > V_{ih}(min)$ 和 $D_- < V_{il}(max)$ $D_- > V_{ih}(min)$ 和 $D_+ < V_{il}(max)$	$D_+ > V_{ih}(min)$ 和 $D_- < V_{ih}(min)$ $D_- > V_{ih}(min)$ 和 $D_+ < V_{ih}(min)$
唤醒状态	数据 K 状态	数据 K 状态	

USB 总线中的 D_+ 和 D_- 信号线传输的是一对差分信号，可表示为 J 状态和 K 状态。全速连接与低速连接所定义的 J、K 状态是相反的，J、K 状态必须大于所容许的电平 V_h 或小于所容许的电平 V_1，才能不被误认为是空想状态，其中一般要求 $V_h > 20\ V$，$V_1 < 0.8\ V$。表 8-4 给出了这两个差分信号的差值电平要求，以及 J、K 状态在全速和低速 USB 总线下的定义，还有 USB 总线空闲状态和唤醒状态的定义，其中 V_{il}/V_{ih} 表示输入端的最小/最大容许电平，V_{ol}/V_{oh} 表示输出端的最小/最大容许电平。

8.3　现场总线技术

现场总线(Fieldbus)是近年来迅速发展起来的一种工业数据总线，用于过程自动化、制造自动化、楼宇自动化等领域的现场智能设备互连通讯网络。它作为工厂数字通信网络的基础，沟通了生产过程现场与控制设备之间及其与更高控制管理层次之间的联系。现场总线技术以数字信号取代模拟信号，在 3C(Computer 计算机、Control 控制、Communication 通信)技术的基础上，大量现场检测与控制信息就地采集、就地处理、就地使用，许多控制功能从控制室移至现场的控制设备。因此，它使现场控制的功能更加强大，带来了过程控制系统的开放性，使系统成为具有测量、控制、执行和过程诊断等综合能力的控制网络。现场总线(Fieldbus)技术迅速崛起并趋向成熟，控制功能全面转入现场智能仪表，以此为特征的 FCS(Fieldbus Control System，现场总线控制系统)正在取代 DCS 并推动着工业控制技术的又一次飞跃。

8.3.1　现场总线的基本内容和发展概况

根据国际电工委员会 IEC(International Electrotechnical Commission)标准和现场总线基金会 FF(Fieldbus Foundation)的定义:现场总线是连接智能现场设备和自动化系统的数字式、双向传输、多分支结构的通信网络。

现场总线技术的基本内容包括:以串行通信方式取代传统的 4~20 mA 模拟信号,一条现场总线可为众多的可寻址现场设备实现多点连接,支持底层的现场智能设备与高层的控制系统利用公共传输介质交换信息。

现场总线技术的核心是它的通信协议,这些协议必须根据国际标准化组织 ISO 的计算机网络开放系统互连的 OSI 参考模型来制定,它是一种开放的七层网络协议标准,多数现场总线技术只使用其中的第一、二和七层协议。

现场总线技术于 80 年代中期始于欧洲,但研究工作进展缓慢,且没有国际标准可以遵循。90 年代初期形成了几种较有影响的标准,即 PROFIBUS(德国和欧洲标准),FIP(法国标准),ISP(可交互系统标准),ISA-SP50(美国仪表协会标准)。另外,还有一些公司推出自己的现场总线产品,形成了事实上的标准,影响较大的有 CANBUS, LONWORKS 和 HART。1994 年 ISP 与 WORLD FIP 的北美和欧洲分会宣布合并,成立 FF(Fieldbus Foundation,现场总线基金会),许多国际知名的仪表和控制系统公司,如 Honeywell, Rosemount 等加盟,形成了与 PROFIBUS 相抗衡的两大现场总线阵营。

8.3.2　现场总线控制系统的特点

与传统的模拟仪表控制系统相比,现场总线及现场总线控制系统具有以下特点。

① 数字化的信号传输。无论是现场底层传感器,执行器,控制器之间的信号传输,还是与上层工作站及高速网之间的信息交换,全部使用数字信号完全取代 4~20 mA 模拟信号。在网络通信中采用信息防撞与纠错技术,实现了高速及双向多点之间的可靠通信。与传统的 DCS 相比,它的信号传输实现全数字化,这种方法极大地提高了信号转换的精度和可靠性,避免了模拟信号传输过程中所存在的信号衰减、精度下降、干扰信号的引入等长期难以解决的问题。在通信质量和连线方式上都有重大的突破。

② 现场设备的智能化与功能自治性。它将传感测量、补偿计算、工程量处理与控制等功能分散到现场设备中完成,仅靠现场设备即可完成自动控制的基本功能,并可随时诊断设备的运行状态。在现场控制回路中,变送器不仅具有信号变送、补偿等功能,还有 I/O、PID 调节和运算功能;执行机构不仅具有信号转换和执行功能,还可内含输出特性校验和补偿功能,也可以有 PID 控制和运算功能。各种功能都被模块化,用户可根据需要选用功能模块安装在现场设备和仪表中,控制功能块可放在变送器模块中,也可以放在执行器模块中,或二者均设置,实现冗余控制。控制系统仍可对过程进行远程监控,对现场仪表和设备进行在线组态、调校等,同时还可用控制系统完成一些复杂的控制和管理功能。这样提高了系统的可靠性、自治性和灵活性。

③ 系统结构大大简化,降低系统及工程成本。传统的控制系统(如 DCS)中模拟仪表间保持着一对一的连接方式,每个现场仪表到控制系统都需要使用一对传输线,单向传输一个模拟信号。现场总线仪表与控制系统之间采用的是一对 N 的连接方式,一对传输线可接 N 台设备,双向传输多个信号。这种结构节省大量的电缆,无需使用 I/O 模块、接线盒和大量的端子排,使得接线大大简化,减少由接线点造成的不可靠因素。设备占用空间小,安装费

用低,工程周期短,维护方便,系统扩展容易。FCS 和 DCS 的网络结构比较如图 8-14 所示。

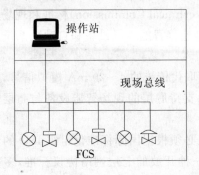 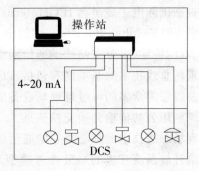

图 8-14　FCS 和 DCS 的网络结构比较

④ 系统结构的高度分散性。由于现场设备本身已可完成自动控制的基本功能,使得现场总线已构成一种新的全分布式控制系统的体系结构。从根本上改变了现有 DCS 集中与分散相结合的集散控制系统体系,简化了系统结构,提高了可靠性。

⑤ 开放性、互操作性与互用性。开放系统是指通信协议公开,各不同厂家的设备之间可相互连接并实现信息交换的系统。这里的开放是指对相关标准的一致性、公开性,强调对标准的共识与遵从。互操作性,是指实现互连设备间、系统间的信息传送,对不同品牌的现场设备统一组态,构成所需要的控制回路;而互用性则意味着对不同生产厂家的性能类似的设备可进行更换而实现相互替换。

8.3.3　几种典型的现场总线

现场总线技术发展至今,大大小小已有 40 余种,目前较为流行的现场总线主要有以下 5 种:基金会现场总线 FF,局部操作网络 LONWORKS,过程现场总线 PROFIBUS,控制器局域网络 CAN,可寻址远程传感器数据通路 HART。

1. FF(Foundation Fieldbus)

基金会现场总线是国际上几家现场总线经过激烈竞争后形成的一种现场总线,由现场总线基金会推出。与私有的网络总线协议不同,FF 总线不附属于任何一个企业或国家。其总线体系结构是按照 ISO/OSI 的 7 层模型结构,省去了其中的 3~6 层,保留了物理层、数据链路层和应用层,同时在应用层之上又增加了用户层,它使得设备与系统的集成和互操作更易于实现。FF 得到了世界上几乎所有的著名仪表制造商的支持,同时遵守 IEC 的协议规划,与 IEC 的现场总线国际标准和草案基本一致。

FF 总线提供了 H1 和 H2 两种物理层标准。H1 是用于过程控制的低速总线,传输速率为 31.25 kbps,传输距离为 200 m、450 m、1 200 m、1 900 m 4 种(加中继器可延长),可用总线供电,支持本质安全设备和非本质安全总线设备。H2 为高速总线,传输速率为 1 Mbps (此时传输距离为 750 m)或 2.5 Mbps(此时传输距离为 500 m)。物理传输介质可支持双绞线、光缆和无线发射,协议符合 IEC1158-2 标准。其物理媒介的传输信号采用曼彻斯特编码,每位发送数据的中心位置或是正跳变,或是负跳变。正跳变代表 0,负跳变代表 1,从而使串行数据位流中具有足够的定位信息,以保持发送双方的时间同步。接收方既可根据跳变的极性来判断数据的"1"、"0"状态,也可根据数据的中心位置精确定位。

FF 的突出特点在于设备的互操作性、改善的过程数据、更早的预测维护及可靠的安全性。目前,FF 现场总线的应用领域以过程自动化为主,如化工、电力厂实验系统、废水处理、油田等行业。

2. LONWORKS(Local Operating Network)

LONWORKS 是又一具有强劲实力的现场总线技术,它是由美国 Ecelon 公司推出并与摩托罗拉、东芝公司共同倡导,于 1990 年正式公布而形成的。它采用 LON Talk 通信协议,该协议遵循 ISO 定义的 OSI 全部七层模型,采用了面向对象的设计方法,通过网络变量把网络通信设计简化为参数设置,其通讯速率从 300 bps 至 1.5 Mbps 不等,直接通信距离可达到 2 700 m(78 kbps,双绞线),支持双绞线、同轴电缆、光纤、射频、红外线、电源线等多种通信介质,并开发了相应的本质安全防爆产品,被誉为通用控制网络。

LONWORKS 的核心是 Neuron(神经元)芯片。集成芯片中有 3 个 8 位 CPU:第一个 CPU 为介质访问控制处理器,用于完成开放互连模型中第 1～2 层的功能;第二个 CPU 为网络处理器,用于完成第 3～6 层的功能,进行网络变量的寻址、处理、背景诊断、函数路径选择、软件计量时、网络管理,并负责网络通信控制、收发数据包等;第三个 CPU 为应用处理器,实现协议的第 7 层的功能,执行操作系统服务与用户代码。芯片中还具有存储信息缓冲区,以实现 CPU 之间的信息传递,并作为网络缓冲区和应用缓冲区。

LON Talk 协议提供了 5 种基本类型的报文服务:确认(Acknowledged)、非确认(Unacknowledged)、请求/响应(Request/Response)、重复(Repeated)和非确认重复(Unacknowledged Repeated)。LON Talk 协议的介质访问控制子层(MAC)对 CSMA 进行了改进,改进后的 CSMA 称作 Predictive P-Persistent CSMA。新的 CSMA 根据总线负载随机调整时间槽,从而在负载较轻时使介质访问延迟最小化,而在负载较重时使冲突的可能最小化。

3. PROFIBUS(Process Field Bus)

PROFIBUS 是由 Siemens 公司提出并极力倡导,已先后成为德国国家标准 DIN19245 和欧洲标准 EN50170,是一种开放而独立的总线标准,在机械制造、工业过程控制、智能建筑中充当通信网络。由 PROFIBUS-PA、PROFIBUS-DP 和 PROFIBUS-FMS 三个系列组成。PROFIBUS-PA (Process Automation)用于过程自动化的低速数据传输,其基本特性同 FF 的 H1 总线,可以提供总线供电和本质安全,可用于危险防爆区域,并得到了专用集成电路(ASIC)和软件的支持。它采用了 OSI 模型的物理层、数据链路层。PROFIBUS-DP 与 PROFIBUS-PA 兼容,基本特性同 FF 的 H2 总线,可实现高速传输,适用于分散的外部设备和自控设备之间的高速数据传输,用于连接 PROFIBUS-PA 和加工自动化,DP 型隐去了 3～7 层,而增加了直接数据连接拟合作为用户接口。PROFIBUS-FMS 适用于一般自动化的中速数据传输,主要用于传感器、执行器、电气传动、PLC、纺织和楼宇自动化等。FMS 型只隐去第 3～6 层,采用了应用层。

PROFIBUS 的传输速率为 96～12 kbps。传输速率在 12 kbps 时最大传输距离为 1 000 m;15 Mbps 时为 400 m,可用中继器延长至 10 km。其传输介质可以是双绞线,也可以是光缆,最多可挂接 127 个站点。

4. CAN(Control Area Network)

CAN 最早由德国 BOSCH 公司推出,用于汽车内部测量与执行部件之间的数据通信。其总线规范现已被 ISO 国际标准组织制订为国际标准,得到了 Motorola、Intel、Philips、Siemens、NEC 等公司的支持,已广泛应用于离散控制领域。

　　CAN 协议也是建立在国际标准组织的开放系统互连模型基础上的,不过,其模型结构只有 3 层,只取 OSI 底层的物理层、数据链路层和顶层的应用层。其信号传输介质为双绞线,通信速率最高可达 1 Mbps(40 m),直接传输距离最远可达 10 km(1 kbps),可挂接设备最多达 110 个。

　　它的协议是工作站现场总线——智能现场设备两层多主结构网络。它具有标准通讯协议,开放性功能好;无损结构的逐位仲裁方式进行总线的优先权访问;强有力的错误处理能力,故障节点自动脱离总线;有较强的网络抗干扰能力等特点。CANBUS 主要产品应用于汽车制造、公共交通车辆、机器人、液压系统、分散型 I/O。另外,在电梯、医疗器械、工具机床、楼宇自动化等场合均有所应用。

　　5. HART(Highway Addressable Remote Transducer)

　　HART 可寻址远程传感器数据通路是美国 Rosemount 公司研制的,其特点是在现有模拟信号传输线上实现数字通信,属于模拟系统向数字系统转变过程中工业过程控制的过渡性产品,因而在当前的过渡时期具有较强的市场竞争能力,得到了较好的发展。

　　HART 通信模型由 3 层组成:物理层、数据链路层和应用层。物理层采用 FSK(FrequencyShiftKeying)技术在 4~20 mA 模拟信号上迭加一个频率信号,频率信号采用 Bell 202 国际标准;数据传输速率为 1200 bps,逻辑"0"的信号频率为 2200 Hz,逻辑"1"的信号传输频率为 1200 Hz。数据链路层用于按 HART 通信协议规则建立 HART 信息格式,其信息构成包括开头码、显示终端与现场设备地址、字节数、现场设备状态与通信状态、数据、奇偶校验等。其数据字节结构为 1 个起始位,8 个数据位,1 个奇偶校验位,1 个终止位。数据链路层数据帧长度不固定,最长 25 个字节,可寻址范围为 0~15。当地址为 0 时,处于 4~20 mA 与数字通信兼容状态。当地址为 1~15 时,则处于全数字通信状态,通信模式为问答式或广播式。应用层的作用在于使 HART 指令付诸实现,即把通信状态转换成相应的信息。它规定了一系列命令,按命令方式工作。它有 3 类命令,第一类称为通用命令,这是所有设备理解、执行的命令;第二类称为一般行为命令,它所提供的功能可以在许多现场设备(尽管不是全部)中实现,这类命令包括最常用的现场设备的功能库;第三类称为特殊设备命令,以便在某些设备中实现特殊功能,这类命令既可以在基金会中开放使用,又可以为开发此命令的公司所独有。在一个现场设备中通常可发现同时存在这 3 类命令。另外,为用户提供了设备描述语言(Device Description Language,DDL)。

8.3.4　现场总线的应用

　　由于 DCS 应用广泛、技术成熟,在现有的技术条件和市场条件下,FCS 还不能完全取代 DCS,现阶段最可行的方案是考虑如何使现场总线与传统的 DCS 系统尽可能地协同合作,使这种集成方案能够得到灵活的系统组态,以适应更广泛的、富于实用价值的应用。从本质上来说,FCS 是一个网络通信系统,而 DCS 虽然涉及网络通信,但其标准由各厂家自行制定,没有开放性,所以 DCS 与 FCS 集成只是一种过渡策略,因为这种混合系统不能完全发挥 FCS 的优势。根据当前不同的应用需求,FCS 和 DCS 有三个层次上的集成模式。

　　1. 现场总线集成在 DCS 的 I/O 总线上

　　要实现现场总线在 DCS 的 I/O 总线上集成,关键是在 DCS 的 I/O 总线上设置一个现场总线接口卡,使现场总线系统中的数据信息映射成 DCS I/O 总线上相对应的数据信息,如基本测值、报警值或工艺设定值等。这样，现场总线相当于传统 DCS 控制器的设备卡。现场总线在 DCS 的 I/O 总线上集成的结构见图 8-15(a)。

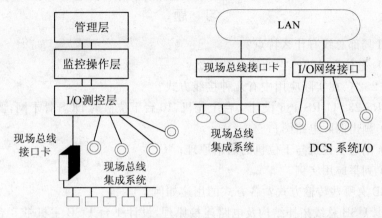

（a）DCS 在 I/O 总线上集成现场总线　　　（b）DCS 网络层集成现场总线

图 8-15　集成现场总线

该集成方案的优点是结构比较简单，只需安装现场总线接口卡，无需改变或升级 DCS 系统。对于一些初级的现场总线设备，厂家提供的功能块有限，这种方式保留了 DCS 的控制功能。采用低成本的 PC 作为现场总线组态、诊断的接口单元，缺点是集成规模受到现场总线接口卡的限制，无法利用现场设备中大量的状态信息。它主要用于 DCS 已安装并稳定运行，而现场总线首次被引入规模较小的场合，也可应用于 PLC 系统。

2. 现场总线集成于 DCS 的网络层上

这种集成方式通过现场总线接口单元连接到 DCS 网络上，现场设备中用于控制、计算的各种功能块操作信息可以在 DCS 控制台中获取和更改。通过接口单元提供的服务，DCS 操作站能获取更多的现场设备信息。在这种方案中，现场总线接口卡不是挂在 DCS 的 I/O 总线上，而是挂在 DCS 的上层 LAN 上，其结构如图 8-15(b)所示。

这种集成方式的优点是，控制和计算可以在现场设备中完成，相关的参数可以在 DCS 操作站中访问；另外，不需要对 DCS 控制站进行改动，对原有系统影响较小。但是这种集成方式中现场设备功能块组态仍在 PC 中完成，与 DCS 组态数据库分离。

3. 通过网关接口集成现场总线

这种集成方式通过专门设计的网关接口实现现场总线网络和 DCS 系统的完全双向连接，即 DCS 操作站能访问现场设备中的所有信息，而现场总线也能获取 DCS 提供的各种信息，因此便于实现现场总线和 DCS 的协调控制。此外，在这种集成方式下，现场总线的控制功能更加独立，可以构成一个脱离 DCS 的完整的控制系统。

这种方案的优点是丰富了网络的信息内容，便于发挥数据信息和控制信息的综合优势。但是这种接口方式对网关接口技术要求很高，此接口要完成双向的协议转换，为 DCS 和现场总线提供透明的数据访问。

现阶段，现场总线与 DCS 的共存将使用户拥有更多的选择，以实现更合理的控制系统。

习　题

8.1　PCI 局部总线有什么特点？

8.2　STD 是什么总线？它的特点是什么？

8.3　RS-232-C 在实际应用中有几种接线方式？

8.4　用 RS-232-C、RS-485 设计 1 台上位机，10 台下位机的 DCS 骨干网，要求：

　　　（1）画出网际电路图；

　　　（2）阐述上位机与下位机的通信原理；

　　　（3）列举应用实例。

8.5　USB 有哪些传输方式？各方式的用途如何？

8.6　根据 USB 总线拓扑结构及电路连接原理，设计 1 台 USB 主机带 3 台 USB 设备的电路结构，要求：

　　　（1）提供连接电路图；

　　　（2）阐述 USB 设备驱动程序工作原理；

　　　（3）列举应用实例。

8.7　现场总线有何特点？常用的现场总线有哪些类型？

8.8　列举现场总线集成于 DCS 上的应用实例。

第9章 微型计算机控制系统设计

微型计算机控制系统的设计是一项复杂的系统工程,必须理论联系实际,综合运用微型计算机硬件软件技术、电子技术、信息检测与处理技术、控制原理与控制算法以及生产过程工艺知识等来完成特定的控制任务。因此,必须严格按工程设计的观念进行。

本章以电阻炉温度数字直接控制系统(DDC)和单片机模糊控制电冰箱系统为例,介绍微型计算机控制系统的设计与实现方法,内容包括控制系统结构、控制原理、控制电路、控制软件等。

9.1 微型计算机控制系统设计的基本要求与步骤

9.1.1 系统设计的基本要求

对于微型计算机控制系统,不管控制对象如何多样化、复杂化,实现方法和具体的技术指标如何变化,其设计的基本要求是大同小异的。

1. 可靠性要求高

面向生产过程的微型计算机控制系统的应用环境比较恶劣,周围存在各种干扰源,它们直接影响着控制系统的运行。一旦系统出现故障,将造成整个生产过程的混乱,引起严重后果。因此,可靠性是微型计算机控制系统设计的第一要素。系统的可靠性主要是指系统应该具备高质量、高抗干扰能力,有较长的平均无故障时间。

首先要选用高性能的工业控制计算机,保证系统在恶劣的工业环境下仍能正常运行;其次是设计可靠的控制方案,并具有各种安全保护措施,比如报警、事故预测、事故处理、不间断电源等。

在大型计算机控制系统中,因为硬件价格高,故经常配备常规控制装置作为后备装置,一旦计算机控制系统出现故障,就把后备装置切换到控制回路中去,以维持生产过程的正常运行。对于一般控制回路,选用手动操作器作为后备装置;对于重要的控制回路,选用常规控制仪器作为后备装置。目前,计算机控制系统或 PLC 控制系统常用如下方法来保障系统的可靠性:

1)采用双机系统

双机系统的工作方式一般分为备份工作方式、主从工作方式和双工工作方式三种。

① 备份工作方式。一台作为主机投入系统运行,另一台作为备份机也处于通电工作状态,作为系统的热备份机。当主机出现故障时,专用程序切换装置便自动地把备份机无缝地切入系统,承担主机的任务。而故障排除后的系统,则作为备份机,处于待命状态。这样使系统不会因主机故障而影响正常工作。

② 主从工作方式。两台控制机同时投入系统运行,在正常情况下,分别执行不同的任

务,一台承担整个系统的主要控制任务(称主机);另一台则执行一般的数据处理或部分设备的控制等工作(称从机)。当主机发生故障时,它就自动脱离系统,让从机承担起系统的所有控制任务,以保证系统的正常运行。

③ 双工工作方式。两台主机并行工作,同步执行同一个任务,在一个专门的装置中比较两机的执行结果。如果结果相同,说明两台主机都正常工作;如果结果不符,说明一台系统工作出错,此时封闭输出,同时重复执行,再校验两机结果,以排除随机故障干扰。若多次重复执行与核对,结果仍不相同,说明其中一台主机发生故障,则启动故障诊断程序,并将有故障的系统切换下来。

2) 采用分布式控制系统

分布式控制系统是分级分布式的工作方案,它是用多台基本控制器分别控制各被控对象,而上一级计算机则进行监督和管理,这种分散控制的系统可使故障对整个系统的影响最小。也就是说,如果其中某一台控制器出现故障,其影响只是局部的,它的控制任务可以由上级机来接管;如果上级机出现故障,则基本控制器仍然可以独立维持对被控对象的控制,所以大大提高了整个系统的可靠性。

2. 系统操作性能要好

操作性能好,包括两个含义,即使用方便和维修容易。使用方便是指操作简单,不需要操作人员掌握专门的计算机知识,降低对操作员的专业知识要求,同时兼顾操作人员的习惯,方便用户使用。为使维修容易,可采用标准的功能模板式结构,便于更换故障模板,并在模板上设置监测点和指示灯,便于测试和维修;软件上配置查错程序和故障诊断程序。

3. 实时性强

过程控制计算机的实时性,表现在对内部和外部事件能及时地响应,并进行相应的处理,不丢失信息,不延误操作。计算机系统的实时性并不是指系统的速度越快越好,而应根据实际要求,能实时监控现场的各种工艺参数并进行在线修正,对紧急事故进行及时处理。

4. 通用性好、可扩充性强

计算机控制系统的研制开发需要一定的周期,控制设备需要更新,控制对象需要增减。设计时应该考虑能适应不同设备和各种不同的受控对象,硬件、软件均采用模块化结构,按照控制要求灵活构建系统,使系统不必大改动就能很快适应新的情况。

5. 经济效益高

经济效益表现在系统设计的性价比和投入产出比两方面。为提高性价比,在满足设计要求的前提下,应尽量采用廉价的元器件。通过提高产品质量与产量,降低能耗,消除环境污染,改善劳动条件等方面来提高投入产出比。

9.1.2 微型计算机控制系统设计的一般步骤

计算机控制系统的设计一般可分为以下几个步骤:系统总体方案设计,微型计算机的选择,控制算法设计,硬件设计,软件设计,系统调试等。

1. 系统总体方案设计

1) 确定控制任务

在确立总体方案之前,首先必须进行深入细致的调查研究,深入生产现场,熟悉生产工艺流程,了解系统的控制要求,明确系统要完成的任务和要达到的最终目标。

① 根据系统的要求,首先确定采用开环系统还是闭环系统,或者是数据处理系统。如

果是闭环控制系统,则要求确定整个系统是采用直接数字控制(DDC),还是计算机监督控制(SCC),或者分布式控制等。

② 确定系统需要检测的过程变量的个数,所需采用的检测元件及其检测精度,它是影响控制系统精度的重要因素之一。

③ 确定系统输出机构的方案,一般情况下,输出机构有步进电机、电动、气动、液动或其他驱动方式,其选择一方面要与控制算法匹配,另一方面要根据被控对象的实际情况而定。

④ 确定计算机应承担哪些任务,为完成这些任务计算机应具备哪些功能,需要设计哪些输入输出通道和配置什么样的外围设备。在此基础上,完成系统设计任务书,画出系统总体结构框图,并以此作为进一步设计的依据。

总体方案的确立是一个反复修正的过程,由设计人员提出初步方案,经理论分析,实验验证以及与使用人员讨论后才能确定。总体方案设计正确与否,将对整个系统的性能产生巨大的影响。

2) 分时控制方式选择

一台微型计算机的 DDC 系统有时要控制多个回路。在每一个回路均要完成采样、决策与输出控制三项工作,因此,微型计算机控制每一个回路所需时间为这三部分工作消耗的时间之和。这样一来,一方面由于各个回路的相应动作是按顺序进行的,完成全部回路控制需要的总时间显得相当长;而另一方面微型计算机控制系统的效率未充分发挥,在采样或 A/D 转换阶段,输出部分没有工作;而当微型计算机进行运算时,系统的输入输出部分又处于空闲状态。为此,微型计算机控制系统常采用分时控制的方法,即将某一回路的采样和 A/D 转换、运算、输出控制三部分时间与其前后回路错开,放于不同的控制时间里。这样既保证了控制过程的正常进行,又能充分利用系统中的各种设备,大大提高了工作效率。分时控制原理如表 9-1 所示。

表 9-1　分时控制表

回路序号	控 制 时 间									
	$\triangle t_1$	$\triangle t_2$	⋯	$\triangle t_{n-2}$	$\triangle t_{n-1}$	$\triangle t_n$	$\triangle t_{n+1}$	$\triangle t_{n+2}$	⋯	⋯
$n-1$	←	—	保持	A/D	运算	输出	←	—	保持	A/D
n	←	—	保持	→	A/D	运算	输出	←	保持	→
$n+1$	←	—	保持		→	A/D	运算	输出	保持	—

3) 硬件与软件的协调平衡

系统的硬件、软件的功能要进行统一的综合考虑。在一个具体的控制系统中,某些功能既可由硬件实现,又可由软件实现(如定时、延时等)。在进行系统设计时,应充分考虑硬件和软件的特点,合理地进行功能分配。一般情况是用硬件完成比较快,可节省 CPU 的大量时间,简化软件设计工作,但系统比较复杂,而且价格比较高。硬件的增加会增加系统元器件数目,降低系统的可靠性,以及抗干扰能力。用软件实现,则价格便宜,但要占用更多的机时。随着计算机运行处理速度的不断提高,选用高性能的微型计算机,尽可能地用软件来实现系统的控制功能,是微型计算机控制技术的一个发展方向。对于实际的控制系统,要综合考虑系统速度、可靠性、抗干扰性、灵活性和成本,合理地分配系统硬件和软件的功能。

4）接口设计

微型计算机控制系统的接口设计包括两个方面的内容，即扩展接口和接口中信息控制。不论选择何种结构的计算机构成控制系统，首先，我们必须考虑充分利用计算机自身固有的硬件资源，如内存单元、定时/计数单元、中断控制单元、输入/输出接口、通信单元等。当系统原有的接口不够时，要进行接口的扩展。其次是安排通过各接口电路输入输出的信号，选定各信号输入、输出时采用的控制方式，如果要采用中断控制 I/O 方式，就要考虑中断申请输入、中断优先权处理等问题。若要选用直接存储器存取方式，则要增加 DMA 控制器作为辅助电路加在接口上。

5）操作面板设计

操作面板也叫操作台，它是人机对话的纽带。操作面板一般不能用标准的计算机键盘代替，因为操作人员不了解计算机的硬件和软件，容易发生误操作造成事故，况且一些恶劣的工业环境也不适合使用。因此，要设计一个专门的操作面板。操作面板一般应有下列功能：

① 有一组或几组数据输入键（数字键盘或拨码开关），用于输入或更新给定值，修改控制器参数或其他必要的数字。

② 有一组或几组功能键或转换开关，用于转换工作方式，启动、停止系统运行或完成某些特定的系统操作。

③ 有一个显示装置或显示屏，用于显示状态、参数及故障信号等。

④ 有一个"紧急停车"按钮，用于在紧急事故时停止运行系统，转入故障处理。

设计控制台时必须明确这些转换开关、按钮、键盘、数字显示器和状态、故障指示灯等的作用、意义及操作要求，仔细设计控制台的硬件及与其相应的控制台管理程序，使系统的操作既方便灵活，又安全可靠，控制台管理程序还须具有很强的容错能力，即使操作员操作失误也不至于引起严重的后果。

2. 微型计算机的选择

微型计算机的选择包括微型计算机系统组成方案选择和微型计算机功能以及性能指标的选择。

1）微型计算机系统组成方案选择

在微型计算机控制系统中，应根据被控对象和任务的不同，选择不同的机型，常用的有下面几种：

① 利用现成的微型计算机系统。随着微型计算机控制技术的发展，目前已经研制和生产出许多工业控制机及可编程控制器。对于一个任务不算小的系统设计来说，工业控制机是首选，它是专门考虑了生产现场环境条件差及各种干扰大而设计的，可以长期可靠运行，可靠性和可维护性都可达到要求。另外，除了有多种模块的主机系统板外，还配备有多种接口卡，如多路模拟量输入/输出卡、开关量输入/输出板、图形板，以及扩展用的 USB 口、RS-232-C、RS-422、RS-485、总线接口卡和 EPROM 编程板等，总之，可扩充性不成问题。另外，还有大量的软件支持。以上这些使系统的设计与构建工作大为简化，节省了设计和构建时间。采用现成的系统，在选机型时应考虑的问题包括工业控制机的性能、存储器容量、I/O通道的数量、配置的外设以及所带的系统软件等。

② 单片机方案。单片机近几年发展十分迅猛，其性能大大超过了早期的单板机而且体

积小,重量轻,价格低,可靠性高,广泛应用于小规模控制系统、智能控制装置、智能化仪器和各种先进的家电产品中。目前,许多工业控制机也采用高性能的单片机作为其微处理器。由于单片机品种繁多,选用整机时应特别注意:系统应有较强的扩展能力;主机应能满足设计要求;外设尽量配备齐全,最好能配备一定的应用软件等。

③ 组装方案。组装方案从选择微处理器芯片开始。根据系统功能的要求,适当配置存储器和接口电路,选择合适的总线,设计出完整的系统硬件线路图和相应的印制电路板图,组装起来并和已设计好的软件一起进行调试。这种方案从生产制造的角度来看,适合于大批量生产,其优点是可以完全根据控制任务的特点和需要进行设计。因此,整个系统结构紧凑、性能价格比高,主要适用于一些专用控制系统。但该方案要求设计者具有丰富的专业理论知识和工程设计能力和经验,设计工作量大,过程复杂,软件需全部自行开发,研制周期长。因此,该方案一般只适用于小型专用控制系统产品的开发,对于复杂的工业过程控制系统,该方案不能选择。

2) 微型计算机性能指标选择

作为工业控制用计算机,应满足下述基本要求:

① 完善的中断系统。微型计算机控制系统必须能满足实时控制的要求,实时控制包含两方面的含义:一是系统正常运行时,要有足够快的响应速度,即实时控制能力;二是系统发生故障时的紧急处理能力。在多任务控制系统中,任务的调度和进程的切换更需要中断的支持。在微型计算机控制系统中,这些控制和处理经常采用中断方式进行,所以,中断方式的多少是决定该系统是否能灵活进行控制的关键。

② 足够的存储容量。微型计算机的内存容量一般都是有限的。因此,对于程序和数据信息量大的系统需要配置一定的内存,并增加外部程序或数据存储器,通常用硬盘或软盘来作为外部存储器,用于保存系统程序和重要历史数据。

③ 微处理器具有足够的数据处理能力。首先是字长,微处理器字长定义为并行数据总线的线数,字长直接影响数据的精度、寻址能力、指令数目和执行操作的时间。目前,微型计算机控制系统多采用 8 位、16 位或 32 位字长的微处理器,其数据处理速度、处理能力等随字长的增加递增。根据系统的要求可选用合适字长的微处理器。

④ 指令执行的速度。微型计算机的运算速度,主要由时钟频率和微处理机本身所允许的最高频率决定,而微型计算机本身的最高频率取决于微处理机的芯片采用的工艺电路。在选用时,除了要了解微型计算机的芯片材料外,一般还要根据微型计算机所给的时钟频率来进行选用。特别是在用模块组成微型计算机系统时,要特别注意各模块间速度的匹配。

⑤ 指令系统。一般来说,微处理器的指令系统越丰富,针对特定操作的指令就越多,这样会减少程序量,加快数据处理速度。通常,8 位及 8 位以上的微处理器都有足够的指令种类和数量,能满足基本的控制要求。

3. 控制算法设计

这一步工作的主要任务是确定系统的数学模型,并根据数学模型确定系统的控制算法。所谓数学模型就是系统运动规律的数学描述,它反映了系统内部各个环节之间的内在联系,包括系统输入、输出以及内部状态变量之间的逻辑和数学关系。一般多由实验的方法测出系统的飞升特性曲线,然后再由此曲线确定出其数学模型。随着计算机技术的发展,现在经常采用的方法是计算机仿真及计算机辅助设计,由计算机确定出系统的数学模型,因而大大加快了系统模型的建立。在已知系统数学模型的前提下,根据性能品质的要求,运用古典的控制理论方法或现代控制理论方法设计出所需的控制规律。控制算法就是可程序化设计的系统控制规律。控制算法的设计直接影响控制系统的品质,甚至决定整个系统的成败。

由于控制对象多种多样,控制模型也各异,控制算法也是各种各样的。如 PID 控制及其发展,最小拍无波纹系统,具有纯滞后的无波纹数字系统以及最优控制,自适应控制,最小均方差控制,变结构控制以及智能控制等。采用哪一种控制算法合适,主要取决于系统的特性。如一般的控制可采用数字 PID 算法,对于变化比较快的(如压力等)系统可采用最小拍无波纹调节系统,而对于具有纯滞后的系统(如温度、化工等)可采用大林算法等。通常在微型计算机系统里固化有很多种控制算法程序,可随时任意选用,经试验比较,再确定出一种比较好的方案。

4. 硬件设计

当系统的总体控制方案确立以后,系统的硬件组成及各部分功能就已基本确定。接下来的工作是将硬件系统划分成一些功能相对独立的功能模块,按每一功能模块需完成的任务,设计合理的线路。

1) 采用 PC 机系统结构

如果采用 PC 机系统结构,硬件设计以 I/O 功能模块的选型或设计为主。市场上有各种各样标准总线结构的功能模块产品可供选择,如目前市场上较流行的 PC BUS I/O 模块和 STD BUS I/O 模块。这些产品稳定性好、可靠性高,选择这些产品可缩短开发周期。对于特殊功能的模块,则需要设计者自行设计制作和调试,首先要设计出完整正确的线路原理图,关键线路可进行实验或通过仿真软件仿真,以确保线路设计的正确性。在此基础上再进行印刷板图的设计,印制板的设计可用专业的电子 CAD 软件完成(如 PROTEL,PCAD 等)。在自行开发设计功能模块时,应注意下面几个问题:

(1) 设计输入输出 I/O 模块时,输入输出通道要留有一定量的裕量,以备系统扩展之用;

(2) 注意 I/O 通道信号的隔离;

(3) 考虑系统总线的负载能力,适当增加总线信号驱动电路;

(4) 设计硬件抗干扰电路,提高系统的抗干扰性能;

(5) 尽可能采用常用的 I/O 接口芯片和逻辑元件;

(6) 合理地分配 I/O 口地址,避免与其他设备发生冲突;

(7) 在设计印刷电路板时,模拟部分和数字部分最好分开走线,最后一点接地;

(8) 输入输出接插件要安装方便,接触可靠;

(9) 避免虚焊、漏焊。

2) 采用单片微型计算机体系结构

如果采用单片微型计算机体系结构方案,则系统设计开发难度要大一些;因为单片机自身的硬件和软件资源十分有限。单片机系统开发设计可按以下步骤进行:

(1) 根据系统精度和速度要求选择合适的单片机种类;

(2) 正确估计系统数据量的大小,考虑一定的裕量,配置数据存储器;

(3) 合理估计应用程序的大小,配置程序存储器;

(4) 设计合理的人机接口(包括功能开关、键盘、显示等);

（5）根据系统任务要求，进行必要的硬件功能扩展（包括定时/计数、I/O 通道等）；

（6）设计出完整的线路原理图；

（7）设计印刷电路板图；

（8）设计系统应用程序；

（9）组装调试。

5. 软件设计

1）控制系统对应用软件的要求

由于工业控制系统是实时控制系统，所以对应用软件首要的要求是具有实时性，即能够在对象允许的时间间隔内对系统进行控制、计算和处理。特别是对于多回路系统，实时性更应引起高度注意。为此，在应用程序中通常都使用汇编语言。另外，一个好的应用程序，不仅要针对性强，而且要有一定的灵活性和通用性，即能适应不同系统的要求。为此，我们采用模块化结构，尽量地把共用的程序编写成具有不同功能的子程序，如算术及逻辑运算程序，A/D、D/A 转换程序，延时程序，PID 算法程序等。设计者的任务是把这些具有一定功能的子程序进行排列组合，使其成为一个能够完成特定功能的应用程序。这样，可以大大简化程序的设计步骤及时间。此外，系统软件的可靠性也是非常重要的。为此，可以设计一个诊断程序，使其能够对系统的硬件及软件进行检查，一旦发生错误可以及时处理。

2）应用程序的设计方法

在微型计算机控制系统中，应用程序大体上可以分为数据处理程序和过程控制程序两大基本类型。数据处理程序主要包括：数据的采集、数据滤波、标度变换以及数值计算等软件；过程控制程序主要有决策、执行、过程检测、控制效果分析等软件。一般采用按功能分类进行功能模块、子功能模块设计程序。

6. 系统调试

微型计算机控制系统设计完成之后，要对整个系统进行调试。调试步骤和内容如下：

1）硬件调试

硬件调试通常是按模块进行的，一个模块调好后再进行下一个模块的调试，全部模块调好后再进行硬件联调。这样做可使问题局限在一个模块内，便于及时发现和解决问题。各个模块的调试也应遵循从局部到全部，逐步扩展调试范围的原则。首先要对各硬件部件和独立功能块电路进行调试，即使用通用的电子仪器仪表及逻辑分析仪等分别对它们做通电前的线路检查、通电试验和在一定激励信号作用下的响应试验，来验证其功能是否正常。

2）软件调试

软件调试主要是在微型计算机上把各模块程序分别进行调试，使其正确无误。然后进行软件联调，软件联调既可以在与实际环境尽可能相近的开发机所提供的环境中进行，也可以在硬件联调全部通过的基础上进行。总的原则是尽量把可能暴露的大部分问题局限在软件的范围以内，避免软、硬件中的问题交叉以降低调试难度和减轻调试工作量。

3）软硬件联调

当系统硬件与软件分别调好后，把二者结合起来，在实验室进行模拟实验，有条件的也可以在开发系统机上进行仿真实验。在实验室完成联调实验后，还要进行考机运行，考机的目的是要在连续不停机的运行中暴露问题和解决问题。

4）现场安装调试

在实验室调试完成后，即可进行现场组装与全面试验，并根据实际控制效果不断地对硬件及软件进行调整。

9.2　微型计算机温度控制系统设计

温度控制是工业生产中经常碰到的过程控制问题之一。比如，在化工生产过程中，反应物的温度及反应过程中的温度变化曲线，直接影响化学反应的速度、化学反应进行的程度以及最终产品的质量。对温度进行准确的测量和有效的控制是一些设备优质高产，低耗和安全生产的重要指标。本节以 SG 型电阻炉为例来介绍微型计算机控制系统的设计过程。

9.2.1　系统总体方案设计

1. 确定系统的控制任务

本系统采用直接数字控制系统(DDC)，对 SG 型电阻炉进行温度控制，要求温度在 400～1 000 ℃范围内可调。主要任务为

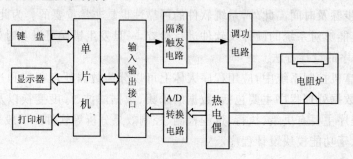

图 9-1　系统结构框图

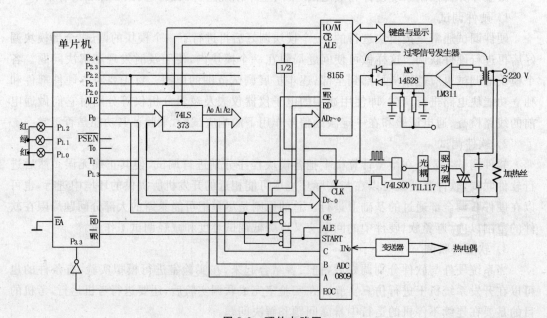

图 9-2　硬件电路图

(1) 电阻炉温度的检测；

(2) 电阻炉温度的闭环控制；

(3) 电阻炉温度曲线显示和打印。

2. 确定系统的总体控制方案

根据系统要完成的任务和要求，选用 89S51 作为核心控制单元，系统组成结构框图如图 9-1 所示，相应的硬件电路如图 9-2 所示。

9.2.2　硬件设计

1. 检测元件及变送器

检测元件选用镍铬-镍铝热电偶，分度号为 EU，适用于 0～1 000 ℃的温度测量范围，相应输出电压为 0～41.32 mV。变送器由毫伏变送器和电流/电压变送器组成：毫伏变送器用于把热电偶输出的 0～41.32 mV 变换成 0～10 mA 范围内的电流；电流/电压变送器用于把毫伏变送器输出的 0～10 mA 电流变换成 0～5 V 范围内的电压。

2. A/D 转换与 I/O 接口电路

由于本系统温度信号变化缓慢，所以在模拟量输入通道中省去了采样保持电路。温度传感器信号经调理放大后（U_0），直接送入 ADC0809 进行转换。

系统核心控制器即单片机为 89S51，其他模块有 ADC0809、8155 等。ADC0809 为温度测量电路的输入接口，相应的温度与数据量对照见表 9-2；8155 用于键盘和显示接口。

表 9-2　温度-数字量对照表

温度（℃）	热电偶（mV）	毫伏变送器（mA）	A/D
400	16.40	0	00H
700	29.15	5	80H
1 000	41.32	10	FFH

采用 MAX232 与上位机通信，接口电路如下图 9-3 所示。连接时要注意其发送/接收的引脚对应。如使 T1 IN 接单片机的 TXD，则 PC 机的 RS-232 的接收端 RXD 一定要对应 T1 OUT 引脚。同时，R1 OUT 接单片机 RXD 引脚，PC 机的 RS-232 发送端 TXD 对应 R1 IN。

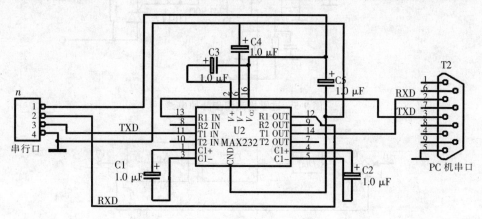

图 9-3　通信接口板原理图

3. 输出通道设计

双向可控硅和加热丝串接在交流回路,因此可控硅导通时间决定加热丝的加热功率。图 9-4 给出了可控硅在给定周期 T 内具有不同导通时间的情况。

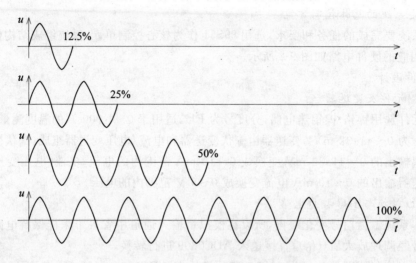

图 9-4　输出功率与通断时间的关系

过零信号是正弦交流电压过零时刻的同步脉冲,使可控硅在交流电压正弦波过零后触发导通。过零同步脉冲由过零触发电路产生,如图 9-5 所示,其作用是在电网电压的每一个过零点产生一个同步脉冲。图中包含同步变压器,比较器 LM311 将 50 Hz 正弦波信号变成方波信号,异或门在方波的上升沿或下降沿产生过零同步脉冲,单稳触发器 MC14528 的作用是对过零同步脉冲信号整形,最后输出同步脉冲信号。

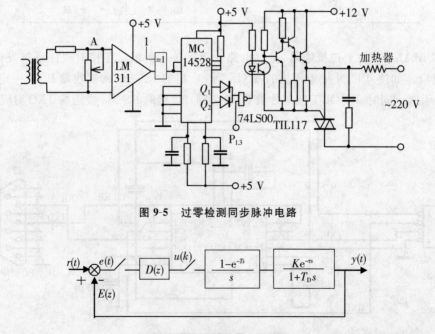

图 9-5　过零检测同步脉冲电路

图 9-6　系统简化动态结构图

9.2.3　数字控制器的设计

理论分析和实验证明,电阻炉是一个具有自平衡能力的对象,可用一个一阶惯性环节和一个延迟环节来近似描述,考虑到零阶保持器,系统的简化动态结构图如图 9-6 所示。

被控对象加上零阶保持器的广义对象传递函数为

$$G_i(s) = \frac{1 - \mathrm{e}^{-Ts}}{s} \frac{K\mathrm{e}^{-\tau s}}{1 + T_{\mathrm{D}}s} \tag{9.1}$$

本系统数字控制器采用大林算法,使闭环系统为一阶惯性环节与纯滞后环节串联,滞后时间与被控对象滞后时间相同,即

$$\varphi(s) = \frac{1}{T_{\tau}s + 1}\mathrm{e}^{-\tau s} \tag{9.2}$$

$$\varphi(z) = \frac{(1 - \mathrm{e}^{-\frac{T}{T_{\tau}}})z^{-(N+1)}}{(1 - \mathrm{e}^{-\frac{T}{T_{\tau}}}z^{-1})} \tag{9.3}$$

数字控制器为

$$D(z) = \frac{U(z)}{E(z)} = \frac{1}{G(z)} \frac{\varphi(z)}{1 - \varphi(z)} \tag{9.4}$$

$$D(z) = \frac{(1 - \mathrm{e}^{-\frac{T}{T_1}}z^{-1})(1 - \mathrm{e}^{-\frac{T}{T_{\tau}}})}{K_{\mathrm{p}}(1 - \mathrm{e}^{-\frac{T}{T_1}})\left[(1 - \mathrm{e}^{-\frac{T}{T_{\tau}}}z^{-1}) - (1 - \mathrm{e}^{-\frac{T}{T_{\tau}}})z^{-(N+1)}\right]} = \frac{A - Bz^{-1}}{1 - Cz^{-1} - (1 - C)z^{-N-1}} \tag{9.5}$$

式中: $A = \dfrac{1 - \mathrm{e}^{-T/T_{\tau}}}{K_{\mathrm{P}}(1 - \mathrm{e}^{-T/T_1})}$, $B = A\mathrm{e}^{-T/T_{\tau}}$, $C = \mathrm{e}^{-T/T_{\tau}}$ 。由系统的飞升特性曲线确定出 T_{τ} 和 T_1 后,系数 A、B、C 可分别求出。

因为 $D(z) = \dfrac{U(z)}{E(z)}$,得

$$u(k) = Cu(k-1) + (1-C)u(k-N-1) + Ae(k) - Be(k-1) \tag{9.6}$$

式中: $u(k)$ ——数字控制器的输出;

$e(k)$ ——偏差信号。

式(9.6)为设计的数字控制器数学模型。

9.2.4　软件设计

系统程序组成框图如图 9-7 所示。

1. T_0 中断服务程序

T_0 中断服务程序是此系统的主体程序,用于启动 A/D 转换、读入采样数据、数字滤波、越限温度报警和越限处理、大林算法计算和输出可控硅的同步触发脉冲等。在 T_0 中断服务程序中,要用到一系列子程序,如:采样子程序、数字滤波子程序、越限处理程序、大林算法程序、标度变换程序和温度显示程序等。T_0 中断服务程序流程图如图 9-8 所示。

2. 人机界面程序调整

人机界面程序以弹出式汉字菜单的方式实现。主菜单主要完成以下功能:

(1) 模拟画面显示;

(2) 参数给定修改;

(3) 温度曲线显示;

(4) 返回系统。

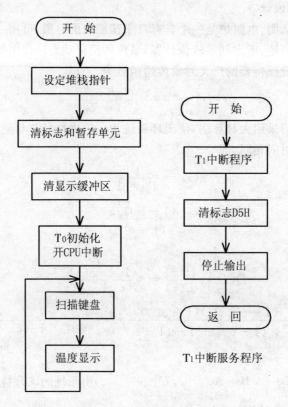

图 9-7　系统程序组成框图

9.3　模糊电冰箱系统设计

　　电冰箱是现代家庭不可缺少的家用电器。近年来,随着微电子技术、传感器技术以及控制理论的发展,电冰箱向大容量、多功能、无氟、节能、智能化、人性化方向发展。本节将介绍模糊控制的电冰箱系统。

9.3.1　电冰箱的控制要求

　　家用电冰箱通常分为冷冻室和冷藏室。冷冻室用于制冰和冷冻食品,食品存放时间较长,温度一般为 $-6 \sim -18$ ℃。冷藏室用于短期存放蔬菜、水果等食品,温度一般为 $0 \sim 10$ ℃。其控制的要求主要有以下方面:

　　(1) 为保证冷冻室良好的制冷效果,要求电冰箱能自动检测霜厚并进行除霜。

　　(2) 为防止压缩机因输入输出两端压力不平衡使其启动力矩大而烧毁电机,应保证制冷压缩机在停机 3 min 内不重新启动。

　　(3) 电冰箱正常工作的电源电压是 $180 \sim 240$ V,电压过高或过低均会导致压缩机电机烧毁或损坏。所以,过压、欠压时应禁止压缩机启动。

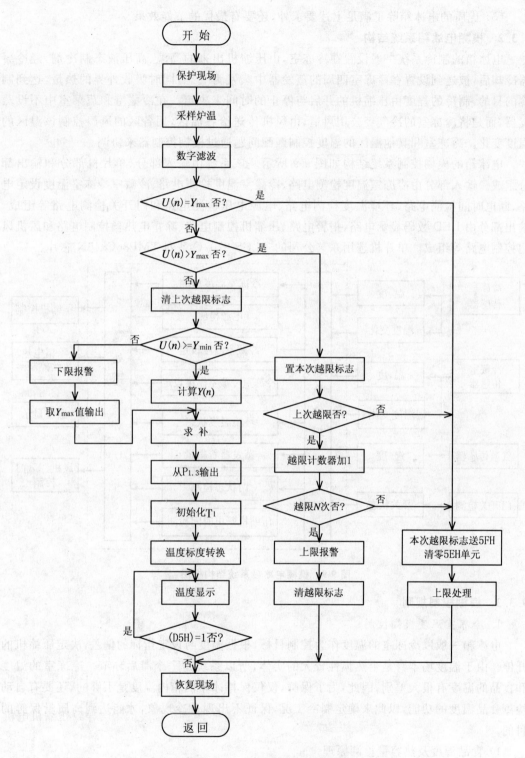

图 9-8　T₀ 中断服务程序流程图

（4）由于冰箱内温度受多种不确定因素影响，如放入冰箱中物品的温度、热容量以及物品的充满率、开门的频繁程度等，需针对这些不确定因素采取相应的措施。

（5）优质的电冰箱除了满足上述要求外，还要有最优的节能效果。

9.3.2 模糊电冰箱系统结构

电冰箱的制冷系统一般设置在冷冻室，由压缩机出来的高温、高压液态制冷剂，经冷凝器冷却后，被送到设置在冷冻室四周的蒸发器中蒸发为气态，同时吸收外界的热量，达到制冷的目的，制冷的程度由压缩机的开启与停止的时间来决定。在冷藏室和蔬菜室中不设蒸发器，而是将冷冻室的冷气经公用风道，由风机传送给各温区，用各区的风门控制该温区的温度变化。冷冻室和其他温区的温度控制匹配问题通过模糊控制器来协调。

电冰箱的模糊控制系统结构如图 9-9 所示。该系统由输入部分、单片机部分和输出部分组成。输入部分由冷冻室温度检测电路、冷藏室温度检测电路、冷藏室冷冻室温度设定电路、断电时间检测电路、环境温度检测电路、电源电压检测电路和门开关检测电路等组成。输出部分由 LED 数码显示电路、报警电路、压缩机控制电路、除霜电热丝控制电路和风机风门控制电路等组成。单片机选用东芝公司的 TLCS-870/C 系列 TMP86C846N 芯片。

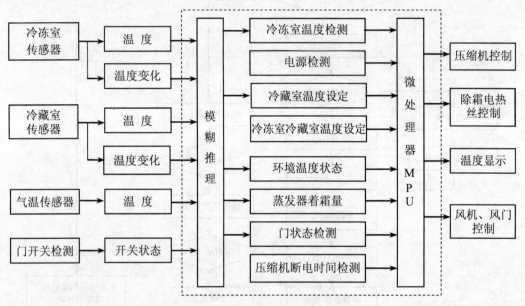

图 9-9　模糊电冰箱系统结构框图

9.3.3 模糊控制规则

1. 冷冻室温度模糊控制

电冰箱一般以冷冻室的温度作为控制目标，根据温度与设定指标的偏差，决定压缩机的开停。由于温度场本身是个热惯性较大的实体，所以系统是一个滞后环节。冷冻室的温度和食品的温度有很大差别，因此，为了保鲜，仅仅保持冰箱的箱内温度是不够的，还要有自动检测食品温度的功能，以此来确定制冷工况，保证不出现过冷现象，才能达到高质量保鲜的目的。

1）食品温度及热容量检测原理

为了检测放入冰箱的食品的初始温度和食品量的多少，应用模糊推理来确定相应的制冷度，达到及时冷却食品又不浪费能源的目的。因此，在食品存放冰箱的初期，应设法检测食品的初始温度和热容量，对食品种类和数量做综合分析。由于食品重量不方便直接测量，在此应用软传感技术,在食品放入冷冻室并关门后 5 min 内对食品温度及热容量进行检测。一般情况下,冷冻室的温度都在 −18 ℃左右,当食品存入以后冷冻室的温度急剧上升,上升的绝对值和变化率取决于放入食品的温度和热容量。在食品重量相等的情况下,食品温度愈高,其温度上升的变化率愈大,制冷压缩机应愈早投入运行;在放入的食品温度相同的情况下,食品的重量愈重,其温度上升的变化率愈大,制冷压缩机启动后温度下降愈缓慢。根据此规律即可建立相关的模糊推理关系。

2) 确定食品热容量的模糊推理框图

判断食品热容量的模糊推理框图如图 9-10 所示。冷冻室温度传感器采集的温度信息,一方面直接作为模糊推理 I 的输入变量,另一方面将其通过微分运算求出温度变化率,作为第二个输入变量,模糊推理 I 的输出端对食品热容量进行初步判断,还要根据开门状态及室温的情况加以修正。修正系数可以根据模糊推理 II 来确定。食品热容量初判值与修正系数通过乘法器运算得到推论的食品热容量。最后根据冷冻室的温度差和推论的食品热容量建立模糊推理,从而得到修正的压缩机开机和停机的时间。

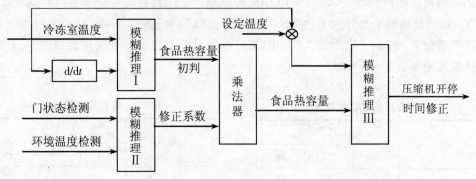

图 9-10　冷冻室模糊控制器框图

冷藏室的工作状态与冷冻室相似,系统框图基本相同,如图 9-11 所示。制冷工况(即压缩机的开停)同时受控于两个系统,通过风门的开启度和风机的转速来调整两室的温度。

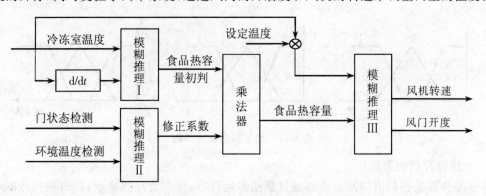

图 9-11　冷藏室模糊控制器框图

3) 推理规则的建立

(1) 食品温度及热容量初判。考虑到控制精度和简化程序的要求,定义冷冻室温度 T_1 的论域为[−20,5],模糊语言子集设定为{低(L),中(M),高(H)}3 档;冷冻室温度变化率 dT_1/dt 的论域为[0,5],模糊子集定义为{小(S),中(M),大(B)};食品温度初判 Q_0 的论域

为 $[0,30]$，模糊子集定义为｛低(L)，中(M)，高(H)｝。在各语言变量论域上用于描述其模糊子集的隶属函数采用梯形与三角形隶属函数，各模糊变量的隶属函数如图 9-12 所示。

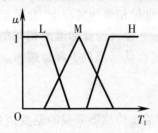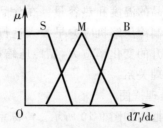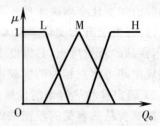

图 9-12　食品温度初判隶属函数

模糊控制规则采用" if T_1 is A and dT_1/dt is B then Q_0 is C"的形式，其模糊推理规则表如表 9-3 所示。

(2) 食品热容量修正。考虑环境温度 T_c 和开门时间 t 两个因素的影响，食品热容量的修正仍采用模糊推理的办法，如图 9-10 中的模糊推理Ⅱ。其输入变量为开门时间 t 和环境温度 T_c，对应的模糊子集分别为｛短(S)，中(M)，长(L)｝和｛低(L)，中(M)，高(H)｝。输出量为修正系数 K，模糊子集为｛大(B)，中(M)，小(S)｝。各变量的隶属函数如图 9-13 所示，模糊推理规则如表 9-4 所示。

表 9-3　食品温度初判规则表

Q_0		dT_1/dt		
		S	M	B
T_1	L	L	L	M
	M	L	M	L
	H	M	H	H

表 9-4　修正系数规则表

K		T_c		
		L	M	H
t	S	S	S	M
	M	S	M	B
	L	M	B	B

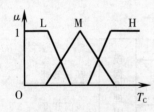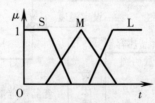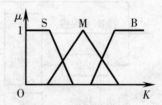

图 9-13　修正系数隶属函数

4) 模糊控制决策确定

食品热容量初判值与修正系数通过乘法器运算后，得到食品热容量，同时根据冷冻室的温度差，进行制冷工况的模糊推理，得到制冷的控制决策。输入变量温度差 ΔT_1 的模糊子集定义为｛负(N)，零(Z)，正(P)｝。输出变量压缩机 C_m 只有两种状态：运行(ON)和停止(OFF)，当冷冻室温度差 $\Delta T_1 > 0$ 时，应使压缩机处于运行状态；运行一段时间后，冷冻室温度趋于设定值，即 $\Delta T_1 > 0 \Rightarrow \Delta T_1 = 0$，应使压缩机马上停止，但是考虑食品热容量的影响，在热容量较大时，应延长压缩机关闭时间，使食品内部温度达到保鲜要求。当 $\Delta T_1 < 0$ 时，

应使压缩机处于停止状态,即 $\Delta T_1 < 0 \Rightarrow \Delta T_1 = 0$。关机期间,温度回升,但由于热容量大,应延时开机,在温度回升不大的情况下,节省电能。为此需要确定合理的延时开机时间和延时关机。开关机时间的修正量由模糊推理Ⅲ完成。其控制规则如表 9-5 所示。

同理,根据图 9-12 可得到风机 F_a 的转速、风门 F_g 的控制规则表。风机转速和风门开启度的模糊子集分别为{零(Z),低(L),高(H)}、{低(L),中(M),大(B)}。二者的控制规则如表 9-6 所示。

表 9-5　压缩机开机时间修正规则

C_m		ΔT_1		
		N	Z	P
Q_0	L	-1	0	$+1$
	M	-2	0	$+2$
	H	-4	0	$+4$

表 9-6　风机、风门控制规则

F_a/F_g		ΔT_2		
		N	Z	P
Q_0	L	Z/L	L/M	L/M
	M	H/B	L/M	L/M
	H	H/B	H/B	H/B

2. 除霜控制

当冰箱中的食物潮湿或含水分多时,会使冰箱中的空气含有一定浓度的水分,这些水分凝结在蒸发器表面就会形成霜层。霜层会降低蒸发器表面的热交换能力,并严重影响制冷效果。霜层达到一定厚度时会使冰箱内温度无法降低,导致压缩机不断运转。既耗电,又增加了压缩机的故障发生率。因此,必须对电冰箱定时除霜。当冷冻室的霜凝结到一定厚度时,开始进行加热除霜。一旦加热丝加热除霜,则霜的厚度下降。随着霜厚度的下降,对加热丝的控制电压也下降。

除霜结束,加热丝电源断开。这个过程用模糊语句描述起来就是:根据压缩机连续运转的累计时间来推断霜量的大小,一般认为累计运行时间 8 h,霜厚度约为 $3\sim4$ mm,需要除霜。

除霜的模糊控制目标是除霜进程要对食品保鲜质量影响最小。为此,除了根据压缩机累计运行时间 t_m 及蒸发器制冷剂管道进、出口两端温差 ΔT 来推断着霜量 Q 外,还要由着霜量及门开启间隔时间 L 来确定是否除霜。t_m 和 L 都取长(L)、中(M)或短(S)3 个模糊量;ΔT 取小(S)、中(M)和大(B)3 个模糊量;着霜量 Q 取少(L)、中(M)和多(P)3 个模糊量。也就是说,选取门开启间隔时间长,即开门频度低的时段除霜,以达到最理想的保温效果。其模糊推理框图如图 9-14 所示。有关的推理规则见表 9-7 和表 9-8。

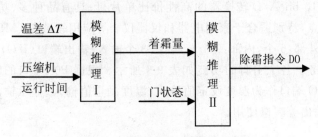

图 9-14　除霜模糊控制器框图

表 9-7　着霜量推理规则

Q		进、出口两端温差 ΔT.		
		S	M	B
压缩机累	S	L	L	M
计运行时	M	L	M	P
间 t_m	L	M	P	P

表 9-8　除霜指令推理规则

D0		着霜量 Q		
		L	M	P
门开启	S	NO	NO	YES
间隔时	M	NO	NO	YES
间 L	L	NO	YES	YES

9.3.4　TMP86C846N 单片机介绍

此控制系统选用东芝 TLCS-870/C 系列单片机中 TMP86C846N 作为主芯片。其引脚如图 9-15 所示。

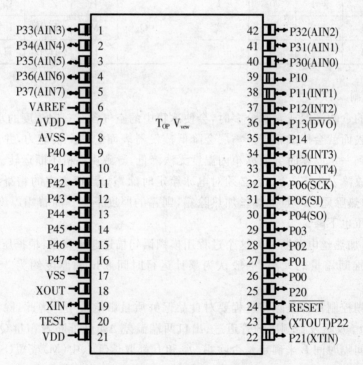

图 9-15　TMP86C846N 引脚图

TMP86C846N 是封装有 8 位高性能 CPU；8 kB * 8 bit 程序存储器 ROM；512 B * 8 bit 数据存储器 RAM，10 bit A/D 转换器的高性价比单片机；具有品种多、功能强、低电压、低功耗和低价格等特点，特别适合于家用电器和仪器仪表等应用领域。TMP86C846N 单片机具有 15 个中断源（外部：6 个，内部：9 个），共有 33 个输入/输出端口（I/O），利用软件编程可以实现各种控制任务。各个引脚的功能如表 9-9 所示。根据 P0-P4 口的输入输出特性，可以灵活地选择各 I/O 端口作为温度设定值输入、温度测量值输入、显示输出、压缩机控制输出、风机风门控制输出等端口使用。

表 9-9　TMP86C846N 的引脚功能

引脚名称	输入/输出	功能		
P07(INT4)	I/O(输入)	8 位可编程输入/输出口	外部中断输入	
P06(SCK)	I/O(输入/输出)		SIO 输入/输出	
P05(SI)	I/O(输入)			
P04(SO)	I/O(输出)			
P03(TXD)	I/O(输出)		UART 数据输出	
P02(RXD)	I/O(输入)		UART 数据输入	
P01($\overline{PWM4}$/TC4/$\overline{PDO4}$/PPG4)	I/O(输入/输出)		计数器/计时器输入,PPG 输出,PWM 输出,PDO 输出	
P00(INT0)	I/O(输入)		外部中断输入	
——	——	——	——	
P15(INT3)	I/O(输入)	8 位输入/输出口,每位可独立地由软件设置为输入或输出口	外部中断输入	
P14(PPG)	I/O(输出)		PPG 输出	
P13(DVO)	I/O(输出)		分频输出	
P12(INT2/TC1)	I/O(输入)		外部中断输入,计数器/计时器	
P11(INT1)	I/O(输入)		外部中断输入	
P10($\overline{PWM3}$/TC3/$\overline{PDO3}$)	I/O(输入/输出)		计数器/计时器输入,PWM 输出,PDO 输出	
P20(INT5S/STOP1)	I/O(输入)	3 位输入/输出口	外部中断输入/结束模式	
P21(XTIN)	I/O(输入)		低频时钟输入	
P22(XTOUT)	I/O(输出)		高频时钟输入	
P37(AIN7/STOP5)	I/O(输入)	8 位输入/输出口,每位可独立地由软件设置为输入或输出口	A/D 转换模拟量输入	结束模式
P36(AIN6/STOP4)	I/O(输入)			
P35(AIN5/STOP3)	I/O(输入)			
P34(AIN4/STOP2)	I/O(输入)			
P30(AIN0)～P33(AIN3)	I/O(输入)			
P40～P47	I/O	——	——	
TEST	输入	测试引脚,接低电平		
RESET	I/O	复位信号,对输入信号、看门狗时钟电路复位,地址跟踪复位输出		
XIN	输入	振荡器连接输入端		
XOUT	输出	振荡器连接输出端,二者与晶振振荡器连接构成时钟发生器		
VSS 、VDD	电源	0 V ,+5 V		
AVSS、AVDD、VAREF	电源	模拟电压输入、参考电压输入		

9.3.5　控制系统的电路结构

如附图 1 所示,电冰箱控制系统的控制电路由电源电路、温度检测电路、门状态检测电路、功率输出电路、温度给定和显示电路组成。

1. 电源电路

电源电路由电源变压器、整流滤波电路、稳压电路构成,如附图 1 中所示。220 V 50 Hz 的照明电经电源变压器 TRAN 变换为低压交流电压,桥式整流电路用于将低压交流电压整流为全波直流脉动电压。该脉动电压由三端稳压器 MC7812 和 MC7805 先后形成 +12 V 和 +5 V 的直流稳压电压,作为单片机的供电电源。

2. 温度检测电路

传感器组主要由冷冻室、冷藏室和环境温度检测等温度传感器组成。在电冰箱中,温度控制的精度要求不高,故传感器可以采用测温范围宽、互换性好、寿命长的热敏电阻。由于 TMP86C846N 本身带有 A/D 转换器,分压电阻上所得取样信号可以直接送给单片机 A/D 转换接口进行采样转换。考虑到热敏电阻的线性化,我们采用一个固定的线性电阻 R_{F1}、R_{F2} 分别与热敏电阻 R_{t1}、R_{t2} 串联,此电路不需要信号放大电路,并且减少了电路故障点。环境温度也可以直接由传感器检测出来。其电路组成如图 9-16 所示。在除霜控制中,为了测量蒸发器制冷剂管道进出口两端的温度差 ΔT,设置了温度传感器,其电路结构同冷冻室温度检测电路,两端温度经比较器,得出差值 ΔT。

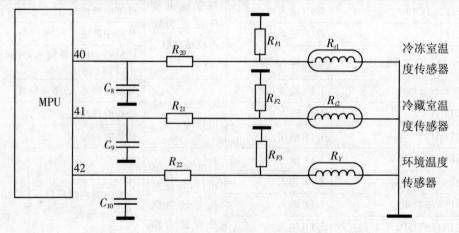

图 9-16　温度检测电路

3. 门状态检测电路

在附图 1 中,门状态的检测电路是由门开关与单片机的 I/O 口连接实现的,从 I/O 口状态的电平变化可以判断箱门的关闭。加入光耦可以有效地去除外界的干扰输入。本设计中采用多个门状态开关共用一根输入线,这样减少了输入线,简化了装配工艺。

4. 压缩机断电时间检测电路

为了实现无论压缩机是自动停机还是非自动牵制断电停机,只要压缩机停电时间超过 3 min,都可以启动压缩机,本系统采用延时装置、晶体管和继电器来完成对于压缩机的控制。压缩机断电时间检测电路如图 9-17 所示。

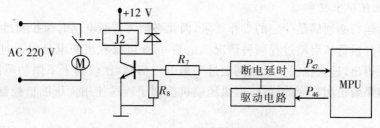

图 9-17　压缩机断电时间检测电路

5．功率输出电路

压缩机、除霜电热丝和风机的输出控制信号送入集成驱动器 KD65003，分别驱动各支路进行变压，从而带动负载（压缩机、电热丝、风机、风门等）运行。

9.3.6　软件实现

1．主程序流程

本系统由主程序、中断服务程序和多个子程序组成。子程序主要由电源电压及压缩机断电延时保护检测子程序、温度设定检测子程序、冷冻室温度模糊控制子程序、冷藏室温度模糊控制子程序、模糊化霜控制子程序、压缩机控制及保护子程序和温度补偿控制子程序、温度采集及标度变换子程序、故障检测子程序、初始化子程序等程序模块组成，其主程序流程图如图 9-18 所示。为了减少程序执行时间，各子程序都能快速返回主程序。子程序对相关事件的处理由标志位和判断标志位来完成。

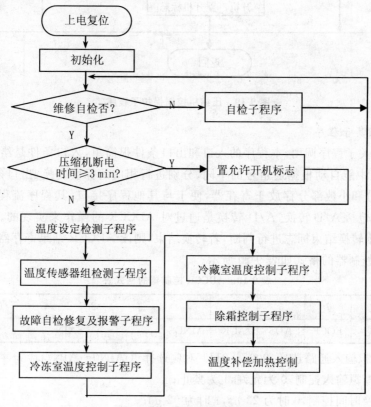

图 9-18　软件实现流程图

2．压缩机保护子程序

压缩机的运行必须满足一定的工作要求,因此必须进行断电延时保护和过欠压保护,且过欠压保护要分运行和启动过程两种情况。由图 9-18 可以看出断电延时通过检测 I/O 端口的电平高低得出,过欠压保护功能则通过采集电压信号,比较其上下限的范围来实现,然后根据上述结果给出相对应的标志,以供压缩机控制子程序使用。压缩机控制软件流程如图 9-19 所示。

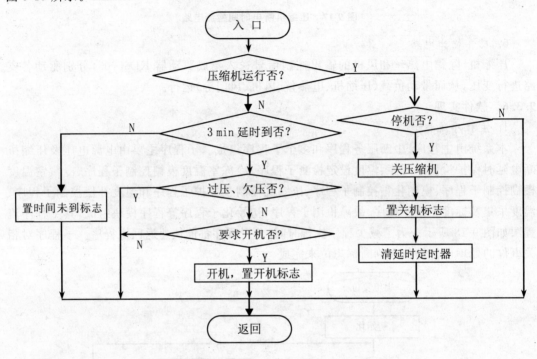

图 9-19　压缩机控制保护子程序

3．数据采集子程序

为方便相关子程序调用,本程序的入口和出口条件很简单,入口条件是给出通道号,在程序设计过程中能自动根据通道号的不同,分别进行相应的标度变换;出口条件是变换结果,分整数部分和小数部分存放于寄存器,便于与其他程序接口,其程序流程如图 9-20 所示。本子程序包括 A/D 转换,A/D 转换是通过对 ADCCR 的操作来实现的。检测到标志位的状态,根据转换结束标志进行判断,若转换结束,则读 ADCCR 结果寄存器的内容。

ADCCR 控制器的格式如表 9-10 所示。

表 9-10　ADCCR 控制器的格式表

位	7	6	5	4	3	2	1	0
标志	EOCF	ADS	ACK	AINDS	SAIN			

SAIN:模拟输入通路选择,0000～0111 对应选择道 AIN0～AIN7;

AINDS:模拟输入控制,0 为允许,1 为禁止;

ACK:转换时间控制,0 时为 23 μs,1 时为 92 μs;

ADS:置 1,ADS 启动 A/D 转换;

EOCF：A/D 转换结束标志，EOCF＝0，表示 A/D 转换正在进行或没有启动；EOCF＝1，表示 A/D 转换结束。CPU 读 A/D 转换结果寄存器 ADCCR 中的内容，并自动清零 EOCF。

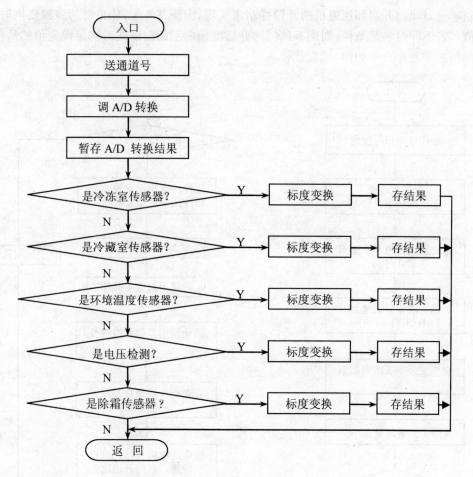

图 9-20　数据采集子程序

4. 模糊除霜控制子程序

根据本章第三节中除霜控制的原理，将表 9-7 和表 9-8 所示着霜量模糊控制推理规则表对应的输出数据存放在单片机的 ROM 中某一区域，其对应位置为：$3(i-1)+j(i$ 表示行，j 表示列)，它在 ROM 中的位置是：表首地址＋$3(i-1)+j-1$。具体的存放形式如下：

TAB：DB 0X01,0X01,0X02

　　　 DB 0X01,0X02,0X03

　　　 DB 0X02,0X02,0X03

其具体查表过程如下：先查出压缩机运行累计时间，并按{1,2,3}分为三档，然后求出进、出口温差大小，同时按{1,2,3}分为三档，这样就可以求得上述两参数的具体档位值，根据挡位值大小进行查表便可知着霜量的大小。进一步结合门开启时间，对已得出的着霜量大小进行修正，以便作出除霜决策。其模糊除霜控制的流程如图 9-21 所示。

5. 温度模糊控制子程序

温度模糊控制分为冷冻室温度模糊控制和冷藏室温度模糊控制子程序。两者相互影响，按照如表 9-3 至表 9-6 所示推理规则建立规则表，查表方式同除霜控制程序。两室的温度控制通过对风门开启和压缩机的开停控制来实现，为使其匹配，停机时两室温度同时到达设定值。若不同时满足条件，则调节风门的开启度使两室的温度同时满足设定值然后停机。其模糊控制子程序流程如图 9-22 所示。

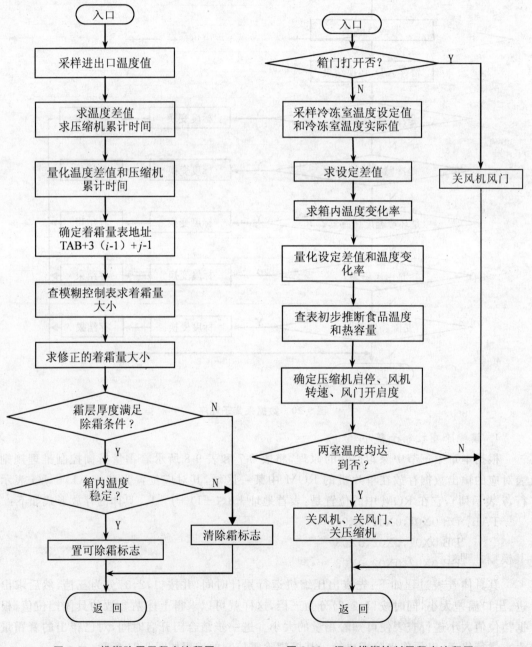

图 9-21　模糊除霜子程序流程图　　　　图 9-22　温度模糊控制子程序流程图

6. 自检子程序

自检子程序流程如图 9-23 所示。

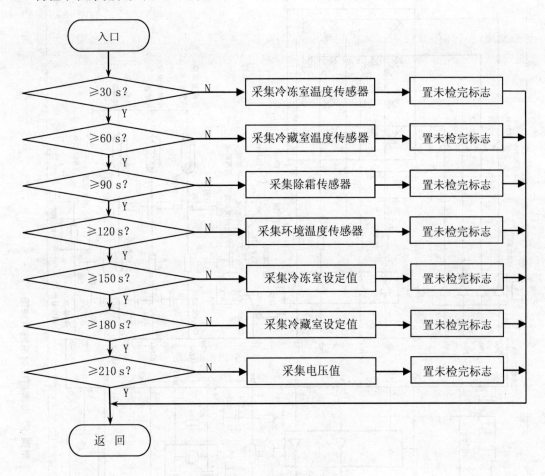

图 9-23　自检子程序流程图

习　题

9.1　在微型计算机控制系统的硬件设计中,要注意的事项是什么?

9.2　请简述微型计算机控制系统设计的一般步骤。

9.3　试根据 DDC 温度控制系统中软件设计步骤在 Turbo C 环境下编写 PID 控制程序段的源代码。

9.4　在电冰箱的模糊控制系统中,实现冷冻室温度的模糊控制需要采集哪些输入量,其模糊推理过程是什么?

9.5　在电冰箱的模糊控制系统中,除霜控制的模糊推理过程是什么?

9.6　请结合电冰箱的模糊控制系统的硬件和软件设计,描述压缩机的控制原理。

9.7　在电冰箱模糊控制系统中,冷冻室和冷藏室温度控制的软件实现时如何查表?

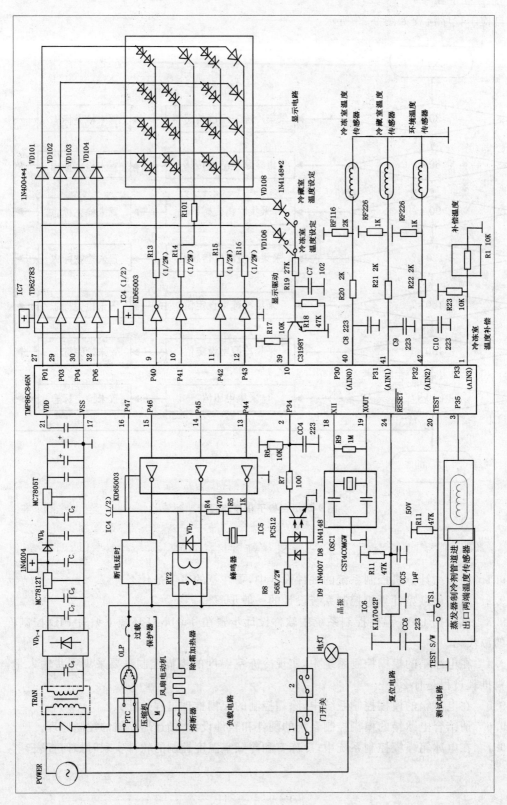

附图 1　电冰箱控制系统电路图

附录　IC 卡技术基础

IC 卡(Integrated Circuit)又称智能卡,即集成电路卡。IC 卡是随着半导体技术的发展和社会对信息的安全性等要求的日益提高应运而生的,它是一种将存储器或微处理器与存储器的集成电路芯片嵌装于符合 ISO7816 标准的卡基中而制成的卡片。其外形和普通的信用卡十分相似,只是略厚一些,具体为:长 85.6 mm,宽 54 mm,厚 0.76 mm (ISO7816-2 标准)。

1　IC 卡分类

根据信息交互方式,IC 卡分为接触式和非接触式两大类。

1) 接触式 IC 卡

(1) 存储器卡,由多个集成电路组成,只具有记忆功能,卡中的集成电路为标准的串行 EEPROM。

(2) 加密存储卡,由多个集成电路组成,只具有记忆功能,卡中的集成电路为带有加密逻辑的串行 EEPROM。

(3) CPU 卡或称作处理器卡,卡中的集成电路除了带有加密逻辑,串行 EEPROM 外,还带有微处理器(CPU),RAM,ROM,I/O 端口。

(4) 超级智能卡,它在智能卡基础上装有键盘、液晶显示,实质上是一台微型计算机,这种卡目前还在试验中。

2) 非接触式 IC 卡

射频 IC 卡(也称感应式 IC 卡),卡中的集成电路除了带有加密逻辑、串行 EEPROM 和微处理器外,还带有射频收发及相关电路。

2　接触式 IC 卡技术基础

2.1　I²C 总线基本原理

I²C 总线仅仅依靠两根连线就实现了完善的全双工同步数据传送:一根为串行数据线(SDA),一根为串行时钟线(SCL)。该总线协议有严格的时序要求。总线工作时,由时钟控制线 SCL 传送时钟脉冲,由串行数据线 SDA 传送数据。总线传送的每帧数据均为一个字节(8 bit),但启动 I²C 总线后,传送的字节个数没有限制,只要求每传送一个字节后,对方回应一个应答位(Acknowledge Bit)。发送数据时首先发送数据的最高位(MSB)。I²C 总线协议规定,启动总线后第一个字节的高 7 位是从器件的寻址地址,第 8 位为方向位("0"表示主器件对从器件的写操作;"1"表示主器件对从器件的读操作),其余的字节为操作的数据。

总线每次传送开始时有起始信号,结束时有停止信号。在总线传送完一个或几个字节后,可以使 SCL 线的电平变低,从而使传送暂停。

依据 I^2C 总线的传输协议,总线工作时的具体时序如下:

起始信号(S):在时钟 SCL 为高电平期间,数据线 SDA 出现由高电平向低电平的变化,用于启动 I^2C 总线,准备开始传送数据,见附图-1。

停止信号(P):在时钟 SCL 为高电平期间,数据线 SDA 出现由低电平向高电平的变化,用于停止 I^2C 总线上的数据传送,见附图-1。

数据位传送:I^2C 总线起始信号或应答信号之后的第 1~8 个时钟脉冲对应一个字节的 8 位数据传送。在脉冲高电平期间,数据串行传送;在脉冲低电平期间,数据准备,允许总线上数据电平变化,见附图-2。

应答信号(A):I^2C 总线的第 9 个脉冲对应应答位,若 SDA 线上显示低电平则为总线"应答"(A),若 SDA 线上显示高电平则为"非应答"(/A),见附图-3。

I^2C 总线的一次典型工作流程如下:

(1) 起始:S 信号表明传输开始。

(2) 地址:主设备发送地址信息,包含 7 位的从设备地址和 1 位的指示位(表明读或者写,即数据流的方向)。

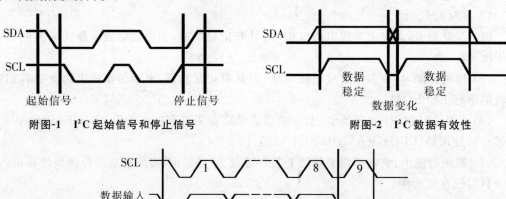

附图-1　I^2C 起始信号和停止信号　　　　　附图-2　I^2C 数据有效性

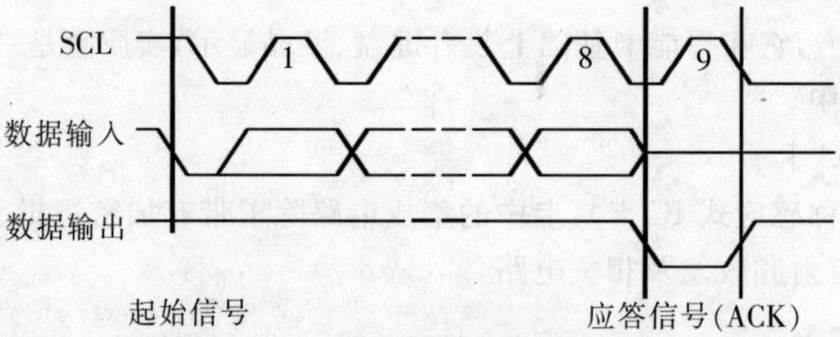

附图-3　I^2C 应答信号(数据传送与确认)

(3) 数据:根据指示位,数据在主设备和从设备之间传输。数据一般以 8 位传输,最高位放在前面;具体能传输多少字节的数据并没有限制。接收器上用 1 位的 ACK(回答信号)表明每一个字节都收到了。传输可以被终止和重新开始。

(4) 停止:P 信号结束传输。

2.2　接触式 IC 卡电路结构及工作原理

接触式 IC 卡一般有 6 个或 8 个触点,当 IC 卡插入到读写设备后,各接点对应接通,IC 卡内嵌的集成电路就开始工作。

IC 卡各触点引脚图如附图-4。IC 卡基片的逻辑结构图如附图-5 所示,CPU 处理器用于管理读/写 IC 卡及输入/输出操作,运行特定的操作系统和应用软件,执行保密算法的运算等。存储器中的 RAM 用于操作系统进行中间数据处理。ROM 用于存放 IC 卡操作系统,其中包括卡片日常动作的服务程序、保密程序、IC 卡信息保护程序等。EEPROM 是用户可以使用的存储区。IC 卡的输入/输出接口是 IC 卡与 IC 卡的读写设备之间交换信息的通道。

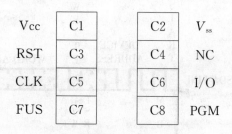

附图-4　接触式 IC 卡引脚图

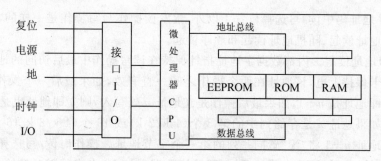

附图-5　IC 卡基片的逻辑结构图

2.3　工作状态实现过程与时序

依据 I^2C 总线的传输协议,写字节、写页面、立即地址读起、随机寻址读起、顺序读起等操作的实现过程与时序如下:

(1) 写字节操作。写操作时需要在器件地址确认后送 1 个 8 位数据地址,对于 1 k 卡最高位不用,IC 卡收到地址通过 SDA 总线发出确认信号,再随时钟输入 8 位数据码,IC 卡收到后将向 SDA 确认,数据传送设备必须用停止状态来终止写操作。此时,IC 卡进入一个内计时固定存储器写入周期,在该写入周期时,所有输入禁止,直到 IC 卡写完后才对通讯应答。SDA 总线数据流参见附图-6。

附图-6　写字节操作时 SDA 数据流

(2) 写页面操作。1 k/2 k 卡能进行 8 字节页面写入,4 k/8 k/16 k 等卡能进行 16 字节页面写入。激发写页面操作与写字节操作一样,但数据传送设备无需在第一字节随时钟输入后发出一个停止位,在 IC 卡确认收到第一个数据码之后,数据传送设备再传送 7 个(1 k/2 k 卡)或 15 个(4 k/8 k/16 k 卡等)数据码,每收到一个数据之后,IC 卡将通过 SDA 总线回送一个确认信号,传送设备必须通过停止状态终止页面写序列。SDA 总线数据流参见附图-7。

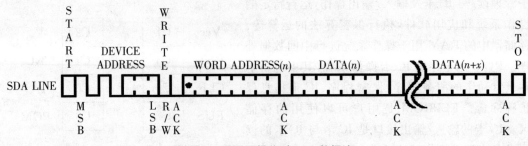

附图-7　写页面操作时 SDA 数据流

除了器件地址码中读/写选择位置 1 以外,激发读操作与写操作是一样的,有 3 种读操作方式:立即地址读起、随机地址读起和顺序读起。

(3) 立即地址读起。内部数据字地址指针保持在读写操作中最后访问的地址,按"1"递增。只要 IC 卡保持上电,该地址在两个操作之间一直有效,如果最后一个操作是在地址 n 处读取,则立即地址是 $n+1$,如果最后操作是在地址 n 处写入,则立即地址也是 $n+1$。有一种情况例外,如果地址 n 是存储列中的第 8 个(1 k/2 k)或 16 个(4 k/8 k/16 k 等)字节地址,则增加的地址 $n+1$ 将"滚"置同一列的第一个字节地址。操作时读/写选择位置"1",器件地址随时钟输入,并被 IC 卡确认后,立即寻址数据码被 IC 卡串行随时钟输出,读数据的设备不是通过确认(使 SDA 总线处于低电平)来应答,而是随后产生一个停止状态。SDA总线数据流参见附图-8。

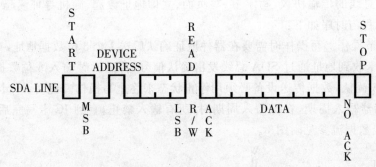

附图-8　立即地址读起操作时 SDA 数据流

(4) 随机寻址读起。随机读起需要一个"空"字节写序列来载入地址,器件寻址码和数据地址码随时钟输入,被 IC 卡确认(ACK)后,随时钟串行输出随机寻址数据,最后由通信设备产生停止状态。SDA 总线数据流参见附图-9。

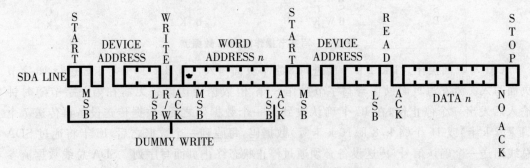

附图-9　随机寻址读起操作时 SDA 数据流

（5）顺序读起。顺序读起由立即寻址读起或随机读起激发，在通信设备收到一数据码之后，通过确认（ACK）应答，只要IC卡收到确认（ACK），便会继续增加数据地址及串行随时钟输出数据码。当达到存储地址极限时，数据码地址将重复"滚动"，顺序读起继续，当通信设备通过产生一个停止状态应答时，顺序读起终止。SDA总线数据流参见附图-10。

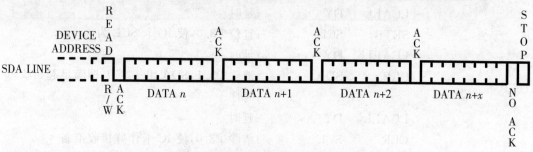

附图-10 顺序读起操作时 SDA 数据流

2.4 IC卡应用系统的电路与软件设计实例

附图-11为IC卡（本例程采用AT24C01A卡）与8032单片机相连的一种实用电路。8032的P3.0、P3.1产生I^2C总线的SCL、SDA对IC卡进行读写。单片机的P1.0、P1.1、P1.2控制3个发光二极管INI、WRI、RDI分别表示IC卡插入、IC卡写入和IC卡读取。IC卡插入时，IC卡座常闭开关JB断开，74LS02两个输入为高，经过或非门以后使P1.0为低电平，同时发光二极管INI点亮；当没有IC卡插入时，R4的一端经过JB接地，由于R5远远大于R4，所以74LS02的两个输入为低电平，或非后使P1.0为高，INI熄灭。程序中可以用JB P1.0来判断是否有IC卡插入。

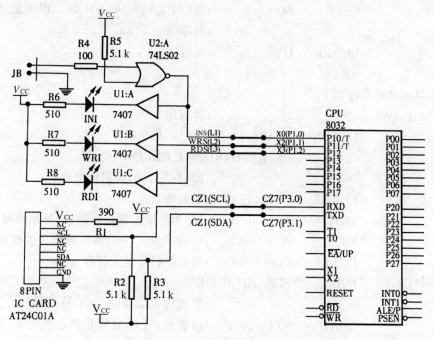

附图-11 IC卡与8032连接原理图

AT24C01卡起始与停止状态工作程序的时序参见附图-1，相应的程序设计如下

```
          SCL       EQU   0B0H  ;P3.0 定义为 SCL
          SDA       EQU   0B1H  ;P3.1 定义为 SDA
START2401：                     ;起始状态
          SETB      SDA         ;置位 P3.1,使 IC 卡 SDA 为高
          LCALL     DY          ;延时
          SETB      SCL         ;置位 P3.0,使 IC 卡 SCL 为高
          LCALL     DY          ;延时
          CLR       SDA         ;清除 P3.1,SDA 由 1 变 0,即满足起始状态
                                ;时序
          LCALL     DY          ;延时
          CLR       SCL         ;清除 P3.0,使 IC 卡作好接收准备
          LCALL     DY          ;延时
          RET
STOP2401：                      ;停止状态
          CLR       SCL         ;清除 P3.0,使 IC 卡 SCL 为低
          LCALL     DY          ;延时
          CLR       SDA         ;清除 P3.1,使 IC 卡 SDA 为低
          LCALL     DY          ;延时
          SETB      SCL         ;置位 P3.0,使 IC 卡 SCL 为高
          LCALL     DY          ;延时
          SETB      SDA         ;置位 P3.1,SDA 由 0 变 1,即满足停止状态
                                ;时序
          LCALL     DY          ;延时
          RET
随机寻址读写程序如下
RD2401_1W：                     ;读程序
          LCALL     C_A2401     ;调"空"写子程序
          CJNE      R5,#00H,RD2401_ERROR
                                ;R5 不等于 0,跳错误处理
          LCALL     START2401   ;送起始状态
          MOV       R5,#08H     ;R5 为传输控制位计数器,每帧数据 8 位
          MOV       A,#0A1H     ;"10100001",7 位器件地址加读控制位
          LCALL     CONT2401    ;调帧数据传送子程序
          JNB       SDA,RD_C_OK
                                ;收到确认信号(ACK),往下执行
          LCALL     STOP2401    ;没收到 ACK,送停止状态
          SJMP      RD2401_ERR
                                ;错误处理
RD_C_OK：  CLR       SCL         ;清除 SCL,IC 卡开始发送数据
```

	MOV	R5,#08H	;计数器复位
	CLR	A	;累加器清零,准备移位接收数据
RD24_BIT:	SETB	SCL	;置位 SCL,送上跳沿,取数据
	LCALL	DY	;延时
	JNB	SDA,RD24_DAT	
			;如果 SDA 为"0",执行 CLR C
	SETB	C	;置位 C,即接收到数据"1"
	SJMP	RD24_N_BIT	
RD24_DAT:	CLR	C	;清除 C,即接收到数据"0"
RD24_N_BIT:			
	CLR	SCL	;清除 SCL,IC卡准备传下一个数据
	LCALL	DY	;延时
	RLC	A	;大左循环,把收到的数据移位到 A 的最高位
	DJNZ	R5,RD24_BIT	
			;如果一帧数据没收完,则继续接收
	SETB	SCL	;置位 SCL
	LCALL	DY	;延时
	CLR	SCL	;清除 SCL
	LCALL	DY	;延时
	LCALL	STOP2401	;读写完毕,送停止状态
	MOV	R5,00H	;计数器置"0",表示读写成功
	RET		
CONT2401:			;帧数据传送子程序
	CLR	SCL	;清除 SCL,IC卡准备接收
	RLC	A	;将要传送的位移到 C
	JNC	CA_C_S	
			;如果 C 为 0,则执行 CLR SDA
	SETB	SDA	;置位 SDA,即传送数据"1"
	SJMP	CA_C_NEXT	
CA_C_S:	CLR	SDA	;清除 SDA,即传送数据"0"
CA_C_NEXT:			
	LCALL	DY	;延时
	SETB	SCL	;置位 SCL,IC卡接收数据
	LCALL	DY	;延时
	DJNZ	R5,CONT2401	
			;如果一帧数据没传完,则继续传送
	CLR	SCL	;数据传完,清除 SCL
	LCALL	DY	;延时
	SETB	SCL	;置位 SCL,等 IC卡的确认信号(ACK)

```
            LCALL   DY                      ;延时
            RET
    C_A2401:                                ;"空"写子程序
            LCALL   STOP2401                ;送停止状态,使总线空闲
            LCALL   DY                      ;延时
            LCALL   START2401               ;送起始状态
            MOV     A,♯0A0H                 ;"10100000",7 位器件地址加写控制位
            MOV     R5,♯08H                 ;计数器复位
            LCALL   CONT2401                ;调帧数据传送子程序,将器件地址送给 IC 卡
            JB      SDA,RD2401_ERROR
                                            ;如果没收到 ACK,则错误处理
            MOV     R5,♯08H                 ;收到 ACK,计数器复位
            MOV     A,R0                    ;RO 为随机地址
            LCALL   CONT2401                ;调帧数据传送子程序,将随机地址送给 IC 卡
            JB      SDA,RD2401_ERR
                                            ;如果没收到 IC 卡的确认信号,则
                                            ;错误处理
            LCALL   DY                      ;延时
            CLR     SCL                     ;清除 SCL,使 IC 卡准备
            LCALL   DY                      ;延时
            MOV     R5,♯00H                 ;计数器置"0",表示 IC 卡已正确接收到数据
            RET
    RD2401_ERR:                             ;设置错误代码子程序
            MOV     R5,♯5AH                 ;将 R5 计数器,置代码"5A",表示接收错误
            RET
```

3　非接触式 IC 卡技术基础

非接触式 IC 卡即射频 IC 卡,是通过无线电波或电磁感应的方式,将集成电路内的数据与外部接口设备通信的 IC 卡。射频 IC 卡利用低频无线电波传递能量和交换数据,没有物理触点。依靠卡内 LC 谐振回路和电子泵,接收读写头发出的频率固定的电磁波,产生共振,积累电荷形成电压作为工作电源。同时它还能接收读写器的数据和向读写器发送数据。

下面以美国 Philips 公司的 Mifare 1 S50 卡(下面简称 M1 卡)为例,具体说明射频 IC 卡工作原理及与外部接口设备的通讯流程。

3.1　非接触式 IC 卡内部结构

M1 卡含容量 8 k 位 EEPROM,分为 16 个扇区,每个扇区为 4 块,每块 16 个字节,以块为存取单位,每个扇区有独立的一组密码及访问控制;每张卡有唯一 32 位序列号,具有防冲突机制,支持多卡操作,无电源,自带天线,内含加密控制逻辑和通讯逻辑电路;数据保存期为 10 年,可改写 10 万次,读无限次,工作频率 13.56 MHz,通信速率 106 kbps,读写距离

2.5～10 cm,符合 ISO14443、ISO10536 标准。M1 卡广泛应用于企业/校园一卡通、公交储值卡、高速公路收费、停车场、小区管理等应用场合。

　　M1 卡片的电气部分只由一条天线和 ASIC 组成。天线只有几组绕线的线圈,很适于封装到 ISO7816 标准卡片中。ASIC 由一个高速(106 kB 波特率)的 RF 接口,一个控制单元和一个 8 k 位 EEPROM 组成。读写器向 M1 卡发一组固定频率的电磁波,卡片内有一个 LC 串联谐振电路,其频率与读写器发射的频率相同,在电磁波的激励下,LC 谐振电路产生共振,从而使电容内有了电荷,在这个电容的另一端,接有一个单向导通的电子泵,将电容内的电荷送到另一个电容内储存,当所积累的电荷达到 2 V 时,此电容可作为电源为其他电路提供工作电压,将卡内数据发射出去或接取读写器的数据。

　　M1 卡分为 16 个扇区,每个扇区由 4 块(块 0、块 1、块 2、块 3)组成,将 16 个扇区的 64 个块按绝对地址编号为 0～63,存储结构如附图-12 所示。

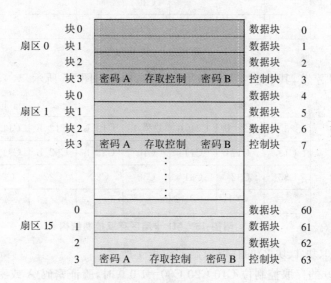

附图-12　M1 卡存储结构

　　M1 的第 0 扇区的块 0(即绝对地址 0 块),它用于存放厂商代码,已经固化,不可更改。每个扇区的块 0、块 1、块 2 为数据块,可用于存储数据。数据块可作两种应用,一是用作一般的数据保存,可以进行读、写操作;另外也可用作数据值,可以进行初始化值、加值、减值、读值操作。每个扇区的块 3 为控制块,包括了密码 A、存取控制、密码 B。具体结构如附图-13 所示。

A0 A1 A2 A3 A4 A5	FF 07 80 69	B0 B1 B2 B3 B4 B5
密码 A(6 字节)	存取控制(4 字节)	密码 B(6 字节)

附图-13　M1 卡存储结构

　　每个扇区的密码和存取控制都是独立的,可以根据实际需要设定各自的密码及存取控制。存取控制为 4 个字节,共 32 位,扇区中的每个块(包括数据块和控制块)的存取条件是由密码和存取控制共同决定的,在存取控制中每个块都有相应的三个控制位,定义如下:

$$块\ 0：\quad C10 \quad C20 \quad C30$$
$$块\ 1：\quad C11 \quad C21 \quad C31$$
$$块\ 2：\quad C12 \quad C22 \quad C32$$
$$块\ 3：\quad C13 \quad C23 \quad C33$$

三个控制位以正和反两种形式存在于存取控制字节中,决定了该块的访问权限(如进行减值操作必须验证 KEY A,进行加值操作必须验证 KEY B,等等)。三个控制位在存取控制字节中的位置,以块 0 为例,如附图-14。图中"_b"表示取反。

bit	7	6	5	4	3	2	1	0
字节 6				C20_b				C10_b
字节 7				C10				C30_b
字节 8				C30				C20
字节 9								

附图-14　块 0 的控制

存取控制(4 字节,其中字节 9 为备用字节)结构如附图-15 所示。

bit	7	6	5	4	3	2	1	0
字节 6	C23_b	C22_b	C21_b	C20_b	C13_b	C12_b	C11_b	C10_b
字节 7	C13	C12	C11	C10	C33_b	C32_b	C31_b	C30_b
字节 8	C33	C32	C31	C30	C23	C22	C21	C20
字节 9								

附图-15　M1 卡扇区存取控制结构

数据块(块 0、块 1、块 2)的存取控制如附表-1 所示:

例如:当块 0 的存取控制位 C10 C20 C30＝1 0 0 时,验证密码 A 或密码 B 正确后可读;验证密码 B 正确后可写;不能进行加值、减值操作。

附表-1　M1 卡扇区存取控制条件表

控制位($X=0、1、2$)			访　问　条　件(对数据块 0、1、2)			
C1X	C2X	C3X	Read	Write	Increment	Decrement, transfer, Restore
0	0	0	KeyA|B	KeyA|B	KeyA|B	KeyA|B
0	1	0	KeyA|B	Never	Never	Never
1	0	0	KeyA|B	KeyB	Never	Never
1	1	0	KeyA|B	KeyB	KeyB	KeyA|B
0	0	1	KeyA|B	Never	Never	KeyA|B
0	1	1	KeyB	KeyB	Never	Never
1	0	1	KeyB	Never	Never	Never
1	1	1	Never	Never	Never	Never

(KeyA|B 表示密码 A 或密码 B,Never 表示任何条件下不能实现)

控制块块 3 的存取控制与数据块(块 0、1、2)不同,它的存取控制如附表-2 所示。图中,当块 3 的存取控制位 C13 C23 C33＝１００时,密码 A:不可读,验证 KEY A 或 KEY B 正确后,可写(更改);存取控制:验证 KEY A 或 KEY B 正确后,可读、可写。密码 B:验证 KEY A 或 KEY B 正确后,可读、可写。

附表-2　控制块块 3 的存取控制表

C13	C23	C33	密码 A		存取控制		密码 B	
			Read	Write	Read	Write	Read	Write
0	0	0	Never	KeyA|B	KeyA|B	Never	KeyA|B	KeyA|B
0	1	0	Never	Never	KeyA|B	Never	KeyA|B	Never
1	0	0	Never	KeyB	KeyA|B	Never	Never	KeyB
1	1	0	Never	Never	KeyA|B	Never	Never	Never
0	0	1	Never	KeyA|B	KeyA|B	KeyA|B	KeyA|B	KeyA|B
0	1	1	Never	KeyB	KeyA|B	KeyB	Never	KeyB
1	0	1	Never	Never	KeyA|B	KeyB	Never	Never
1	1	1	Never	Never	KeyA|B	Never	Never	Never

3.2　非接触式 IC 卡读写流程及其软件设计

M1 卡与读写器通讯的流程如附图-18 所示。

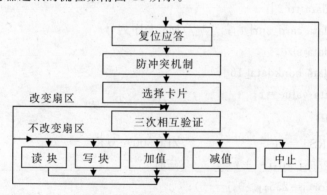

附图-16　M1 卡与读写器通讯流程

复位应答(Answer to request),M1 射频卡的通讯协议和通讯波特率是定义好的,当有卡片进入读写器的操作范围时,读写器以特定的协议与它通讯,从而确定该卡是否为 M1 射频卡,即验证卡片的卡型。防冲突机制(Anticollision Loop),当有多张卡进入读写器操作范围时,防冲突机制会从其中选择一张进行操作,未选中的则处于空闲模式等待下一次选卡,该过程会返回被选卡的序列号。选择卡片(Select Tag),选择被选中的卡的序列号,并同时返回卡的容量代码。三次互相确认(3 Pass Authentication),选定要处理的卡片之后,读写器就确定要访问的扇区号,并对该扇区密码进行密码校验,在三次相互认证之后就可以通过加密数据流进行通讯。(在选择另一扇区时,则必须进行另一扇区密码校验。)对数据块的操作:读(Read),读一个块;写(Write),写一个块;加(Increment),对数值块进行加值;减(Decrement),对数值块进行减值;存储(Restore),将块中的内容存到数据寄存器中;传输

（Transfer），将数据寄存器中的内容写入块中；中止（Halt），将卡置于暂停工作状态。

附图-17 是 51 系列单片机与周立功射频模块 ZLG500A 连接原理图。它们之间是通过 SPI 串行总线交换数据。P1.0 模拟串行时钟线，P1.1 模拟数据输入输出，INT0 接从机选择线，P1.2 接 ZLG500A 模块复位脚，CTRL 接发光二极管，BZ 接扬声器。程序等待读起射频卡，将射频卡放到天线附近可以听到"嘀"的响声，表示读卡成功。

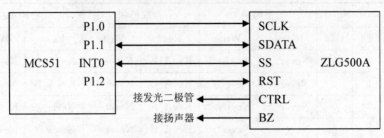

附图-17 ZLG500A 模块接线图

```c
#include "zlg500.h"              //包含 ZLG500 头文件
sbit zlg500_RST=P1^2;           //P1.2 为 ZLG500A 复位脚

uchar code Nkey_a[6]={0xA0,0xA1,0xA2,0xA3,0xA4,0xA5}; //密码 A
uchar code Nkey_b[6]={0xFF,0xFF,0xFF,0xFF,0xFF,0xFF}; //密码 B

main()
{    uchar idata tt[2];
    uchar idata card_snr[4];        //M1 卡序列号
    uchar idata size;
    uchar idata bankdata[16];
    long idata value=1;
    uchar i,j;

    zlg500_RST=1;                   //ZLG500A 复位
    for(i=255;i>0;i--)              //延时
        for(j=255;j>0;j--);
    zlg500_RST=0;                   //ZLG500A 工作
    for(i=255;i>0;i--)
        for(j=255;j>0;j--);
    spi_init();                     //开外部中断 0
    EA=1;
    i=mifs_config();                //模块配置
    i=mifs_get_info(bankdata);      //读信息
    i=mifs_clr_control_bit();       //清除控制脚信号
    i=mifs_set_control_bit();       //置位控制脚信号
    while(1)
    {
```

```
    while(mifs_request(IDLE,tt)! =0);        //请求连接
    if(mifs_anticoll(0,card_snr)! =0)    continue;  //防碰撞处理
    if(mifs_select(card_snr,&size)! =0)   continue;  //选择卡片
    if(mifs_authKey(KEYA,5,Nkey_b)! =0)  continue; //相互认证
    bankdata[0]=0x10;
    bankdata[4]=~0x10;
    bankdata[8]=0x10;
    for(i=1;i<4;i++)
    {
            bankdata[i]=0x00;
            bankdata[4+i]=0xff;
            bankdata[8+i]=0x00;
    }
    bankdata[12]=0x14;
    bankdata[13]=~0x14;
    bankdata[14]=0x14;
    bankdata[15]=~0x14;
    if(mifs_write(20,bankdata)! =0)   continue;  //写一个值块
    if(mifs_check_write(card_snr,KEYA,20,bankdata)! =0)    continue;
                                        //检查写操作
    if(mifs_read(20,bankdata)! =0)   continue;  //读回该数据块
    if(mifs_restore(20)! =0)   continue;   //恢复第 20 块数据
    if(mifs_transfer(21)! =0)        //传送到第 21 块
    {     i=0;
          continue;
    }
    if(mifs_value(0xc0,20,&value,21)! =0)
    {     i=0;
          continue;
    }
    if(mifs_read(21,bankdata)! =0)   continue;  //读出第 21 块
    mifs_halt();        //使 ZLG500A 模块进入 HALT 状态
    if(mifs_write_E2(0x30,16,bankdata)! =0)    continue;
    mifs_clr_control_bit();
    mifs_set_control_bit();
    for(i=255;i>0;i--)
    for(j=255;j>0;j--);
    mifs_buzzer(198,20);            //输出到扬声器
}
}
```

21 世纪是以计算机网络为特征的信息化时代，IC 卡是一种可以安全地储存个人信息，有效地与信息网络进行信息交换并获取所需结果的最好载体，因此也被称作信息化时代人与社会交互的最有效的工具。智能 IC 卡自诞生之日起到现在二十多年来，其整体性能得到较大幅度地提高，数据容量从当初的几十字节发展到今天的几十兆字节；芯片由单纯存储器发展到现在不但集成了微处理器 CPU，还有具有加密运算的协处理器，极大地提高了运算的能力；工作电压从 5 V 降到 1.8 V 左右，功耗也从毫瓦(mW)级降到微瓦(μW)级；对使用环境的要求大大降低，使其能在更多的领域应用。由于智能卡技术较好地解决了现代社会对信息的安全性和存储容量的需求，因此短短的几年内智能卡在社会的各个领域特别是金融领域得到了广泛的应用。

参 考 文 献

[1] 李友善. 自动控制原理. 北京:国防工业出版社,1980

[2] 绪方胜彦. 现代控制工程. 北京:科学出版社,1984

[3] 胡寿松. 自动控制原理. 北京:科学出版社,2007

[4] 朱玉玺. 计算机控制技术. 北京:电子工业出版社,2005

[5] 曹承志. 微型计算机控制新技术. 北京:机械工业出版社,2001

[6] 戴永. 微型计算机控制技术. 长沙:湖南大学出版社,2004

[7] 赖寿宏. 微型计算机控制技术. 北京:机械工业出版社,2002

[8] 蒋心怡. 计算机控制技术. 北京:清华大学出版社,北京交通大学出版社,2007

[9] 冯根生. 微型计算机控制技术. 合肥:中国科技大学出版社,2002

[10] 潘新民. 微型计算机控制技术实用教程. 北京:电子工业出版社,2006

[11] 李惠光. 微型计算机控制技术. 北京:机械工业出版社,2002

[12] 余永权. 单片机模糊逻辑控制. 北京:北京航空航天大学出版社,1995

[13] 纪宗南. 单片机外围器件实用手册·输入通道器件分册. 北京:北京航空航天大学出版社,1998

[14] 窦振中. 单片机外围器件实用手册·输出通道器件分册. 北京:北京航空航天大学出版社,2003

[15] 陈瑜. 中国集成电路大全·电力电子技术与运动控制系统. 北京:国防工业出版社,1995

[16] 刘金琨. 先进 PID 控制及其 MATLAB 仿真. 北京:电子工业出版社,2003

[17] 赵会兵. 虚拟仪器技术规范与系统集成. 北京:清华大学出版社,北京交通大学出版社,2003

[18] 林 君. 虚拟仪器原理及应用. 北京:科学出版社,2006

[19] 高春甫. 微型计算机测控技术. 北京:科学出版社,2005

[20] 姜长生. 智能控制与应用. 北京:科学出版社,2007

[21] 周德检. 智能控制. 重庆:重庆大学出版社,2005

[22] 于凤明. 单片机原理及接口技术. 北京:中国轻工业出版社,1998

[23] 刘乐善. 微型计算机接口技术及应用. 武汉:华中科技大学出版社,2000

[24] 许立梓. 微型计算机原理及应用. 北京:机械工业出版社,2005

[25] 杨恢先. 单片机原理及应用. 北京:人民邮电出版社,2006

[26] 张艳兵. 计算机控制技术. 北京:国防工业出版社,2006

图书在版编目(CIP)数据

微型计算机控制技术 / 戴永主编.—湘潭：湘潭大学出版社，2008.12
ISBN 978-7-81128-075-3

Ⅰ.微… Ⅱ.戴… Ⅲ.微型计算机—计算机控制 Ⅳ.
TP273

中国版本图书馆 CIP 数据核字 (2008) 第 200371 号

微型计算机控制技术

戴 永 主编

责任编辑：朱美香
封面设计：胡　瑶
出版发行：湘潭大学出版社
社　　址：湖南省湘潭市 湘潭大学出版大楼
　　　　　电话(传真)：0732-8298966　邮编：411105
　　　　　网　　址：http://xtup.xtu.edu.cn
印　　刷：湖南新华印刷集团邵阳有限公司
经　　销：湖南省新华书店
开　　本：787×1092　1/16
印　　张：18
字　　数：432 千字
版　　次：2009 年 3 月第 1 版　2009 年 3 月第 1 次印刷
书　　号：ISBN 978-7-81128-075-3
定　　价：32.00 元

内容提要

　　本书以控制系统基础为引述，系统介绍微型计算机控制技术的理论基础、硬件原理及设计、直接与间接等控制器设计、智能控制基础和微型计算机控制系统设计。全书共分9章。内容包括微型计算机控制系统绪论；微型计算机控制理论基础；接口与过程通道配置技术；数据采集与处理技术；数字控制器设计；顺序与数字程序控制技术；智能控制基础；总线技术；微型计算机控制系统设计及IC卡技术基础。书中各章附有习题。

　　本书注重理论基础与实际应用相结合。内容安排由浅入深，突出系统性、实践性及新颖性。

　　本书可作为高等院校自动化、检测与控制、电子与电气、通信、计算机、机电一体化、智能建筑等专业的微型计算机控制技术教材，也可作为各领域从事微型计算机控制工作的工程技术人员的参考书或培训教材。